O rabino

NOAH GORDON

O rabino

Tradução de Aulyde Soares Rodrigues

Rocco

Título original
THE RABBI

Copyright © 1965 *by* Noah Gordon

Direitos para a língua portuguesa reservados
com exclusividade para o Brasil à
EDITORA ROCCO LTDA.
Avenida Presidente Wilson, 231 – 8º andar
20030-021 – Rio de Janeiro – RJ
Tel.: (21) 3525-2000 – Fax: (21) 3525-2001
rocco@rocco.com.br
www.rocco.com.br

Printed in Brazil/Impresso no Brasil

preparação de originais
GRACE DANTAS

revisão técnica
ALEXANDRE LISSOVSKY

CIP-Brasil. Catalogação na fonte.
Sindicato Nacional dos Editores de Livros, RJ.

G671r	
	Gordon, Noah
	O rabino / Noah Gordon; tradução de Aulyde Soares Rodrigues. – Rio de Janeiro: Rocco, 1994.
	Tradução de: The rabbi
	ISBN 978-85-325-0478-4
	1. Ficção norte-americana. I. Rodrigues, Aulyde Soares. II. Título.
94-0608	CDD – 813
	CDU – 820(73)-3

O texto deste livro obedece às normas
do Acordo Ortográfico da Língua Portuguesa

Para meus pais,
Rose e Robert Gordon
– e para Lorraine

Quando contemplo teu céu, obra dos teus dedos,
A lua e as estrelas que ordenaste;
O que é o homem, que dele te lembres?
E o filho do homem, que o visites?
Pois tu o fizeste um pouco menos do que os anjos,
E de glória e honra o coroaste.
Deste-lhe domínio sobre as obras de tuas mãos;
E sob seus pés tudo lhe puseste...

SALMO VIII

SUMÁRIO

LIVRO UM
O COMEÇO DAS COISAS

Woodborough, Massachusetts	13
Brooklyn, Nova York	35

LIVRO DOIS
SEM RUMO NA SELVA

Woodborough, Massachusetts	103
Queens, Nova York	115

LIVRO TRÊS
A MIGRAÇÃO

Woodborough, Massachusetts	251
San Francisco, Califórnia	262

LIVRO QUATRO
A TERRA PROMETIDA

Woodborough, Massachusetts	337
Glossário	365

livro um

O COMEÇO DAS COISAS

Woodborough, Massachusetts
Novembro, 1964

1

Na manhã de inverno do dia em que completava quarenta e cinco anos, o rabino Michael Kind estava sozinho na enorme cama de casal que pertencera ao seu avô. Tentava prolongar o sono, mas ouvia a contragosto os ruídos que a mulher fazia na cozinha, lá embaixo.

Pela primeira vez em muitos anos tinha sonhado com Isaac Rivkind. Lembrou-se de ter ouvido, quando menino, o velho dizer-lhe que quando os vivos pensam nos mortos, no paraíso, estes se alegram sabendo que são amados.

– Eu te amo, *zeide* – disse ele.

Michael só percebeu que tinha falado em voz alta quando os ruídos na cozinha cessaram por um momento. A sra. Moscowitz na certa não compreenderia como um homem que acabava de cruzar a linha da meia-idade podia encontrar consolo falando com outro que estava morto havia quase trinta anos.

Rachel já estava sentada à mesa da antiquada sala de jantar quando ele desceu. Segundo o costume da família, a manhã de um aniversário era comemorada com cartões e pequenos presentes arrumados sobre a mesa do café. Mas a força perpetuadora desse costume era Leslie, a mulher do rabino, e ela estava fora de casa há quase três meses. O lugar ao lado de seu prato estava vazio.

Rachel, inclinada para a frente, com o queixo encostado na toalha de linho, lia atentamente o livro apoiado no açucareiro. Estava com o vestido azul abotoado até o pescoço e meias brancas limpas, mas, como sempre, o cabelo louro e farto fora demais para sua paciência de oito anos. Rachel lia com concentração furiosa, os olhos seguindo linha após linha, como se quisesse acumular o máximo possível antes da inevitável interrupção. A entrada da sra. Moscowitz com o suco de laranja proporcionou a ela mais alguns segundos.

– Bom-dia, rabino! – disse calorosamente a governanta.

– Bom-dia, sra. Moscowitz. – Michael fingiu não perceber a testa franzida.

Há semanas ela insistia com o rabino para chamá-la de Lena. A sra. Moscowitz era a quarta governanta desde a partida de Leslie, onze semanas atrás. Ela não tirava o pó da casa, fazia ovos estrelados que pareciam de borracha, ignorava os pedidos de *tsimmis* e *kugel* e tudo que fazia no forno eram misturas semiprontas, pelas quais esperava elogios rasgados.

– Como quer seus ovos, rabino? – perguntou ela, pondo na frente dele o suco de laranja congelado que, Michael sabia, estava aguado e mal diluído.

– Pouco cozidos, sra. Moscowitz, por favor. – Voltou a atenção para a filha, que naquele intervalo havia devorado duas páginas. – Bom-dia. Acho melhor eu escovar seu cabelo.

– 'dia. – Virou a página.

– Que tal o livro?

– Legal.

Michael levantou o livro para ver o título, e ela suspirou. O jogo tinha acabado. Era um mistério juvenil. O rabino pôs o livro no chão, debaixo de sua cadeira. De repente, a música suave que vinha do segundo andar indicou que Max já estava suficientemente acordado para tocar sua gaita de boca. Quando tinha tempo, o rabino Kind gostava de fazer o papel de Saul, contracenando com o David do seu filho de dezesseis anos. Mas sabia que se não o interrompesse, Max ia ficar sem o café da manhã.

Chamou o filho, e a música parou no meio de uma canção pseudofolclórica.

Em poucos minutos Max desceu e sentou-se à mesa, com o rosto brilhando de tão limpo e o cabelo molhado.

– Estou me sentindo muito velho esta manhã – observou o rabino.

Com um largo sorriso Max estendeu a mão para a fatia de pão mal torrada e disse:

– Ora, papai, você ainda é um garoto.

O rabino bateu na casca do ovo com a colher, envolvido num manto de autopiedade, como o perfume da sra. Moscowitz. Os ovos "pouco cozidos" estavam duros. As crianças comeram sem se queixar, satisfazendo a fome, e Michael comeu sem sentir o gosto, contentando-se com o apetite dos filhos. Felizmente – pensou ele – os dois se pareciam com a mãe, o cabelo com aquele tom suave de luz de vela no bronze, dentes brancos e perfeitos e a cor de pele que exigia sardas. Pela primeira vez notou que Rachel estava pálida. Segurou o rosto dela na sua mão direita, e Rachel encostou carinhosamente na sua palma.

– Vá brincar ao ar livre esta tarde – disse ele. – Suba numa árvore. Sente-se no chão. Ponha um pouco de ar frio nos pulmões. – Olhou para o filho. – Talvez seu irmão, o grande atleta, esteja disposto a levá-la para patinar?

Max balançou a cabeça.

– Não vai dar. Esta tarde Scooter vai escalar o time titular. Ei, posso comprar patins de hóquei quando vier o meu cheque de *Hanucá* do avô Abe?

– Ainda não o recebeu. Se vier, volte a perguntar.

– Papai, posso ser Maria na nossa peça de Natal?

– Não.

– Bem que eu disse para a srta. Emmons que você ia dizer isso.

Michael empurrou a cadeira.

– Vá apanhar sua escova, Rachel, para eu pentear direito seu cabelo. Depressa. Não quero impedir que eles tenham um *mínian* no templo.

Ele atravessou a cidade na luz cinzenta da manhã de inverno de Massachusetts. Beth Sholom ficava dois quarteirões ao norte da zona comercial de Woodborough. Era um prédio de vinte e oito anos, estilo antigo, bem construído, e por enquanto Michael tinha conseguido contemporizar com os membros da congregação que queriam construir um templo mais moderno no subúrbio.

Parou o carro debaixo das árvores de bordo, atravessou o pequeno estacionamento, subiu a escada de tijolos vermelhos e entrou no templo, como fazia todas as manhãs, há oito anos. No seu gabinete, tirou o casaco e trocou seu chapéu de feltro marrom por um solidéu negro. Então, murmurando a bênção, levou aos lábios a franja do *tallis,* cobriu os ombros com o xale de oração e caminhou pelo corredor longo e escuro até o santuário. Automaticamente, contou quantos homens haviam nos bancos brancos e cumprimentou-os. Seis, incluindo os dois enlutados, Joel Price, que acabara de perder a mãe, e Dan Levine, que perdera o pai há seis meses.

Com o rabino, eram sete.

Quando ele subia para a *bimá,* mais dois homens entraram no templo, batendo os pés para retirar a neve dos sapatos.

– Mais um – disse Joel, com um suspiro.

Michael sabia que ele estava preocupado com a possibilidade de não conseguirem os dez homens necessários para recitar o *kaddish,* a oração que os judeus devotos oferecem todas as manhãs e todas as noites, durante onze meses, depois da morte de um dos progenitores. O décimo homem era aquele que sempre esperavam com ansiedade.

Michael olhou para o templo vazio.

Bom-dia, Deus, pensou.

Por favor, Senhor, faça com que este seja o dia da melhora dela. Ela merece sua atenção. Eu a amo tanto.

Ajude-a, Senhor. Por favor, meu Deus. Amém.

Começou o ritual com as bênçãos matinais, que não são orações da comunidade e não exigem um *mínian* de dez homens. "Bendito sejas, ó Senhor nosso Deus, Rei do Universo, que deste ao galo a inteligência para distinguir o dia da noite..." Juntos, louvaram a Deus por lhes conceder a fé, a liberdade, a masculinidade e a força. Estavam dando graças ao Senhor por remover o sono dos seus olhos e a sonolência das suas pálpebras quando chegou o décimo homem, Jake Lazarus, o cantor, com o sono ainda nos olhos e a sonolência ainda nas pálpebras. Os homens sorriram para o rabino e a tensão desapareceu.

Quando terminou a cerimônia e os outros nove homens deixaram as moedas no *pushkeh* para os ocasionais indigentes e despediram-se, saindo apressados para seus negócios e empregos, Michael desceu da *bimá* e sentou-se no banco branco da primeira fila, iluminado por um raio de luz que entrava pela janela do altar. Quando Michael chegou a Beth Sholom, aquele raio de luz o encantou por sua beleza e estética. Agora, gostava dele porque sentir seu calor numa manhã de inverno era melhor do que a lâmpada ultravioleta da Associação Hebraica de Moços.

Michael ficou sentado durante cinco minutos, olhando os grãos de poeira que dançavam na longa coluna de luz do sol. No silêncio do templo vazio, fechou os olhos e pensou no mar calmo da Flórida e nas laranjeiras copadas que começavam a florir na Califórnia. Depois, nos outros lugares que conheciam, na neve dos montes Ozarks e no som das cigarras nos campos da Geórgia e nos bosques molhados de chuva da Pensilvânia. Pelo menos – pensou –, o fracasso em vários lugares dá a um rabino um bom conhecimento geográfico.

Então, com um sentimento de culpa, levantou-se apressado para começar suas visitas pastorais.

A primeira visita foi para sua mulher.

Muitas vezes, pessoas de fora da cidade que passavam pela frente do Hospital Estadual de Woodborough o confundiam com o campus de uma universidade, mas, na metade da entrada longa e sinuosa, a presença de Herman desfazia qualquer dúvida a esse respeito.

A agenda de Michael estava repleta nessa manhã, e Herman se encarregaria de fazer com que não levasse menos de dez minutos para chegar ao fim da entrada e parar numa vaga. Um processo que, sem sua ajuda, levaria mais ou menos sessenta segundos.

Herman vestia calça jeans de boca de sino, um casaco velho, um boné do time de beisebol Orioles e protetores de orelhas de pelúcia, que já tinham sido brancos. Segurava em cada mão uma raquete de pingue-pongue, forrada com borracha. Andava de costas, conduzindo com grande concentração a manobra do carro, como se fosse responsável pela vida do rabino e pelo destino de um dispendioso avião do governo. Vinte anos atrás, Herman fora oficial de operações de voo de um porta-aviões durante a guerra e resolveu continuar com essa missão. Há quatro anos dirigia a aterrissagem dos carros que chegavam ao estacionamento do hospital. Era um incômodo, mas de certo modo atraente. Por mais apressado que estivesse, Michael instintivamente desempenhava o papel certo na ilusão de Herman.

Michael era o capelão judeu do hospital, um trabalho que tomava meio dia da sua rotina semanal, e havia providenciado para trabalhar no escritório do capelão até que Dan Bernstein, o psiquiatra de Leslie, estivesse livre.

Mas Dan estava à sua espera.

– Desculpe o atraso – disse Michael. – Sempre me esqueço de reservar alguns minutos extras para o Herman.

– Ele me preocupa – disse o psiquiatra. – O que você faria se, de repente, ele resolvesse impedir seu pouso e dar ordens para mais uma volta no ar e uma nova aproximação do campo?

– Eu levaria toda a alavanca de comando para trás rapidamente e meu carro daria uma volta no ar, sobre o prédio da administração.

O dr. Bernstein sentou-se na única poltrona confortável da sala, tirou os mocassins marrons e exercitou os dedos dos pés. Depois suspirou e acendeu um cigarro.

– Como está minha mulher?

– Na mesma.

Michael esperava melhores notícias.

– Está falando?

– Muito pouco. Está esperando.

– Esperando o quê?

– Que a tristeza vá embora – disse o dr. Bernstein, massageando com os dedos gorduchos os pés só de meias. – Alguma coisa tornou-se grande demais para ser enfrentada, e ela fugiu. Não é incomum. Se ela chegar a compreender, vai voltar e enfrentar, permitindo-se esquecer o que provocou a depressão. Esperávamos poder ajudá-la com a psicoterapia. Mas ela não quer falar. Acho que o choque elétrico é indicado.

Michael sentiu um aperto no estômago. O dr. Bernstein olhou para ele sem disfarçar o desprezo.

– E você se considera capelão de um hospital para doentes mentais? Por que diabo a ideia do choque o assusta tanto?

– Às vezes eles se debatem. Ossos se quebram.

– Há anos que isso não acontece, desde que passamos a usar medicamentos que paralisam os músculos. Hoje em dia é um tratamento muito humano. Você já viu, não viu?

Michael assentiu com um gesto.

– Ela sofrerá sequelas?

– Por causa dos tratamentos? Provavelmente uma leve amnésia, perda parcial da memória. Nada sério. Vai lembrar tudo que é importante na sua vida. Pequenas coisas, coisas sem importância desaparecerão da lembrança.

– Que tipo de coisas?

– Talvez o título de um filme visto recentemente, ou o nome do ator principal. Ou o endereço de um conhecido. Mas serão incidentes isolados. A maior parte da memória será preservada.

– Não pode tentar a psicoterapia por mais algum tempo, antes de usar o choque?

O dr. Bernstein deu-se ao luxo de ficar levemente contrariado.

– Mas ela não fala! Como conduzir uma terapia sem comunicação? Não tenho ideia da *real* causa da depressão. Você tem?

– Leslie é convertida, você sabe. Mas há muito tempo é completamente judia.

– Outras pressões?

– Moramos em vários lugares antes de virmos para cá. Às vezes em situações bem difíceis.

Dan Bernstein acendeu outro cigarro.

– Todos os rabinos mudam de lugar tanto assim? – Michael deu de ombros.

– Alguns vão para um templo e ficam o resto da vida. Outros viajam o tempo todo. A maioria dos contratos é de curto prazo. Se você luta demais, se quebra muitas lanças na delicada pele da congregação, ou se eles quebram algumas na sua, acaba indo para outro lugar.

– E você acha que foi por isso que mudou tantas vezes? – perguntou o dr. Bernstein com voz inexpressiva e impessoal. Michael percebeu que aquele tom fazia parte da técnica das suas sessões com pacientes. – Você quebrou as lanças ou foi alvo delas?

Michael tirou um cigarro do maço do médico que estava sobre a mesa. Aborrecido, notou o tremor dos dedos quando acendeu o fósforo.

– As duas coisas – disse.

Os olhos acinzentados do médico, fixos no seu rosto, o constrangiam. O dr. Bernstein guardou o maço de cigarros no bolso.

– Acho que o choque elétrico é a melhor coisa para sua mulher. Podemos começar com uma série de doze, três vezes por semana. Tenho visto resultados maravilhosos.

Michael inclinou a cabeça e assentiu com relutância.

– Se acha que é melhor. O que posso fazer por ela?

– Seja paciente. Não deve procurar alcançá-la. Só pode esperar que ela vá para você. Quando isso acontecer, pode ter certeza de que ela deu o primeiro passo na direção da cura.

– Muito obrigado, Dan.

O médico levantou-se e trocaram um aperto de mão.

– Por que você não aparece no templo numa noite de sexta-feira? Talvez o meu *shabbos* seja uma boa terapia. Ou é outro homem de ciência ateu?

– Não sou ateu, rabino. – Enfiou primeiro um pé gordo no sapato, depois o outro. – Sou unitário – disse.

Na semana seguinte, Michael sentiu-se extremamente irritado com a aproximação da segunda, da quarta e da sexta-feira. Amaldiçoava em silêncio o fato de ser capelão do hospital. Seria muito mais fácil se os detalhes estivessem envoltos em mistério.

Mas sabia que os tratamentos começavam às sete horas na Ala Templeton.

Sua Leslie ia ficar na saleta de espera, com outros pacientes, até chegar a sua vez. Depois, as enfermeiras a levariam para uma cama. A atendente tiraria seus sapatos e os guardaria sob o colchão fino. O anestesista aplicaria uma cânula na veia.

Todas as vezes que assistira ao tratamento, vários pacientes tinham veias finas demais e o médico praguejava e suava para acertá-las com a agulha. As veias de Leslie não dariam trabalho – pensou, agradecido. Eram finas, mas bem visíveis. Quando as tocava com os lábios sentia o sangue pulsando forte e limpo do centro do seu corpo.

Através da cânula um barbiturato passaria em gotas para a corrente sanguínea e, graças ao Senhor, Leslie adormeceria. Então, o anestesista injetaria um relaxante muscular diminuindo a tensão que a mantinha funcionando como uma máquina viva. Os músculos do peito ficavam flácidos, não mais operando os belos foles.

Uma espécie de taça negra seria aplicada uma vez ou outra sobre sua boca e seu nariz, e o anestesista forçaria o oxigênio nos seus pulmões, respirando por ela. Uma cunha de borracha seria inserida entre os maxilares para proteger a língua dos seus dentes brancos e bonitos. Depois de passar a geleia nas suas têmporas, a atendente colocaria os eletrodos pressionados ao crânio.

A anestesista diria, "tudo bem", com expressão de tédio, e o psiquiatra residente apertaria um botão na pequena caixa negra. A corrente alternada passaria imediatamente para seu cérebro durante cinco segundos. Uma tempestade elétrica que, no estado tônico, fazia os braços se estenderem rígidos, para os lados, a despeito do relaxante muscular, e depois, no estado clônico, provocava movimentos convulsivos nos braços e nas pernas como os de um ataque epilético.

Michael retirou livros da biblioteca e leu tudo que encontrou sobre o tratamento de choque elétrico. Chegou à conclusão de que Dan Bernstein e todos os outros psiquiatras do mundo não sabiam o que exatamente acontecia quando atacavam o cérebro de sua mulher com o bombardeio elétrico. Tudo o que tinham eram teorias e o fato de saberem que o tratamento produzia resultados. Segundo uma das teorias, a carga elétrica queimava circuitos anormais no painel de controle do cérebro. Outra dizia que o choque era suficientemente próximo da experiência da morte para satisfazer a necessidade que o paciente sentia de ser punido e para eliminar o sentimento de culpa que o havia levado ao desespero.

Isso bastava. Michael encerrou suas consultas sobre o assunto.

No dia de cada tratamento ele telefonava para o hospital às nove horas da manhã, e a voz anasalada e inexpressiva da enfermeira dizia que tudo correra bem e que a sra. Kind estava descansando confortavelmente.

Michael queria evitar companhia. Pela primeira vez na vida conseguiu pôr em dia sua correspondência e até arrumou as gavetas de sua mesa de trabalho. No décimo segundo dia, entretanto, suas obrigações de rabino interromperam o isolamento. Naquela tarde, compareceu a um *bris,* e abençoou um bebê chamado Simon Maxwell Shutzer enquanto o *mohel* cortava a pele do pequeno pênis ensanguentado, o pai estremecia e a mãe chorava e depois ria, feliz. Então, fazendo o caminho entre o nascimento e a morte, oficiou o funeral de Sarah Myerson, uma velha senhora cujos netos choraram alto quando o caixão desceu para o túmulo. Era noite quando, cansado até os ossos, voltou para casa. No cemitério, tinha começado a cair uma chuva de granizo muito fino que açoitava o rosto até a pele ficar ardendo. Michael estava gelado. A caminho do armário de bebidas para uma dose de uísque, ele viu a carta na mesa. Reconhecendo a letra, foi com dedos trêmulos que abriu o envelope. Estava escrita a lápis, num papel azul comum, provavelmente emprestado.

Meu Michael.

Na noite passada uma mulher, no fim do corredor, gritou dizendo que um passarinho estava se debatendo contra o vidro da sua janela, e finalmente eles chegaram, aplicaram uma injeção e ela dormiu. Esta manhã encontraram um passarinho, um pardal coberto de gelo, caído no lado de fora da janela. Seu coração ainda batia, e quando o alimentaram com leite morno num conta-gotas, ele reviveu, demonstrando que não foi alucinação da mulher. Eles o deixaram numa caixa, no dispensário, mas esta tarde o passarinho morreu.

Deitada na cama, lembrei do som dos pássaros no bosque em volta da casa de madeira nos montes Ozarks e de como eu ficava nos seus braços, depois de fazer amor, ouvindo as batidas dos nossos corações, os únicos sons dentro da casa, e os pássaros, o único som do lado de fora.

Quero ver meus filhos. Eles estão bem?

Use sua roupa de baixo de inverno quando sair para suas visitas pastorais. Coma verduras e evite seus temperos fortes.

Feliz aniversário, meu pobre velho.

Leslie.

A sra. Moscowitz entrou para avisar que o jantar estava servido e olhou espantada para o rosto do rabino molhado de lágrimas.

– Rabino, aconteceu alguma coisa?

– Acabo de receber uma carta de minha mulher. Ela vai ficar boa, Lena.

O jantar estava queimado. Dois dias depois, a sra. Moscowitz disse que o irmão viúvo precisava dela em Willimantic, Connecticut, para cuidar da filha doente. Foi substituída por uma mulher gorda e grisalha chamada Anna Schwartz. Anna sofria de asma e tinha um quisto sebáceo no queixo, mas era muito limpa e sabia cozinhar qualquer coisa, incluindo um *lochshen kugel* com dois tipos de passas, clara e escura, e uma massa tão boa que até dava pena mastigar.

2

As crianças perguntaram o que a mãe havia escrito e Michael disse que, embora com atraso, ela lhe desejava um feliz aniversário. Ele não estava insinuando nada – ou talvez estivesse. Mas no dia seguinte recebeu de Rachel um cartão feito a creiom e outro de Max, comprado, além de uma bela e espalhafatosa gravata, presente dos dois. Não combinava com nenhuma de suas roupas, mas naquela manhã Michael a usou no templo.

Aniversários o deixavam otimista. Eram marcos na vida de uma pessoa – pensou, esperançoso. Lembrou-se do aniversário do filho, o décimo sexto, três meses atrás.

No dia em que Max deixou de acreditar em Deus.

No estado de Massachusetts com dezesseis anos pode-se tirar carteira de motorista.

Michael tinha ensinado Max a dirigir o Ford e o exame no Registro de Veículos Motorizados foi marcado para um dia antes do seu aniversário, que caiu num sábado. No sábado à noite Max ia sair com Dessamae Kaplan, uma menina-mulher de olhos azuis e cabelos ruivos que fez Michael sentir inveja do filho.

Pretendiam dançar a quadrilha num barracão que dava para o lago. Leslie e Michael convidaram alguns amigos do filho para uma pequena festa, antes da dança, quando pretendiam entregar a ele as chaves do carro para que pudesse comemorar o aniversário dirigindo pela primeira vez sem a companhia dos pais.

Mas foi na quarta-feira, antes do aniversário de Max, que Leslie mergulhou na profunda depressão que a levou ao hospital, e na sexta-feira de manhã Michael foi informado de que ela ficaria internada por tempo indeterminado. Max cancelou o exame de motorista e a festa. Quando Michael o ouviu cancelar por telefone o encontro com Dessamae também, observou que, isolando-se do mundo, não ia ajudar em nada a saúde da mãe.

– Eu não quero ir – disse Max. – Você sabe o que tem no outro lado do lago?

Sim, Michael sabia e não insistiu mais com Max para ir à dança. Não seria agradável para ele passear com a namorada na margem do lago, vendo no outro lado o sanatório onde estava sua mãe.

Max passou quase todo o dia lendo na cama. Michael poderia ter usado a habilidade do filho para fazer graça, porque estava tendo trabalho com Rachel, que queria ver a mãe.

– Se mamãe não pode vir aqui, vamos visitar lá, onde ela está.

– Não podemos – disse Michael, outra vez. – É contra o regulamento. Agora não é hora de visita.

– Entramos escondidos. Sem fazer barulho.

– Vá se vestir para o templo – disse ele, gentilmente. – Precisamos estar lá dentro de uma hora.

– Papai, nós podemos. Não precisamos dar toda a volta no lago. Conheço um lugar onde tem um barco a remo. Podemos atravessar direto e ver mamãe e depois voltamos. Por favor – pediu ela.

Michael deu uma palmada no traseiro dela e saiu da sala para não ouvir o choro. De passagem, abriu a porta do quarto de Max e disse:

– Acho melhor se vestir, meu filho. Está quase na hora de irmos para o templo.

– Você se importaria se eu não fosse?

Michael olhou intrigado para ele. Ninguém em sua casa faltava aos serviços no templo, a não ser por doença.

– Por quê? – perguntou.

– É que não quero ser hipócrita.

– Não entendi.

– Estive pensando o dia todo. Não tenho certeza de que Deus existe.

– Deus é uma fantasia?

Max olhou para o pai.

– Pode ser. Quem sabe ao certo? Ninguém pode provar. Ele pode ser uma lenda.

– Você pensa então que passei mais da metade de minha vida servindo a uma coluna de fumaça? Perpetuando um conto de fadas?

Max ficou calado.

– Porque sua mãe ficou doente – disse Michael – e você, na sua sabedoria, concluiu que, se existisse um Deus, ele não a tiraria de você?

– Isso mesmo.

Não era um argumento novo e Michael jamais soube como refutá-lo, e nem queria. Ou a pessoa acredita em Deus ou não acredita.

– Então, fique em casa – disse ele.

Lavou os olhos vermelhos de Rachel e a ajudou a se vestir. Quando, um pouco depois, saíram de casa, ouviram a gaita de Max tocando um blue. Geralmente, Max não tocava na noite de sexta-feira, por respeito ao *shabbos*. Mas nessa noite, Michael compreendeu. Se, como Max suspeitava, Deus não existia, para que observar aquelas coisas sem sentido escritas na coluna totêmica?

Michael e Rachel foram os primeiros a chegar ao templo. Ele abriu as janelas na tentativa de atrair uma pequena brisa. Billy O'Connell, o organista, chegou em seguida, e depois, Jake Lazarus, o cantor. Como de hábito, assim que vestiu o manto negro e pôs o solidéu na cabeça, Jake correu para o banheiro dos homens, onde sempre ficava dez minutos, inclinado sobre a pia na frente do espelho, treinando suas escalas.

Às oito e meia, a hora marcada para o início da cerimônia, havia apenas oito pessoas no templo. Jake olhou interrogativamente para o rabino.

Com um gesto, Michael indicou que deviam começar. Não deviam fazer Deus esperar pelos preguiçosos.

Durante os trinta e cinco minutos seguintes, outros foram chegando, até completar o total de vinte e sete. De onde estava, no púlpito, Michael podia contar facilmente. Sabia que muitas famílias tinham saído da cidade, de férias. Sabia também que podia conseguir pelo menos um *mínian* se fosse até o boliche, que ficava a pouca distância do templo, que naquela noite havia várias festas e que os teatros ambulantes e, sem dúvida, a maioria dos restaurantes chineses naquele momento contavam com a presença da maior parte da sua congregação.

Alguns anos atrás, o fato de poucos membros da congregação comparecerem à sinagoga para a cerimônia do *shabbos* era como uma faca cortando suas entranhas. Mas há muito tempo ele sabia que, para um rabino, um único judeu é companhia satisfatória para uma oração.

Com a alma em paz ele conduziu a cerimônia para o pequeno grupo que nem chegava a ocupar as duas primeiras filas de bancos.

Como sempre acontece nas comunidades, a notícia da doença de Leslie espalhou-se rapidamente, e durante o *oneg shabbat*, o lanche que faziam depois da cerimônia, várias senhoras fizeram questão de tratar Rachel com o maior carinho. Michael ficou agradecido e demorou mais do que costumava, desejando a companhia do seu rebanho.

Quando chegaram em casa, a luz do quarto de Max estava apagada e Michael não quis perturbá-lo.

O sábado foi uma réplica da sexta-feira. Via de regra, o *shabbos* era um dia para descanso e meditação, mas não houve paz na casa dos Kind naquele dia. Cada um sofria a seu modo. Logo depois do almoço, Michael foi avisado da morte da mulher de Jack Glickman. Isso significava que ia passar parte da noite na visita de condolências. Não o agradava a ideia de deixar os filhos.

– Você quer sair? – perguntou a Max. – Se quiser, chamo uma babá para ficar com Rachel.

– Não vou a parte alguma. Ela fica comigo.

Mais tarde, Max lembrou que, depois da partida do pai, tinha deixado o livro que lia e passado rapidamente pelo quarto de Rachel, a caminho do banheiro. Ainda não era noite fechada mas Rachel já estava de pijama, deitada com o rosto voltado para a parede.

– Rachel – disse em voz baixa. – Está dormindo?

Ela não respondeu, e com um erguer de ombros Max saiu do quarto. Voltou para o livro e leu até meia hora depois, quando sentiu fome. A caminho da cozinha, passou outra vez pelo quarto de Rachel.

A cama estava vazia.

Durante cinco minutos ele procurou na casa e no quintal. Chamou pela irmã em voz alta, sem coragem de pensar no lago e no barco a remo no qual ela queria flutuar para os braços da mãe. Max nem sequer sabia se era um barco de verdade ou imaginário, mas sabia que precisava ir até o lago. Michael havia levado o carro e Max teria de usar aquela horrível bicicleta dependurada em dois pregos enferrujados na parede da garagem. Viu com uma mistura de raiva e medo que a bicicleta de Rachel não estava no lugar de sempre, ao lado do cortador de grama. Max pedalou o mais rápido possível na noite úmida de agosto. Embora a casa ficasse a menos de oitocentos metros do Lago Deer, ele transpirava copiosamente quando chegou. A estrada que circundava o lago ficava um pouco afastada da margem, e as árvores o escondiam, mesmo durante o dia. Uma trilha estreita, cheia de buracos e raízes expostas, acompanhava a linha da água, mas era impossível passar por ela de bicicleta. Mesmo assim, Max continuou até o ponto em que Rachel havia chegado. Viu o reflexo vermelho da luz no farol da bicicleta dela, que estava encostada num tronco de árvore, ao lado da trilha. Max deixou a sua no chão e correu pela trilha.

– RACHEL! – chamou.

Os grilos cricrilavam na relva e a água batia nas rochas. À luz pálida da lua, ele examinou a água perto da margem.

– RA-A-CHEL...

Alguém riu, debaixo de uma árvore próxima, e Max pensou que a havia encontrado. Mas então viu dois homens com roupa de banho e uma mulher pouco mais velha do que ele, com um bustiê e saia de algodão, sentada ao lado do tronco da árvore e os joelhos no ar. O luar iluminava as coxas nuas.

Ela riu outra vez.

– Perdeu a namorada, garoto?

– Minha irmã – disse Max. – Não viram uma menina? Oito anos?

Os três abriram latas de cerveja. A mulher tomou um gole longo.

– Ah, isto é ótimo – murmurou ela.

– A gente não viu menina nenhuma – disse um dos homens.

Max correu pela trilha outra vez. O outro homem disse alguma coisa que ele não ouviu e os três riram.

Lembrou-se daquela tarde, há dois verões, quando estava nadando naquela parte do lago e descobriram o corpo de um homem afogado. O cabelo do cadáver/corpo pareceu escorrer quando o tiraram da água e sua carne parecia massa. Rachel era capaz de nadar como cachorrinho à distância de mais ou menos um metro e meio, e quando ela tentava boiar de costas, a água entrava no seu nariz.

– Por favor, Deus – disse ele. – Ó, meu Deus, por favor, por favor.

Continuou correndo e tropeçando na trilha estreita, sem fôlego agora para chamar em voz alta, rezando em silêncio e sem parar.

O barco estava a uns sessenta metros da margem. Era um velho esquife. Parecia negro à luz da lua e estava com a proa virada para o lado errado, na direção da margem. Max viu um pequeno vulto de pijama sentado num canto da popa.

Tirou o tênis e a calça. Quando jogou a calça de brim para o lado, ela caiu na água. Sem se importar, Max mergulhou no lago, que era raso até mais ou menos dois metros da margem, com fundo rochoso. No mergulho, seu peito roçou de leve nas pedras e então ele subiu e começou a nadar rapidamente na direção do barco. Chegou e subiu a bordo.

– Oi, Max – disse Rachel, com um ar sonhador, com o dedo no nariz.

Max deitou no fundo do barco para tomar fôlego. O esquife, muito velho, fazia água e já estava com bastante água suja no fundo.

– A mamãe está lá – disse ela, apontando.

Max olhou para as luzes amarelas na outra margem a quatrocentos metros de onde estavam. Levantou-se e tomou a irmã nos braços molhados. Os dois ficaram imóveis e em silêncio por alguns minutos, olhando para as luzes do hospital. Tudo estava quieto. Uma vez ou outra os acordes da música da dança no barracão chegavam até eles. Mais perto, uma mulher riu estridentemente, depois gritou. Os três que estavam tomando cerveja, pensou Max.

– Onde estão os remos? – perguntou ele, afinal. – Os dois remos?

– Só tinha um, mas eu perdi. Acho que afundou. Por que você está só de cueca? Fica tão engraçada assim grudada no seu corpo.

Max vinha observando há algum tempo a água no fundo do barco.

Estava subindo visivelmente.

– Rachel – disse ele. – O barco está afundando. Vou ter de levar você para a praia a nado.

Rachel olhou para a água escura.

– Não – disse ela. – Eu não quero.

Ele já a havia levado a nado muitas vezes, quando brincavam no lago. Mas agora, cansado como estava certamente não ia conseguir, se ela não fosse de boa vontade.

– Rachel, se me deixar levar você até a praia, ganha meio dólar.

Ela balançou a cabeça.

– Só deixo com uma condição.

Max olhou para a água. Começava a subir rapidamente.

– *Que condição?*

– Você me deixa usar sua gaita durante dois dias inteiros.

– Vamos então.

Max deslizou para fora do barco e ficou ereto na água, esperando por ela. Rachel gritou quando entrou na água, mas depois ficou quieta e dócil quando Max deitou de costas e com a mão sob o queixo dela a levou até a margem.

O tênis estava onde ele havia deixado, mas não encontrou a calça. Desceu a margem alta e procurou na água rasa.

– O que você está procurando?

– Minha calça.

– Veja se consegue achar o meu remo.

Max procurou ansiosamente por dez minutos, e contribuiu para enriquecer o vocabulário da irmã com vários adjetivos furiosos. Depois desistiu.

Segurou a mão dela até onde estavam as bicicletas, atento para ver se os homens e a mulher ainda estavam por perto. Mas só viu a caixa de cerveja debaixo da árvore.

Levaram um longo tempo para chegar em casa. A cueca de Max não tinha zíper, e por isso ele escolheu as ruas mais escuras. Por duas vezes entrou com a bicicleta no meio dos arbustos para evitar os faróis dos carros.

Finalmente, cansado e arranhado, guardou as bicicletas na garagem sem acender a luz. Não havia cortinas nas janelas da garagem.

– Eu não vou cuspir na gaita, Max – disse Rachel, parada na frente da casa, coçando o corpo. – Ande depressa – disse, com um bocejo. – Quero um copo de leite.

Max voltou-se para sair da garagem e ouviu passos de alguém que se aproximava da casa. Passos leves e inconfundíveis de mulher. Mesmo antes de ouvir a voz de Dessamae Kaplan, adivinhou que era ela.

– Rachel? O que você está fazendo aí? Onde está Max?

– Nós estivemos nadando e andando de bicicleta. Eu estou de pijama e Max de cueca, quer ver?

Rachel acendeu a luz e Max ficou imóvel no chão manchado de óleo da garagem, cobrindo a virilha com as duas mãos, enquanto o amor da sua vida dava um grito de espanto e desaparecia correndo na noite.

Tudo isso Max contou para o Rabi Kind na sexta-feira seguinte, quando os dois caminhavam para o templo.

E três meses depois Michael pensou no aniversário do filho, ali sentado com a carta de Leslie e os cartões na mesa à sua frente. E escreveu uma carta para a mulher que estava no hospital, dando vista para o lago onde o filho tinha encontrado Deus e perdido as calças.

3

Numa noite escura, quando os flocos de neve do tamanho de penas voavam horizontalmente no vento nordeste, ele carregou três braçadas de lenha do depósito, atrás da casa, e acendeu na lareira um fogo enorme, que rugiu seu calor por toda parte. Então, preparou um uísque com soda num copo alto e apanhou o tratado *Berakoth*. Mergulhou nas complexidades do Talmude Babilônio como quem escapa para dentro de um sonho.

Há muito tempo não tinha uma noite assim. Leu até onze horas.

Levantou-se apenas para pôr mais lenha na lareira e dizer boa-noite para os filhos.

Então, bocejando e espreguiçando, começou a examinar a correspondência.

O jovem Jeffrey Kodetz pedia um atestado de bons antecedentes para a matrícula no M.I.T. Era o tipo de coisa da qual ele podia esquecer se deixasse para ditar para sua secretária, Dvora Cantor, no dia seguinte. Assim, fez um rascunho, que entregaria a ela para ser datilografado.

Havia também uma carta da Associação de Ex-alunos do Columbia College informando que, dentro de dezoito meses, ele e seus colegas de classe estariam comemorando sua vigésima quinta reunião. Além do seu comparecimento, pediam uma autobiografia para o Livro de Um Quarto de Século da Classe.

Michael releu a carta e balançou a cabeça perplexo. Um quarto de século?

Estava cansado demais para escrever qualquer outra coisa que não fosse uma carta para Leslie. Fechou o envelope e descobriu que não tinha mais selos. Era um problema, porque sempre mandava a carta de manhã, a caminho da sinagoga, quando o correio estava ainda fechado.

Lembrou que Max tinha sempre selos na carteira. Quando entrou no quarto, Max dormia profundamente, deitado de costas e roncando baixinho. Uma das pernas estava dependurada ao lado da cama, e com um leve sorriso Michael notou o tamanho exagerado do pé.

A calça estava dependurada com descuidada eficiência na primeira gaveta da cômoda. Michael tirou de um dos bolsos a carteira do filho cheia de pedaços de papel. Procurando os selos, seus dedos encontraram outra coisa. Um objeto pequeno, alongado, envolto em papel-alumínio. Sem poder acreditar nos próprios dedos, Michael levou o objeto até a porta, e à luz do corredor leu o que estava escrito.

"Trojan-Enz são testados individualmente nos nossos aparelhos especiais. Companhia Young de Manufatura de Borracha, Trenton, N.J., Nova York, N.Y."

Nessa idade – pensou Michael temeroso – esse adolescente, esse garoto que ainda naquela manhã o chamara de papai? E com quem? Talvez com uma mulher devassa, possivelmente com alguma doença venérea? Ou pior ainda, que Deus não permitisse, com aquela menina de aparência tão pura e cabelos vermelhos? Michael ergueu o objeto para a luz. O papel-alumínio estava velho e rachado. Lembrou então que muitos anos atrás era considerada uma prova de maturidade juvenil ter uma daquelas coisas no bolso, mesmo que não fosse usada.

Quando voltou a guardar a carteira no bolso, algumas moedas caíram tilintando no chão. Michael prendeu a respiração, temendo que o filho acordasse, mas Max dormia como se estivesse drogado.

Drogado? Sim, esse era o problema seguinte. Michael ajoelhou, não para orar como um cristão, mas para passar as mãos no chão.

Debaixo da cama encontrou duas moedas de cinco centavos, um quarto de dólar, um *penny*, três pés de meia e muita poeira. Conseguiu encontrar quase todas as moedas e as guardou no bolso da calça de Max. Depois desceu, lavou as mãos e ligou a máquina para fazer café.

Tomando a segunda xícara de café, ouviu no noticiário da meia-noite o nome de um dos membros da sua congregação. Gerald I. Mendelsohn estava na lista dos casos graves no Hospital Geral de Woodborough. Sua perna fora prensada por uma máquina durante o turno da noite, na Fundição Suffolk.

Os Mendelsohn, chegados há pouco tempo na cidade, provavelmente não tinham ainda muitos amigos, pensou Michael com desânimo.

Ainda bem que não tinha vestido o pijama. Pôs a gravata, vestiu o paletó e o sobretudo, calçou as galochas, pôs o chapéu e saiu de casa o mais silenciosamente possível. As ruas estavam péssimas, cobertas de gelo. Dirigiu lentamente e passou pelas casas escuras com inveja dos que dormiam.

O rosto de Mendelsohn, muito pálido, com a barba por fazer, parecia uma pintura da crucificação. Estava num quarto da Seção de Emergência do hospital, sedado ou inconsciente, mas gemendo alto.

A mulher sofria. Era pequena e atraente, com cabelo castanho, olhos enormes, seios pequenos e unhas compridas e muito vermelhas.

Forçando desesperadamente a memória, Michael lembrou o nome dela. Jean. Tinha a ideia de tê-la visto levando os filhos ao templo, para as aulas de hebraico.

– Tem alguém em casa com as crianças?

Ela balançou a cabeça afirmativamente.

– Tenho bons vizinhos. Uns irlandeses encantadores. – O sotaque era de Nova York. Brooklyn?

Jean era de Flatbush. Michael sentou-se ao lado dela e conversaram sobre os vizinhos dos quais ele se lembrava. O homem na cama gemia com regularidade, como regido por um cronômetro.

Às duas e quinze eles o levaram, e Michael esperou no corredor, com a mulher, enquanto a perna era amputada. Terminada a operação, ela ficou aliviada. Quando Michael finalmente se despediu, os olhos inchados de Jean estavam calmos e sonolentos, como os de uma mulher apaixonada depois de fazer amor.

Parou de nevar antes dele chegar em casa. As estrelas pendiam do céu escuro como frutos maduros e brilhantes.

De manhã, quando fazia a barba na frente do espelho, Michael descobriu que não era mais jovem. O cabelo estava mais fino, o nariz começava a crescer curvado para baixo, como o do judeu nas caricaturas antissemitas. A pele estava flácida e as bochechas tremiam sob a espuma do creme de barbear. Sentia-se como uma folha começando a ressecar e rachar. Algum dia ia cair da árvore e o mundo continuaria, mal notando seu desaparecimento. Percebeu que mal se lembrava do sabor da primavera da sua vida, com a certeza de que tinha chegado ao outono.

O telefone tocou e Michael, aliviado, deu as costas ao espelho. Era o dr. Bernstein que telefonava pela primeira vez em quatro semanas, desde que Leslie tinha começado o tratamento de choque. As palavras do médico o tranquilizaram imediatamente.

– Ela pode passar um dia em casa, se quiser – disse ele, casualmente.

– Quando?

– Quando você quiser.

Michael cancelou dois compromissos e foi direto para o hospital.

Quando entrou no quarto, Leslie estava sentada, com o cabelo todo penteado para trás e preso com um elástico muito feio. O rabo de cavalo, que Leslie não usava há anos, não a fazia parecer mais jovem, e sim uma matrona. Estava com um vestido azul de algodão, e os lábios recém-pintados com batom. Tinha engordado bastante, mas ficava bem.

– Olá – disse ele.

Leslie olhou para ele sem dizer nada, e Michael teve medo de que tudo fosse outra vez como nos primeiros dias da doença. Mas então ela sorriu e começou a chorar.

– Olá – disse ela.

Michael a abraçou, sentindo a maciez familiar do corpo dela. Aspirou o cheiro de Leslie que há tanto tempo não sentia, uma mistura de sabonete Camay, Creme Paquin's para as mãos e pele morna. Apertou-a ainda mais contra o peito.

Obrigado, Senhor. Amém.

Beijaram-se desajeitadamente, com uma estranha e súbita timidez, e depois sentaram-se na beirada da cama, de mãos dadas. O quarto cheirava a desinfetante.

– As crianças? – perguntou ela.

– Estão muito bem. Querem ver você. Quando você quiser.

– Mudei de ideia. Não quero vê-los aqui, não deste modo. Quero ir para casa logo que puder.

– Falei com o dr. Bernstein. Se quiser, pode ir para casa fazer uma visita.

– Quero sim.

– Quando?

– Agora?

Michael telefonou para Dan e tudo foi arranjado. Cinco minutos depois estava ajudando Leslie a entrar no carro, e saíram do hospital como dois jovens namorados. Leslie estava com o velho casaco azul e um lenço branco no pescoço, mais bela do que nunca, pensou Michael, o rosto dela cheio de vida e entusiasmo.

Passava um pouco das onze.

– Hoje é o dia de folga de Anna – disse ele.

Leslie olhou para ele de soslaio.

– Anna?

Michael tinha escrito sobre Anna uma dezena de vezes.

– A governanta. Quer almoçar em algum lugar agradável?

– Quero. Em casa. Eu preparo alguma coisa.

Michael deixou o carro na frente da casa, e eles entraram pela porta dos fundos. Leslie andou pela cozinha, pela sala de jantar, a sala de estar, arrumando os quadros nas paredes e abrindo as cortinas.

– Tire o casaco – disse ele.

– Vai ser uma surpresa para as crianças. – Leslie olhou para o relógio sobre a lareira. – Devem chegar dentro de três horas. – Tirou o casaco e o guardou no closet do hall. – Sabe o que eu quero? Um bom banho quente, de banheira. Bem demorado. Não me importo se nunca mais tomar um banho de chuveiro pelo resto da vida.

– Um banho saindo! Do jeito que você gosta.

Michael subiu, preparou o banho com os sais perfumados que não eram usados desde que Leslie fora para o hospital. Enquanto ela estava no banho, Michael tirou os sapatos e deitou-se na cama de bronze. Ouviu uma vez ou outra um ruído da água e os trechos de canções que ela murmurava e cantava. Era um som maravilhoso.

Leslie saiu do banheiro com o roupão de banho de Michael e atravessou correndo o quarto gelado para o closet, onde começou a escolher um vestido empurrando cabide atrás de cabide.

– O que vou vestir esta tarde? – disse ela. – Venha me ajudar a escolher.

Michael aproximou-se dela.

– O vestido verde de jérsei de malha – disse ele.

Leslie bateu com um pé no chão.

– Não vai entrar nem na ponta do meu nariz. Eu engordei tanto naquele lugar.

– Deixe ver. – Michael abriu o roupão e Leslie ficou imóvel para a inspeção. Então ela o abraçou encostando a cabeça no peito dele.

– Ó, Michael, estou gelada.

– Venha, eu a aqueço.

Leslie esperou que ele se despisse apressadamente, e então os dois estremeceram juntos sob o lençol frio, abraçados, a ponta dos pés dela nas pernas dele, prendendo-o junto ao seu corpo. Por cima do ombro dela, Michael viu os dois refletidos no longo espelho de parede. Olhou para os corpos muito brancos no vidro amarelado e começou a se sentir jovem outra vez. A folha não estava mais ressecada e encolhida. Estava cheia de verão e não mais de outono. Logo deixaram de tremer, aquecidos. Michael acariciou e tocou toda a riqueza do corpo macio e úmido, e Leslie começou a chorar com uma melancolia que partiu o coração dele, com muita tristeza e nenhuma esperança.

– Michael, não quero voltar para lá – disse. – Não posso voltar.

– Agora é só por pouco tempo – garantiu Michael. – Pouco tempo. Eu prometo.

Leslie cobriu a boca dele com a sua, cheia de vida e de amor e com gosto de pasta de dentes.

Então, ela enxugou com o lençol os olhos dele e depois os seus.

– Somos dois bobos – disse ela.

— Bem-vinda ao lar.

— Obrigada. – Leslie apoiou o queixo nas mãos e olhou para ele por um momento, depois deu um largo sorriso, o mesmo que ele via todos os dias no rosto da filha, porém mais maduro, mais experiente.

Michael saiu rapidamente da cama, apanhou o pente e a escova na penteadeira e voltou para debaixo das cobertas. Leslie riu, divertida. Depois, tirou o elástico feio e o cabelo, livre e belo, desceu até os ombros, envolvendo o pescoço de Leslie que estava agora sentada e segurava o lençol junto do queixo. Michael escovou o cabelo macio cuidadosamente, como escovava o de Rachel. Depois, atirou o elástico para longe. Agora Leslie era completamente a mulher que ele conhecia.

Naquela noite Max e Rachel falaram muito pouco, mas seguiam a mãe como duas sombras.

Depois do jantar Leslie sentou-se numa poltrona, com Max a seus pés e Rachel no colo, para ouvir discos. Michael deitou-se no sofá, fumando.

Foi difícil dizer para as crianças que ia voltar para o hospital. Mas Leslie disse, calmamente, com aquela eficiência que ele sempre havia admirado. Rachel foi para a cama às nove horas e, por insistência da mãe, Max a beijou e subiu para fazer os deveres de casa.

Na volta para o hospital falaram muito pouco.

— Foi mesmo um dia e tanto! – disse ela, segurando a mão dele entre as suas por um longo tempo. – Vem me ver amanhã?

— Sim, venho.

Michael voltou para casa dirigindo lentamente. Max tocava sua gaita de boca e ele ouviu por um momento, enquanto fumava. Finalmente subiu, mandou Max se deitar, tomou um longo banho de chuveiro e vestiu o pijama. Ficou deitado no escuro. As rajadas de vento sacudiam a casa e os vidros das janelas. A cama parecia tão grande e vazia quanto o mundo todo lá fora. Ficou um longo tempo acordado, rezando.

Logo depois que Michael adormeceu, Rachel acordou gritando e depois começou a chorar. Na segunda vez que ela gritou Michael ouviu e, saltando da cama, correu descalço até o quarto da filha. Abraçou-a e deitou ao lado dela.

Mesmo depois de adormecer, ela soluçava ainda, com o rosto molhado de lágrimas.

— *Shah* – disse ele, abraçando-a. – *Shah, shah, shah*. – Embalando-a docemente, no escuro.

Os olhos dela se abriram no rostinho em forma de coração. Rachel sorriu e aconchegou-se mais a ele. Michael sentiu o rostinho molhado no pescoço.

Fêiguile, pensou ele, "passarinho". Lembrou então de quando tinha a idade dela, os problemas quando seu pai tinha quarenta e cinco anos. Meu Deus, lembrava do seu *zeide* quando o pai tinha pouco mais do que essa idade. Michael ficou imóvel, no escuro, tentando lembrar de tudo.

Brooklyn, Nova York
Setembro, 1925

4

Quando Michael era pequeno, a barba do seu avô devia ser negra. Mas ele só se lembrava de como ela era quando já era crescido – como um arbusto cerrado e branco, que Isaac Rivkind lavava com xampu de três em três dias e penteava com amor e vaidade. Era como um manto macio sob o rosto moreno, e chegava até o terceiro botão da camisa. A barba era a única coisa suave e macia que havia nele. Tinha o nariz como o bico de um falcão e os olhos de águia. O topo da cabeça era calvo e brilhante como osso polido, circundado por uma coroa de cabelos crespos que jamais chegaram a ter a alvura da barba, e que continuaram cinza-escuros até sua morte.

Na verdade, o avô de Michael tinha pelo mundo a ternura da mãe que amamenta o filho fatalmente doente. O que encobria esse amor com uma espessa pátina era o horror aos gentios, adquirido na cidade bessarabiana de Kishinev, onde tinha nascido.

Kishinev tinha cento e treze mil habitantes. Quase oitenta mil eram judeus. Uns poucos mil eram ciganos e o resto romenos moldavianos. Embora fossem a maioria, os judeus de Kishinev submetiam-se resignadamente aos impropérios, à zombaria, ao desprezo dos moldavianos. Sabiam que Kishinev era um gueto insular rodeado por um mar de hostilidade. O governo proibia os judeus de deixarem a cidade, mesmo que fosse para trabalhar como apanhador de frutas ou cuidar dos vinhedos no campo. A administração cobrava tributos pesados dos judeus, mantinha-os confinados e apoiava um jornal diário – o *Bessarabetz* – publicado por um fanático antissemita chamado Pavolachi Krushevan, que tinha como único objetivo incitar os leitores a derramar o sangue dos judeus.

Michael aprendeu o nome de Krushevan quando era ainda muito pequeno e aprendeu nos joelhos de seu *zeide* a odiá-lo tanto como odiava o nome de Haman. Quando subia para o colo do *zeide*, nas sombras misteriosas do pequeno armazém, não era para ouvir contos de fadas, mas as lendas de como seu avô tinha ido para a América.

O pai de Isaac era Mendel Rivkind, um dos cinco ferreiros de Kishinev, um homem sempre com o fedor do suor dos cavalos nas narinas. Mendel tinha mais sorte que a maioria dos judeus. Era um proprietário. Encostadas na parede norte da pobre estrutura de madeira que ele chamava de casa ficavam as duas forjas de tijolos, feitas por ele. Ali queimava o carvão, também feito por ele, num buraco na terra, atiçando o fogo com um enorme fole de couro feito com a pele de um touro.

Havia muito desemprego em Kishinev. Ninguém podia pagar muito para ferrar seus animais, e a família Rivkind era tão pobre quanto seus vizinhos. O que tinham dava apenas para sobreviver, e guardar dinheiro era coisa que jamais passava pela cabeça dos judeus de Kishinev, porque ninguém tinha o bastante para guardar. Porém, um mês antes do nascimento de Isaac, dois primos de Mendel Rivkind foram espancados selvagemente por um grupo de jovens moldavianos bêbados. O ferreiro resolveu que de algum modo, algum dia, ele e a família fugiriam para um lugar melhor.

Com essa decisão a família passou de pobre a paupérrima. Passaram a se privar do menor supérfluo e cortaram despesas que antes julgavam necessárias. Rublo a rublo, uma pequena reserva em dinheiro começou a crescer atrás de um tijolo solto na base de uma das forjas. Só Mendel e Sonya, sua mulher, sabiam da sua existência. Não contaram a ninguém porque não queriam ser assassinados enquanto dormiam por algum camponês bêbado à procura das suas economias.

A cada ano uma pequena quantia era adicionada ao dinheiro guardado. Depois do *bar mitzvá* de Isaac, o pai o levou até a forja, numa noite escura e fria, e, retirando o tijolo, mostrou a ele o dinheiro e contou seu sonho.

Era difícil fazer com que o dinheiro economizado crescesse mais depressa do que a família. Primeiro nasceu Isaac. Três anos depois, uma filha, que recebeu o nome de Dora, a avó, *alea hasholom*, que descanse em paz. Em 1903 tinham o suficiente para três passagens de terceira classe para os Estados Unidos. Mas então, Dora estava com dezoito anos e Isaac com vinte e dois, casado há mais de um ano. Sua mulher, Itta, cujo sobrenome de solteira era Melnikov, já sentia uma nova vida no seu ventre, o que significava mais rublos guardados atrás do tijolo durante alguns anos.

As coisas pioraram. Krushevan ficou mais agressivo. Uma jovem cristã, paciente do hospital judeu de Kishinev, cometeu suicídio. Num *shtetl* próximo, um homem espancou seu sobrinho pequeno até a morte num acesso de fúria alcoólica. Krushevan procurou imediatamente tirar partido desses fatos. Seu jornal afirmava que as duas vítimas haviam sido mortas por judeus, para cerimônias de um odioso assassinato ritual.

Sem dúvida, todos que podiam deviam partir o mais breve possível. Mendel mandou Isaac pegar o dinheiro e ir embora. O resto da família iria mais tarde. Mas Isaac tinha outras ideias. Era jovem e forte e tinha aprendido com o pai o ofício de ferreiro. Ele e Itta iam ficar em Kishinev, guardando dinheiro para o dia em que pudessem partir. Enquanto isso, Mendel, Sonya e Dora podiam ir para os Estados Unidos e depois de algum tempo mandar o dinheiro para que Isaac, Itta e o filho pudessem ir também para o Novo Mundo. Mendel não concordou, mas Isaac lembrou que Dora estava em idade de casar. Por acaso o pai queria que ela casasse com um judeu pobre de Kishinev para levar a vida miserável que conheciam tão bem? Dora era bonita. Na América, podiam fazer um *shidduch*, um casamento que garantisse a ela um belo futuro – até mesmo ajudando a família.

Mendel concordou com relutância. Foram preenchidos os requerimentos necessários e enviados com a ajuda de um judeu coletor de impostos, que aceitou sob protesto os seis rublos que Mendel pôs na sua mão, mas que não fez nenhum gesto para devolver o dinheiro. A partida foi marcada para o dia 30 de maio. Muito antes de chegarem os preciosos passaportes, que seriam guardados atrás do tijolo, com o dinheiro da libertação, Sonya, Itta e Dora puseram-se a trabalhar, enchendo travesseiros com penugem de ganso, separando repetidas vezes o pouco que tinham, tentando resolver o que devia ser levado e o que ficaria em Kishinev.

No começo de abril começou a faltar carvão para as forjas. Mendel adquiria a madeira na floresta a vinte quilômetros de Kishinev. Toras de castanheiro, vendidas a preço baixo pelos camponeses que abatiam as árvores para fazer seus campos de cultivo. Ele transportava as toras, serrava, cortava e fazia o carvão. Era uma tarefa infindável. Embora os judeus vivessem confinados no gueto, o governo reconhecia a importância de manter os animais de tiro em boas condições, e os ferreiros tinham permissão de sair da cidade para comprar madeira. Uma vez que logo ia ser o novo dono do negócio, Isaac resolveu fazer a compra no lugar do pai. Itta pediu para ir com ele. Saíram de manhã, felizes e orgulhosos no banco da carroça coberta, puxada por dois cavalos velhos.

Foi uma viagem maravilhosa. A primavera estava no ar. Isaac deixou que os cavalos seguissem no seu passo lento, enquanto os dois apreciavam a paisagem. No meio da tarde chegaram ao bosque que estava sendo derrubado para fazer as plantações. Os camponeses ficaram satisfeitos com a perspectiva do dinheiro inesperado que os ajudaria a pagar as dívidas contraídas durante a Páscoa. Permitiram que Isaac percorresse o bosque para escolher as árvores que deviam ser abatidas. Ele escolheu madeira nova, mais fácil para serrar quando chegasse em casa. Naquela noite, ele e Itta jantaram lautamente o lanche *kosher* preparado por Sonya. Os camponeses estavam acostumados com isso e compreendiam. Isaac e Itta dormiram numa pequena cabana perto do campo, felizes e entusiasmados com a novidade de estarem juntos e longe de casa, ela com a cabeça no ombro do marido, ele com a mão sobre o ventre crescido da mulher. De manhã, Isaac trabalhou ao lado dos camponeses, abatendo e desgalhando as árvores e depois carregando sua carroça. Quando terminaram, o sol estava alto no céu. Isaac pagou oito rublos pela madeira, ele e o fazendeiro trocaram agradecimentos calorosos e sinceros, subiu para a carroça, sentou ao lado de Itta, estalou a língua para os cavalos e partiu com sua pesada carga.

O sol estava se pondo quando se aproximaram de Kishinev. Alguns quilômetros antes perceberam que alguma coisa de errado devia ter acontecido. Cruzaram com um criador de porcos, freguês antigo dos Rivkind, no seu cavalo ferrado por Mendel na semana anterior. Isaac o cumprimentou alegremente e o homem empalideceu, esporeou o cavalo e desapareceu no campo.

Quando se aproximaram viram o fogo, a fumaça espiralando para cima, tingida de vermelho pelo sol poente. Logo ouviram os lamentos. Não falaram, mas Isaac ouviu a respiração áspera de Itta, um quase soluço, quando entraram com a carroça carregada na cidade. Passaram por ruas onde, de ambos os lados, longas fileiras de casas ainda ardiam em chamas.

Na oficina do ferreiro, só as forjas estavam de pé, escurecidas agora tanto por dentro quanto por fora. Três quartos da casa tinham desaparecido, sobrando apenas uma concha sem telhado e chamuscada. Ao lado dela o irmão de Itta, Solomon Melnikov, esperava por eles e os recebeu com um grito de alegria por ver que estavam vivos. Então, como uma criança, encostou a cabeça no ombro de Isaac e começou a chorar.

Isaac e Itta ficaram na casa dos Melnikov durante o funeral e os sete dias de luto. A cidade inteira de Kishinev ficou sentada em *shiva*. Quarenta e sete judeus foram mortos no *pogrom*. Quase seiscentos ficaram feridos. Duas mil famílias foram despojadas de tudo que possuíam pela multidão enlouquecida que devastou a cidade, estuprou e mutilou antes de cortar pescoços e amassar cabeças. Setecentas casas foram destruídas. Seiscentas lojas foram saqueadas.

Na última noite da semana de luto, Isaac foi sozinho até a oficina destruída. Caminhou pelas ruas escuras e viu as casas queimadas que pareciam falhas de dentes num maxilar. O tijolo na base da fornalha soltou-se com tanta facilidade que, por um momento, ele teve certeza de que os passaportes e o dinheiro tinham desaparecido. Mas estavam ali. Isaac guardou tudo no bolso e, sem saber bem por quê, recolocou o tijolo no lugar, fechando a base da forja.

Deu o passaporte de sua mãe para os Melnikov. Nunca chegou a saber se alguém o usou para sair de Kishinev. Depois, despediram-se somente dos Melnikov e dos primos do seu pai, sobreviventes do terror.

A família Melnikov foi dizimada pela epidemia de gripe que assolou a Bessarábia em 1915. Mas, como costumava dizer o *zeide* de Michael, essa era outra história, da qual não se conheciam todos os fatos.

Seu avô contava e recontava esses eventos até a mãe de Michael, que estremecia nas partes mais horríveis do relato e cuja paciência estava mais do que esgotada pela presença em sua casa daquele velho rabugento, dizer irritada: "Nós *sabemos*. Já nos contou. Imagine contar essas coisas para as crianças!" Por isso a maior parte das histórias que ele ouviu foram contadas por seu *zeide* no interior do armazém dos Rivkind, um lugar que cheirava deliciosamente a alho, queijo, peixe defumado e picles azedos. Era bom também o cheiro do seu avô quando Michael se sentava no seu colo. Da barba emanava o perfume de sabonete de Castille e o cheiro forte do fumo de cachimbo Príncipe Albert, que ele fumava seis dias da semana, e seu hálito sugeria um leve cheiro de gengibre caramelado e uísque de centeio, sem os quais ele não passava. Ele era aquela raridade, um judeu que gostava de beber. A bebida foi um luxo ao qual ele sucumbiu durante a solidão e a prosperidade que pautaram sua vida depois da morte da mulher. Mais ou menos de duas em duas horas tomava uma dose da garrafa de Canadian V. O. A bebida era fornecida por um farmacêutico amigo, contrário à Lei Seca, que – desconfiava ele – a guardava num barril de feijão-de-lima.

Michael não precisava do estímulo dos heróis dos livros e revistas. Tinha um homem destemido em carne e osso que era uma combinação de Dom Quixote, Tom Swift e Robinson Crusoe, esculpindo uma nova vida num mundo estranho.

– Conte a *meise* sobre a fronteira, *zeide* – pedia ele, encostando o rosto na barba macia e fechando os olhos.

– Quem tem tempo para essas bobagens – resmungava Isaac, mas os dois sabiam que ele tinha tempo de sobra. A velha cadeira de balanço atrás do balcão começava a balançar lentamente, chiando como um grilo, e Michael enfiava ainda mais o rosto na barba do avô. – Quando saí de Kishinev com minha Itta, *alea hasholom*, que descanse em paz, viajamos de trem para o norte, dando a volta nas montanhas. Chegamos à Polônia sem problemas. Naquele tempo, era parte da Rússia. Nem pediram nossos passaportes.

"Eu estava preocupado com o meu passaporte. Era do meu pai, que descanse em paz. Sabia que não iam criar caso com Itta, que tinha os papéis da minha falecida mãe. Mas eu era um homem jovem com o passaporte de um velho.

"Os problemas começaram quando chegamos à fronteira da Polônia com a Alemanha. Era um tempo de *tsorris* entre os dois países. Sempre há problemas entre a Polônia e a Alemanha. Mas naquela época as *tsorris* eram muito piores. O trem parou na fronteira e todo mundo teve de descer. Fomos informados que só um certo número de pessoas podia passar e que a cota já estava completa."

Nesse ponto, a cadeira de balanço ficava imóvel, sinal de que Michael devia fazer uma pergunta para criar suspense. Então, ele falava com o rosto dentro da barba, com os fios finos fazendo cócegas nos seus lábios e em volta do nariz. Quando sua respiração umedecia um ponto da barba, ele mudava para outro.

– O que você fez, *zeide*?

– Não estávamos sozinhos. Mais ou menos uns cem outros tinham o mesmo problema. Poloneses, alemães, russos, judeus. Poucos romenos e boêmios. Alguns saíram da estação à procura de um lugar para atravessar a fronteira. Algumas pessoas da cidadezinha da fronteira se ofereceram para mostrar uma passagem segura em troca de pagamento. Mas eu não gostei da aparência deles, pareciam criminosos. Além disso, sua avó, *alea hasholom*, estava com a barriga muito grande. Parecia uma melancia. Grávida do seu pai. Tive medo de tentar uma longa caminhada. Assim, esperamos o dia inteiro ao lado da cancela. O sol estava quente como fogo e tive medo de que sua avó ficasse enjoada. Comemos pão e queijo que tínhamos levado, mas logo depois sentimos fome outra vez. E sede. Não havia nada para beber. O dia todo esperamos. Quando o sol desceu para o horizonte, continuamos ali porque não tínhamos para onde ir.

– Quem salvou vocês, *zeide*?

– Esperando também ao lado do portão estavam duas belas moças *yiddisheh*. *Sheine meidlach*. E no outro lado do portão, dois soldados alemães de rostos vermelhos. As *meidlach* aproximaram-se dos soldados e começaram a conversar e rir com eles. Então eles abriram a cancela para as duas. E todos nós, poloneses, alemães, russos, boêmios e romenos, sua avó com toda aquela barriga e eu, todos nós, como o gado que você vê disparado nos filmes – empurramos e atropelamos até chegarmos ao outro lado da fronteira e então nos misturamos com o povo que estava na estação, para que os soldados não nos encontrassem mais. Não demorou muito, chegou um trem, embarcamos e fomos embora.

Michael se remexeu no colo do avô porque estavam chegando na melhor parte da história.

– E por que os soldados abriram a cancela para as moças, *zeide*?

– Porque elas prometeram uma coisa para eles.

A boca de Michael começou a encher de saliva.

– O quê? O que elas prometeram para os soldados?

– Uma coisa doce e quente foi o que elas prometeram. Uma coisa que os soldados queriam muito.

– Que coisa era essa, *zeide*?

A barriga e o peito do avô começaram a tremer. Na primeira vez que contou a história, Michael tinha feito a mesma pergunta e, procurando desesperadamente uma resposta adequada para um garotinho, Isaac tinha descoberto a coisa certa.

– Doces. Iguais a estes!

Ele sempre levava no bolso um saco de papel muito amarrotado com gengibre caramelado. Enquanto o açúcar se dissolvia na boca, era doce, mas depois, o gosto picante do gengibre enchia os olhos de água. Michael gostava do gengibre caramelado tanto quanto o avô, mas quando exagerava, na manhã seguinte, quando ia ao banheiro, seu *tuchis* ardia tanto que ele chorava em silêncio. Se a mãe ouvisse, podia proibir o avô de dar o gengibre caramelado para ele.

Chupando o gengibre, ele pediu outra história.

– Conte o que aconteceu depois do trem, *zeide*.

E Isaac contava como o trem os tinha levado só até Mannheim, onde tiveram de esperar outra vez no sol quente da primavera. O pátio de manobras da estação ficava na margem do rio Reno. Isaac começou a conversar com um barqueiro que, com a mulher musculosa e de ombros largos, carregava sua barcaça de carvão. O barqueiro recusou a oferta de Isaac de comprar duas passagens para descer o rio. Itta, sentada num tronco caído, arrastando a bainha do vestido na lama escura, teve um acesso de choro. A mulher do barqueiro olhou para a barriga e para o rosto pálido da jovem judia. Falou asperamente com o marido que, embora contrariado, fez um sinal com o polegar negro de carvão para que os dois subissem a bordo.

Embora fosse um meio de transporte estranho para eles, Isaac e Itta gostaram da viagem. A despeito de todo o carvão que carregavam, a cabine era muito limpa. O aborrecimento do barqueiro desapareceu quando viu que Isaac, além de pagar a passagem, estava disposto a trabalhar. Os dias eram ensolarados, a água do rio corria verde e limpa. Isaac viu a cor voltar ao rosto de Itta.

De manhã ele ficava sozinho no convés coberto de orvalho ao lado dos sacos de carvão com o *tallis* sobre os ombros e seus filactérios na testa e no braço, salmodiando baixinho, enquanto a barcaça passava silenciosa pelos castelos de pedra com torres que subiam para o céu azul e branco, por casas vistosas e vulgares onde dormiam os alemães, por povoados e rochedos e pastos imensos. Na manhã do quarto dia, terminou suas preces e, erguendo os olhos, viu o barqueiro holandês debruçado na amurada, olhando para ele. O homem sorriu respeitosamente e encheu de fumo o cachimbo. Depois disso, Isaac passou a se sentir em casa na barcaça.

Os castelos desapareceram. Quando chegaram a Bingen, Isaac trabalhou como um marinheiro, obedecendo às ordens dadas pelo holandês aos berros, descendo as corredeiras. Então o rio se transformou num regato preguiçoso, e por dois dias seguiram a viagem lentamente. No nono dia, o Reno seguiu para oeste, na direção dos Países Baixos, mudando seu nome para Waal. Dois dias depois ele os levou para o porto de Rotterdam. O barqueiro e a mulher os acompanharam até o cais onde aportavam os grandes transatlânticos. O fiscal da alfândega holandesa olhou atentamente para o jovem imigrante quando viu a idade marcada no passaporte – cinquenta e três anos. Então deu de ombros e carimbou rapidamente. Itta chorou quando o casal holandês se despediu deles.

– Eles eram como judeus – dizia o *zeide* de Michael sempre que contava essa história.

A não ser que aparecesse um freguês no armazém, Isaac contava a história do nascimento do pai de Michael em pleno Atlântico, durante uma forte tempestade, com ondas "da altura do prédio da Chrysler", e como o médico de bordo tinha escolhido aquela noite para ficar completamente bêbado e como Isaac, tremendo, tirou o bebê do corpo de Itta com as próprias mãos.

Um freguês no meio da história era uma catástrofe, mas se fosse italiano ou irlandês e Isaac estivesse quase no fim, ele o fazia esperar e terminava a narrativa. Os judeus predominavam na área de Borough Park, no Brooklyn, mas havia quarteirões inteiros de irlandeses e outros de italianos. O quarteirão em que eles moravam ficava entre esses dois ninhos de cristãos. No quarteirão irlandês havia um mercado dirigido por um homem chamado Brady, e o Armazém Alfano ficava no quarteirão dos italianos. De um modo geral, cada grupo étnico comprava nos fornecedores do seu bairro. Porém, ocasionalmente faltava algum artigo num dos armazéns e o freguês era obrigado a procurar num dos outros dois, onde era atendido atenciosamente mas sem nenhum calor, por ser um freguês temporário e levado ao armazém por uma emergência.

O avô de Michael tinha comprado o armazém no Borough Park depois da morte da sua Itta, quando o filho tinha três anos. Antes disso, tinha outro armazém muito pequeno em Williamsburg, no Brooklyn, onde ele e a mulher tinham ido morar quando chegaram aos Estados Unidos. Era um cortiço, infestado de baratas, mas tão ortodoxo quanto qualquer gueto da Europa, e provavelmente por isso ele o adorava e não queria se mudar. Mas para o pai de Michael, a ideia do pai já velho e sozinho morando naquele lugar era insuportável. Cedendo à insistência de Abe Rivkind, Isaac vendeu a loja de Williamsburg e passou a morar em Borough Park com a família do filho. Levou seus livros de orações, quatro garrafas de uísque, um colchão de penas feito por Itta e a grande cama de bronze, sua primeira compra na América em cujas superfícies brilhantes – garantiu aos netos – eles poderiam ver as próprias almas se estivessem sem pecado.

Isaac podia ter se aposentado então, pois Abe Rivkind vivia muito bem, fabricando coletes e cintas para mulheres. Mas ele queria comprar seu uísque e o filho e a nora tiveram de ceder à determinação que viram nos seus olhos. Ele comprou o pequeno armazém da esquina perto do apartamento em que moravam.

Para Dorothy Rivkind, o dia em que seu sogro passou a morar com eles deve ter sido terrível. Ela era uma mulher gorducha, de cabelo louro oxigenado e olhos plácidos. Teoricamente sua casa era *kosher*. Não servia carne de porco nem seres do mar sem escamas. Mas não chegava a perder o sono se, por acaso, quando arrumava a cozinha, depois do jantar, guardava um prato de carne na pilha de pratos para laticínios. Por outro lado, para Isaac, a Lei era a lei. Debaixo do balcão do armazém ele guardava uma pilha de comentários, com as pontas dobradas e cheios de anotações e observava as leis religiosas do mesmo modo que respirava, dormia, enxergava ou ouvia. No começo, as infrações cometidas pela nora o encheram de horror e depois de fúria. Ninguém da família foi poupado. Os vizinhos acostumaram-se a ouvir sua voz, trovejando indignada em ídiche. No dia em que ele passou a morar com a família, Michael e sua irmã Ruthie chegaram à mesa do jantar, sobre a qual estava o rosbife, levando nas mãos pedaços de pão com manteiga que tinham apanhado na cozinha quando a fome apertou.

– *Goyim!* – gritou o avô. – Para uma mesa *fleishig* vocês trazem manteiga? – Voltou-se para a mãe dos meninos, que empalideceu. – Que espécie de filhos você está criando?

– Ruth, apanhe o pão com manteiga de Michael e jogue fora – disse Dorothy, em voz baixa.

Mas Michael era pequeno e gostava do que estava comendo. Resistiu quando a irmã tentou tirar o pão e um pedaço de manteiga caiu sobre o prato que estava na mesa. Era um prato de carne e os dois irmãos fugiram correndo para o quarto, apavorados com os gritos do avô. Abraçados e cheios de medo, ouviram fascinados toda a magnificência da fúria do avô.

A experiência determinou o padrão de vida do *zeide* na casa dos Rivkind. Passava o maior tempo possível no armazém. Ignorando os protestos de Dorothy, preparava o próprio almoço numa chapa elétrica nos fundos. Quando voltava para o apartamento, à noite, se os olhos de falcão percebessem a menor transgressão do ritual, o grito da águia, antigo e feroz, destruía a paz da família.

Ele sabia que os fazia infelizes, e isso o deixava triste. Michael percebia isso porque era o único amigo do avô. Durante muitas semanas Michael viveu com medo daquele homem barbado. Então, certa noite, quando os outros dormiam e Isaac estava insone, foi até o quarto do neto para ver se ele estava bem agasalhado. Michael estava acordado. Isaac sentou-se na beirada da cama e acariciou os cabelos do menino com a mão calosa por carregar durante tantos anos engradados de lataria e de vegetais.

– Você falou com Deus esta noite? – perguntou num murmúrio rouco.

Michael não tinha rezado, mas para agradar o avô fez que sim com a cabeça, e quando o velho beijou seus dedos, percebeu que o avô estava sorrindo. Isaac beliscou de leve o rosto do menino.

– *Dos is gut* – disse ele. – Fale sempre com Ele.

Antes de voltar para seu quarto na casa silenciosa, pôs a mão no bolso do roupão de flanela desbotado. Michael ouviu o ruído de papel e depois os dedos calosos levaram o pedaço de gengibre caramelado aos seus lábios. Michael adormeceu feliz.

A amizade entre Michael e seu *zeide* cresceu e ficou mais forte no começo do outono, quando os dias ficaram mais curtos e estava próxima a festa de *Sukkos*. No outono, durante os quatro anos que morou com os Rivkind, o *zeide* construía no quintal minúsculo do apartamento uma *sukkah*, ou uma cabana cerimonial. A *sukkah* era um pequeno aposento feito com tábuas, coberto com galhos e palha. Era trabalho pesado para um homem velho, especialmente porque campos de feno, medas de milho e árvores não eram comuns no Brooklyn. Às vezes, tinha de buscar a matéria-prima no interior de Jersey e durante semanas atormentava Abe, até convencer o filho a levá-lo no Chevrolet da família.

– Por que se dá a todo esse trabalho? – Dorothy perguntou, certa vez, quando levou um copo com chá ao lugar em que Isaac suava e se esforçava para construir a cabana. – Por que tanto esforço?

– Para comemorar a colheita.

— Que colheita, pelo amor de Deus? Não somos fazendeiros. Você vende comida enlatada. Seu filho fabrica cintas para senhoras com traseiros avantajados. Quem tem uma colheita?

Isaac olhou com pena para aquela mulher que, por escolha do seu filho, era sua filha.

— Durante milhares de anos, desde que os judeus saíram do deserto, nos guetos e nos palácios eles observam o *Sukkos*. Você não precisa plantar repolho para ter uma colheita. — Pôs a mão grande e calejada no pescoço de Michael e o empurrou para a mãe. — Aqui está a sua colheita.

Ela não entendeu, e o *zeide* já morava com eles há bastante tempo para não esperar que compreendesse.

Mas se sua mãe não se alegrava com a *sukkah*, Michael estava extasiado. O *zeide* fazia as refeições dentro da pequena cabana e, quando o tempo permitia, passava as noites também ali, numa cama de armar sobre o chão de terra. No primeiro ano, Michael insistiu tanto que os pais consentiram que ele fosse dormir com o avô na pequena cabana. Os últimos dias de outono eram quentes, e as noites, frias e os dois dormiam sob um grosso acolchoado de penas que o *zeide* trouxera de Williamsburg. Alguns anos depois, quando Michael dormiu pela primeira vez ao ar livre, nas montanhas, lembrou-se daquela noite com o avô na cabana. Lembrou-se do som do vento nas hastes secas de milho no teto da *sukkah*, dos desenhos no chão de terra feitos pelo luar que atravessava a cobertura de gravetos e palha. E por mais estranho que fosse, belo também era o ruído do tráfego a duas quadras de distância na 13ª Avenida, abafado e misterioso, que flutuava em volta da cabana.

Foi a única noite que passaram assim, um homem velho infeliz e um menino maravilhado, juntos, aquecidos contra o ar da noite, fingindo que estavam em outro mundo. Tentaram dormir outra vez na *sukkah*, mas choveu. E nos anos seguintes, até seu *zeide* ir embora, Dorothy achava sempre que estava muito frio.

A partida de Isaac era inevitável. Mas quando aconteceu, o neto não conseguiu compreender. A gota d'água foi um italiano de nove anos chamado Joseph Morello. Era colega de Ruthie no quinto grau da Escola Pública 168 e ela estava apaixonada por ele. Certa tarde ela chegou da escola extasiada, dizendo que Joey a havia convidado para seu aniversário no próximo sábado. Infelizmente contou isso para Michael no momento em que o *zeide* estava na cozinha tomando um copo de chá e lendo o *Jewish Forward*. Ele levantou os olhos e ergueu os óculos para o alto da cabeça.

— No *shabbos*? No *shabbos* esse menino vai dar uma festa? O que há com essa gente?

— Oh, *zeide* — disse Ruthie.
— Como é o nome do pai dele, desse Joey?
— O nome dele é Morello.
— Morello? Um *italiano*? — Pôs os óculos no nariz outra vez e sacudiu o *Forward*. — Você não vai.

O brado lamentoso de Ruthie cortou o ar, e Dorothy correu do quarto para a cozinha, com um lenço na cabeça e o pano de chão na mão. Ouviu o que a filha disse, entre soluços, pôs o pano no chão e disse:

— Ruth, vá para seu quarto.

Quando Ruth saiu, Dorothy olhou para o sogro, que voltara a ler o *Jewish Forward*.

— Ela vai à festa de aniversário — disse Dorothy.
— Não no *shabbos*.
— Se você quer ficar em casa no *shabbos*, pode ficar, ou ir ao *shul* com os outros velhos. Ela é uma criança que foi convidada para uma festa de aniversário. Vai sentar à mesa com outras meninas e meninos e comer bolo com sorvete. Não é nenhum pecado fazer isso.

Os olhos de águia voltaram-se para ela.

— Com *shkotzim*? Cristãos?
— Com meninos e meninas.
— O primeiro passo — disse Isaac Rivkind. — O primeiro passo e você a está empurrando para isso. E quando ela for um pouco mais velha e tiver seios, e um *italiano* puser entre eles uma cruz dependurada num cordão barato, o que você vai dizer? — Dobrou o jornal e levantou-se. — O que vai dizer, minha elegante nora?
— Pelo amor de Deus, é uma festa de aniversário para crianças, não um casamento — disse Dorothy, mas ele já estava saindo da cozinha.
— Ela não vai — disse Isaac, saindo e batendo a porta. Dorothy ficou imóvel, muito pálida. Depois correu para a janela e a abriu. Isaac estava saindo do prédio, dois andares abaixo.
— ELA VAI! — gritou Dorothy. — ESTÁ OUVINDO, VELHO? ELA VAI! — Fechou a janela violentamente e começou a chorar.

Naquela noite, o *zeide* de Michael ficou até tarde no armazém, até muito depois da hora em que costumava fechar as portas. Quando o pai de Michael chegou da fábrica, conversou um longo tempo com Dorothy no quarto. Ruth e Michael ouviam os dois discutindo. Finalmente o pai saiu do quarto com o rosto crispado, como uma criança que quer chorar, mas não pode. Preparou um prato de frios e o levou para o *zeide*. As crianças adormeceram antes do pai voltar para casa.

No dia seguinte Ruthie explicou para Michael o motivo da discussão dos pais.

– Aquele velho fedorento não vai ficar aqui muito tempo – disse ela.

Michael sentiu um aperto no peito.

– Por que diz isso? – perguntou.

– Ele vai para um lugar onde só tem velhos e velhas. A mamãe disse.

– Mentirosa!

Michael chutou as canelas da irmã. Ela gritou, esbofeteou o irmão e enfiou as unhas no braço dele.

– Não me chame de mentirosa, seu fedelho!

Embora com os olhos cheios de lágrimas, não podia dar a ela a satisfação de vê-lo chorar. Mas Michael estava machucado e ia chorar se continuasse ali, por isso saiu correndo de casa. Desceu as escadas e foi direto para o Armazém Rivkind. O *zeide* estava sentado na cadeira de balanço, sem fazer nada. Michael subiu para o colo do avô e encostou o rosto na barba branca. A cada batida do coração do *zeide*, um fio de barba fazia cócegas na orelha do menino.

– Você vai embora, *zeide*?

– Não, não. É bobagem.

Michael sentiu um cheiro forte do Canadian V. O.

– Se você for embora, vou com você – disse o menino.

Isaac apertou a cabeça do neto contra a barba, começou a balançar a cadeira, e Michael ficou certo de que tudo estava bem. No meio da história sobre o inspetor da alfândega, a gorda sra. Jacobson entrou no armazém. O *zeide* ergueu os olhos para ela.

– Vá embora – disse ele.

A sra. Jacobson sorriu delicadamente, como se se tratasse de uma piada que não tinha entendido. Ficou parada, esperando.

– Vá embora – repetiu o avô de Michael. – Não quero atender você. Você tem um traseiro gordo.

Foi como se o rosto da sra. Jacobson fosse se desmanchar de incredulidade.

– O que há com você? – perguntou ela. – Ficou maluco?

– Já disse, vá embora. E não aperte os tomates com seu dedo gordo. Há muito tempo estou para lhe dizer isso.

Durante toda aquela tarde, Isaac disse coisas semelhantes para meia dúzia de fregueses, que saíram furiosos do armazém.

Finalmente, no meio da história da compra do seu primeiro armazém, chegou o pai de Michael. Olhou para os dois e eles olharam para ele. Abe era de altura média, mas tinha o corpo bem proporcionado, graças aos exercícios constantes na Associação Hebraica de Moços. Tinha um conjunto de halteres no quarto, e às vezes Michael ficava sentado vendo os músculos do pai se contraindo e distendendo, com os exercícios de braço com halteres de 12 quilos em cada mão. O cabelo farto era curto e bem penteado. A pele sempre bronzeada, no verão pelo sol, no inverno pela lâmpada ultravioleta da ARM. Os homens gostavam dele, mas fazia grande sucesso com as mulheres. Era um belo homem, com olhos azuis e alegres.

Agora os olhos estavam sérios.

– Está na hora do jantar. Vamos para casa – disse ele.

Mas Michael e o avô não se moveram.

– Papai, você almoçou? – Abe perguntou.

O *zeide* franziu a testa.

– É claro que almocei. Pensa que sou criança? Eu podia estar cuidando de mim mesmo como um lorde, em Williamsburg, se você e sua ótima mulher não tivessem metido os narizes onde não eram chamados. Vocês me tiraram de lá e agora querem que eu vá para um museu.

O pai de Michael sentou num engradado de laranjas.

– Papai, hoje eu estive no Lar dos Filhos de Davi. É um lugar maravilhoso. Um verdadeiro lugar *yiddish*.

– Não quero nem pensar nisso.

– Papai, por favor.

– Escute, meu Abe, vou ficar longe da sua ótima mulher. Ela pode servir *treif* todas as segundas-feiras e às terças, que não vou dizer nada.

– O sr. Melnick está no Lar dos Filhos de Davi.

– Reuven Melnick, de Williamsburg?

– Ele mesmo. Mandou lembranças. Disse que gosta muito de lá. Que a comida é igual à de Catskills. E todo mundo fala ídiche e um *shul* dentro do prédio, um rabino e um cantor em todos os *shabbos*.

O *zeide* pôs o neto no chão.

– Abe, você quer que eu saia da sua casa? Você *quer* que eu vá embora? – falou em ídiche, em voz tão baixa que Michael e o pai quase não conseguiram ouvir.

Abe respondeu, também em voz baixa.

– Papai, sabe que não quero. Mas Dorothy quer ficar sozinha. Ela é minha mulher, papai... – Desviou os olhos.

O *zeide* riu.

– Tudo bem – disse, quase alegremente.

Apanhou uma caixa de papelão vazia e guardou nela os volumes de comentários, seus cachimbos, seis latas de Príncipe Albert, alguns blocos de notas e um pacote de lápis. Foi até o barril de feijão-de-lima e tirou do fundo a garrafa de V. O. que guardou também na caixa. Depois, saiu do Armazém Rivkind sem olhar para trás.

Na manhã seguinte, Michael e o pai foram com ele até o Lar dos Filhos de Davi para idosos e órfãos. Durante toda a viagem, no Chevrolet, Abe falou animadamente, sem parar.

– Vai gostar de seu quarto, papai – disse ele. – Fica ao lado do quarto do sr. Melnick.

– Abe, você é um tolo – disse seu *zeide*. – Reuven Melnick é um velho *yenteh* que fala, fala, fala o tempo todo. Você vai ter de pedir outro quarto para mim.

Abe pigarreou, nervoso.

– Tudo bem, papai – disse.

– E o armazém? – O *zeide* perguntou secamente.

– Não se preocupe com o armazém. Vou vender e depositar o dinheiro na sua conta. Você já trabalhou muito. Merece um descanso.

O Lar dos Filhos de Davi era um prédio longo de tijolos amarelos, na Avenida Onze. Tinha algumas cadeiras na frente, na calçada, e três velhos e duas velhas estavam sentados tomando sol. Não estavam lendo nem conversando, apenas ali sentados. Uma das mulheres sorriu para o *zeide* quando desceram do carro. Ela estava com um *sheitel* cor de canela, uma peruca que não se ajustava direito na cabeça e tinha o rosto muito enrugado.

– *Shalom* – disse ela, quando entraram no prédio, mas ninguém respondeu.

Na recepção, um homem chamado sr. Rabinowitz segurou os dedos do *zeide* com as duas mãos.

– Ouvi falar muito do senhor – disse ele. – Vai gostar muito daqui.

Michael viu o avô passar a caixa de papelão de um braço para o outro, com um sorriso estranho. O sr. Rabinowitz olhou para dentro da caixa.

– Oh, mas não podemos permitir isto – disse ele, tirando da caixa a garrafa de uísque. – É contra o regulamento, a não ser que tenha indicação do médico.

O sorriso do *zeide* ficou mais largo.

O sr. Rabinowitz os levou para conhecer a casa. Foram à capela, onde havia muitas lamparinas acesas dentro de copos, para os mortos. Viram o hospital com uma dúzia de leitos ocupados, a sala de terapia, onde alguns velhos jogavam damas, faziam tricô ou liam o jornal judaico. O sr. Rabinowitz falava muito. Tinha a voz rouca e estava sempre pigarreando.

– Temos aqui um velho amigo que está à sua espera – disse o sr. Rabinowitz para o *zeide*, e entrou num quarto. O homem baixo de cabelos brancos passou os braços em volta do pescoço de Isaac.

– É maravilhoso ver você! – disse ele.
– Como vai, Reuven? – disse o avô de Michael.
– Seu quarto é muito bonito, sr. Melnick – disse Abe.

O quarto era muito pequeno, com a cama, uma mesa com a lâmpada e uma cômoda. Na parede havia um calendário judeu Morrison & Schiff. Sobre a cômoda estava a Bíblia, um baralho e uma garrafa de conhaque. Reuven Melnick viu Isaac erguer as sobrancelhas quando olhou para a bebida.

– Eu tenho indicação médica. Do meu filho Sol, que é médico.
– Um rapaz maravilhoso o seu Solly. Quero que ele me examine. Vamos ser vizinhos de quarto – disse o avô de Michael.

Abe Rivkind abriu a boca, e lembrou-se do pedido do pai para mudar de quarto, mas olhou para a garrafa de conhaque e fechou a boca sem dizer nada. Passaram para o quarto vizinho, desfizeram a mala do *zeide* e arrumaram as coisas da caixa sobre a cômoda. Depois foram para o corredor. O chão era coberto por um linóleo marrom brilhante. Havia velhos por toda parte, mas então Michael viu com surpresa três meninos, mais ou menos da sua idade, que brincavam de pique-pega, entrando e saindo de dois quartos. Uma mulher com uniforme branco mandou parar a brincadeira, mas eles riram dela e fizeram caretas. Michael puxou a manga do pai.

– O que eles estão fazendo aqui?
– Eles moram aqui – disse Abe. – São órfãos.

Michael lembrou ter dito para seu *zeide* que queria ir embora com ele e ficou assustado. Segurou com força a mão do pai.

– Muito bem, papai – disse Abe. – Acho melhor irmos agora.

Michael viu o mesmo sorriso nos lábios do avô.

– Você vem me visitar, Abe?
– Papai, viremos tantas vezes que no fim vai pedir para o deixarmos em paz.

O avô tirou do bolso o saco amarrotado cheio de gengibre caramelado e pôs um na boca. Depois fechou a mão de Michael em volta do saco.

– Vá para casa, *mein kind* – disse ele.

Michael e o pai saíram rapidamente, deixando-o ali parado no linóleo marrom brilhante.

Na viagem de volta Abe não disse nada. Assim que entraram no Chevrolet, Michael perdeu o medo e começou a sentir falta do seu *zeide*. Ficou triste por não ter abraçado e beijado o velho avô. Abriu o saco de papel e começou a comer gengibre. Mesmo sabendo que no dia seguinte seu *tuchis* ia arder, continuou a comer, um a um. Comeu todos, em parte por causa do *zeide* e em parte porque teve a impressão de que nunca mais ia ganhar tanto gengibre.

5

Na festa de Joey Morello sua irmã Ruthie brigou com uma menina italiana e voltou para casa toda arranhada e chorando. Michael ficou satisfeito e furioso ao mesmo tempo. Satisfeito porque ela merecia, e furioso porque o avô teve de ir embora por causa de uma festa de aniversário que Ruthie nem tinha aproveitado.

Numa semana, seu pai vendeu o armazém para um jovem imigrante alemão que instalou eletricidade e uma seção de carnes não *kosher*. A iluminação transformou a caverna misteriosa numa vulgar loja de alimentos, e Michael só entrava lá quando era obrigado. Não só o armazém foi afetado com a partida do *zeide*. Na casa dos Rivkind a mudança foi ainda maior. Dorothy cantarolava o tempo todo e beliscava carinhosamente os rostos dos filhos. Na glória cheia de culpa da nova liberdade, ela não separava mais os pratos de laticínios dos pratos de carne. Em vez de acender as velas, marcou um jogo de cartas semanal para as noites de sextas-feiras.

Aparentemente, Abe Rivkind aprovava a nova atmosfera. Longe o olhar acusador do pai podia fazer várias coisas que sempre tinha desejado. Sua indústria de cintas florescia ("Bata na madeira, as cintas estão se expandindo rapidamente e os sutiãs são cada vez mais usados"), e tinha chegado ao ponto em que valia a pena convidar um cliente para almoçar num restaurante fino de Manhattan, para conseguir um bom pedido. Abe gostou dessa experiência e às vezes, quando chegava em casa, descrevia para a mulher e para os filhos as coisas estranhas e maravilhosas que tinha comido. Uma das coisas de que mais gostou foi lagosta, e a descrição da carne rosada e doce mergulhada em manteiga derretida excitava a imaginação dos três.

– Tem gosto de galinha?

– Um pouco. Mas não muito.

– Então, tem gosto de peixe?

– Um pouco.

– Afinal que gosto tem, *de verdade*?

Finalmente, numa tarde de sábado ele chegou em casa com um saco de papel grande e úmido.

– Aqui está – disse para Dorothy. – *Ess gezunteh hait*.

Dorothy apanhou o saco de papel e de repente gritou, jogando-o sobre a mesa da cozinha.

— Tem uma coisa *viva* aí dentro — disse ela.

Abe rasgou o saco e deu uma gargalhada quando viu a cara da mulher. Eram três lagostas, grandes e verdes, com olhinhos saltados. Dorothy ficou arrepiada. Quando chegou a hora de jogar as criaturas na água fervendo era evidente que Abe tinha medo dos tentáculos ondulantes e das pinças cruéis do animal, e foi a vez de Dorothy dar risada. Mas ela não provou a lagosta. A despeito da sua revolta contra o rigor do sogro e embora tivesse começado a insurreição da família contra as leis que ele defendia, uma coisa era misturar os pratos no armário da cozinha e outra comer uma carne que durante toda a vida ouvira dizer que era proibida e nojenta. Estremecendo, ela saiu da sala. Mas gostou do bacon torrado que Abe levou para casa e ele mesmo fritou. Logo Dorothy estava servindo bacon com ovos no café da manhã várias vezes por semana.

O pai de Michael foi um dos primeiros fabricantes de cintas a embalar seu produto em tubos finos e coloridos, e o entusiasmo com que os clientes receberam a inovação o fez sonhar em expandir seu negócio com uma linha de melhor qualidade. Um dia ele chegou em casa e mandou Dorothy tirar o avental e se sentar.

— Dorothy — disse ele —, o que você diria se eu mudasse o seu nome?

— *Mishúguine*, você fez isso há catorze anos.

— Dorothy, falo sério. Quero dizer, mudar o nosso sobrenome, Rivkind. Legalmente.

Dorothy olhou alarmada para ele.

— Mudar para qual? E por quê?

— Por causa da empresa Rivkind, Inc. Com esse nome, parece exatamente o que é agora. Uma indústria de porão que nunca será líder na indústria de cintas. Essa nova embalagem merece um nome sofisticado.

— Pois então mude o nome da firma. O que isso tem a ver com nosso nome?

— Escute. Tudo o que terá de fazer é cortar seu sobrenome pela metade. — Ele mostrou o slogan impresso numa folha de papel. "*Seja KIND* para seu corpo.*" Dorothy olhou para o papel e deu de ombros.

Assim, porque a palavra cabia bem no slogan de publicidade no pequeno tubo, porém, mais do que isso, porque algo no íntimo do pai de Michael tornava imperativo que ele fosse o sr. Kind, da empresa Kind, o nome da família Rivkind foi mudado legalmente.

---

* *Kind* em inglês = bom, bondoso. (N. da T.)

Qualquer reforma, mesmo em assuntos pessoais, dificilmente não leva a outras e mais outras. Muitos dos seus vizinhos tinham se mudado para outras áreas do Queens, e finalmente Abe cedeu à insistência de Dorothy e comprou um apartamento num prédio de tijolos amarelos que acabava de ser construído em Forest Hills.

A notícia de que tinham saído do Brooklyn para um bairro muito mais distante do Lar dos Filhos de Davi não pareceu afetar Isaac. As visitas eram cada vez mais raras, e quando Abe, movido pela consciência, levava Michael para visitar o *zeide*, os três não tinham muito assunto para conversar. O *zeide* conseguiu que o Solly do sr. Melnick o examinasse e desse a receita e Abe pagava alegremente o medicinal Canadian V. O. do pai, que ocupava um lugar de honra no quarto do *zeide*. Agora, o uísque de centeio e o estudo profundo da Torá constituíam a vida de Isaac Rivkind e era difícil para os visitantes encontrar muito o que dizer sobre esses dois assuntos.

Porém, numa das visitas que fizeram ao Lar dos Filhos de Davi, logo depois da mudança para o Queens, o *zeide* tinha um novo assunto para tratar. *Sukkos* estava próximo e, como sempre, naquela época Michael pensava muito no avô. Durante semanas ele insistiu com o pai para visitar o avô, e quando chegou o dia, levou uma pilha de desenhos a creiom de presente para o velho.

Sentado na cama, Isaac olhou para os desenhos. Um especialmente despertou sua atenção.

– O que é isto, Micheleh? – perguntou.

– É o prédio onde moramos – disse Michael, apontando para um lado do desenho. – E esta é a árvore com castanhas e um esquilo. Esta é a igreja, na esquina.

A igreja com a cruz era a figura mais real de todo o desenho, e exatamente o que havia chamado a atenção de Isaac. A cruz e no canto a assinatura de Michael.

– Você não sabe escrever seu sobrenome? – perguntou o avô.

– Papai – disse Abe, rapidamente –, está escrito certo. Eu mudei legalmente nosso nome.

Abe esperava uma explosão trovejante, mas Isaac nem piscou.

– Seu nome não é mais Rivkind?

Escutou em silêncio a longa explicação sobre os motivos comerciais da mudança e depois a entusiástica descrição da nova linha de cintas e sutiãs. Quando chegou a hora dos dois partirem, Isaac beijou o rosto de Michael e apertou a mão do filho.

– Muito obrigado por ter vindo, Abraham. – Depois, perguntou de repente: – Seu nome ainda é Abraham?

– É claro que sim – disse Abe.

A caminho de casa, cada vez que Michael abria a boca, Abe olhava carrancudo para ele.

Dois dias depois, Abe recebeu uma carta do pai. Estava escrita em papel pautado, a lápis, em ídiche, com letra trêmula pela idade e por causa do uísque. Abe levou horas para traduzir a carta, e a maior parte eram referências do Talmude que não tinham nenhum sentido para ele. Porém, conseguiu compreender a mensagem central da carta. Isaac dizia que havia perdido toda a esperança em todas as pessoas da sua família, exceto em seu neto Michael. Dois terços da carta eram um pedido fervoroso para que Michael fosse educado como judeu.

Quando o marido leu para Dorothy tudo que conseguiu passar para o inglês, ela riu e balançou a cabeça. Mas Michael viu com desagradável surpresa que o pai tinha levado a sério o pedido do avô. – Está na hora. Michael já tem idade para o *cheder* – disse Abe.

Assim, como a pessoa escolhida, Michael começou a frequentar a escola de hebraico todas as tardes, depois da escola pública. Estava na terceira série da Escola Pública 467 e não tinha a menor vontade de aprender hebraico. Mesmo assim foi matriculado no Talmud Torah da Congregação da Sinagoga Filhos de Jacó, a oitocentos metros da escola pública. Era uma sinagoga ortodoxa, mas isso não influiu de modo nenhum na escolha. Ele teria sido matriculado quer a sinagoga fosse conservadora ou reformista. Acontece que era a única escola hebraica para a qual podia ir a pé todos os dias da Escola Pública 467. O fato dessa caminhada o obrigar a passar por um dos mais violentos bairros poloneses de Nova York não foi levado em consideração pelos adultos que controlavam seu destino.

No seu terceiro dia na escola de hebraico, ele encontrou com Stash Kwiatkowski, quando voltava para casa. Stash era de sua turma na E. P. 467, e há três anos estava na terceira série. Era uns dois anos mais velho do que Michael. Louro, de rosto largo, olhos muito azuis, tinha um sorriso meio encabulado como uma máscara. Michael o conhecia da escola como um aluno que cometia inúmeros erros engraçados durante a leitura e quando viu Stash cumprimentou-o com um largo sorriso.

– Oi, Stash.

– Oi, garoto. O que você leva aí?

Ele levava três livros. Um *alef-bez*, onde aprendia o alfabeto hebraico, um caderno de notas e um livro com a história dos judeus.

– Só uns livros – disse Michael.

– Onde você arranjou? Na biblioteca?

– Na escola de hebraico.

– O que é isso?

Percebeu que Stash estava curioso. Explicou que era um lugar para onde ele ia quando saía da escola pública.

– Deixe-me ver.

Michael olhou hesitante para as mãos sujas de Stash, depois de três horas após as aulas na escola. Seus livros novos estavam imaculadamente limpos.

– Acho melhor não.

O sorriso de Stash ficou mais largo e ele segurou com força o pulso de Michael.

– Ora, deixe disso. Vamos ver esses livros.

Michael era quase nove centímetros mais baixo, mas Stash era mais lento. Michael livrou o pulso e saiu correndo. Stash o seguiu por uma curta distância e depois desistiu.

Porém, na noite seguinte, quando Michael voltava para casa, Stash saltou de repente de trás de um cartaz ao lado da calçada.

Michael ensaiou um sorriso.

– Oi, Stash.

Dessa vez Stash não se preocupou em se fazer de amigo. Arrancou os livros da mão de Michael e o *alef-bez* caiu no chão. Alguns dias antes Michael ficara impressionado com a cena de um rabino que, ao apanhar do chão os livros sagrados que deixara cair, beijou cada um reverentemente. Algum tempo depois, para seu profundo embaraço, Michael ia aprender que isso só se aplicava aos livros que traziam a palavra de Deus. Mas naquele momento pensou que os judeus faziam isso com qualquer livro escrito em hebraico. Levado por uma teimosia perversa, apanhou rapidamente o abecedário e o levou aos lábios, sob o olhar espantado de Stash.

– Para que você fez isso?

Esperando que uma visão, por mais simples que fosse, num modo de vida diferente pudesse diminuir um pouco a beligerância de Stash, ele explicou que o livro era impresso em hebraico e por isso devia ser beijado sempre que caísse no chão. Foi um erro. Percebendo uma fonte de diversão, Stash começou a jogar o livro no chão assim que Michael o apanhava e beijava. Quando Michael fechou o punho, furioso, Stash prendeu o braço dele nas costas e o torceu até ele gritar.

– Diga "eu sou um judeu sujo".

Michael ficou em silêncio até sentir que Stash ia quebrar seu braço e então obedeceu. Disse que os judeus comem merda, que os judeus mataram Nosso

Senhor, que os judeus cortavam a ponta dos pênis e as comiam na noite de sábado.

Para garantir seu domínio, Stash arrancou a primeira página do abecedário, amassou e jogou no chão. Quando Michael se inclinou para apanhar o papel amassado, Stash chutou violentamente seu traseiro e, com um grito de dor, Michael fugiu correndo. Naquela noite, na privacidade do seu quarto ele alisou a página do melhor modo possível e a colou no livro.

Nos dias seguintes, a perseguição continuou. Stash o ignorava na escola e Michael podia rir com os outros dos erros que ele cometia na aula de leitura. Quando tocava a campainha para terminar as aulas, Michael saía correndo para passar pelo bairro de Stash antes dele. E na volta da escola de hebraico, procurava variar seu caminho para evitar seu perseguidor. Mas quando Stash não o encontrava por um ou dois dias, mudava seu ponto de espera todas as tardes, até coincidir com o caminho escolhido por Michael. Aí, acrescentava outra pequena tortura para compensar os dias em que as táticas evasivas de Michael o privavam do seu divertimento.

Mas Michael tinha também outros problemas. A escola de hebraico era um lugar pouco divertido e com disciplina muito severa. Os professores eram leigos que recebiam o título honorário de *reb*, que conferia o status mais ou menos entre um rabino e um zelador. O *reb* que lecionava a classe de Michael era magro, usava óculos e tinha uma barba escura. Seu nome era Hyman Horowitz, mas só era chamado por Reb Chaim. O *ch* gutural do seu primeiro nome ídiche fascinava Michael, que mentalmente o apelidou de Chaim Chorowitz, o Chunter,* porque ficava sempre recostado na cadeira com os olhos fechados, cofiando a barba despenteada, como se estivesse caçando – caçando piolhos.

Eram vinte alunos na classe. Como novato, mandaram Michael se sentar bem na frente do Reb Chaim, na primeira fila, e ele logo percebeu que era o pior lugar da classe. Ninguém ficava por muito tempo naquela cadeira, a não ser que fosse idiota ou um arquicriminoso. Era o único lugar da sala alcançado pela vareta fina e forte, uma combinação de vara e chicote que ficava na mesa, na frente do Reb Chaim. Qualquer infração do comportamento civilizado, desde conversar com os colegas até cometer erros na leitura, e a vara sibilava no ar, aterrissando no ombro do culpado. Mesmo com a roupa de baixo e a suéter para aparar o golpe, era uma arma que impunha medo e respeito a todos os alunos.

Michael experimentou a vareta de Chaim, o Chunter, no fim da primeira aula, quando o professor o surpreendeu examinando a sala de aula em vez de prestar

---

* Chunter – ch + *hunter*, que em inglês quer dizer caçador. (N. da T.)

atenção ao estudo. Num momento, o professor estava recostado na cadeira, aparentemente prestes a dormir, com os olhos fechados e os dedos catando a barba. No momento seguinte, um silvo rápido, como de uma bomba caindo, reduzido a um décimo de segundo e então – *zás*! Ele nem abriu os olhos, mas a vareta atingiu Michael bem no meio do ombro esquerdo. O menino ficou tão admirado com a presteza e eficiência do Reb que nem chorou, e a onda de riso semicontido que percorreu a classe minimizou um pouco a tragédia pessoal do castigo.

O golpe com a vareta era um procedimento padrão na classe, e Michael só foi classificado como Inimigo Público no quinto dia na Escola Hebraica. Além do hebraico, o Reb Chaim ensinava também religião e naquele dia acabava de contar a História de Moisés e a sarça ardente.

– Deus – disse ele solenemente – era todo-poderoso.

Um pensamento fascinante surgiu na mente de Michael. Antes de perceber o que estava fazendo, levantou a mão.

– Quer dizer que Deus pode fazer qualquer coisa?

Reb Chaim olhou para ele com impaciência.

– Qualquer coisa.

– Ele pode fazer um grande rochedo? Tão pesado que nem um milhão de homens podem tirar do lugar?

– É claro que Ele pode.

– E Ele pode mover o rochedo?

– Claro.

Michael se entusiasmou.

– Então, Ele pode fazer um rochedo tão pesado que nem Ele pode mover?

Reb Chaim sorriu, feliz por ter estimulado tanto interesse no novo aluno.

– Certamente que pode. Se Ele quiser.

Michael ficou tão entusiasmado que gritou.

– Mas se Ele não pode mover o rochedo, então Ele não pode fazer tudo! Portanto, Ele não é todo-poderoso!

Reb Chaim abriu a boca e fechou. Com o rosto muito vermelho olhou para o sorriso triunfante de Michael.

Zás, zás, zás! Uma torrente de golpes acertou os dois ombros de Michael, cada vez de um lado. Devia ter sido tão interessante quanto assistir a uma partida de tênis, mas para Michael foi extremamente doloroso. Dessa vez ele chorou, mas mesmo assim tornou-se um herói para a classe e para o Reb, o Inimigo Número Um.

Era desanimador. Entre Stash e o Reb Chaim, sua vida se transformou numa série de pesadelos. Michael tentou matar a aula de hebraico. Por quatro dias, ao invés de ir para a escola de hebraico, saía da E.P. 467 e ia para um boliche, a quatro quarteirões da escola, onde ficava sentado durante três horas vendo os jogadores. Sentava-se sempre atrás da pista usada por uma mulher gorda, com seios e quadris enormes. Ela erguia a bola como se fosse uma conta de colar e dava impulso andando na ponta dos pés com passos rápidos e miúdos que faziam seu corpo sacudir e tremer, indicando claramente que seria muito proveitoso para ela usar uma das cintas fabricadas pelo pai de Michael. Ela mascava chiclete com o rosto inexpressivo. Quando fazia a bola, parava de mascar e ficava imóvel, até os pinos pararem de cair, só com um pé no chão, como uma estátua feita com muita argila por um escultor maluco. Era um espetáculo interessante e educacional, mas a tensão foi demais para ele. Além disso, quando se sentava no banco na frente dele, o cheiro de suor o deixava nauseado. No quinto dia voltou para a escola de hebraico, escrevendo um bilhete como se fosse de sua mãe, informando que ele havia tido uma crise de sinusite, cujos sintomas conhecia bem porque sua irmã Ruthie tinha crises fortíssimas quase o ano todo.

Michael começou a sentir os efeitos da pressão. Estava sempre muito tenso e nervoso e perdeu peso. À noite, ficava se virando na cama, sem conseguir dormir. Quando dormia, sonhava que estava apanhando do Reb Chaim, ou que Stash, muito maior do que realmente era, esperava por ele na porta do quarto.

Certa tarde, na classe de hebraico, o menino que se sentava atrás dele passou um pedaço de papel para Michael. Reb Chaim estava de costas, e escrevia no quadro a lição de gramática para o dia seguinte. Por isso Michael olhou para o papel tranquilamente. Era uma caricatura rudimentar do professor, inconfundível pela barba, os óculos e o solidéu. Com um largo sorriso, Michael acrescentou uma verruga no nariz – que existia mesmo –, desenhou um braço com a mão catando, catando a barba e escreveu debaixo da caricatura *Chaim Chorowitz, o Chunter.*

Michael só se deu conta da presença do Reb, de pé ao seu lado, olhando para o desenho, quando percebeu o silêncio pesado e completo da classe. Um silêncio que ultrapassava até a exigência constante do Reb Chaim. Nem um lápis se movia, nenhum pé arrastava no chão, nenhum nariz era assoado. Só se ouvia o tique-taque do relógio, muito alto, lento e portentosamente implacável.

Michael esperou o golpe da vareta nos ombros, recusando-se a olhar para os olhos castanhos atrás das lentes dos óculos. A mão do Reb Chaim desceu lentamente até o nível dos olhos abaixados do menino, magra, com dedos longos, sardas e pelos negros e ásperos no pulso e entre as juntas. A mão apanhou o pedaço de papel e tirou-o do alcance da visão do desenhista.

E ainda assim a vareta não atacou.

– Você vai ficar depois da aula – disse Reb Chaim, em voz baixa.

Os dezoito minutos que faltavam grudaram no tempo como se estivessem cheios de cola. Finalmente passaram, e a aula terminou. Michael ouviu os outros meninos correndo e falando alto. A sala ficou em silêncio. O Reb Chaim arrumou alguns papéis, prendeu com um elástico e os guardou na segunda gaveta da mesa. Depois saiu da sala e caminhou pelo corredor para o banheiro dos professores. Fechou a porta da sala, mas o prédio todo estava tão quieto que Michael ouviu quando ele urinou, como o tamborilar de uma minúscula metralhadora em um outro setor da frente de batalha.

Michael levantou-se e foi até a mesa do professor. Lá estava a vareta. Era marrom e parecia polida, mas ele sabia que o brilho era resultado do seu uso constante na tenra pele dos meninos judeus. Ele a apanhou e curvou. Sem nenhum esforço a brandiu, cortando o ar com o ruído de fazenda áspera roçando contra outra fazenda. De repente, Michael começou a tremer e a chorar. Não podia mais suportar a dor dos castigos do Reb Chaim, nem a tortura imposta por Stash Kwiatkowski. Naquele momento compreendeu que ia abandonar a escola de hebraico. Deu meia-volta e saiu da sala, deixando os livros sobre a carteira, mas levando a vareta. Saiu do prédio vagarosamente. Pensou em entregar a vareta para a mãe e tirar a camisa para mostrar as marcas nos ombros, como Douglas Fairbanks mostrava para a namorada as marcas do castigo infligido pelo pai dela, no filme que tinha visto na tarde do último sábado.

Michael imaginava a mãe chorando com pena dele, quando Stash saiu de trás do cartaz e parou na sua frente.

– Olá, Mickey – disse ele, suavemente.

Michael não sabia que ia bater em Stash até ouvir o zumbido da vareta no ar como um enxame de abelhas, e ver a marca na face direita e nos lábios do inimigo.

Espantado, Stash gritou:

– Seu judeuzinho!

Ele avançou cegamente e Michael o atingiu outra vez, acertando os braços e os ombros.

– Pare com isso, seu filho da mãe – gritou Stash, instintivamente erguendo os braços para proteger o rosto. – Vou te matar – disse furioso, mas quando virou de lado para evitar outro golpe, Michael acertou o traseiro gordo e saliente.

Ouviu o choro e sem poder acreditar compreendeu que não era ele que estava chorando. O rosto de Stash estava crispado, o queixo parecia uma batata murcha e lágrimas misturadas com sangue pingavam do lábio. Cada vez que

Michael o atingia, ele gritava. Michael continuou o castigo e correu atrás dele até sentir o braço cansado. Stash virou a esquina e desapareceu.

Durante o resto do caminho, Michael foi pensando que devia ter lidado melhor com a situação. Devia ter parado em tempo suficiente para obrigar Stash a dizer que os judeus não mataram Cristo, que não comem merda nem cortam seus pênis e os comem na noite de sábado.

Quando chegou em casa, escondeu a vareta atrás do boiler no porão do prédio, em vez de levá-la para a mãe. Na manhã seguinte ele a levou para a escola. Miss Lenders, sua professora na E.P. 467, perguntou para que servia e ele disse que era um ponteiro para seguir lições no quadro, que sua mãe tinha pedido emprestado na escola de hebraico. Ela olhou para a vareta e abriu a boca, mas a fechou sem dizer nada. Depois da aula, Michael saiu correndo para a escola de hebraico até ficar sem fôlego e sentir uma dor no lado. Então parou de correr, mas continuou com passo rápido.

Chegou quinze minutos antes do começo da aula. Reb Chaim estava sozinho na sala, corrigindo alguns deveres. Olhou fixamente para Michael quando o menino caminhou para ele com a vareta na mão. Michael entregou a vareta para o professor.

– Desculpe por ter pegado emprestada sem sua permissão.

O Reb girou a vareta entre os dedos, como se a visse pela primeira vez.

– Para que a tomou emprestada?

– Eu a usei. Num antissemita.

Michael era capaz de jurar que os lábios se moveram sob a barba. Mas o Reb Chaim não era homem de descuidar dos deveres.

– Dobre o corpo – disse ele.

Reb deu seis varadas no traseiro de Michael. Doeu e ele chorou, mas durante todo o tempo ele estava pensando que tinha batido em Stash Kwiatkowski com muito mais força do que o Reb Chaim batia agora nele.

Quando os outros alunos chegaram ele não estava mais chorando. Uma semana depois foi retirado da primeira carteira, que passou a ser possessão permanente de Robbie Feingold, um bobão que sempre tinha acessos de riso nervoso durante a leitura. Reb Chaim nunca mais bateu nele.

6

No dia do seu *bar mitzvá*, às três horas da manhã, Michael, nervoso e sem poder dormir, sentou-se na cozinha do apartamento, em Queens, tocando primeiro uma Torá imaginária com as franjas imaginárias de um *tallis* imaginário e depois os lábios.

– *Borchu es adonoi hamvoroch* – murmurou. – *Boruch adonoi hamvoroch l'olom voed.*

– Michael? – Sua mãe entrou sonolenta na cozinha, entrecerrando os olhos por causa da luz, a mão pequena arrumando o cabelo. Vestia um roupão azul de flanela sobre o pijama muito curto de algodão cor-de-rosa. Ultimamente estava tingindo o cabelo de vermelho-vivo, que a fazia parecer um palhaço gordo. Apesar do seu nervosismo, olhando para ela Michael sentiu um misto de embaraço e amor.

– Você está doente? – perguntou Dorothy, ansiosa.

– Estou sem sono.

A verdade era que logo que se deitou tinha começado a relembrar sua parte na cerimônia do *bar mitzvá*, como fazia nos últimos meses pelo menos cinquenta vezes por dia. Para seu horror, descobriu que não era capaz de dizer a *brocha*, que precede a longa leitura da Torá, chamada *haftorá*. Michael sabia a bênção tão bem quanto o próprio nome, mas alguma parte da sua mente, farta de ser martelada com um único conjunto de sons, num assomo de rebeldia, apagou da memória todas as palavras.

– Você tem de se levantar dentro de poucas horas – murmurou a mãe. – Vá para a cama.

Muito mais dormindo do que acordada, ela fez meia-volta e voltou para a cama. Michael ouviu o pai fazer uma pergunta quando a mola da cama rangeu sob o peso da mãe.

– Qual é o problema?

– Seu filho está maluco. Um verdadeiro *mishúguine*.

– Por que não está dormindo?

– Pergunte para ele.

Foi exatamente o que Abe fez. Entrou descalço na cozinha, com o cabelo despenteado caindo na testa. Dormia durante o ano todo só com a calça do pijama porque se orgulhava do próprio corpo. Pela primeira vez Michael notou os fios brancos nos cabelos crespos do peito do pai.

– Que diabo está fazendo? – disse ele, e sentou-se levando as mãos à cabeça. – Como espera comparecer ao *bar mitzvá* amanhã?

– Não consigo me lembrar da bênção.

– Quer dizer que não se lembra do *haftorá*?

– Não, da *brocha*. Se me lembrar da *brocha* a *haftorá* não tem problema. Mas não consigo lembrar a primeira linha da *brocha*.

– Jesus Cristo, meu filho, você sabia a maldita bênção quando tinha nove anos.

– Não consigo lembrar agora.

– Escute, você não precisa lembrar. Está tudo no livro. É só ler.

Michael sabia disso, mas não serviu de consolo.

– E se eu não encontrar o lugar – disse, com voz apagada.

– Vai ter mais homens velhos na plataforma do que você gostaria que tivesse. Eles mostram o lugar para você – disse com voz irritada. – Agora, vá dormir. Chega dessa *mishugahss*.

Michael voltou para a cama, mas ficou acordado até a luz cinzenta da manhã delinear as cortinas do seu quarto. Então, fechou os olhos e adormeceu só para ser acordado pela mãe depois do que lhe pareceu menos de um segundo de sono. Dorothy olhou ansiosamente para ele.

– Você está bem?

– Acho que sim – disse Michael. Sonolento, foi para o banheiro e lavou o rosto com água fria. Estava tão cansado que mal sabia o que estava acontecendo quando se vestiu, tomou café às pressas e foi com os pais para a sinagoga.

Na porta, a mãe, parecendo preocupada, despediu-se dele com um beijo e subiu para o lugar das mulheres. Michael acompanhou o pai a um lugar na segunda fila. A sinagoga estava cheia de amigos e parentes. A família do seu pai era pequena, mas o vasto clã da sua mãe parecia estar todo presente. Muitos homens murmuraram um cumprimento, quando eles passaram. Os lábios de Michael se moviam em resposta, mas sem nenhum som. Ele estava envolto num manto de medo, que se movia com seu corpo e do qual não podia escapar.

O tempo passou. Percebeu vagamente que seu pai foi chamado à *bimá*, e a voz dele parecia vir de muito longe, recitando em hebraico. Então ouviu seu nome em hebraico – Mi-cha-el ben Avrahom – e com as pernas que pareciam insensíveis subiu na plataforma. Tocou a Torá com seu *tallis*, beijou depois as franjas e olhou para a escrita em hebraico no pergaminho amarelado. As letras se contorciam como cobras na frente dos seus olhos.

– *Borchu!* – sibilou um dos velhos ao seu lado.

Uma voz trêmula que não podia ser a sua iniciou o canto.

– *Borchu es adonoi hamvoroch, Borchu...*

– BORUCH – resmungaram ou rosnaram todos os velhos, corrigindo ao mesmo tempo, o coro brusco das suas vozes batendo no seu rosto como uma toalha molhada.

Michael ergueu os olhos atordoado e viu a expressão de desespero no rosto do pai. Leu outra vez a segunda frase.

– BORUCH *adonoi hamvoroch l'olom voed. Boruch ahtoh adonoi, elohainu melech hoalom*. Terminou a bênção com voz rouca, fez laboriosamente a leitura da Torá e começou o *haftorá*. Durante cinco minutos sua voz trêmula e fina ressoou no silêncio completo da congregação que – sabia – era provocado pela certeza de que a qualquer momento ia se perder nas complexidades das passagens em hebraico ou nos versos da antiga melodia. Porém, com a disciplina e o treinamento de um matador que não o deixam entregar-se ao misericordioso esquecimento sob os chifres do touro, Michael se recusou a morrer. Sua voz se firmou. Seus joelhos não tremiam mais. Ele cantou e cantou e os fiéis se recostaram nas cadeiras, um tanto desapontados, percebendo que não iam se divertir com nenhum fiasco.

Logo Michael esqueceu o Círculo de críticos barbados que o rodeava e a enorme assistência de amigos e parentes. Completamente tomado pela melodia e pelo tom de poema do hebraico belo e selvagem, ele balançava de um lado para o outro, acompanhando o próprio canto. Quando terminou, Michael estava se divertindo imensamente e foi com pena que cantou a última nota, alongando-a tanto quanto possível.

Ergueu os olhos. Seu pai parecia ter recebido da primeira-dama em pessoa a notícia de que fora nomeado fabricante oficial de sutiãs da Casa Branca. Abe se encaminhou para o filho, mas antes que pudesse alcançá-lo Michael foi rodeado por uma floresta de mãos que queriam apertar a sua, enquanto um coro lhe desejava *mazel tov*.

Caminhou ao lado do pai pela passagem central para a parte de trás da sinagoga, onde sua mãe esperava ao lado da escada. Os dois apertaram várias mãos e Michael recebeu vários envelopes com dinheiro, de homens que ele não conhecia. A mãe o beijou chorando, e ele abraçou os ombros gorduchos dela.

– Veja quem está aqui, Michael – disse ela, apontando.

Michael olhou e viu o avô caminhando pela passagem central na direção deles. Isaac passara a noite no apartamento de um dos passadores de Abe para poder ir a pé à sinagoga sem violar a lei do Shabbath, que proibia andar de carro.

Só muitos anos mais tarde Michael compreendeu a astúcia com que o avô havia conduzido sua guerra contra Dorothy e a extensão da sua vitória. Foi uma estratégia que exigiu paciência e tempo.

Mas usando essas duas armas, sem nem uma vez erguer a voz, ele venceu a nora e transformou sua casa no lugar de obediência às leis dos livros sagrados, como queria que fosse.

É claro que Michael foi seu agente.

A vitória sobre Stash Kwiatkowski fez com que a caminhada para a escola de hebraico e a volta para casa se tornassem um prazer ansiosamente esperado. Quando o entusiasmo arrefeceu e ele já não se considerava Jack, o Matador de Gigantes, Michael já estava conquistado pelo processo de aprendizagem. Depois do Reb Chaim, foi Reb Yossel e em seguida Reb Doved. Então, por dois anos de perfeito êxtase, todas as tardes ele se aquecia ao calor dos olhos azuis elétricos da srta. Sophie Feldman, fingia que absorvia conhecimento e tremia cada vez que ela dizia seu nome. A srta. Feldman tinha cabelos cor de mel e uma constelação de sardas no narizinho deliciosamente arrebitado. Durante as aulas sentava-se com os tornozelos cruzados, a ponta do pé direito girando, girando num círculo preguiçoso que Michael observava fascinado e que não o impedia de dar a resposta certa quando ela o chamava.

Quando ela se tornou a sra. Hyman Horowitz e, grávida, entrou na classe pela última vez, Michael estava muito ocupado para perder tempo com coisas supérfluas como ciúme, porque tinha completado treze anos e o *bar mitzvá* pairava ameaçadoramente no horizonte. Passava todas as tardes na classe especial de *bar mitzvá* do Reb Moishe, o diretor da escola, estudando sua *haftorá*. De duas em duas semanas, no sábado, ele tomava o metrô para o Brooklyn e recitava a *haftorá* para o avô, sentado ao lado dele na beirada da cama, os dois com os solidéus e os *tallises*. Michael acompanhava as palavras no livro com o dedo suado enquanto as cantava lentamente, com um ar de exagerada superioridade.

O avô ouvia de olhos fechados, como o Reb Chaim, e quando Michael cometia um erro, ele voltava à vida e corrigia com sua voz fraca de velho. Depois fazia perguntas discretas sobre a vida na casa dos Kind e o que ouvia certamente o enchia de satisfação. A influência da Sinagoga Filhos de Jacó sobre Michael esfriou o espírito de reforma que havia invadido a casa dos Kind.

Dorothy Kind não fora feita para ser revolucionária. Quando Michael começou a questionar o consumo de carnes e peixes que, segundo os Rebes da escola, eram proibidos para os judeus, ela imediatamente encontrou pretextos para banir esses alimentos da sua casa. Desafiada pelo sogro, Dorothy havia lutado bravamente por seu direito de livre-pensadora. Questionada inocentemente pelo filho, conformou-se com docilidade e alívio de consciência. As velas do *shabbos* voltaram a ser acesas no apartamento nas noites de sexta-feira, e leite era leite, e carne era carne, nunca se misturando.

Naquele dia, quando o avô caminhou vagarosamente na direção deles na sinagoga cheia de gente, Dorothy o surpreendeu com um beijo carinhoso.

– Michael não foi maravilhoso? – perguntou ela.

– Uma boa *haftorá* – admitiu ele, carrancudo.

Isaac beijou a cabeça de Michael. A cerimônia terminou e a congregação em peso foi cumprimentá-los. Depois de apertarem as mãos de todos, foram para onde estavam armadas mesas com fígado picado, arenque em picles, *kichels* e garrafas de *scotch* e uísque de centeio, compradas de contrabandistas.

Antes de se juntarem aos convidados, Isaac substituiu o pequeno xale de oração que envolvia o pescoço do neto por seu próprio *tallis*, arrumando cuidadosamente as pregas de seda. Michael conhecia aquele *tallis*. Não era o que Isaac usava todos os dias. Fora comprado logo depois que o avô chegou na América e ele o usava somente nas festas religiosas importantes e outras ocasiões especiais. Todos os anos era cuidadosamente lavado e guardado, a cada vez que Isaac o usava. A seda estava um pouco amarelada, mas em bom estado, e o bordado em azul, perfeito e brilhante.

– Papai, seu *tallis* especial – protestou Dorothy.

– Michael vai cuidar bem dele – disse o *zeide*. – Como um *sheine yid*.

7

Numa manhã clara e fria de sábado, no seu décimo terceiro ano de vida, ele se tornou um membro da classe trabalhadora. Michael e seu pai saíram de casa quando o resto da família ainda dormia e foram de carro para Manhattan. Tomaram o desjejum calmamente – suco de laranja, requeijão, salmão defumado e rosquinhas frescas, além do café em canecos de louça grossa –, saíram da lanchonete e atravessaram a rua para o prédio no qual a Empresa Kind ocupava o quarto andar.

Os sonhos de Abe quando trocou o nome da firma e o da família jamais se concretizaram. Abraham Kind não conseguiu descobrir o ingrediente capaz de transformar um bom negócio numa empresa milionária. Porém, embora sem crescer como ele esperava, continuou a proporcionar aos Kind os meios para uma vida confortável.

A fábrica tinha dezesseis máquinas presas ao chão de madeira cheio de óleo, circundadas pelas mesas com peças de fazenda, formas para sutiãs, barbatanas, cintas-ligas e os outros materiais para a fabricação de cintas, espartilhos e sutiãs. Quase todos os empregados eram profissionais qualificados, que estavam na firma há muitos anos. Michael conhecia muitos deles, mas Abe fez questão de ir de máquina em máquina, apresentando solenemente um por um.

Um cortador de cabelos brancos chamado Sam Katz tirou o charuto da boca e bateu na barriga redonda.

– Eu sou o chefe da oficina – disse. – Quer que eu trate dos negócios do sindicato com você ou com seu pai, meu filho?

Com um largo sorriso Abe disse:

– Seu *gonif*, fique longe deste menino com sua propaganda do sindicato. Sei que é bem capaz de o convencer a fazer parte do comitê de negociações.

– Uma boa ideia! Obrigado, acho que vou fazer isso.

O sorriso de Abe desapareceu quando se dirigiram para o escritório.

– Ele ganha mais do que eu – disse ele.

Uma parede separava o escritório da fábrica. A sala de espera era acarpetada, com luz suave e com boa mobília, do tempo em que Abe tinha ainda suas ilusões de um futuro grandioso. Quando Michael começou a trabalhar na firma, os móveis estavam gastos, mas ainda elegantes. Num cubículo de vidro no canto havia duas mesas, uma para seu pai, outra para Carla Salva, a contadora.

Carla estava sentada atrás da pilha de livros, fazendo as unhas.

– Bom-dia – disse ela, com um sorriso. Tinha dentes incrivelmente brancos e a boca de lábios finos, feita pela natureza, transformada por Max Factor num desenho vermelho vivo e sensual. Ao lado do nariz fino tinha uma marca de nascença, grande e marrom. Era uma jovem porto-riquenha, com seios fartos, quadris estreitos e pele macia.

– Alguma correspondência? – perguntou Abe.

Carla apontou com a unha pintada de vermelho-vivo, como um estilete manchado de sangue, para a pilha de papéis na ponta da mesa. Abe apanhou os envelopes, levou para sua mesa e começou a separar os pedidos de compra das contas.

Depois de alguns minutos, Michael pigarreou.

– O que você quer que eu faça? – perguntou.

Abe ergueu os olhos. Tinha se esquecido completamente do filho.

– Oh – disse. Levou Michael até um pequeno armário e mostrou o aspirador de pó. – Limpe os tapetes.

Os tapetes precisavam realmente de uma limpeza. Quando terminou esse trabalho, Michael regou as duas plantas, duas enormes orelhas de elefante e depois lustrou o cinzeiro de pé. Estava fazendo isso às dez e meia quando chegou o primeiro cliente. Abe saiu do cubículo de vidro assim que o viu entrar.

– Sr. Levinson! – exclamou, estendendo a mão que o homem apertou calorosamente. – Como vão as coisas em Boston?

– Podiam estar melhor.

– Aqui também. Aqui também. Mas vamos esperar que comecem a melhorar em breve.

— Tenho uma renovação de pedido para você. – Entregou a Abe um formulário de pedido.

— Não veio a Nova York só para repetir um pedido. Tenho muita coisa nova e bonita para mostrar.

— Só se o preço for muito bom, Abe.

— Sr. Levinson, podemos falar do preço mais tarde. Tudo que peço é que me conceda um pouco do seu tempo para ver as minhas novidades.

Olhou para o cubículo.

— Carla. A nova linha – disse Abe.

Ela fez um gesto afirmativo e sorriu para o sr. Levinson. Foi até a seção de estoque e voltou com duas caixas. Entrou no provador e saiu vestida apenas com um espartilho.

As mãos de Michael ficaram congeladas ao pé do cinzeiro que ele estava polindo. Nunca tinha visto tanto de um corpo de mulher. Olhou para os seios de Carla, empurrados para cima pelo colete e perfeitamente separados em duas bolas de carne e sentiu que seus joelhos iam se dobrar. Na parte interna da coxa esquerda Carla tinha uma marca igual à do rosto.

Seu pai e o sr. Levinson pareciam ignorar a existência dela.

O sr. Levinson olhou para o espartilho e seu pai para o sr. Levinson.

— Não, acho que não – disse finalmente o comprador.

— Nem quer saber por quanto pode comprar esses coletes?

— Seria uma extravagância, a qualquer preço. Tenho muito em estoque no momento.

Abe deu de ombros.

— Não vou discutir.

Carla voltou para o provador e reapareceu de cinta-calça e sutiã negros. Acima da cinta, o umbigo parecia piscar secretamente para Michael quando ela andava de um lado para o outro na frente dos dois homens.

O sr. Levinson aparentemente não se interessou também pela cinta-calça, mas recostou na cadeira e fechou os olhos.

— Quanto?

Estremeceu de leve quando ouviu o preço. Discutiram acaloradamente por alguns minutos e no fim, com uma careta, Abe concordou com a última oferta do sr. Levinson.

— Agora, quanto pelos coletes?

Seu pai sorriu e a pechincha recomeçou. O negócio foi fechado e os dois homens pareciam satisfeitos. Três minutos depois o sr. Levinson saiu e seu pai e Carla voltaram às suas mesas. Michael continuou a polir vigorosamente o cinzeiro, uma vez ou outra olhando furtivamente para o rosto entediado de Carla e mentalmente ordenou a chegada de outro comprador.

Ele gostava de trabalhar com o pai. Quando fechavam a Empresa Kind, às cinco horas da tarde de sábado, os dois iam jantar num restaurante e depois a um cinema ou ao estádio, o Garden, assistir a uma partida de basquete ou a lutas. Várias vezes iam à AHM e depois do exercício ficavam algum tempo no banho a vapor. Seu pai podia respirar o vapor indefinidamente e sair corado e com os olhos brilhantes. Michael tinha de sair depois de cinco ou dez minutos, com os joelhos fracos e sem nenhuma vitalidade.

Uma noite estavam sentados no banco na sala do banho a vapor, este em tufos em torno de seus rostos.

– Bata nas minhas costas, sim? – pediu o pai.

Michael foi até a torneira, molhou a toalha com água gelada e com arrepios de frio bateu com ela no corpo de Abe. Rosnando de prazer, Abe apanhou a toalha e passou no rosto e nas pernas.

– Quer que eu bata em você?

Michael recusou, agradecendo. Abe ligou a torneira e as nuvens de vapor encheram a pequena saleta. A respiração do filho ficou difícil, mas a do pai continuou lenta e regular.

– Vou comprar um par de halteres para você – disse Abe, deitado de costas no banco da sauna, com os olhos fechados. – Assim, podemos nos exercitar juntos.

– Ótimo – disse Michael, sem muito entusiasmo.

Na verdade, ele não conseguia levantar a maior parte dos pesos que o pai tinha no quarto, e nem queria. Aos treze anos, Michael era alto e muito magro. Olhou para o físico esplêndido do pai, lembrou-se da mãe, baixa e gorda, e pensou nas incríveis peças que a natureza pode nos pregar.

– Qual é o problema, não quer os pesos?

– Não muito.

– Então, quer outra coisa?

– Nada especial.

– Você é engraçado.

Como isso não parecia exigir resposta, Michael continuou ali, respirando com dificuldade.

– Estive pensando em ter uma conversa com você.

– Sobre o quê?

– Sexo.

Michael tentou disfarçar o embaraço.

– Está com algum problema, papai?

Abe sentou-se no banco com um largo sorriso.

– Não seja atrevido, menino. Eu nunca tive esse tipo de problema, *boychik*. Muito bem... O que você sabe sobre isso?

Michael não teve coragem de olhar para o rosto debochado do pai.

– Sei tudo.

Por um momento o único ruído que se ouvia era o silvo do vapor.

– Onde você aprendeu?

– Os amigos. A gente conversa.

– Tem alguma pergunta?

Michael tinha dúvidas sobre alguns pontos, nos quais vinha pensando há muito tempo.

– Não – respondeu.

– Muito bem. Se tiver alguma dúvida, pergunte para mim. Está ouvindo?

– Sim, papai – prometeu ele. Esperou mais dois minutos e fugiu para o chuveiro. Logo estavam os dois tomando banho, Abe no frio, Michael no quente, cantando juntos "The Sheik of Araby". A voz de Abe era horrível, cascalhuda e sem firmeza.

Abe gostava de ter o filho na fábrica, mas o tratava como qualquer outro empregado. Quando Michael começou a trabalhar, recebia três dólares por sábado. Quando completou três anos na fábrica, pediu a Sam para negociar seu aumento de salário. O sindicalista ficou encantado. Sua conversa de vinte minutos com Abe foi repleta de *naches* para ambos, e o resultado foi o aumento de um dólar.

Depois do aumento, Michael economizou o salário de duas semanas e levou o pai ao teatro. A peça era *Mary da Escócia*, de Maxwell Anderson, estrelada por Helen Hayes e Philip Merivale. O pai dormiu no meio do segundo ato. Na semana seguinte, Michael o levou para ver uma peça em ídiche, *The Greeneh Cozineh*, sobre uma família americana que se transforma com a chegada de uma prima imigrante. Ele não entendeu todo o ídiche, mas as piadas que entendeu o fizeram chorar de tanto rir.

Michael e Abe estreitaram sua amizade nas noites de sexta-feira que passavam juntos. Um pouco antes do *bar mitzvá* Abe começou a ficar preocupado. Temia que seu hebraico não bastasse para fazer boa figura quando fosse chamado à *bimá*. Por isso, sugeriu que os dois comparecessem uma noite de sexta-feira ao serviço religioso na Sinagoga Filhos de Jacó. A cerimônia não foi longa e, com surpresa, Abe verificou que não havia esquecido o hebraico que aprendera quando era menino. Na sexta-feira seguinte foram outra vez, e isso logo se tornou um hábito. De pé, um ao lado do outro, cumprimentavam a Noiva do Shabat. Logo os frequentadores regulares da sinagoga passaram a contar com a presença dos dois. Michael orgulhava-se do pai, de pé ao seu lado, um homem forte e musculoso, com olhos sorridentes, cantando louvores a Deus.

Quando fez quinze anos, ele entrou para o Ginásio de Ciência do Bronx, feliz por fazer a longa viagem de metrô todas as manhãs. Sabia que era a escola secundária mais competitiva de Nova York. Ficou preocupado com o primeiro trabalho que teve de fazer. Era de biologia, sobre a reprodutividade maciça dos tripaneídeos, a família a que pertencia a mosca-das-frutas. Michael não encontrou material de pesquisa suficiente na biblioteca pública, e seu professor de biologia lhe conseguiu uma permissão especial para usar a biblioteca da Universidade de Nova York. Várias noites por semana ele ia de metrô a Manhattan, enchia seu caderno de anotações, algumas das quais compreendia.

Certa noite, quando faltavam dez dias para entregar o trabalho, Michael estava na biblioteca da universidade, trabalhando febrilmente, em dois sentidos. Estava cansado e, ao que parecia, prestes a ficar resfriado. Sua cabeça estava quente e a garganta começara a doer quando engolia. Continuou a tomar notas sobre os prodigiosos esforços reprodutores da mosca-das-frutas e alguns dos seus competidores.

Segundo estimativas de Hodge, o inseto Escala San José produz de 400 a 500 insetos. A mosca Dobson põe de 2.000 a 3.000 ovos. Os insetos sociais põem sempre grande número de ovos. A abelha rainha pode pôr 2.000 ou 3.000 ovos por dia. A rainha do cupim pode pôr 60 ovos por segundo até completar vários milhões.

O assunto o fez ficar um pouco excitado. A única mulher ao alcance dos seus olhos tinha dentes estragados e uma camada de caspa na suéter preta. Desanimado, continuou a tomar notas.

Segundo Herrick, um par de moscas, começando em abril, em agosto terá produzido 191.010.000.000.000.000.000. Se, por um capricho da natureza, todos sobrevivessem, calculando um oitavo de polegada cúbica por mosca, poderiam cobrir a Terra com uma camada de 14 metros de espessura.

Michael imaginou como seria a Terra coberta por uma camada de moscas com 14 metros de espessura, todas zumbindo, espalhando germes e copulando, aumentando sempre a altura da camada.

Será que as moscas transam? Levou 12 minutos para verificar que as fêmeas põem ovos e os machos os fertilizam. Seria interessante essa prática sexual? Podiam ter prazer no ato da fertilização, ou o macho era uma espécie de entregador de leite sexual, fazendo a entrega sempre na hora certa? Procurou, no índice do livro, em SEXO, em RELAÇÃO SEXUAL, em ACASALAMENTO e até mesmo, sem muita esperança, em PRAZER. Mas não encontrou nada que respondesse à sua pergunta. O processo estendeu-se até as dez horas, quando a biblioteca fechava as portas. Michael devolveu o livro e tomou o elevador. Lá fora o tempo estava horrível. A garoa fria tinha derretido as pilhas de neve suja na sarjeta e formava montes de lama com mais sujeira do que neve. Era a hora do fim das aulas das escolas noturnas e uma multidão se comprimia e empurrava na entrada estreita do metrô. Michael ficou numa das pontas da multidão, espremido, peito a peito contra uma jovem atraente de cabelo castanho, com casaco de suede e uma boina. Por um momento ele esqueceu o resfriado. Era uma situação muito agradável. Ela olhou nos olhos dele e depois para os livros em sua mão.

– O que você é, um menino prodígio?

O tom de voz era de zombaria. Michael inclinou o corpo para trás e tentou evitar e contato, odiando-a de repente por ela não ter três anos menos. A multidão avançou, mas estavam ainda muito longe da entrada do metrô. Com o canto dos olhos ele viu o ônibus da Quinta Avenida aproximando-se a menos de um quarteirão. Empurrou com o cotovelo um jovem barbado e gordo e correu para o ônibus, pensando em descer na Rua 34, onde, sem dúvida, a estação do metrô estaria menos movimentada.

Porém, quando passou pela Rua 20 e, por força do hábito, olhou para o prédio da Empresa Kind, viu luz nas duas janelas da frente. Isso só podia significar que seu pai estava trabalhando até tarde. Puxou o cordão da campainha do ônibus rapidamente, satisfeito com a ideia de trocar a longa viagem do metrô, em que nunca ia sentado, por um confortável passeio no Chevrolet.

Como sempre, no inverno, o calor no prédio era opressivo. O elevador estava desligado, e quando acabou de subir os três lances de escada até o quarto andar, Michael suava bastante e estava com muita dor de garganta. Abriu a porta da Empresa Kind e ficou parado, vendo o pai, só de camiseta, fazendo amor com Carla Salva no velho sofá que ele limpava todos os sábados com o aspirador. Um dos pés finos de Carla estava no chão, sobre a pilha de suas roupas de baixo. O outro movia-se suavemente na barriga da perna do seu pai. A boca Max Factor estava entreaberta e as narinas dilatadas. Com os olhos fechados, ela não fazia nenhum som em resposta aos esforços atléticos do seu pai. Carla abriu os olhos preguiçosamente, olhou para Michael e gritou.

Ele deu meia-volta e correu pelo corredor escuro para a escada.

– Quem está aí? – ouviu o pai perguntar, zangado.

E depois:

– Oh, meu Deus!

Ele estava no segundo andar quando Abe começou a gritar.

– Mike. Mike. Preciso falar com você.

Michael continuou a descer até sair do prédio para a chuva gelada. Depois correu. Caiu de bruços no gelo e ouviu a buzina e os palavrões com sotaque sulino do motorista do táxi. Levantou-se e começou a correr outra vez, deixando os livros e suas anotações onde tinham caído.

Quando chegou à Rua 34, enjoado e sem poder respirar, cambaleou para a entrada do metrô.

Michael não se lembrava de como tinha chegado em casa. Mas sabia que estava na cama. Sua garganta parecia ter sido passada num ralador de batatas, a cabeça latejava e ele ardia. Parecia um bico de Bunsen. Quando me desligarem, pensou, só vai sobrar o tubo.

Às vezes ele sonhava com Carla, com a boca entreaberta, flácida e úmida, as narinas se dilatando em paixão como o mover lento das asas de uma borboleta. Consciente de que a tinha imaginado assim recentemente, sentia vergonha.

Às vezes sonhava com a mosca-das-frutas, reproduzindo-se com magnífica facilidade, com um resultado muito mais eficiente do que o ser humano, mas sem êxtase, a pobrezinha.

Às vezes ouvia um tambor, batendo no seu ouvido, através do travesseiro.

Dois dias depois de adoecer Michael voltou a si. O pai estava numa cadeira, ao lado da cama, com a barba por fazer e o cabelo despenteado.

– Como está se sentindo?

– Bem – disse Michael, com voz rouca.

Lembrava-se de tudo, como se as cenas estivessem esculpidas em blocos de cristal e enfileiradas na frente dos seus olhos.

Abe olhou para a porta e passou a língua nos lábios. Michael ouvia a mãe lavando os pratos na cozinha.

– Há uma porção de coisas que você não entende, Michael.

– Vá brincar com seus halteres.

Por causa da rouquidão, Michael parecia prestes a chorar e isso o enchia de raiva. O que sentia não era tristeza, mas um ódio gélido, e queria que o pai soubesse.

– Você é um menino. É um menino e não deve julgar. Tenho sido bom pai e bom marido. Mas sou humano.

Sua cabeça doía e a boca estava seca.

– Jamais se atreva a me dizer o que devo fazer – disse Michael. – Nunca mais.

O pai inclinou-se para a frente e olhou para ele de modo penetrante.

– Algum dia você vai saber. Quando estiver casado há vinte anos. Ouviram os passos da mãe aproximando-se do quarto.

– Abe? – disse ela. – Abe, ele está acordado? Como ele está? – Entrou apressada, uma mulher gorda, com seios caídos, tornozelos grossos e aquele ridículo cabelo vermelho. Olhar para ela piorava tudo.

Michael virou o rosto para a parede.

8

A moça do apartamento vizinho chamava-se Miriam Steinmetz. Numa noite de primavera, no seu último ano do Ginásio de Ciência, Mimi e ele estavam deitados no tapete espesso da sala de estar dos Steinmetz lendo a coluna de empregos de verão do *New York Times*.

– Não seria bom se a gente arranjasse empregos no mesmo lugar? – perguntou Mimi.

– Seria mesmo.

Na verdade, a ideia não o agradava. Sentia necessidade de ir a um lugar diferente naquele verão, porém mais do que isso, queria conhecer outras pessoas, ver rostos que não via todos os dias. O rosto de Mimi, bonitinho e cheio de vida, era mais do que conhecido. Os Steinmetz já moravam no apartamento 3-D quando os Kind mudaram para o 3-C. Durante muito tempo ela ignorou Michael e então, quando fez dezesseis anos, ele aceitou o convite para ser membro do grêmio Mu Sigma do ginásio. Miriam pertencia à Iota Phi e, como as vantagens eram óbvias, ela o adotou. Ela o levava aos bailes da irmandade e ele a levava aos bailes do grêmio. Depois de alguns desses encontros eles se beijavam e abraçavam com uma naturalidade quase assexuada. O problema do relacionamento com Mimi era que Michael sabia mais sobre ela do que sobre sua irmã Ruthie. Já a tinha visto depois de lavar a cabeça, com o cabelo escorrido, com o rosto cheio de pomada contra acne e com um pé mergulhado em água quente para curar um dedo inflamado. Ela jamais poderia ser a Cleópatra para o seu Marco Antônio. Não havia nem um grão de mistério para alimentar esse tipo de romance.

– Este parece bom – disse ela.

Era um anúncio para ajudante de cozinha num hotel nos Catskills. Michael ficou mais interessado no anúncio que estava logo abaixo. Para ajudante de cozinha num lugar chamado The Sands, perto de Falmouth, Massachusetts.

– O que acha de nós dois respondermos a este? – perguntou Mimi. – Seria divertido passar o verão nos Catskills.

– Tudo bem – disse ele. – Tome nota do número do anúncio e eu levo o jornal para casa.

Ela anotou no bloco ao lado do telefone e depois o beijou suavemente na boca.

– Gostei muito do filme.

O cavalheirismo o obrigava a tomar a iniciativa. Tentou beijá-la com a mesma naturalidade com que Clark Gable beijava Claudette Colbert no filme que acabavam de ver. Involuntariamente suas mãos se interessaram pela suéter dela. Mimi não ofereceu resistência. Tinha seios como pequenas almofadas que algum dia seriam grandes almofadas.

– Aquela cena em que eles penduram o cobertor entre os dois no motel é de morrer de rir – disse ela, no ouvido dele.

– Você dormiria com um cara se o amasse?

Mimi ficou em silêncio por um momento.

– Quer dizer, *dormir* de verdade? Ou fazer amor?

– Fazer amor.

– Acho que seria bobagem. Pelo menos não até estar noiva... E mesmo assim, por que não esperar?

Dois minutos depois, ele estava atravessando o corredor para seu apartamento. Silenciosamente, para não acordar a família, apanhou papel e caneta e escreveu uma carta para o emprego no Sands.

Um carro o esperava na estação de Falmouth. O motorista, um homenzinho carrancudo, de cabelos brancos, disse que se chamava Jim Ducketts.

– Esperava você no outro ônibus – disse ele, acusadoramente.

O Sands Hotel, de frente para o mar, era grande e branco, circundado por varandas largas que davam para gramados enormes e praias particulares de areia muito branca.

Atrás do hotel ficava o alojamento dos empregados. Ducketts apontou para uma cama de ferro.

– É sua – disse e saiu sem se despedir.

O alojamento era de tábuas nuas pregadas a vigas comuns e cobertura de papel alcatroado. A cama de Michael ficava num canto habitado também por uma aranha negra, cabeluda, com listras cor de laranja, instalada como uma pedra preciosa e iridescente no centro da teia enorme.

Michael ficou arrepiado. Olhou em volta à procura de alguma coisa para matar o monstro, mas não viu nada que servisse.

A aranha não se moveu.

– Muito bem – ele disse para a aranha. – Você me deixa em paz que eu te deixo em paz.

– Com quem está falando, homem?

Michael voltou-se rapidamente com um sorriso encabulado. O outro rapaz estava parado na porta, e olhou desconfiado para ele. Era louro, cabelo curto, a pele quase tão bronzeada quanto a de Abe Kind. Estava de tênis, jeans e uma camiseta com a palavra Yale estampada na frente em enormes letras azuis.

– Com a aranha – disse Michael.

O outro aparentemente não entendeu, mas Michael achou que quanto mais tentasse explicar, mais ridícula a coisa ia parecer. O rapaz estendeu a mão, apresentando-se. Era do tipo que exagerava no aperto de mão.

– Al Jenkins – disse. – Tem alguma coisa para comer?

Michael tinha uma barra de chocolate que estava guardando, mas a ofereceu num assomo de espírito comunitário. Al deitou no colchão de Michael e comeu metade da barra depois de jogar o papel debaixo da cama.

– Você estuda? – ele perguntou.

– Vou começar na Universidade de Colúmbia no outono. Há quanto tempo você está em Yale?

Al inclinou a cabeça para trás e deu uma gargalhada.

– Que diabo, eu não estou em Yale. Estudo na Northeastern. Em Boston.

– Por que está com a camisa da Yale?

– Para fingir que estou numa das melhores universidades do Leste. Para atrair a caça.

– A caça?

– A presa, as coelhinhas, as mulheres. É a primeira vez que vem a uma estação de veraneio?

Michael confessou que era.

– Cara, você tem muito que aprender. – Acabou de comer a barra de chocolate. Depois, sentou-se bruscamente na cama de Michael. – Você estava mesmo falando com essa maldita aranha?

Levantaram-se às 5:30 da manhã. Eram vinte no alojamento. Os ajudantes de garçom e os que iam trabalhar na praia resmungavam e xingavam os ajudantes de cozinha por acordá-los muitas horas antes de começar o trabalho. Depois de alguns dias, os que iam trabalhar na cozinha desistiram de responder às ofensas.

O *chef* era um homem alto e magro chamado Mister Bousquet.

Michael nunca soube seu primeiro nome e nunca pensou em perguntar. Mister Bousquet tinha o rosto comprido e imóvel, olhos opacos e passava o tempo provando a comida e dando ordens esporádicas com voz monótona e inexpressiva.

Na primeira manhã foram levados até a cozinha pelo encarregado do pessoal do hotel. Michael foi entregue a um coreano de idade indeterminada, apresentado como Bobby Lee.

– Sou o homem da copa. Você é o ajudante da copa.

Três engradados de laranjas estavam empilhados sobre a mesa.

Bobby Lee entregou a Michael um pé de cabra e uma faca. Ele abriu os engradados e cortou as laranjas ao meio, até encher três tinas de barro.

Com alívio, viu que o espremedor era automático. Segurava a metade da laranja sobre o centro giratório do espremedor até sair todo o suco e jogava a casca num cesto. Uma hora depois estava ainda espremendo laranjas, com os músculos dos braços doloridos e os dedos tão duros que certamente ia passar o resto da vida com a mão em garra, pronta para agarrar o seio de qualquer mulher bastante tola para ficar ao seu alcance. Terminado o trabalho com as laranjas, foi a vez de cortar melões, preparar os *grapefruits*, abrir latas de figos e arrumar nos recipientes o gelo picado, o suco e as frutas. Às sete e meia, quando chegaram os cozinheiros, Bobby e ele estavam cortando verduras para a salada do almoço.

– Vamos tomar café daqui a pouco – disse Bobby.

De frente para a porta da copa, Michael via as garçonetes entrando e saindo pela porta de vaivém entre a cozinha e o restaurante. Na escala da aparência, elas iam das feias até as vistosamente belas. Michael observou com prazer uma delas. O corpo forte e bem-feito movia-se sensualmente sob o uniforme, e a trança de cabelo louro e farto em volta da cabeça a fazia parecer um anúncio de cerveja sueca.

Bobby percebeu que ele a estava olhando e sorriu.

– Nós comemos com as garçonetes? – perguntou Michael.

– Elas comem no zoológico.

– No *zoológico*?

– É como chamamos o restaurante dos empregados. Nós comemos aqui mesmo na copa.

Viu o desapontamento de Michael e sorriu outra vez.

– Fique contente. Comida no zoológico não serve nem para animais. Nós comemos o mesmo que os hóspedes.

Michael teve a prova disso cinco minutos mais tarde. Comeu figos com creme, ovos mexidos no ponto, com salsichas, morangos caramelados do tamanho de bolas de pingue-pongue e duas xícaras de café forte. Voltou ao trabalho completamente satisfeito.

Bobby observou com aprovação o modo como ele cortava os pepinos.

– Você trabalha bem. Você come bem. Você bom filho da mãe.

Michael concordou modestamente.

Naquela noite, Michael sentou-se na banqueta de piano empenada pela chuva, no lado de fora do alojamento. Estava cansado e muito só. Lá dentro alguém tocava banjo, alternando "On Top of Old Smoky" com "All I Do the Whole Night Through Is Dream of You". Tocou quatro vezes cada uma.

Michael observou o encontro dos rapazes e das moças. Eram proibidos de se misturar com os hóspedes, e percebeu imediatamente que a direção do hotel não precisava se preocupar com isso. A maioria dos empregados temporários era de veteranos de outros verões, que voltavam a Cape Cod para reatar relacionamentos amorosos do ponto em que tinham parado no Dia do Trabalho do ano anterior. Michael via com inveja os encontros dos casais.

O alojamento dos homens era separado do das mulheres por um pequeno bosque de pinheiros com trilhas que levavam à floresta. Era sempre a mesma coisa: moça e rapaz se encontravam sob os pinheiros, conversavam alguns minutos e depois seguiam juntos por uma das trilhas. Ele não viu a moça com as tranças suecas. Tem de haver alguém – pensou ele – que não seja a metade de um par.

Quando começava a escurecer, uma moça morena saiu de uma das trilhas e caminhou para ele. Era alta, tinha um passo seguro e vestia uma camiseta da Wellesley. A primeira e a última letras "l" da palavra Wellesley estavam muito mais próximas dele do que as outras letras.

– Oi – disse ela. – Eu sou Peggy Maxwell. Você é novo aqui, não é?

Michael se apresentou.

– Eu vi você na copa hoje – disse Peggy, inclinando-se para ele.

Era impressionante quando se inclinava assim.

– Quer me fazer um favor? A comida no zoológico é horrível. Amanhã à noite, pode me trazer alguma coisa da copa?

Michael estava prestes a se comprometer com o fornecimento de comida pelo resto da temporada, quando o banjo dentro do alojamento parou de tocar e Al Jenkins apareceu na porta, com uma camiseta onde estava escrito Princeton.

– Pegg-Legs! – exclamou ele, feliz.

– Allie Poopoo!

Caíram um nos braços do outro, rindo e balançando, com as mãos em grande atividade. Dentro de segundos, de mãos dadas desapareceram na trilha do bosque. Michael os viu desaparecer numa curva, e imaginou se Peggy Maxwell estudava mesmo em Wellesley ou se a camiseta era só um disfarce para pegar os garanhões. Se dependesse dele, ela podia morrer de fome.

Ficou sentado na banqueta de piano até escurecer, entrou no alojamento e acendeu a lâmpada nua. Tirou da mala o livro *Obras de Aristóteles* e deitou-se na cama de ferro. Duas moscas zumbiam em cima de um pedaço de chocolate que aquele porco do Al Jenkins tinha deixado cair no seu colchão. Michael amassou as moscas com o livro e jogou as duas na teia da sua amiga. Já havia uma pequena mariposa morta, presa na teia.

– Escute – disse Michael.

As pessoas incapazes de sentir prazer e alegria são raras, pois essa insensibilidade não é humana. Até mesmo os outros animais são capazes de distinguir os diferentes tipos de alimento e gostam de uns e não gostam de outros; e se existir alguém que não ache nada agradável e nada mais atraente do que todas as outras coisas, deve ser muito diferente do homem; esse tipo de pessoa não tem nome porque é muito raro.

Quando terminou o parágrafo as duas moscas tinham desaparecido e a aranha estava outra vez imóvel. A mariposa não fora tocada.

– Você ouve bem. Você come bem. Você uma boa filha da mãe – disse. A aranha não negou.

Michael apagou a luz, ficou só com a roupa de baixo e deitou-se. Os dois adormeceram, ele e a aranha.

* * *

Trabalhou três semanas na copa, comeu, dormiu e sentiu-se só. Depois de ver Michael lendo Aristóteles, Al Jenkins não conseguiu mais guardar segredo sobre o fato dele falar com aranhas e, em cinco dias, ele passou a ser considerado o tipo esquisito do hotel. Não deu a mínima. Não tinha mesmo vontade de conversar nem cinco minutos com nenhum daqueles cretinos.

Engolindo o orgulho, Michael perguntou a Jenkins o nome da garçonete de tranças. Era Ellen Trowbridge.

– Meu filho, ela não é para seu bico – disse Jenkins. – É uma cadela gelada de Radcliff, que não dá bola de jeito nenhum. Pergunte ao homem que sabe.

Ellen Trowbridge folgava nas terças-feiras. Michael conseguiu a informação com Peggy Maxwell em troca de costeletas de carneiro.

Sua folga era na quinta-feira, mas Bobby Lee concordou prontamente com a troca.

Naquela noite ele foi ao alojamento das moças, bateu à porta e disse que queria falar com ela. Ellen apareceu intrigada, franzindo a testa.

– Sou Mike Kind. Amanhã nós dois temos folga, e gostaria que fizesse um piquenique comigo.

– Não, obrigada – disse ela, em voz alta. Michael ouviu alguém rir no alojamento.

– Na praia da cidade – disse ele. – Tem muita gente, mas não é ruim.

– Não estou saindo com ninguém neste verão.

– Tem certeza?

– Tenho certeza – disse ela. – Muito obrigada pelo convite.

Ela entrou. Quando Michael já se afastava, Peg Maxwell saiu do alojamento com uma ruivinha bonitinha.

– Gostaria de sair com outra pessoa amanhã à tarde? – perguntou Peggy.

A outra moça riu, mas Michael desconfiou. A pergunta foi feita com voz muito açucarada.

– Não, obrigado – disse ele.

– Eu ia sugerir Aristóteles. Ou sua aranha. É uma aranha fêmea, ou seu relacionamento é homossexual? – As duas riram, divertidas.

– Vá para o inferno – disse ele, dando meia-volta e começando a andar.

– Sr. Kind! – a voz de Ellen Trowbridge.

Ele parou e esperou, mas não disse nada quando ela chegou perto.

– Mudei de ideia – disse ela.

Michael sabia que Ellen tinha ouvido sua conversa com Peggy.

– Escute, não me faça nenhum favor.

– Eu gostaria de sair com você amanhã. De verdade.

– Muito bem, então – claro, está ótimo.
– Podemos nos encontrar nos pinheiros? Às três horas?
– Eu a apanho no seu alojamento.

Ela inclinou a cabeça assentindo com um sorriso, e cada um seguiu em direção diferente.

Bobby Lee preparara uma cesta generosa de piquenique e, maravilhada, Ellen comeu avidamente.

– A comida no zoológico é tão ruim?
– Pior. – Ela parou de comer uma coxa de galinha. – Estou comendo demais?
– Não, não. Só que parece... tão esfomeada.

Ellen sorriu e continuou a comer. Ainda bem que ela estava entretida com a comida – pensou Michael. Assim, podia observá-la melhor. Tinha o corpo bem-feito, com curvas generosas reveladas pelo maiô inteiro. Quando ela acabou de comer, ele olhou para as tranças grossas e louras e arriscou um palpite.

– Svenska? – perguntou, tocando de leve uma das tranças. – Certo?

Ellen olhou interrogativamente para ele, mas depois compreendeu e riu.

– Errado. Escocês e alemão do lado de minha mãe e inglês ianque do lado de meu pai. – Olhou atentamente para ele. – Você é judeu.

– Segundo os sociólogos, não é possível dizer só olhando. Como adivinhou? Meu nariz? Meu rosto? Meu modo de falar?

Ela deu de ombros.

– Só adivinhei.

A pele dela era muito branca.

– Vai ficar queimada – disse ele, preocupado.
– Minha pele não está acostumada com o sol. Quando termino o trabalho, o sol já desapareceu. – Tirou um vidro de loção da sacola.
– Quer que eu passe para você?
– Não, obrigada – disse ela, delicadamente.

As unhas dela eram curtas e com esmalte incolor. Quando ela passou a loção na parte interior das coxas, Michael ficou sem ar.

– Por que você disse que não ia sair com ninguém neste verão? Está namorando firme? Um aluno de Harvard?
– Não. Sou ainda caloura. Nem comecei em Radcliff. Quero dizer, não, não há ninguém.
– Então, por quê?
– Na minha primeira semana aqui, saí quatro vezes com quatro rapazes diferentes. Sabe o que aconteceu, assim que demos doze passos naquele maldito bosque? Com quatro rapazes que eu acabava de conhecer?

Terminou de passar a loção, mas parou com a mão erguida um pouco acima da perna esquerda, o corpo imóvel, os olhos verdes nos dele. Michael queria desviar a vista, mas não tinha nada mais para olhar.

Ellen finalmente desviou os olhos e pôs mais loção na palma da mão. Abaixou a cabeça, mas Michael viu o rubor subindo no pescoço branco. O sol estava muito quente, a praia barulhenta, cheia de crianças e perto da praia roncava o motor de uma lancha. Mas os dois ficaram ali sentados, numa ilha de silêncio. Ellen devia ter posto loção demais na mão e quando a passou na perna, o excesso fez um som líquido contra a pele. Michael queria tocá-la, em qualquer lugar, apenas para dar contato. As pernas eram longas e bem-feitas, mas muito musculosas.

– Você é dançarina? – perguntou.

– Balé. Amadora. – Segurou as barrigas das pernas. – Horríveis, não são? É o preço que se paga.

– Sabe que não são horríveis. Por que mudou de ideia e resolveu sair comigo?

– Vi logo que você é diferente.

Os joelhos dele tremiam de desejo.

– Mas não sou – disse, quase com ferocidade.

Ela ergueu os olhos, com espanto e então deu uma gargalhada. Por um momento, Michael sentiu vergonha e ficou zangado, mas aquele riso era contagioso. Quase sem sentir, ele sorriu. Logo estava rindo também e a tensão desapareceu, levando com ela, infelizmente, a sensualidade.

– Bem, digamos então – disse ela retomando o fôlego – que você me pareceu interessante, mas tão solitário quanto eu. Achei que seria seguro vir a esta praia deserta com você.

Ellen levantou-se e estendeu a mão que Michael segurou, levantando-se também. Os dedos dela eram fortes, mas macios e quentes. Foram abrindo caminho entre as toalhas de praia e os amontoados de gente.

Na beirada do mar, com os cantos dos olhos, observaram uma mulata gorda entrando na água. Ela entrou até a água chegar à parte inferior dos seios caídos. Apanhando punhados de oceano com as duas mãos, ela os jogava para dentro do maiô. Quando seus seios estavam molhados, começou a subir e descer, ora deitando, ora ficando de pé, ora mergulhando cada vez mais fundo, até o vasto corpo desaparecer por completo, deixando apenas a cabeça fora d'água.

– Vamos entrar na água – disse ela –, precisamos fazer o que ela fez.

Caminharam para longe, até onde não podiam ser vistos pela mulher gorda, e então imitaram seus gestos. Ellen chegou até a jogar água na parte superior do maiô. Michael conteve-se para não rir. Era uma coisa séria e, logo descobriram, muito agradável. Quando tudo que aparecia sobre a água eram suas cabeças, foram se aproximando, até suas bocas ficarem na superfície do mar a uns trinta centímetros uma da outra.

Ellen crescera numa fazenda de criação de perus, em Clinton, Massachusetts.

Ela detestava peru e qualquer outra ave.

E ovos.

Adorava carne vermelha.

E Utrillo.

E Gershwin.

E Paul Whiteman.

E Sibelius.

Detestava scotch.

Adorava um bom conhaque.

E balé, mas não tinha talento para ser profissional.

Queria estudar em Radcliff e depois ser assistente social, esposa e mãe, nessa ordem.

A água estava quente. No entanto, depois de algum tempo ficaram com os lábios roxos. Os banhistas começaram a se retirar, mas eles ficaram na água, ondulando com o movimento das ondas. Uma vez ou outra mudavam de lugar para continuar na profundidade que queriam. Ela começou a fazer perguntas.

Onde estuda? Colúmbia.

Vai se especializar em quê? Física.

O que seu pai faz? Suportes para seios.

Gosta de Nova York? Acho que sim.

É judeu praticante? Não sei.

Como é a cerimônia na sinagoga? Como qualquer outra cerimônia de igreja oficiada em hebraico, acho. Mas não posso dizer ao certo porque nunca estive em uma igreja.

O que quer dizer uma coisa kosher?

– Jesus Cristo – disse ele. – Você não precisa estudar para ser assistente social. Já sabe fazer um perfil étnico perfeito.

Os olhos dela ficaram gelados.

– Eu disse *para você*. Podia perguntar qualquer coisa. Eu teria respondido a qualquer pergunta. Seu bobo, estragou tudo. – Ellen começou a sair da água, mas Michael pôs a mão no braço dela e pediu desculpas.

– Pergunte o que quiser – disse ele.

Agacharam-se outra vez dentro d'água. Os lábios dela estavam quase brancos e o rosto queimado de sol.

Você tem irmãos? Uma irmã mais velha, Ruthie.

Como ela é? Mais chata do que carrapato. Está passando o verão na Palestina.

Precisa ser tão vulgar assim? Às vezes é bom.

Mas, bem no fundo, você não ama Ruthie? Francamente, acho que não.

Onde você mora? Queens.

Seu apartamento tem um elevador mecânico? Tem.

Quando você era pequeno, você andava nele? É claro que não. Minha mãe o mantinha fechado para a gente não cair e morrer.

Gosta de ópera? Não.

Gosta de balé? Nunca vi nenhum.

Qual é o seu escritor favorito? Stephen Crane.

As moças de Nova York são mesmo fáceis? Não as que ele conheceu.

Já se apaixonou? Até agora não.

– Não banque o espertinho – disse ela. – Eu não suportaria. Falo sério.

– Não sou espertinho.

Talvez fosse o choque, mas ela parou de fazer perguntas e os dois saíram da água. A praia estava quase deserta. O sol começava a se pôr e o ar frio os deixou arrepiados. Quando começaram a correr para esquentar, as pedras fizeram um pequeno pogrom nas solas de seus pés.

Ela levantou um pé e mordeu o lábio, examinando o ferimento.

– Maldita pedreira – disse ela –, prefiro mil vezes a praia do hotel. A areia parece seda.

– Está brincando – disse Michael. A praia do hotel era reservada para os hóspedes. Foram avisados de que se a usassem seriam despedidos imediatamente.

– Costumo nadar à noite. Quando o hotel e o resto do mundo estão dormindo.

Dessa vez Michael sentiu um arrepio diferente.

– Posso nadar com você algum dia?

Ela olhou para ele, depois sorriu.

– Pensa que sou louca? Eu nem chegaria perto da praia do hotel. – Apanhou a toalha e começou a se enxugar vigorosamente. Seu rosto estava muito queimado de sol.

– Me dê a sua loção – disse ele.

Ellen obedeceu e Michael passou a loção na testa, no rosto e no pescoço dela. Ficou passando a ponta dos dedos na pele morna e lisa muito depois de a loção ter sido absorvida.

Voltaram lentamente para o Sands e quando chegaram era quase noite. No bosque de pinheiros ela estendeu a mão.

– Foi uma tarde maravilhosa, Mike.

– Posso ver você esta noite? Talvez um cinema na cidade?

– Tenho de levantar cedo amanhã.

– Então podemos só dar uma caminhada.

– Não esta noite.

– Amanhã à noite.

– Nada de encontros à noite – disse ela, com voz firme. Depois de uma pequena hesitação informou: – Tenho folga outra vez na próxima terça-feira. Gostaria de ir à praia com você de novo.

– Combinado.

Michael ficou parado até ela desaparecer de vista. Ellen tinha um andar maravilhoso.

Michael não conseguiu esperar uma semana. Na quarta-feira ele a convidou para sair outra vez e a resposta foi uma recusa firme. Na quinta-feira, quando ela disse o "Não!", com uma mistura de raiva e lágrimas, Michael foi embora e ficou emburrado como uma criança. Naquela noite não conseguiu dormir. Aquilo que ela havia dito sobre nadar na praia do hotel quando todos estavam dormindo não saía da sua cabeça. Tentou não pensar nisso, lembrando a explicação de que era uma brincadeira, mas isso o atormentava mais ainda. A brincadeira não tinha sentido, e Ellen Trowbridge não era do tipo que fala por falar.

Mais ou menos à uma hora ele levantou-se e saiu do alojamento, só de calça jeans e tênis, e seguiu a trilha que passava pelo hotel e ia dar na praia escura. Antes de entrar na areia, tirou o tênis. Ellen tinha razão, a areia parecia seda.

O céu estava encoberto, mas o ar muito quente e úmido. Se ela vier, pensou, vai ficar na outra extremidade da praia, longe do hotel. Foi até a cadeira alta do salva-vidas e sentou-se na areia macia, atrás dela.

O Sands era um hotel familiar com poucos hóspedes notívagos. Algumas janelas estavam ainda iluminadas, mas aos poucos as luzes foram se apagando, uma depois da outra, como olhos fechando para dormir. Michael ouvia o mar murmurando na praia e perguntava a si mesmo o que estava fazendo ali. Queria fumar, mas alguém podia ver a chama do fósforo ou a ponta acesa do cigarro. Cochilou uma ou duas vezes, e acordou sobressaltado.

Porém, logo a impaciência desapareceu. Era agradável estar ali, com os pés enfiados na areia macia. O ar também estava sedoso, como devia estar a água – pensou. Michael pensou bastante, em nada específico, mas pensou na vida e nele mesmo, em Nova York, Colúmbia, na família e em sexo, nos livros que tinha lido, os filmes que tinha visto, numa tranquilidade repousante e serena. Estava muito escuro. Depois de muito, muito tempo ouviu um ruído leve na beira da água e imaginou que talvez Ellen estivesse ali e ele não a pudesse ver. Levantou-se, deu alguns passos na direção do ruído e quase pisou em três caranguejos. Michael encolheu os dedos dos pés, mas os caranguejos ficaram mais assustados do que ele e desapareceram no escuro.

Ela chegou e parou perto da água, a uns dois ou três metros de onde ele estava abaixado, vendo a fuga dos caranguejos. A areia abafou seus passos e Michael só ouviu quando ela já havia atravessado mais de metade da praia. Não chamou para não assustá-la e quando resolveu, era tarde demais.

Ouviu o som do zíper sendo aberto e o farfalhar da roupa. Num instante a roupa estava no chão e ele viu o vulto branco e indistinto na beira do mar. Ouviu o ruído das unhas dela na pele, coçando alguma parte do corpo. Fosse qual fosse, era um som extremamente pessoal e Michael teve certeza de que se Ellen Trowbridge o descobrisse ali ajoelhado na areia, como um *voyeur* indiscreto, nunca mais falaria com ele.

Ela mergulhou espirrando água como uma pedra. Depois, silêncio. Nesse momento ele devia ter ido embora, o mais rápido e mais silenciosamente possível. Mas ficou preocupado com ela. Nem o melhor nadador mergulha no mar sozinho no meio da noite. Michael pensou em cãibras e correntes marinhas e até em tubarões que, mais ou menos de dois em dois anos, atacam os nadadores. Ia chamá-la quando ouviu o barulho da água e a viu voltando para a praia. Com um profundo sentimento de culpa, aproveitou o ruído da onda na areia para se deitar de bruços, o rosto sobre os braços, com o mar sibilando entre suas pernas, molhando a calça até em cima.

Quando levantou a cabeça não a viu mais. Ela devia estar um pouco mais longe, deixando a brisa quente secar o corpo. Estava muito escuro e muito quieto, exceto pelo murmúrio do Oceano Atlântico.

De repente, ela deu uma palmada no próprio traseiro e começou a correr e saltar de um lado para o outro. Uma ou duas vezes chegou perigosamente perto de onde ele estava, um vulto branco que subia no ar e descia como uma gaivota brincalhona. Embora jamais tivesse assistido a um balé, Michael sabia que ela estava dançando ao som da música em sua mente. Ouvia a respiração dela cada vez que saltava e desejou ter um interruptor para iluminar a praia toda e vê-la dançar. Ver seu rosto, seu corpo, o movimento dos seios, o lugar da palmada e as outras partes. Mas como não tinha nenhum interruptor, logo ela se cansou e parou de saltar. Ficou parada por uns dois minutos, ofegante. Depois, apanhou a roupa e caminhou nua para o lugar de onde tinha vindo. Perto da praia havia um chuveiro aberto para tirar a areia e a água salgada. Ele ouviu o barulho da água quando ela ligou o chuveiro e então a noite voltou ao silêncio.

Michael esperou mais algum tempo para ter certeza de que ela se fora, depois voltou para a cadeira do salva-vidas para apanhar o tênis. Quando chegou no alojamento, tirou a calça molhada e pendurou para secar. Acendeu um fósforo para ver as horas. Quatro e dez. Deitou-se na cama ouvindo os roncos feios de uma porção de homens dormindo sob o mesmo teto. Seus olhos ardiam, mas estava desesperadamente acordado.

Meu Deus – pensou – por favor, me ajude. Estou apaixonado por uma *shikse*.

9

Na terça-feira choveu. Michael acordou ouvindo a chuva no telhado, com resignação fatalista. Desde aquela noite na praia ele não havia tentado mais ver sua gaivota loura, sua amazona nua, sua dançarina no escuro, sua Ellen. Passou os dias sonhando, imaginando como ia ser a tarde daquela terça-feira. Agora sabia: chuvosa.

Bobby Lee olhou demoradamente para Michael quando ele perguntou se podia preparar uma cesta de piquenique.

– Onde vai fazer piquenique hoje?

– A chuva pode parar.

– Não para.

Mas ele preparou a cesta. Ao meio-dia a chuva estava mais fina e leve, porém continuava com insistência desanimadora, e o céu estava todo encoberto.

Tinha planejado apanhá-la às duas horas. Mas aparentemente não ia adiantar. Não podiam ir a lugar nenhum.

– Para o diabo com tudo isso – ele disse para a aranha, apanhando seu Aristóteles.

O alojamento estava silencioso. Além dele, só estavam a aranha e Jim Ducketts, o motorista de cabelos brancos, deitado na cama ao lado da porta com uma revista de mulheres nuas. Ducketts estava de plantão e mais ou menos às três horas, quando bateram à porta, levantou-se de um salto para atender. Um segundo depois estava na cama outra vez.

– Ei – disse ele. – É para você.

Ellen estava de capa, chapéu de chuva e galochas, o rosto molhado, com pequenas gotas nos cílios e nas sobrancelhas.

– Cansei de esperar – disse ela.

– A praia deve estar encharcada. – Michael sentiu-se como um tolo, mas feliz por ela o procurar.

– Podemos andar um pouco. Você tem capa de chuva?

Ele fez que sim com a cabeça.

– Pois então vista.

Ele vestiu e no caminho apanhou o cesto de piquenique. Andaram em silêncio.

– Você está zangado – disse ela.

– Não, não estou.

Entraram na trilha que atravessava o bosque de pinheiros e ia dar na floresta. Sem poder se conter, ele perguntou:

– Você não tem medo?

– De quê?

– De vir aqui sozinha? Comigo?

Ellen disse com um olhar tristonho.

– Não fique zangado. Procure compreender como são as coisas.

Pararam no meio do caminho, com a água das árvores pingando nas suas cabeças.

– Vou beijar você – disse ele.

– Eu quero que me beije.

Era estranho. O rosto dela estava molhado, um pouco frio e com gosto de limpo quando a beijou, e os lábios entreabertos. Ellen correspondeu ao beijo.

– Eu posso estar apaixonado – disse ele. Era a primeira vez que dizia isso.

– Não tem certeza?

– Não. Mas... me assusta um pouco. Nunca me senti assim antes. Eu nem a conheço.

– Eu sei. Sinto a mesma coisa.

Pôs a mão na dele, como se estivesse entregando alguma coisa, e ele não a largou nem nos lugares em que a trilha se estreitava e tinham de andar um atrás do outro. Chegaram a um pinheiro enorme com a copa aberta como um guarda-chuva. As agulhas caídas formavam uma camada espessa e seca no chão. Sentaram-se e fizeram seu piquenique. Conversaram pouco. Depois de comer ela se deitou no colchão de agulhas de pinheiro e fechou os olhos.

– Queria deitar minha cabeça no seu colo.

Ela abriu a capa de chuva. Estava de short com uma camiseta de malha. Michael deitou a cabeça cautelosamente.

– Muito pesada?

– Não – disse ela, acariciando o cabelo dele.

O colo de Ellen era quente e macio. Em volta deles a água continuava a cair. Michael virou a cabeça e seu rosto encostou na pele incrível da coxa dela.

– Não está com frio? – perguntou ele, sentindo-se culpado. Ellen cobriu suavemente a boca dele com a mão. Ele explorou a palma e sentiu um leve gosto de sal.

Na manhã seguinte, Michael espremeu laranjas, cortou frutas e verduras, sem tirar os olhos da porta de vaivém. Na primeira vez em que ela apareceu, sorriu só para ele. Depois disso, não teve mais tempo nem para um olhar. As garçonetes trabalhavam freneticamente como escravas, praticamente patinando quando passavam pela porta com os pedidos e depois, segurando a bandeja na ponta dos dedos, bem acima da cabeça, usavam os quadris para empurrar a porta e saíam patinando outra vez.

Ela entrava na copa uma vez ou outra, para apanhar saladas ou *grapefruit*, e ele aproveitou para trocar algumas palavras.

– Esta noite?

– Não posso – disse ela. – Preciso dormir logo depois do jantar. – Saiu rapidamente deixando-o ali como uma panela no fogão.

Michael começou a ficar zangado. Que diabo está acontecendo, pensou. Ontem falamos de amor e hoje ela está preocupada com as horas de sono.

Quando ela entrou na copa outra vez ele estava de cara fechada.

Ellen inclinou-se para ele enquanto Michael cortava limão. Ele notou uma pequena linha debaixo do queixo dela, como um restinho do rosto de bebê.

– Vou me deitar cedo para levantar antes do amanhecer e nadar na praia do hotel. Quer ir? – Seus olhos brilhavam.

Michael podia tê-la devorado ali mesmo.

– Acho que sim – disse.

Um inseto zumbia no seu ouvido e por mais que ele virasse a cabeça não ia embora. Michael abriu os olhos. Estava escuro no alojamento. Enfiou a mão debaixo do travesseiro. O despertador estava enrolado em duas camisetas e uma toalha, e o alarme foi abafado por vários quilos de penas. Mas depois que desligou, Michael ficou em silêncio, atento para ver se alguém mais tinha ouvido. Só escutou os ruídos de sempre dos homens dormindo.

Deslizou silenciosamente para fora da cama, apanhou o calção de banho que estava pendurado nos pés da cama de ferro e o vestiu fora do alojamento. Tudo estava quieto.

Ellen o esperava no bosque de pinheiros. De mãos dadas caminharam para o mar.

– Não faça muito barulho na água, nem fale alto – murmurou ela.

Entraram na água como ladrões, fazendo do Oceano Atlântico sua piscina particular, proibida a todos os outros. Nadaram para fora, lado a lado, depois boiaram de costas, de mãos dadas, olhando para o céu escuro e o quarto crescente que ia desaparecer em menos de uma hora.

Saíram da água e abraçaram-se, tremendo na brisa fresca. Ele começou a mexer na cabeça dela.

– O que está fazendo?

– Quero soltar seu cabelo.

Havia um número incrível de grampos. Alguns caíram na areia.

– Essas coisas custam dinheiro – disse Ellen.

Ele não respondeu, e logo as tranças estavam livres, como cordas espessas e louras. Ela sacudiu a cabeça e as tranças se desfizeram e cobriram seus ombros como um manto. Beijando os lábios dela, Michael segurou uma mecha de cabelos em cada mão. Quando largou o cabelo e tocou seu corpo, Ellen afastou o rosto.

– Pare com isso – disse, segurando a mão dele.

– Eu queria saber quem vai dizer primeiro.

– Dizer o quê?

– Eu te amo – disse ele.

As mãos dela caíram ao lado do corpo. Mas só por algum tempo.

Assim passaram os dias. Ele fazia montanhas de saladas de frutas e oceanos de suco. Depois do jantar davam longas caminhadas no bosque e deitavam cedo, para acordar quando o mundo todo dormia, e nadar e se beijar e se acariciar e se excitar mútua e quase impiedosamente, com um desejo que Ellen recusava satisfazer.

Nos dias de folga passeavam por Cape Cod. Certa vez pediram carona até o Canal e voltaram do mesmo modo, fazendo a última etapa da viagem na parte de trás da carroça de um português, cheia de verduras, debaixo de uma chuva torrencial. Ellen veio aconchegada nele, a mão de Michael entre as coxas quentes dela, sob a lona da carroça que cheirava a esterco e a água-de-colônia que ela usava.

Os encontros não passaram despercebidos. Uma noite, quando Michael trocava o uniforme branco de trabalho por calça jeans, Al Jenkins parou ao lado da cama dele para uma conversa amigável.

– Ei, homem-aranha. Você está mesmo tendo sucesso com o pedaço de gelo de Radcliff.

Michael só olhou para ele.

– E então – disse Jenkins em voz alta –, como ela é?

Um dos ajudantes de garçom cutucou o outro com o cotovelo. Michael ficou tenso e alerta. Desde pequeno não batia num ser humano, mas agora sabia para o que tinha guardado sua fúria. Fechou o zíper da calça e deu a volta na cama.

– Só mais uma palavra – disse ele.

Jenkins estava deixando crescer o bigode e Michael sabia que aquele seria seu alvo: a penugem loura entre o nariz e o sorriso zombeteiro. Mas Jenkins o desapontou.

– Que merda! – disse ele, afastando-se. – O pessoal daqui está ficando estupidamente sensível.

Os ajudantes de garçom vaiaram, e não havia dúvida alguma de que não estavam vaiando Michael.

Devia estar se sentindo bem, mas alguns momentos mais tarde caminhou para a cidade com um mau humor dos diabos, que acabou quando chegou à farmácia-lanchonete. Uma jovem magra e cheia de espinhas estava atrás do balcão e no outro lado da farmácia um homem de cabelos grisalhos.

– Posso ajudá-lo? – perguntou a moça.

– Deixe que eu atendo.

Ela inclinou a cabeça secamente e se afastou.

– Três ou uma dúzia? – perguntou o homem, calmamente.

Faltavam três semanas para terminar a temporada.

– Uma dúzia – disse Michael.

Naquela noite ele foi se encontrar com Ellen carregando uma pequena bolsa azul com zíper.

– Vai fugir de casa?

Ele virou a bolsa de cabeça para baixo para ela ouvir o barulho do líquido.

– Conhaque, meu amor. Para você e para mim. Depois do mar.

– Você é o meu herói.

Nadaram e ficaram de pé na água se beijando e se acariciando, murmurando seu amor. Depois foram para a praia. Michael tinha contado com o conhaque, mas o zíper da bolsa não fora aberto e ele estava tirando o maiô de Ellen sem que ela oferecesse nenhuma resistência.

— Não, Michael, não faça isso — disse ela, com voz sonhadora, quando o maiô chegou nos quadris.

— Por favor — murmurou ele. — Por favor.

Ellen segurou a mão dele com determinação. Depois o beijou, e Michael sentiu os seios dela tocando sua pele.

— Oh, meu Deus — disse Michael, segurando um seio macio e quente. — Vamos só tirar a roupa. Nada mais. Só quero ficar nu com você.

— Não insista — disse ela.

Michael ficou zangado.

— De que você pensa que sou feito? Se me amasse *de verdade*...

— Não se atreva a nos impor esse preço.

Mas as mãos dela entraram em atividade e o maiô caiu na areia.

Com dedos entorpecidos ele tirou o calção de banho e os dois deitaram-se na areia macia. No escuro o corpo dela era repleto de pequenos choques e surpresas. As nádegas sobre sua mão eram lisas e firmes, muito menores do que ele havia imaginado. Ela flexionou os músculos e Michael, com os lábios nos dela, respirou fundo.

Ele não podia falar. Estendeu a mão para tocá-la, mas Ellen o impediu.

— Não agora, por favor, não agora.

Ele não podia acreditar. Teve vontade de gritar. Queria forçá-la, violentá-la. Apertou os ombros dela.

— Não *agora*? Muito bem, quando então? *Quando*, pelo amor de Deus?

— Amanhã à noite.

— O que vai ser diferente amanhã à noite?

— Procure compreender. Por favor.

Michael sacudiu de leve os ombros dela.

— Que diabo tem para entender?

Não sei nada sobre sexo. Quase nada.

Ela falou tão baixo que Michael quase não ouviu. Sentiu o corpo dela tremer sob suas mãos e teve vontade de abraçá-la até o tremor passar e naquele momento sentiu vergonha e um medo estranho. Puxou a cabeça dela para seu ombro.

— De verdade, Ellen?

— Eu quero que você me ensine. Tudo. Quero que diga exatamente como vai ser. Não esconda nada. Depois quero pensar nisso a cada minuto até amanhã à noite. Então estarei pronta.

Ele gemeu.

– Ellie.

– Diga como é – pediu. – Por favor.

Assim ficaram deitados, nus, no escuro, Ellen com os lábios no ombro dele, a mão de Michael movendo-se em círculos lentos na parte inferior das costas dela, o lugar menos inflamável que ele encontrou.

Michael fechou os olhos e começou a falar. Falou durante um longo tempo. Quando terminou, ficaram imóveis por alguns minutos. Então ela o beijou no rosto, apanhou o maiô da areia e fugiu.

Michael ficou deitado na areia até muito depois de ter cessado o barulho do chuveiro. Depois tirou a garrafa da sacola e entrou na água. O conhaque estava com gosto de rolha. Ele queria recitar uma bênção, mas imaginou que seria sacrilégio. A carícia da água morna do mar nos seus genitais o fazia sentir-se muito pagão. Tomou um longo gole na garrafa e depois derramou um pouco no mar, uma libação. Ellen tinha razão. Pensar no que ia acontecer naquela noite era uma tortura, mas era a dor na sua variedade mais agradável. Num estado de ansiedade extasiada ele esperou sua primeira visão de Ellen da copa.

Teria ficado chocada com sua pequena exposição? Seu medo teria aumentado?

Assim que a viu teve certeza de que tudo estava bem. Ela entrou apressada para apanhar uma bandeja com suco de laranja, parou por um momento e olhou para ele. Seus olhos estavam muito ternos e cheios de calor e os lábios curvaram-se num sorriso breve e secreto, antes dela sair correndo com o suco.

De repente, Michael notou o sangue no abacate que estava cortando.

Os minutos seguintes foram confusos. O corte foi na parte inferior de dedo indicador da mão esquerda. Quase não sentiu dor, mas sempre que via sangue ficava a ponto de desmaiar, fosse dele ou de outra pessoa. Sentia que estava empalidecendo.

– Eu cuido disso – disse Bobby Lee.

Segurou a mão de Michael debaixo da torneira aberta, depois derramou um quarto de litro de água oxigenada numa vasilha e mergulhou nela a mão ferida até aparecerem pequenas bolhas de ar sobre o corte.

O telefone da cozinha tocou. Um segundo depois a cabeça de Mister Bousquet apareceu na porta da copa.

– Que diabo é isso? – disse o *chef*, olhando para a carnificina.

– Só um corte. Limpo como o traseiro de um bebê. Vou pôr a fralda agora – disse Bobby Lee.

– Interurbano para o senhor, sr. Kind – disse Mister Bousquet educadamente.

Naquela época da sua vida um telefonema interurbano significava alguma coisa muito importante. Michael levantou-se de um salto e caminhou rapidamente para o telefone na parede de azulejo branco da cozinha. Foi seguido por várias gotas de sangue e por Bobby Lee, que dizia coisas que ele não entendia, provavelmente praguejando em coreano.

– Alô?
– Alô, Michael?
– Quem está falando?
– Michael, é seu pai.

Bobby Lee pôs uma bacia debaixo da mão dele e foi embora.

– O que aconteceu? – perguntou Michael.
– Como você está, Michael?
– Muito bem. Alguma coisa errada?
– Gostaríamos que você viesse para casa.
– Por quê?
– Michael, acho que vamos precisar de você aqui.

Ele segurou o fone com força e olhou para o bocal.

– Escute, papai, quer me dizer que diabo está acontecendo?
– É seu avô. Ele quebrou o quadril. Caiu na casa de repouso.
– Em que hospital ele está?
– Está na enfermaria da casa de repouso. Lá tem tudo, até sala de cirurgia. Chamei um grande especialista. Ele pôs um pino de metal. Como um prego para juntar os ossos.

Bobby Lee voltou com iodo e ataduras.

– Bem, isso não é bom, mas não parece muito grave. – Sabia que Abe não teria telefonado se não fosse grave, mas um egoísmo gigantesco e todo-poderoso tinha tomado conta dele. – Não posso ir hoje. Posso tomar o primeiro ônibus amanhã.
– Hoje – disse seu pai, mais alto.
– Não tem nenhum ônibus – disse Michael. Só mais tarde, quando sentiu a dor da tristeza, teve vergonha e culpa.
– Alugue um carro, ou coisa assim. Ele está chamando por você.
– Qual é o estado dele? De verdade.

Bobby Lee segurou a bacia sob a mão dele e derramou iodo no corte.

– Está com pneumonia porque ficou muito tempo deitado de costas. Seu avô tem oitenta e sete anos. Nessa idade, os pulmões ficam cheios de fluido.

Michael sentiu a dor aguda do remorso e o ardor do iodo quase ao mesmo tempo e prendeu a respiração com um silvo que o pai ouviu em Nova York.

Ruídos estranhos soaram no aparelho, e só depois de um momento Michael percebeu que nunca os tinha ouvido antes. O som rouco e áspero era Abe chorando.

10

A noite estava chegando ao Distrito de Brooklyn quando ele desceu do táxi e subiu correndo os degraus de tijolos amarelos do Lar dos Filhos de Davi para Idosos e Órfãos. Uma enfermeira o conduziu pelo corredor de linóleo marrom brilhante até a enfermaria. Seu pai estava sentado ao lado da cama, no pequeno quarto particular. A persiana estava toda fechada e só uma lâmpada noturna, muito fraca, amenizava a escuridão. Uma tenda de oxigênio cobria toda a parte superior do leito. Através das janelas de plástico transparente, ele viu o rosto do seu *zeide* e a barba branca.

Abe ergueu os olhos para ele.

– *Nu*, Michael? – Abe estava com a barba crescida e os olhos muito vermelhos, mas parecia perfeitamente controlado.

– Sinto muito, papai.

– Você sente? Nós todos sentimos – suspirou pesadamente. – A vida é *cholem*, um sonho. Quando menos se espera, ela acaba.

– Como está ele?

– Está morrendo. – Abe falou com sua voz forte de sempre e as palavras caíram sobre eles como os tacões do destino. Michael olhou assustado para o avô.

– Ele pode ouvir – murmurou.

– Ele não ouve nada. Não ouve nada e não sabe de nada – disse seu pai, com ressentimento e revolta nos olhos vermelhos.

Michael foi até a cama e encostou o rosto na janela transparente.

O rosto do seu *zeide* estava encovado e os pelos do nariz compridos. Os olhos vazios. Os lábios secos e rachados moveram-se, mas ele não conseguiu perceber o que diziam.

– Está tentando nos dizer alguma coisa?

O pai balançou a cabeça, num gesto cansado.

– Ele resmunga e choraminga. Às vezes pensa que é um menino. Outras vezes, fala com pessoas de quem nunca ouvi falar. A maior parte do tempo dorme. Cada vez um sono mais longo.

Depois de um momento, Abe disse:

– Ontem, ele chamou por você seguidamente. Não disse meu nome nem uma vez.

Pensavam nesse fato quando Dorothy voltou do jantar, com os saltos altos estalando no linóleo.

– Você já jantou? – perguntou, beijando o filho. – Tem uma boa *delicatessen* neste quarteirão. Venha, vou com você. Lá tem uma boa sopa.

– Eu já comi – mentiu ele. – Faz pouco tempo.

Conversaram brevemente, mas não tinham muito a dizer, nada comparado ao homem na cama. Sua mãe sentou-se na outra cadeira, ao lado da janela, e Michael ficou de pé, apoiando o peso do corpo ora numa perna, ora na outra. Abe começou a estalar os dedos.

Primeiro uma das mãos.

Pop.

Pop.

Pop.

Pop.

Pop.

Depois a outra.

Pop.

Pop.

Pop.

Pop.

O polegar não queria estalar. Abe lutou valentemente para conseguir.

– *Oy*, Abe – disse a mãe de Michael, estremecendo. Olhou para as mãos do filho e com uma exclamação abafada notou o curativo. O que aconteceu com sua mão?

– Nada. Só um corte.

Mas ela insistiu em ver o ferimento e depois de algum tempo o convenceu a acompanhá-la até o consultório do dr. Benjamin Salz. Ele era um homem de meia-idade, meio calvo, com um bigode britânico. Estava em mangas de camisa deitado num sofá lendo um número muito antigo do *Esquire*.

Dorothy explicou o motivo da visita e o médico levantou-se pesadamente do sofá, olhou com indiferença para o dedo de Michael e deu dois pontos no corte. A dor, que já estava aliviada, despertou com novo entusiasmo depois dos pontos.

Enquanto Dorothy fazia perguntas, primeiro sobre Michael, depois sobre o sogro, o médico olhava saudoso para o *Esquire*. Mergulhar o dedo em sal de Epsom em água quente, para Michael, disse ele. Quanto ao sr. Rivkind, não se podia dizer nada.

— Ele é um velho resistente. Já vi alguns resistirem algum tempo.

Quando voltaram para o quarto, Abe estava dormindo com a boca aberta e o rosto abatido. Uma hora mais tarde, Michael convenceu a mãe a voltar para casa de táxi. Disse que queria ficar e precisava da cadeira que ela estava ocupando. Às dez e meia, quando ela saiu, Michael levou a cadeira para perto da cama e ficou ali sentado, olhando para o avô. Seu dedo latejava, seu pai roncava, o oxigênio sibilava discretamente e o líquido borbulhava nos pulmões do seu *zeide*, afogando-o com lentidão infinita.

À meia-noite ele cochilou e acordou com uma voz fraca que o chamava em ídiche.

— Micheleh? Micheleh? — E outra vez: — Micheleh?

Sabia que Isaac estava chamando o pequeno Micheleh Rivkind e, mais dormindo do que acordado, sabia que era Michael Kind e não podia responder. Afinal, despertou bruscamente, inclinou-se para a cama e olhou pela janela transparente.

— *Zeide*? — disse ele.

Os olhos de Isaac giraram loucamente nas órbitas. Será que ele vai partir, agora que só eu o estou vendo? Pensou em acordar o pai, ou chamar o médico, mas ao invés disso, abriu o zíper na tenda de oxigênio. Com a cabeça e os ombros dentro da tenda, segurou a mão do avô, macia e quente, mas leve e seca como papel de seda.

— Alô, *zeide*.

— Micheleh — murmurou o velho. — *Ich shtarb.*

Com os olhos embaçados, disse que sabia que estava morrendo.

Quanto ele teria ouvido da conversa no quarto? Michael ficou furioso com o pai que roncava, tão dominado pela dor egoísta e culpada, que preferiu acreditar que Isaac já estava morto, um cadáver que não podia ouvir as palavras dos vivos.

Havia alguma coisa atrás da névoa opaca que cobria os olhos do *zeide*. Um lampejo, uma luz – o que podia ser? Então, Michael teve certeza: era medo. Seu avô estava com medo. A despeito de uma vida inteira à procura de Deus, agora, quase no fim, o terror o dominava. Michael apertou mais a mão dele, sentiu os ossos, quebradiços como velhas espinhas de peixe, e diminuiu a pressão com medo de quebrá-los.

— *Zeide*, não tenha medo – disse em ídiche. — Estou aqui com você. Nunca vou deixá-lo.

Os olhos se fecharam. A boca moveu-se como a de uma criança.

— Nunca vou deixá-lo – disse Michael, sabendo que essas palavras não podiam apagar os longos anos de solidão quando caminhava pelos corredores com linóleo marrom brilhante, tendo como único consolo a garrafa de uísque.

Michael segurou a mão dele enquanto o avô, na sua alucinação, falava com pessoas que haviam deixado marcas em sua passagem por sua vida. Às vezes ele chorava. Michael deixou que as lágrimas molhassem o rosto do avô. Enxugá-las seria como invadir sua privacidade. Isaac revivia agora a discussão com Dorothy que culminara com sua saída de casa. Esbravejou furioso contra a amizade de sua irmã Ruthie com um pequeno *shkotz* chamado Joey Morello. De repente, apertou os dedos do neto. Arregalou os olhos para ele.

— Tenha filhos, Micheleh – disse. – Muitos filhos *yiddisheh*. – Fechou os olhos e por alguns minutos pareceu dormir tranquilamente, com a respiração normal e o rosto corado.

Depois, abriu os olhos outra vez e quase sentou-se na cama, furioso. Tentou gritar, mas não tinha forças, e as palavras soaram entrecortadas, num murmúrio enlouquecido.

— Não uma *shikse*! – disse ele. – Não uma *shikse*! – Seus dedos penetraram na mão de Michael como garras.

Os olhos se fecharam bruscamente e o rosto se crispou numa careta quase cômica. Então o sangue subiu para o rosto, tingindo-o de cinza-escuro sob a pele transparente. Isaac caiu para trás pesadamente e parou de respirar.

Michael libertou os dedos, um a um, da mão do *zeide* e tirou a cabeça de dentro da tenda de oxigênio. Ficou de pé no meio do quarto, tremendo e massageando o dedo ferido. Então aproximou-se do pai, que roncava com a cabeça encostada na parede. Abe parecia completamente indefeso assim adormecido. Pela primeira vez Michael notou o quanto ele se parecia com o *zeide*. Com a idade, o nariz se destacava mais no rosto, o cabelo começava a se afastar da testa. A barba crescida tinha mais fios brancos do que grisalhos. Se ele não fizesse a barba durante a semana do *shiva* ela ia ficar longa e quase branca.

Michael estendeu o braço e tocou o ombro do pai.

11

A cerimônia fúnebre foi realizada na capela do Lar Filhos de Davi e um rabino ortodoxo, muito velho e asmático, fez o panegírico. A viagem até o cemitério quase lotado de Long Island foi feita de limusine. Muitos velhos do Lar acompanharam o féretro. No carro, sentado entre o pai e a mãe, Michael olhava para fora, e pensava quantas vezes seu avô teria feito essa viagem para se despedir de amigos.

Isaac foi enterrado no caixão simples de madeira dos judeus devotos, com um livro de preces novo, com capa de marfim e um punhado de terra de *Eretz Isroel*, a Terra Prometida. Michael o teria enterrado com o velho *siddur* que durante tantos anos ele usara para fazer suas preces, um saco de gengibre caramelado e uma garrafa de uísque. Quando o rabino jogou a primeira pá de terra, pedregulhos rolaram batendo no caixão e os joelhos de Abe se dobraram. Michael e a mãe tiveram de segurá-lo enquanto o rabino cortava a fita negra pregada na lapela do seu paletó. Ele disse o *kaddish* entre soluços, enquanto Dorothy, virando a cabeça, chorava como uma criança.

Observaram os sete dias de *shiva* no apartamento. Na segunda noite de luto, sua irmã Ruthie voltou da Palestina. Não fora avisada e quando viu os espelhos cobertos ficou histérica. Abe e Dorothy começaram a chorar outra vez. Mas aos poucos as coisas foram se acalmando. Havia sempre muita gente e muita comida no apartamento. Todos os dias as pessoas traziam comida e todos os dias era jogada fora uma grande quantidade que sobrara da véspera. Quase todos os verdadeiros amigos do *zeide* estavam mortos. Os visitantes eram amigos dos Kind, vizinhos, clientes e empregados de Abe. Trouxeram bolos e frutas, frios e fígado picado, nozes e doces. Mimi Steinmetz apertou a mão de Michael enquanto seu pai aconselhava Abe a fazer um contrato para conservação perpétua do túmulo. Desse modo não precisaria todos os anos se preocupar com detalhes e podia esquecer o problema.

Michael pensou muito nas coisas que o avô tinha dito antes de morrer. Era exatamente o que se podia esperar que ele dissesse, e sua advertência não tinha nada a ver com Ellen Trowbridge. Mas preocupava-o a ideia do avô ter morrido cheio de medo da morte e dos não judeus, embora a primeira fosse inevitável e os segundos não pudessem mais lhe fazer nenhum mal. Tentou se convencer de que o *zeide* era um homem velho, de um mundo que já não existia. Na quinta noite, quando seus pais e as visitas ouviam Ruthie descrever a colheita de laranjas em Rehovot, ele foi até a cozinha e tirou o telefone do gancho. Discou o número da telefonista. Depois de tocar duas vezes, ela atendeu.

– Quero fazer uma ligação interurbana – disse ele.

– Qual é o número do telefone?

Sua mãe entrou na cozinha.

– Vou fazer chá – disse ela. – Ah, não vejo a hora disto acabar. Gente o dia todo e a noite toda.

Michael desligou o telefone.

Na noite seguinte ao fim do luto, foram jantar num restaurante. Quando tinha comido a metade do bife, Michael não conseguiu mais engolir. Pediu licença e saiu da sala. No caixa, recebeu o troco de três dólares em moedas de vinte e cinco, dez e cinco centavos. Depois foi para a cabine telefônica. Sentou-se e encostou o rosto no vidro da porta, mas não fez a ligação.

No dia seguinte, quando a mãe lhe pediu para não voltar ao Sands, aliviado, Michael concordou.

– Vai ser bom para seu pai se você ficar – disse ela. Telefonou para o escritório do Sands em Nova York e eles disseram que lhe mandariam um cheque. Tinha a receber US$ 426,19.

Seu pai voltou ao trabalho e Michael quase não o via. Ele dava longas caminhadas e começou a assistir a filmes antigos. Na época certa, matriculou-se na universidade. No seu terceiro dia no campus, encontrou uma carta de Ellen Trowbridge na sua caixa de correspondência. Curta, amistosa, mas um pouco formal. Não perguntava por que ele não a tinha procurado. Dizia apenas que, se ele quisesse escrever para sua escola, estava morando num lugar chamado Whitman Hall e que sentia muito por seu avô. Michael guardou a carta na carteira.

Duas noites depois, foi a uma reunião de calouros que queriam formar um grêmio na Rua 114. Depois de quatro drinques, resolveu que não estava interessado, porque ia continuar a morar em casa. Além disso, não viu nada de especial nos membros do grêmio. Saiu da reunião, andou até um bar, entrou e pediu uma dose de V.O. puro. Tomou mais duas, e lembrou-se da garrafa do *zeide* no barril de feijões-de-lima. Saiu e foi a pé até o campus. Deu a volta na Biblioteca Butler e sentou no banco de pedra ao lado de uma fonte. Todos os prédios da universidade estavam escuros, exceto a biblioteca, atrás dele, e o departamento de jornalismo. Lá embaixo, a estátua de John Jay surgia da névoa como um *golem*. Michael tirou a carta do bolso e a rasgou ao meio, depois em quatro partes, depois em pedaços pequenos que jogou no cimento, a seus pés. Alguém estava soluçando. Logo descobriu que era ele mesmo. Duas moças saíram da biblioteca e pararam, espantadas.

– Ele está doente? – perguntou uma delas. – Não é melhor chamar um policial?

A outra aproximou-se de Michael.

– Evelyn – disse a primeira. – Tenha cuidado.

Que situação embaraçosa, pensou Michael.

A moça quase encostou o rosto no dele. Usava óculos, tinha dentes saltados e sardas. Sua suéter era azul e felpuda. Ela respirou fundo e fez uma careta.

– Bêbado como um gambá – disse. – Um acesso de choro.

Os saltos das duas estalaram, virtuosos, afastando-se na noite.

Michael sabia que ela estava certa. Não havia lágrimas no seu rosto. Não estava chorando porque o *zeide* estava debaixo da terra, nem porque tinha medo de amar Ellen Trowbridge. Soluçava em seco porque queria que o vento levasse os pedaços da carta para a Avenida Amsterdam, mas os estava levando para a Broadway. Então o vento mudou e os pedaços de papel voaram levemente na direção certa. No entanto, ele continuou a soluçar. Era uma sensação muito boa.

livro dois
SEM RUMO NA SELVA

Woodborough, Massachusetts
Novembro, 1964

12

A enfermeira diplomada Mary Margaret Sullivan acomodou o quadril avantajado na cadeira atrás da sua mesa, no escritório de enfermeira-chefe, e suspirou. Estendeu o braço e apanhou uma pasta de metal na estante. Durante alguns minutos escreveu o relatório sobre o incidente na Ala Templeton, provocado pela sra. Felícia Serapin, que atingiu o rosto de outra mulher com o salto do sapato.

Quando terminou, olhou pensativa para a chaleira em cima da chapa elétrica, no alto do arquivo de aço no outro lado da sala. Acabava de resolver que o café não valia o esforço necessário para erguer o corpo da cadeira, quando a cabeça do rabino Kind apareceu na porta.

– Ah, o padre judeu – disse ela.

– Como vai, Maggie? – Ele entrou no escritório carregando uma pilha de livros.

Maggie levantou-se com grande esforço e foi até o arquivo apanhar duas xícaras de café. Na passagem, ligou a chapa elétrica. Pôs as xícaras na mesa e tirou o pó de café de um vidro que guardava na primeira gaveta. Mediu duas porções.

– Não posso tomar café. Quero dar estes livros para minha mulher.

– Ela está fazendo terapia ocupacional. Quase todas estão. – Sentou-se pesadamente outra vez. – Temos uma nova paciente judia nesta ala. Pode aproveitar para cumprimentá-la. O nome dela é Hazel Birnbaum. Sra. Birnbaum. A pobrezinha pensa que estamos todos conspirando contra ela. Esquizofrenia.

– Onde ela está?

– Dezessete. Não quer um café, primeiro?

– Obrigado, mas vou dar uma olhada nela. Se der tempo, depois, você pode me vender uma xícara.

– Não estarei mais aqui. Procure o capelão.

Sorrindo, Michael atravessou o andar quase vazio. Tudo era tão opressivamente limpo, a marca de paciente trabalho.

A mulher do dezessete estava na cama, com o cabelo escuro e despenteado espalhado no travesseiro branco. Meu Deus – pensou –, como se parece com minha irmã Ruthie.

– Sra. Birnbaum? – disse, com um largo sorriso.

– Sou o rabino Kind.

Olhos azuis imensos e cheios de desconfiança fixaram-se nele por um momento e depois voltaram a olhar o teto.

– Eu só queria dizer oi. Posso fazer alguma coisa pela senhora?

– Vá embora – disse ela. – Não vou incomodar ninguém.

– Tudo bem, eu vou. Venho sempre a esta ala e a verei outra vez.

– Morty o mandou – disse ela.

– Não. Não. Eu nem o conheço.

– Diga a ele para me deixar EM PAZ!

Nada de gritos, pensou ele. Gritos me deixam indefeso.

– Eu a vejo outra vez muito em breve, sra. Birnbaum.

Ela estava com as pernas e os pés descobertos na ala gelada. Michael a cobriu com o cobertor cinzento que estava nos pés da cama, mas ela o chutou para baixo como uma criança atrevida. Michael saiu apressado do quarto.

O quarto de Leslie ficava quase no fim do corredor. Ele pôs os livros em cima da cama, tirou uma folha do seu caderno de notas e escreveu: *Volto esta tarde. Você estava na T. O. Espero que esteja fazendo alguma coisa útil como um par de meias masculinas sem furos.*

De saída, passou pelo escritório de Maggie para se despedir, mas ela não estava. A água fervia na chaleira e o vapor subia até o teto. Michael desligou a chapa e, verificando que tinha tempo, pôs a água fervendo numa das xícaras.

Enquanto tomava o café, com calma, fez uma lista.

coisas para fazer
– *No Hospital Geral de Woodborough.*
  Susan Wreshinsky na maternidade (menino ou menina?).
    Desejar mazel tov.
  Lois Gurwitz (neta da sra. Leibling), apêndice.
  Jerry Mendelsohn, perna.
– *Na biblioteca pública.*
  Pedir a biografia de Bialik.

Microfilme de artigos no New York Times *sobre vigilantes judeus nos bairros conturbados por questões raciais, para o sermão.*

Então, viu o nome de sua mulher numa das pastas com capa de metal na estante. Como se tivessem vontade própria, suas mãos a apanharam. Hesitou por um momento e abriu. Tomou outro gole de café e começou a ler.

Woodborough State Hospital
Paciente – Sra. Leslie (Rawlings) Kind.
Anamnese apresentada na
Conferência dos médicos do hospital
Em 21 de dezembro, 1964
Diagnóstico: Melancolia involutiva.

A paciente é uma mulher branca atraente, conformação normal, quarenta anos, que aparenta ter hábitos saudáveis. O cabelo é louro-escuro. Altura, 1,74; peso, 71 quilos.

Foi trazida ao hospital pelo marido, em 28 de agosto, 1964. Os sintomas na pré-admissão eram de estado "neurastênico", durante o qual queixava-se de que as coisas eram pesadas demais para ela, que se cansava com facilidade, tanto física quanto mentalmente. Estava irritada, inquieta e não podia dormir.

Durante as onze primeiras semanas de hospitalização, a paciente não disse uma palavra. Frequentemente parecia querer chorar, mas não conseguia alcançar essa forma de alívio.

Recomeçou a falar no fim da segunda sessão de uma série de doze choques eletroconvulsivos, nove dos quais já foram administrados. Aparentemente, a Thorazine contribuiu para um grande alívio sintomático. Está sendo substituída por Pyrrolazote em doses gradualmente crescentes até 200 mg q.i.d.

A amnésia provocada pelo tratamento parece ser mínima. Em entrevistas com seu psiquiatra, na última semana, a paciente disse lembrar de ter ficado em silêncio para não partilhar com ninguém o seu sentimento de culpa por ter cortado relações com o pai e por causa da impressão de não ser boa mãe, nem boa esposa, e de uma experiência sexual pré-conjugal logo que entrou na universidade, há mais de vinte anos. O marido foi informado dessa experiência antes do casamento e a paciente não se lembra de ter sentido remorso ou sequer lembrar do incidente – até alguns meses atrás. Embora recorde-se perfeitamente do sentimento de culpa referente ao incidente sexual e à perda do amor de seu pai, esses sentimentos de culpa desapareceram. A paciente parece calma e otimista.

Descreve seu relacionamento sexual com o marido como bom. Há quase um ano seu ciclo menstrual está irregular. Ao que parece sua doença atual é uma depressão ansiosa, agitada e ilusória provocada pela menopausa.

Filha de um pastor congregacional, a paciente converteu-se ao judaísmo antes de casar com o rabino, seu marido, há dezoito anos. Ao que parece, seu compromisso com a religião judaica é forte e os sentimentos de culpa não parecem centralizados no fato de ter abandonado a crença cristã, mas no que ela considera uma traição ao pai. A paciente, que cresceu num lar onde os preceitos da Bíblia eram parte integrante do ambiente, desde o casamento passou a estudar o Talmude e, segundo o marido, conta com a amizade e admiração de reconhecidas autoridades das escolas para rabinos.

A vida que têm levado, com mudanças intermitentes de local de moradia, é típica da vida de um rabino com ideias rígidas a respeito do comportamento da sua congregação. Aparentemente essas mudanças têm criado algum ônus emocional, tanto para a paciente como para o marido.

A despeito desses ônus, o prognóstico do caso é bom.

Minha recomendação é para que seja concedida a alta da paciente deste hospital depois da décima segunda aplicação do tratamento de choque. Recomendo também que seja continuado o tratamento psiquiátrico, com psicoterapia intermitente, possivelmente com terapia de apoio para o marido.

(assinado) Daniel L. Bernstein, M.D.
Chefe da Psiquiatria

Michael começava a ler o relatório psiquiátrico seguinte quando ergueu os olhos e viu Maggie parada na porta.

– Você anda como se estivesse de tênis – disse ele.

Com seu passo pesado ela se aproximou da mesa, tirou a pasta de Leslie das mãos dele e guardou na estante.

– Rabino, sabe que não deve fazer isso. Se quer saber alguma coisa sobre a situação da sua mulher, pergunte ao psiquiatra.

– Tem razão, Maggie – disse ele.

Quando Michael se despediu, ela apenas inclinou a cabeça, em silêncio. Ele guardou as anotações no bolso e saiu do escritório, com seus passos rápidos ecoando no corredor excessivamente limpo.

A carta chegou quatro dias depois.

Meu Michael

Quando visitar outra vez o escritório do capelão, vai notar a falta de seu exemplar da Cabala na mesa. Convenci o dr. Bernstein a usar a chave-mestra e apanhar o livro para mim. Foi ele quem cometeu o roubo, mas eu fui o cérebro do plano. O querido Max Gross sempre insistia em dizer que um homem deve ter 40 anos antes de tentar assimilar o misticismo cabalístico. Certamente Max ficaria chocado se soubesse que venho tentando decifrar esse livro há dez anos – eu, uma simples mulher!

Tenho visto regularmente o dr. Bernstein para sessões do que você costumava chamar de "psico-shmico". Infelizmente, nunca mais vou poder me sentir superior o bastante para zombar da psicoterapia. Estranhamente, lembro-me de quase tudo do tempo em que estive doente. Quero contar tudo para você. Acho que será mais fácil fazer isso numa carta – não porque não o amo o bastante para conversar sobre essas coisas olhando nos seus olhos, mas porque, na minha covardia, talvez não ousasse dizer todas as palavras necessárias.

Sendo assim vou escrever, antes de perder a coragem.

Como você sabe muito bem, há um ano estou com problemas. O que você não pode saber, porque eu não podia dizer, é que quando me trouxe ao hospital eu quase não dormia há um mês. Tinha medo de dormir, medo de dois sonhos que me atormentavam repetidamente, como se eu estivesse num daqueles carrinhos de parque de diversões, correndo para a casa dos horrores, sem poder sair.

O primeiro sonho passava-se na sala de estar do presbitério da Rua Elm, em Hartford. Eu via cada detalhe como se estivesse diante da tela de televisão. Via o sofá surrado, de pelúcia vermelha e as duas poltronas de veludo canelado, com os protetores bordados para os braços e encosto que a sra. Payson insistia em nos dar todos os anos com beligerante regularidade. Usa o tapete oriental muito gasto e a mesa de café de mogno polido com dois canários de louça lascada sob a redoma de vidro. Eu via as coisas nas paredes, a fotografia de Wallace Nutting, colorida à mão, de um pequeno regato muito cansado lutando bravamente para atravessar um campo cor de mostarda, os patins de gelo Currier & Ives, a moldura com o buquê de flores artificiais feito por minha avó com os primeiros cachos cortados dos meus cabelos e, sobre a enorme lareira de mármore, onde jamais foi aceso o fogo, um pequeno quadro com letras bordadas:

A Beleza da Casa é a Ordem.
A Bênção da Casa é o Contentamento.
A Glória da Casa é a Hospitalidade.
A Coroa da Casa é a Santidade.

A sala mais feia jamais decorada por paroquianos tementes a Deus, mas extremamente mesquinhos.

E eu via as pessoas.

Minha tia Sally, magra e grisalha, sobrecarregada com a tarefa de tomar conta de mim e de meu pai depois da morte de minha mãe e tão apaixonada pelo marido da irmã morta que todos sabiam, menos ele.

E meu pai. Seu cabelo já era branco naquele tempo e ele sempre teve o rosto mais macio e corado que jamais vi num homem. Eu nunca o vi com a barba crescida. Eu via seus olhos azul-claros, capazes de penetrar na cabeça da gente e descobrir a mentira escondida.

E eu via a mim mesma, com mais ou menos doze anos, o cabelo em duas longas tranças, desajeitada e magricela, com óculos de aros brancos porque era míope até o ano em que entrei no ginásio.

E em todos os sonhos meu pai, de pé na frente da lareira, olhava nos meus olhos e dizia as palavras que devia ter dito centenas de vezes naquela mesma sala feia, todos os sábados, depois do jantar.

"Nós acreditamos em Deus, o Pai, infinito na sua sabedoria, bondade e amor, e em Jesus Cristo, seu filho, nosso Senhor e Salvador, que por nós e por nossa salvação viveu e morreu, e ressuscitou e viveu para sempre, e no Espírito Santo, que nos revelou a palavra de Cristo, renovando, reconfortando e inspirando as almas dos homens."

Então a tela do sonho ficava escura, como se meu pai fosse um pregador da TV interrompido por um comercial, e eu acordava na nossa cama, toda arrepiada como sempre ficava quando meu pai olhava nos meus olhos e dizia como Jesus tinha morrido por mim.

A princípio, não dei importância ao sonho. Todo mundo sonha, os sonhos mais diversos. Mas eu comecei a ter esse sonho de duas em duas noites, sempre o mesmo, a mesma sala, as mesmas palavras ditas por meu pai, com os olhos nos meus.

Esse fato jamais abalou minha crença no judaísmo. Isso fora resolvido há muito tempo. Eu me converti por você, mas tive sorte e encontrei mais alguma coisa. Não preciso falar sobre isso.

Porém, comecei a pensar no que meu pai teria sentido quando abandonei tudo que ele me havia ensinado para me converter ao judaísmo. Co-

mecei a pensar, como seria para você se um dos nossos filhos resolvesse, por exemplo, se converter ao catolicismo. Eu ficava deitada, olhando para o teto escuro, lembrando que eu e meu pai éramos quase dois estranhos. E lembrando do quanto eu o amava quando era pequena.

O sonho se repetiu durante muito tempo, e então comecei a ter outro. Neste eu tinha vinte anos. Estava num conversível numa estrada escura de terra, perto do campus da Wellesley, completamente nua.

Como no primeiro sonho, eu via claramente cada detalhe, cada impressão. Não me lembro do sobrenome do rapaz – o primeiro nome era Roger –, mas eu via seu rosto, excitado, jovem e um pouco assustado. Era um rapaz de cabelo curto, com uma camiseta de futebol Leverett House com o número 42. Seu short de tênis e a roupa de baixo estavam amontoados com minha roupa no canto do chão. Eu olhava para ele com grande interesse. Era o primeiro corpo masculino que eu via. O que eu sentia não era amor, nem desejo, nem mesmo afeição. O motivo pelo qual permiti, sem nenhuma relutância, que ele parasse o carro naquela estrada escura e tirasse minha roupa foi uma grande curiosidade e a convicção de haver coisas que eu queria saber. E ali deitada, com a cabeça apertada contra a porta, o rosto roçando o couro áspero do encosto, enquanto ele se lançava à tarefa, com a mesma diligência idiota com que enfrentava um jogo de futebol sentindo meu corpo ser aberto como uma fava, satisfiz a minha curiosidade. Um cão latiu ao longe. No carro, ele suspirou alto e eu me senti como um receptáculo. Tudo que podia fazer era prestar atenção ao latido distante, sabendo que fora enganada, que aquilo não passava de uma invasão de privacidade pessoal.

Quando eu acordava no nosso quarto escuro e via que estava na cama ao seu lado, tinha vontade de acordá-lo e pedir perdão, dizer que a garota idiota do conversível estava morta e a mulher que eu era agora tinha aprendido a amar unicamente você. Mas, ao invés disso, ficava deitada durante toda a longa noite, insone e tremendo.

Os sonhos se repetiam e se repetiam, ora um, ora outro. Com tanta frequência que passaram a invadir a minha vida real e às vezes eu não sabia o que era sonho e o que não era. Quando meu pai olhava nos meus olhos e falava de Deus e de Jesus, apesar de só ter doze anos eu sabia que ele estava me vendo como uma adúltera e eu tinha vontade de morrer. Minha menstruação atrasou cinco semanas e, quando finalmente chegou, sentei na beirada da banheira, tremendo porque não podia chorar, sem saber se eu era uma jovem universitária feliz por estar menstruada ou uma mulher gorda de quarenta anos feliz porque não ia ter um filho que não era seu.

Durante o dia eu não podia mais olhar nos seus olhos, nem permitir que as crianças me beijassem. E à noite, ficava rígida na cama, beliscando meus braços para não dormir e sonhar.

Então, você me trouxe para o hospital e me deixou aqui. E compreendi que era o que devia ser feito, porque eu era uma mulher má que devia ser encarcerada e condenada à morte. Esperei que eles me matassem, até começar o tratamento de choque e o contorno nebuloso do meu mundo voltou a ser uma linha definida e normal.

O dr. Bernstein aconselhou-me a contar esses sonhos para você, se eu quisesse. Ele acredita que depois disto eles não voltarão jamais.

Não permita que os sonhos o façam sofrer, Michael. Ajude-me a apagá-los do nosso mundo. Você sabe que seu Deus é o meu Deus, que sou sua esposa e sua mulher, de fato, de corpo e alma. Passo o tempo deitada na cama com os olhos fechados, pensando em como vai ser quando eu sair daqui, e nos muitos anos que tenho ainda para viver com você.

Beije meus filhos por mim. Eu te amo tanto.

Leslie

Michael leu e releu a carta várias vezes.

Era notável o fato de Leslie ter esquecido o sobrenome do rapaz. Era Phillipson. Roger Phillipson.

Ela o havia dito apenas uma vez, mas Michael jamais esqueceu. Há sete anos, enquanto esperava o jantar na casa de um rabino na Filadélfia, Michael teve oportunidade de folhear o décimo livro do ano da classe de Harvard do seu anfitrião. O nome pareceu flutuar da página até ele, sob o retrato que sorria com a sinceridade de um vendedor de seguros. Sócio da Agência de Seguros Folger, Phillipson, Paine e Yeager, Walla Walla, Washington. Casado com fulana de tal, de Springfield, Massachusetts. Três filhas com nomes nórdicos. Idades: seis, quatro, um e meio. Passatempo: velejar, pescar, caçar, estatística. Clubes, universidade, Lions, Rotary, dois ou três outros. Objetivo principal na vida: jogar futebol na quinquagésima reunião de ex-alunos da sua classe.

Algumas semanas depois, durante o Yom Kippur, no seu templo, ele se arrependeu, procurando a reparação no estômago vazio e pedindo a Deus perdão pelo que tinha sentido ao ver a fotografia sorridente. Rezou por Roger Phillipson, desejando-lhe vida longa e memória curta.

13

A carta aumentou sua preocupação com Max.

Naquela noite, já deitado, tentou lembrar-se de quando Max era pequeno. Não era uma criança bonita e só escapava de ser feio quando sorria. As orelhas brotavam da cabeça como – qual era o nome daquelas coisas, receptores de sonar? – as bochechas eram cheias e macias.

E hoje – pensou Michael – você vai procurar selos na carteira dele e descobre que Max é um homem com desejo sexual. Não gostou da ideia.

O fato de Max e Dessamae Kaplan terem entrado em casa há vinte minutos não contribuiu para acalmar sua imaginação. Ouvia os ruídos que faziam na sala de estar. Risos abafados. E uma porção de outros. Como seria o barulho de uma carteira sendo tirada do bolso?

Instintivamente Michael aguçou o ouvido. Conserve a carteira no bolso, meu filho, implorava ele, silenciosamente. Então, começou a transpirar. Se você tiver de fazer essa cretinice, meu filho, não esqueça de tirar a carteira do bolso.

Dezesseis anos – pensou ele.

Finalmente, levantou-se da cama, vestiu o roupão e calçou os chinelos. No meio da escada podia ouvir perfeitamente o que diziam.

– Eu não quero – disse Dessamae.

– Ora, deixe disso, Dess.

Michael parou petrificado na escada escura. Logo começou a ouvir um barulho abafado, regular e ritmado. Teve vontade de fugir.

– Está tão bom... Ah, está tão bom.

– Assim?

– Umm, umm... Ei...

Michael ouviu o riso rouco de Dessamae.

– Agora, você coça as minhas costas, Max.

Ah, você, seu velho sujo – pensou Michael. Você, seu *voyeur* imundo de meia-idade. Desceu correndo a escada, e no mesmo impulso entrou na sala de estar, piscando por causa da luz forte.

Eles estavam sentados de pernas cruzadas no tapete na frente da lareira, Dessamae segurando o coçador de costas chinês de marfim.

– Olá, rabino – disse ela.

– Oi, papai.

Ele respondeu. Não podia olhar para eles. Foi para a cozinha e fez chá. Os dois o acompanharam na segunda xícara.

Quando Max saiu para levar Dessamae para casa, Michael voltou para a cama e mergulhou no sono como quem mergulha num banho quente.

O telefone o acordou. Reconheceu a voz de Dan Bernstein.
– O que aconteceu?
– Nada. Isto é, acho que não aconteceu nada. Leslie está com você?
– Não – disse Michael, completamente acordado.
– Ela saiu do hospital há mais ou menos duas horas.
Michael sentou-se na beirada da cama.
– Houve um incidente. Uma paciente, a sra. Serapin, feriu outra, a sra. Birnbaum, com um canivete. Só Deus sabe onde conseguiu a arma. Estamos tentando descobrir. – Depois de uma pausa, continuou: – Leslie não teve nada a ver com o caso. Mas só podia ter saído nesse momento.
– Como está a sra. Birnbaum?
– Vai ficar bem. Essas coisas acontecem.
– Por que não me telefonou imediatamente? – perguntou Michael.
– Bem, só agora deram pela falta dela. Já devia ter chegado, se foi para casa – disse o médico. – Mesmo que tenha ido a pé.
– Ela pode estar em perigo?
– Não, acho que não – disse o dr. Bernstein. – Eu a vi hoje. Leslie não é de modo nenhum suicida. Nem perigosa para ninguém. Na verdade, é uma mulher bonita e saudável. Ia ter alta dentro de duas ou três semanas.
– Isso significa uma hospitalização mais longa quando ela voltar? – perguntou Michael.
– Vamos esperar para ver – respondeu o médico. – Às vezes um paciente sai desse modo por motivos racionais. Vamos investigar qual foi sua intenção.
– Acho melhor procurá-la.
– Dois atendentes meus estão fazendo isso, mas é provável que a esta altura ela esteja num ônibus ou num trem.
– Não acredito – disse Michael. – Por que ia fazer isso?
– Não sei por que ela *saiu* – disse dr. Bernstein. – Vamos verificar isso. Temos de notificar a polícia. É o procedimento normal.
– Você é quem sabe.
– Telefono assim que souber de alguma coisa – disse Dan.
Michael vestiu um agasalho e apanhou a lanterna no closet.
Rachel e Max estavam dormindo. Ele entrou no quarto do filho.
– Meu filho? Acorde – tocou o ombro dele e Max abriu os olhos. – Vou sair. Trabalho do templo. Tome conta da sua irmã.

Max fez que sim, sem acordar completamente.

O relógio no hall marcava meia-noite e meia. Michael caminhou até o carro, com as botas de chuva estalando na neve.

Ouviu um som.

– Leslie? – chamou. Acendeu a lanterna. Um gato saltou da lata de lixo e desapareceu na noite.

Michael seguiu o caminho da sua casa até o hospital bem devagar. Parou três vezes para iluminar as sombras ao lado da estrada.

Não viu ninguém a pé e apenas dois carros passaram por ele. Ela pode ter pedido carona a alguém, pensou.

Quando chegou ao hospital estacionou de frente para o lago. Desceu e caminhou na neve até a margem e depois sobre o gelo. Dois anos antes, no inverno, dois calouros da universidade, durante a cerimônia de entrada no grêmio, tiveram de andar de olhos vendados sobre o gelo, pisaram no gelo fino que se partiu e um deles morreu, o sobrinho de Jake Lazarus. Mas o gelo parecia sólido e espesso. Michael iluminou a superfície gelada até onde a lanterna alcançava e não viu nada.

Voltou para o carro e, num impulso de momento, foi até o templo. Mas Beth Sholom estava às escuras. O santuário estava vazio.

Michael foi para casa.

Assim que chegou procurou pela casa toda. Na sala de estar, apanhou o coçador de costas de marfim. Nós nunca fomos assim tão jovens, pensou, cansado.

O telefone não tocou.

A carta da Universidade de Colúmbia estava sobre o aparador da lareira e o fez lembrar do livro do ano de Harvard com a fotografia de Phillipson. Michael leu atentamente, depois se sentou à sua mesa e começou a escrever. Era um modo de fazer alguma coisa.

Associação dos Ex-alunos do Columbia College
Rua 116 com Broadway
Nova York, Nova York 10027

Senhores,

Esta é a minha contribuição autobiográfica para o livro do Quarto de Século da Classe de '41:
Parece incrível que quase vinte e cinco anos se passaram desde que nós todos deixamos Morningside Heights.

Sou um rabino. Ocupei púlpitos reformistas na Flórida, em Arkansas, Geórgia, Califórnia, Pensilvânia e Massachusetts, onde moro atualmente em Woodborough com minha mulher – nome de solteira Leslie Rawlins (Wellesley, '46) – de Hartford, Connecticut, com nosso filho Max, 16, e nossa filha Rachel, 8.

Espero ansiosamente nossa vigésima quinta reunião. O presente toma tanto o nosso tempo que raramente temos oportunidade de olhar para o passado.

Queens, Nova York
Fevereiro, 1939

14

Numa tarde de inverno, quando Michael estava no segundo ano do curso preparatório na Universidade de Colúmbia, sua mãe deu rigorosas instruções a Lew, seu cabeleireiro de muitos anos, e ele aplicou uns líquidos malcheirosos que a transformaram de ruiva em grisalha. Toda a vida de Dorothy passou por uma mudança sutil. Mais tarde Abe Kind deixou de procurar outras mulheres, talvez por estar ficando velho, mas Michael preferia pensar que foi porque sua mãe finalmente conformou-se em ser o que era. Para começar, já não usava tanta maquiagem, e o cabelo grisalho emoldurava um rosto e não uma máscara. Ela aprendeu a fazer tricô, e a família toda passou a usar suéteres de caxemira e meias de lã. Abe e Dorothy passaram a acompanhar o filho à sinagoga nas noites de sexta-feira. Pela primeira vez os Kind eram uma família de verdade.

Naquela manhã de domingo, quando seus pais ainda dormiam, Michael entrou na sala. Sua irmã, de pijama e roupão, estava no sofá, comendo uma rosquinha com requeijão e fazendo as palavras cruzadas do *New York Times*. Ele apanhou o caderno de livros do jornal e a seção de Notícias da Semana e se sentou para ler. Leram durante dez minutos, Michael ouvindo a irmã comer a rosquinha. Então, não suportando mais, ele se levantou, foi escovar os dentes e apanhou uma rosquinha com requeijão. Ruthie olhou para ele e Michael a ignorou e comeu a sua rosquinha. Finalmente ele ergueu os olhos. Ruthie tinha os olhos da mãe, mas com a inteligência do pai.

– Eu quase não voltei da Palestina – disse ela.

– Por quê? – perguntou Michael.

– Conheci um rapaz lá. Ele queria casar comigo. Eu também queria muito. Você ia sentir falta de mim se eu não voltasse?

Michael deu uma mordida na rosquinha e olhou para ela. Sim, Ruthie estava dizendo a verdade. Se fosse invenção, ela teria sido mais teatral.

— Se você queria, por que não casou?

— Porque eu não presto. Porque sou uma mulher mimada da classe média do Queens, e não uma pioneira.

Michael perguntou como era o palestinense. Ruthie se levantou do sofá e foi descalça até o quarto. Michael ouviu quando abriu a bolsa. Ela voltou com a fotografia de um homem jovem com o cabelo castanho ondulado e barba. Vestia short cáqui e tênis e estava de pé, com uma das mãos apoiada num trator, a cabeça inclinada para o lado e os olhos semicerrados por causa do sol. Não sorria.

O corpo era bronzeado e musculoso, mais para magro. Michael não sabia se gostava ou não do homem da fotografia.

— Como é o nome dele? — perguntou.

— Saul Moreh. Era Samuel Polansky. Ele é de Londres, Inglaterra. Está há quatro anos na Palestina.

— Ele mudou de nome. Não está no negócio de empresas comerciais?

Ruthie não sorriu.

— Ele é muito idealista. Queria um nome que significasse alguma coisa. Escolheu Saul porque, logo que chegou na Palestina, passou três meses lutando contra invasores árabes. E Moreh porque significa professor. É o que ele queria ser, é o que realmente é.

Michael olhou para o trator.

— Não um agricultor?

Ela balançou a cabeça.

— Ele leciona na escola do *kibutz*. O lugar chama-se Tikveh le'Machar. Fica no meio do deserto, só com alguns árabes amigos como vizinhos. O sol é tão forte que faz doer os olhos. Raramente aparecem nuvens no céu. O deserto não é nada, só areia e rochas, e o ar é muito seco. Existe verde apenas dentro das valas de irrigação. Se a água parar de correr, as plantas murcham e morrem.

Ficaram calados por um momento. Michael viu que ela falava sério e não sabia o que dizer.

— Tem só um telefone, no escritório do *kibutz*. Às vezes funciona. Você precisava ver os banheiros. Parecem saídos da história antiga da América. — Ela apanhou uma migalha de rosquinha do roupão e a examinou demoradamente. — Ele me pediu em casamento e eu queria muito. Mas não podia aguentar aqueles banheiros, por isso voltei para casa. — Ruthie olhou para ele e sorriu. — Não é um motivo dos diabos para rejeitar uma proposta de casamento?

— O que você vai fazer?

Ruthie tinha abandonado os estudos quando estava no segundo ano de marketing na Universidade de Nova York e agora trabalhava como secretária na Columbia Broadcasting System.

– Não sei. Estou tão confusa! Há mais de um ano ele escreve para mim. Eu respondo a todas as cartas. Não consigo parar – olhou para ele. – Você é meu irmão. Diga o que devo fazer.

– Ninguém pode dizer o que deve fazer, Ruthie. Você sabe disso. – Pigarreou. – E os caras com que você está sempre saindo? Nenhum deles...?

Ela sorriu tristemente.

– Você conhece quase todos eles. Meu destino é casar com um homem especializado em redação publicitária. Ou um comerciante. Ou o filho do dono de uma agência de automóveis. Alguém com azia, alguém que me garanta um vaso sanitário que toca Brahms quando a gente senta e vaporiza Chanel quando se aperta o botão de ouro para dar a descarga.

Michael olhou para a irmã, vendo-a, pela primeira vez, como devia parecer aos outros homens. Uma morena de olhos límpidos, com um belo sorriso que descobria dentes bonitos e brancos. Uma jovem de corpo bem-feito. Uma bela mulher. Sentou-se ao lado dela e pela primeira vez, desde que eram pequenos, passou o braço pelos ombros da irmã.

– Se isso acontecer – disse – vou à sua casa sempre que precisar usar o banheiro.

Sua própria vida afetiva não era mais auspiciosa que a de Ruthie. Michael saía com Mimi Steinmetz porque ela estava ali mesmo, no outro lado do corredor. Uma vez ou outra entregavam-se a brincadeiras sexuais, as mãos dela afastando-o com relutância, na verdade pedindo para ser dominada. Michael nunca avançava o sinal percebendo que não se tratava tanto de desejo sexual quanto de desejo de possuí-lo. Não tinha nenhuma vontade de ser dono de alguém e nem de ser possuído por alguém.

Sem uma verdadeira válvula de escape para sua sexualidade, sentia-se inquieto e nervoso. Às vezes, à noite, quando estava estudando, andava de um lado para o outro. Os Friedman, que moravam no apartamento de baixo, reclamaram educadamente com Dorothy. Michael passou a dar longas caminhadas. Percorria as imediações do campus, quarteirões e mais quarteirões de Manhattan. Andava no Queens. Certo dia tomou o trem elevado para o Brooklyn, pensando em descer perto do velho Parque Borough, mas, como se estivesse grudado no banco, seguiu viagem até Bensonhurst e continuou a pé, passando pela frente das casas geminadas do bairro. Caminhar era como bebida para ele, e Michael ficou viciado. Passava um longo tempo caminhando enquanto os amigos dormiam, estudavam, ouviam música ou tentavam conquistar uma garota.

Certa noite, em janeiro, depois de estudar até as dez horas, saiu da Biblioteca Butler e dirigiu-se ao metrô. Enormes flocos de neve cobriam o mundo de branco. Michael passou pela entrada do metrô como um sonâmbulo. Em dez minutos estava perdido, mas isso não o abalou. Virou uma esquina e entrou numa rua estreita, pouco mais larga do que a passagem entre dois edifícios, escura e com prédios quase em ruínas dos dois lados. Na esquina, na ilha de luz da única lâmpada estava um policial, os ombros enormes sob a farda azul e o rosto vermelho voltado para cima, para a neve que caía. Inclinou a cabeça, num cumprimento mudo, quando Michael passou por ele.

No meio da quadra, Michael ouviu passos rápidos e leves seguindo-o. Com o coração disparado olhou para trás, já arrependido da tolice de sair sozinho à noite em Manhattan. O homem passou rapidamente, mas bem perto dele. Era baixo, tinha a cabeça grande e barba comprida, salpicada de neve, nariz grande, olhos semicerrados, que pareciam não ver, casaco escuro desabotoado, apesar do frio. Com as mãos sem luvas cruzadas nas costas, murmurava alguma coisa enquanto andava. Estaria rezando? Michael teve a impressão de ouvir palavras em hebraico.

O homem desapareceu no escuro. Michael ouviu, mais do que viu, o assalto. O som de socos, o ar expelido violentamente dos pulmões quando o estômago foi atingido, o impacto seco dos punhos no corpo da vítima.

– POLÍCIA! – gritou Michael. – POLÍCIA!

Na outra extremidade da rua o policial voltou-se e começou a correr. Era gordo e extremamente lento. Michael teve vontade de correr ao encontro dele e puxá-lo pela mão, mas não havia tempo. Correu na direção dos ruídos e praticamente tropeçou nos dois homens ajoelhados sobre o outro, imóvel, no chão.

Um dos atacantes levantou-se e fugiu, desaparecendo na noite. Quando o outro, que estava mais perto, lançou-se sobre ele, Michael sentiu seu punho fechado passar raspando pelo rosto do atacante. Viu olhos cheios de ódio e medo, um nariz chato, lábios finos. Era jovem, usava uma jaqueta de couro negro e luvas também de couro. Uma delas chocou-se com a sua boca e Michael verificou aliviado que pelo menos ele não tinha uma faca. Michael levava na mão esquerda um livro que devia pesar dois quilos, o *Survey of American Civilization*, de Bruun. Rapidamente passou o livro para a mão direita e o brandiu com toda força. A arma improvisada acertou o alvo em cheio, e o assaltante caiu estatelado na neve.

– Calhorda! – murmurou ele, quase num soluço. Arrastou-se de quatro por uma pequena distância, depois levantou-se e fugiu.

O homem baixo e barbado sentou-se, com a respiração curta e áspera presa na garganta. Finalmente, conseguiu respirar fundo e sorriu, indicando o livro com um movimento da cabeça.

– O poder da palavra impressa – disse, com um sotaque carregado.

Michael ajudou-o a ficar de pé. Seu *yarmulka* era uma mancha negra sobre o manto branco e gelado da rua. Sem sacudir a neve do barrete ele o apanhou e guardou no bolso, inclinando a cabeça num agradecimento mudo e embaraçado.

– Eu estava recitando a *Shemá*, a prece do começo da noite.

– Eu sei.

O guarda chegou, afinal, ofegante. Michael contou o que tinha acontecido, e sentiu o sangue da boca ferida descer por sua garganta. Os três caminharam para a ilha de luz sob a lâmpada.

– Chegaram a ver o rosto deles? – perguntou o policial.

O homem baixo balançou a cabeça.

– Não.

Michael tinha visto o rosto do homem, mas muito vagamente por causa do movimento. O policial perguntou se seria capaz de reconhecê-lo numa acareação.

– Não, não poderia.

O policial suspirou.

– Nesse caso, o melhor é esquecer. A esta hora, devem estar longe. Provavelmente são de outra parte da cidade. Roubaram alguma coisa?

O homem tinha uma equimose sob o olho esquerdo. Pôs a mão no bolso da calça e tirou meio dólar, uma moeda de vinte e cinco centavos e duas de cinco.

– Não – disse.

– Isso é tudo que tem? – perguntou o policial, gentilmente. – Não tem carteira?

Ele balançou a cabeça.

– Eles podiam matá-lo por suas últimas moedas.

– Vou tomar um táxi – Michael disse para o homem de barba. – Eu o deixo onde quiser.

– Não, não. É aqui perto. Na Broadway.

– Então eu o acompanho a pé e depois tomo o táxi.

Agradeceram ao policial e caminharam em silêncio, na neve, cada um sentindo seus ferimentos. O homem parou na frente de um prédio de tijolos com uma placa de madeira sobre a porta, onde estava escrito algo ilegível.

Segurou a mão de Michael.

– Agradeço muito. Sou Gross. Max Gross, rabino Max Gross. Quer entrar? Uma xícara de chá, talvez?

Curioso, Michael aceitou. Quando entraram, o rabino ficou na ponta dos pés para tocar a *mezuzá* pregada no batente da porta e depois beijou a ponta dos dedos. Tirou o *yarmulka* do bolso, completamente molhado de neve derretida, e o pôs na cabeça. Apontou para uma pequena caixa de papelão com alguns solidéus.

– Esta é uma casa de Deus.

Michael pôs o solidéu, pensando que, nesse caso, Deus precisava de uma ajuda. A sala era pequena e estreita, quase um corredor, com espaço apenas para dez filas de cadeiras dobráveis de madeira, na frente do altar. Um linóleo rasgado cobria o chão. Numa extremidade da sala Michael viu uma mesa e algumas cadeiras de bambu. Gross tirou o casaco e o pôs na mesa. Vestia um terno azul-marinho muito amarrotado. Se usava gravata, a barba a encobria. O rabino estava muito limpo, mas Michael teve a impressão de que, se não usasse barba comprida, estaria sempre precisando se barbear.

De repente, um estrondo demorado fez tremer o prédio, e a lâmpada nua saltou, na ponta do fio, desenhando sombras longas no teto.

– O que foi isso? – perguntou Michael, alarmado.

– Metrô.

Na pia de pedra-sabão, o rabino encheu de água uma panela amassada de alumínio e a pôs sobre a chapa elétrica. Os canecões de louça eram grossos e lascados. Em cada um ele pôs um saquinho de chá. O açúcar era em tabletes. O rabino recitou uma bênção. Sentaram-se nas cadeiras de bambu e tomaram chá.

A equimose no rosto do rabino estava ficando roxa. Seus olhos eram grandes, castanhos, suaves e inocentes, como os de uma criança ou de um animal. Um santo ou um tolo, pensou Michael.

– Está aqui há muito tempo, rabino?

Ele assoprou o chá e pensou demoradamente.

– Dezesseis anos. Sim, dezesseis.

– Quantas pessoas têm na sua congregação?

– Não muitas. Algumas. Homens velhos, a maior parte, homens velhos.

Continuou a tomar o chá. Não demonstrou curiosidade sobre Michael, não fez perguntas. Quando terminaram, trocaram um aperto de mãos e Michael vestiu o casaco. Na porta, ele virou-se e olhou para trás. O rabino Gross parecia não notar que tinha companhia. De costas para a porta, ele oscilava e se curvava, terminando a *Shemá* da noite, interrompida na rua. *Ouve, ó Israel, o Senhor Nosso Deus, o Senhor é Um*. O metrô trovejou. O prédio tremeu. A lâmpada nua saltou. Michael fugiu.

Na noite anterior aos exames de meio semestre, ele estava na União de Estudantes, tomando café com dois colegas de classe, um deles uma mulher muito atraente. Os três tinham dificuldades com Filosofia Americana.

– O que você sabe sobre Orestes Brownson e sua desilusão com o Iluminismo? – perguntou Edna Roth, lambendo a ponta dos dedos com a língua pequena e rosada, depois de comer uma rosquinha com creme.

– Meu Deus, só me lembro que ele se converteu ao catolicismo – disse Michael, com um gemido.

– Estive pensando no seu pai – disse Chick Farley, mudando completamente de assunto. – Pequenos capitalistas, como seu pai, são os maiores inimigos do trabalhador.

– Quase todas as semanas meu pai tem dificuldade com a folha de pagamento – disse Michael, com frieza. Farley não conhecia Abe Kind. Tinha feito algumas perguntas sobre a empresa Kind e Michael respondeu francamente. – Está com uma úlcera por causa do sindicato. O que isso tem a ver com a Filosofia Americana?

Farley ergueu as sobrancelhas.

– Tudo. Você não compreende?

Farley era muito feio, com nariz grande e sardento, cabelo, pestanas e sobrancelhas avermelhados. Usava óculos com lentes octogonais, sem aros e se vestia com apuro, mas sem imaginação. Sempre que falava na classe, tirava do bolso da calça um enorme relógio de ouro e o punha sobre a carteira, na sua frente. Michael tomava sempre café com Farley na União dos Estudantes porque Edna Roth estava sempre ao lado dele.

Edna era uma morena muito suave, com uma pinta natural na face esquerda e o lábio inferior um pouco saliente, que despertava em Michael o desejo de prendê-lo entre os dentes. Um pouco gorda, um pouco desleixada, nem bonita, nem feia, condensava toda sua feminilidade nos olhos castanhos e exsudava um calor bovino e um leve e estranho cheiro de leite.

– Daqui por diante, nada de pilequinhos felizes – disse ela, embora Michael nunca os acompanhasse no bar. – Nada de cochilos, nada de distrações, nada de extravagâncias de Cecil B. DeMille. Precisamos estudar muito para o exame. – Olhou ansiosa para Farley e piscou os olhos rapidamente. A miopia dava ao seu rosto um ar sonhador, um pouco fora de foco. – Vai ter tempo para estudar, benzinho?

Ele fez um gesto afirmativo.

– No trem.

Farley ia todos os dias de trem a Danbury, Connecticut, para ajudar nos piquetes que protestavam contra a indústria de chapéus. Edna era muito compreensiva com essa atividade. Ela era viúva. Seu falecido marido, Seymour, fora também membro do Partido. Ela sabia tudo sobre piquetes.

Farley partiu, depois de tocar com os lábios finos a boca carnuda de Edna. Ela e Michael acabaram de tomar o café e subiram para um cubículo no terceiro andar da Butler, onde, até a hora de fechar, lutaram com Brownson e Theodore Parker, os transcendentalistas, os filósofos cósmicos, os empíricos radicais, o calvinismo, Borden Parker Browne, Thoreau, Melville, Brook Farm, William Torrey Harris...

Na escada, no lado de fora, Michael piscou os olhos cansados.

– É muita coisa. Muitos detalhes.

– Eu sei. Escute, benzinho, quer estudar mais uma ou duas horas na minha casa?

Tomaram o metrô. Ela morava num velho prédio de apartamentos de tijolo vermelho, em Washington Heights. Edna abriu a porta e, surpreso, Michael viu uma jovem negra sentada ao lado do rádio, fazendo o dever de matemática. Ela começou a apanhar seus papéis e livros, assim que eles entraram.

– Como ele está, Martha? – perguntou Edna.

– Muito bem. Ele é um menino ótimo.

A moça saiu levando seus livros. Michael acompanhou Edna até o quarto e os dois se inclinaram sobre o berço. Ele sempre pensara que Seymour tinha deixado apenas o dinheiro suficiente para Edna voltar à Faculdade de Pedagogia e apanhar seu tíquete refeição. Mas ali estava uma herança diferente.

– É um menino muito bonito – disse Michael, quando voltaram para a sala. – Que idade tem?

– Muito obrigada. Catorze meses. Chama-se Alan.

Edna foi para a cozinha fazer café. Michael olhou em volta, viu uma fotografia sobre a lareira, evidentemente do falecido Seymour, um homem razoavelmente bonito, com um bigode ridículo e um sorriso tenso. A mobília era borax Colonial. Com alguma sorte, podia durar até Edna casar outra vez ou começar a lecionar. Da janela via-se o rio. O prédio ficava mais perto da Broadway do que do Drive, mas a paisagem descia íngreme na direção do Hudson, e o apartamento de Edna ficava no oitavo andar. As luzes distantes dos pequenos barcos deslizavam lentamente sobre a água.

Tomaram café na pequena cozinha e depois estudaram ali mesmo, os joelhos dele encostados na coxa dela. Em menos de quarenta minutos ele parou e ela também fechou o livro. Estava quente na cozinha. Michael sentiu outra vez aquele cheiro de leite, fraco, mas definido.

– Bem, acho melhor eu ir agora.

– Pode ficar, se quiser, benzinho. Quero dizer, passar a noite.

Michael usou o telefone enquanto ela tirava a louça do café da mesa. Sua mãe atendeu, com a voz cheia de sono, e ele disse que ia estudar até tarde e dormir na casa de um amigo. Dorothy agradeceu o telefonema. Desse modo não ia ficar preocupada.

A porta estava aberta entre o quarto de Edna e o do bebê. Eles se despiram de costas um para o outro, à luz da lâmpada noturna do outro quarto. Michael prendeu entre os dentes, suavemente, o lábio inferior de Edna, como havia prometido a si mesmo. Na cama, o cheiro fraco de leite era muito real. Ele imaginou se ela estaria amamentando ainda. Mas a ponta dos seios estava seca, rígida como pequenos botões. Todo o resto era macio e quente, sem choques nem surpresas, subidas e descidas suaves, como o balanço do berço. Edna foi boa e delicada. Michael adormeceu com a mão dela na sua nuca.

O bebê começou a chorar às quatro da manhã, um fio de som, que os acordou. Edna tirou o braço de baixo da cabeça dele, saltou da cama rapidamente e foi esquentar a mamadeira. Vistas por trás, suas nádegas eram grandes e um pouco caídas. Ela tirou a mamadeira do banho-maria e quando sacudiu, deixando pingar algumas gotas na parte interna do braço, ficou resolvido o mistério do cheiro de leite. Depois de verificar a temperatura, ela pôs o bico na boca do bebê. O choro parou.

Quando Edna voltou para a cama, Michael beijou o braço dela, onde tinha pingado o leite. Estava ainda úmido e quente. Com a ponta da língua ele explorou a pele macia. O leite era doce. Edna suspirou profundamente e estendeu a mão para ele. Dessa vez Michael estava mais confiante e ela menos maternal. Quando ela adormeceu, Michael levantou-se, vestiu-se no escuro e saiu do apartamento. Estava escuro na rua e o vento soprava do rio. Ele levantou a gola do casaco e começou a andar. Sentia-se leve e feliz, aliviado do peso da inocência. "Finalmente", disse, em voz alta. Um garoto passou de bicicleta, com um cesto cheio de embrulhos, e o examinou com olhos duros e brilhantes como bolas de gude. Qualquer outro lugar do mundo estaria dormindo às 5:05 da manhã. Manhattan estava desperta. Pessoas nas calçadas, táxis e carros particulares na rua. Michael caminhou por um longo tempo. Já era dia quando reconheceu um dos prédios. Era o pequeno *shul* onde o metrô sacudia as lâmpadas, a sinagoga do rabino Max Gross.

Chegou bem perto da placa com as letras quase apagadas. A luz cinzenta da madrugada as letras hebraicas pareciam se contorcer ante seus olhos, mas com dificuldade ele conseguiu decifrar o que estava escrito. *Shaarai Shomayim*. As Portas do Céu.

15

Aos quatro anos, na cidade polonesa de Vorka, Max Gross já lia algumas partes do Talmude. Com sete anos, quando a maior parte dos meninos de sua idade começava a ler as histórias da Bíblia, ele mergulhava nas profundezas da Lei. Seu pai, Chaim Gross, negociante de vinhos, regozijava-se com o fato de sua semente de comerciante ter produzido um *ilui*, um prodígio talmúdico, que levaria as bênçãos de Deus à alma de Soreleh, sua falecida mulher, levada para o paraíso pela gripe, quando o filho ainda engatinhava. Desde que aprendeu a ler, Max acompanhava o pai e os outros chassidim quando se reuniam com seu líder, o rabino Leibel. Todas as noites de shabbat, o rabino de Vorka "apresentava sua mesa". Os judeus devotos jantavam mais cedo, em casa, sabendo que seu líder os esperava. Quando estavam todos reunidos em volta da mesa, o velho rabino começava a comer, uma vez ou outra oferecendo um pedaço de alguma coisa – carne branca de galinha, um belo osso com tutano, um pequeno pedaço de carne de peixe – aos poucos escolhidos, que comiam devagar, certos de que a comida vinda das mãos do rabino era tocada por Deus. Max, o prodígio, sentava no meio dos mais velhos, com um cafetã branco de veludo, muito magro, com seus olhos grandes, pequeno para sua idade, com o rosto sempre muito sério, puxando um dos cachos de cabelo ao lado da orelha, esforçando-se para ouvir as palavras sábias do rabino.

Além de prodígio, Max era um menino e adorava os festivais. Os chassidim se reuniam para comemorar todos os dias santos. As mesas ficavam cheias de terrinas com grão-de-bico, que chamavam de *nahit*, travessas com bolos e *kugels* e garrafas de *schnapps*. Como criaturas inferiores, as mulheres não faziam parte do cenário. Os homens comiam frugalmente e bebiam frequentemente. Certos de que o mal só pode ser vencido pela alegria e não pela tristeza, e acreditando que o êxtase os levava para mais perto de Deus, permitiam que a felicidade enchesse suas almas. Logo um chassid barbudo se levantava, chamando um companheiro. Um com as mãos nos ombros do outro, começavam a dançar. Outros os imitavam e logo o centro da sala ficava cheio de pares de homens barbudos. O ritmo era rápido e triunfante. A única música que se ouvia era das vozes dos dançarinos, cantando repetidamente uma frase bíblica. Alguém dava a Max um gole de *schnapps* e alguém o escolhia para seu par, às vezes o próprio rabino. Com a cabeça leve e passos incertos, impulsionado pelas mãos grandes nos seus ombros, ele girava pela sala, quase sem ar de tanta felicidade, os pés pequeninos imitando os mais velhos, chutando e batendo no chão, enquanto as vozes profundas dos homens barbudos repetiam em coro, *V'tahair libanu l'avd'choh be-ehmess* – Purificai nossos corações para Vos servir realmente.

Muito antes de seu *bar mitzvá* Max era uma lenda na comunidade. À medida que mergulhava com mais entusiasmo no oceano do Talmude, com mais frequência era escolhido para receber as dádivas de comida à mesa do rabino, e os amigos do seu pai o faziam parar na rua para bater nas suas costas ou tocar sua cabeça. Aos oito anos ele foi tirado do *cheder* onde os outros meninos estudavam e começou a ter aulas particulares com Reb Yankel Cohen, um acadêmico tuberculoso, com um brilho doentio nos olhos. Era quase como estudar sozinho. O menino recitava horas a fio, enquanto o homem muito magro tossia sem parar num pedaço de pano enorme. Não conversavam. Quando a voz cansada de Max se desviava para a falsa filosofia ou para uma interpretação errada, o homem estendia a mão que parecia uma garra e os dedos como pinças beliscavam o braço dele. As manchas roxas só desapareceram muito tempo depois do enterro do Reb Yankel. Quatro meses antes de sua morte, o professor informou Chaim Gross que tinha ensinado tudo que sabia para o menino de dez anos. A partir desse dia, até seu *bar mitzvá*, Max passou a ir todas as manhãs à Casa de Estudos da comunidade, onde se sentava à mesa de estudo ao lado dos mais velhos, alguns com barbas brancas. Cada dia estudavam uma parte diferente da Lei, discutindo acaloradamente sobre sua interpretação. Quando, aos treze anos, assumiu sua maioridade judaica, o próprio rabino Leibel se encarregou da educação do prodígio. Era uma honra singular. O único outro estudante na casa do rabino era seu genro, um homem de vinte e dois anos que estava para ser ordenado rabino.

Chaim Gross todos os dias agradecia a Deus a bênção que tinha recebido no seu filho. O futuro de Max estava garantido. Ele seria rabino e seu brilhantismo o cercaria de uma ilustre corte rabínica, o que significava riqueza, honra e fama. Tudo isso para o filho de um negociante de vinhos! Numa noite de inverno, sonhando com o futuro de Max, Chaim Gross morreu de ataque cardíaco, com um sorriso nos lábios.

Max não questionou Deus por ter levado seu pai. Porém, de pé ao lado do túmulo aberto, no pequeno cemitério judaico, recitando o *kaddish*, pela primeira vez sentiu o vento cortante e o frio.

A conselho do rabino Leibel, contratou um empregado polonês chamado Stanislaus para tomar conta da loja de vinhos. Uma vez por semana Max verificava cuidadosamente os livros para manter num nível razoável a desonestidade de Stanislaus. A loja dava agora uma renda muito menor do que quando o pai era vivo, mas o suficiente para continuar seus estudos.

Max estava com vinte anos, preparando-se para ser rabino e aguardando atento uma mulher adequada para esposa, quando os tempos difíceis chegaram à Polônia. O verão naquele ano foi extremamente quente, e sem chuva. Nos campos, o trigo e a cevada queimados pelo sol estalavam e se partiam em vez de se curvar com o vento. As poucas beterrabas colhidas naquele ano eram moles e enrugadas, e as batatas pequenas e amargas. Com a primeira neve, os camponeses procuraram trabalho nas indústrias têxteis, nas fábricas de vidro e de papel, onde competiam no mercado de trabalho com salários cada vez menores. As mudanças de turnos nas fábricas logo se transformaram numa luta selvagem e gente com o estômago vazio se agrupava nas ruas para ouvir homens revoltados que agitavam os punhos e gritavam.

No começo, apenas alguns judeus foram espancados. Logo, porém, começaram as repetidas invasões dos guetos, quando os poloneses esqueciam por alguns momentos o choro de fome de seus filhos, e espancavam e matavam os homens que haviam crucificado o Salvador. Em Vorka, Stanislaus compreendeu que, como gerente da loja de um judeu, seria difícil convencer a multidão saqueadora de que não era judeu. Certa tarde fugiu da loja, deixando a porta aberta, e levou a féria da semana em vez de deixar a carta de demissão. Stanislaus saiu na hora certa. Na noite seguinte um grupo de bêbados invadiu o gueto de Vorka. O sangue correu nas ruas como vinho, e na loja do falecido Chaim Gross o vinho jorrou como sangue. O que não conseguiram beber ou levar foi inutilizado. No dia seguinte, quando os judeus enterravam seus mortos e cuidavam de seus feridos, Max viu a inutilidade de tentar reconstruir a loja. Aceitou essa perda com uma sensação de alívio. Seu verdadeiro trabalho era junto do seu povo, o trabalho de Deus. Ajudou o rabino em quatro funerais e rezou com seus irmãos, pedindo a ajuda de Deus.

Passada a crise, o rabino Leibel o sustentou durante dois meses. Max estava pronto para ser um rabino e ter seu próprio rebanho. Mas quando começou a procurar uma congregação compreendeu que os judeus da Polônia não precisavam de outro rabino. Milhares de judeus deixavam o país, dirigindo-se especialmente para a Inglaterra e os Estados Unidos.

O rabino Leibel procurou não demonstrar sua preocupação.

– Nesse caso, você passa a ser meu filho. Vai comer o que comermos. As coisas vão melhorar.

Mas o número de judeus que deixavam a Polônia aumentava a cada dia. Quem os ajudaria a encontrar Deus num país estranho? Perguntou ao rabino e ele deu de ombros.

O aluno, porém, já sabia a resposta.

Chegou a Nova York em agosto, no meio de uma onda de calor, com seu longo casaco de gabardine e o chapéu redondo e negro. Passou dois dias e duas noites no apartamento de dois cômodos de Simon e Buni Wilensky, que, com os três filhos, tinham deixado Vorka seis semanas antes dele. Wilensky era ponteador numa fábrica de pequenas bandeiras americanas. Simon garantiu a Max que Buni ia gostar da América logo que ela parasse de chorar. No fim de dois dias, farto do choro de Buni e dos ruídos e cheiros dos filhos dos Wilensky, Max saiu do prédio e caminhou pelo East Side até chegar a uma sinagoga. Depois de ouvir sua história, o rabino o levou de táxi à União dos Rabinos Ortodoxos. Não tinham nenhuma congregação disponível no momento, disse um dos rabinos da União. Mas havia muitos pedidos para cantores, para as cerimônias dos Grandes Dias. Por acaso Max era *chazen*, um cantor? Se era, podiam mandá-lo para a Congregação Beth Israel, em Bayonne, Nova Jersey. O *shul* pagava setenta e cinco dólares.

Assim que Max começou a cantar, a congregação de Bayonne olhou para ele perplexa. Desde pequeno ele sabia de cor toda a cerimônia e conhecia cada nota como se fosse uma amiga da vida inteira. Em sua mente, a música soava clara e perfeita, mas o que saia de sua boca não podia ser chamado de canto. Era mais o coaxar de um sapo erudito. No fim do primeiro serviço religioso, Jacobson, o severo tesoureiro da congregação, o chamou com um gesto imperioso. Era tarde demais para o *shul* conseguir outro *chazen*. Depois de uma breve conversa, Max ficou sabendo que não ia receber os setenta e cinco dólares para cantar durante os Grandes Dias. Receberia dez dólares e um lugar para dormir. Por dez dólares, disse Jacobson, ninguém podia exigir um rouxinol.

Seu desempenho como cantor era tão medonho que a maioria das pessoas da sinagoga o evitava. Mas Jacobson ficou mais amistoso. Era um homem gordo e calvo, pálido e com um dente de ouro na frente, sempre com três charutos no bolso do paletó xadrez. Fez uma porção de perguntas pessoais a que Max respondeu educadamente. No fim, o *Amerikaneh* contou que era um *shadchen*, um casamenteiro.

– A resposta para seus problemas é uma boa mulher – disse. – "Pois Ele criou o homem e a mulher, e disse: 'Frutificai e multiplicai-vos e povoai a terra.'"

Max gostou da ideia. Como um jovem erudito de grande reputação, ele esperava casar com alguém de uma família rica de Vorka. Com uma bela mulher para cuidar de seu lar e um bom dote, a vida na América seria muito mais agradável.

Mas Jacobson, depois de olhar atentamente para ele, disse em voz alta, mas em inglês, que Max não compreendia ainda.

– Você é um pobre novato. Veste-se como se estivesse pedindo um *pogrom*. Não é nenhum gigante, nenhuma mulher vai se sentir pequena ao seu lado – suspirou. – Seu rosto não tem marcas de varíola, mas essa é a melhor coisa que se pode dizer.

Em ídiche, ele explicou que o mercado para judeus poloneses na América não era tão bom quanto na Polônia.

– Faça o melhor que puder – disse Max.

Leah Masnick era cinco anos mais velha do que Max, órfã e morava com o tio Lester Masnick e a mulher, Ethel. Os Masnick tinham um negócio de galinhas *kosher*. Eles a tratavam com carinho, mas para Leah, o tio e a tia cheiravam a sangue e penas, mesmo depois do banho. Como segunda geração americana, ela jamais pensaria em casar com um imigrante, se não fosse o fato de que há anos nenhum homem a convidava para sair. Leah não era feia, embora tivesse olhos pequenos e nariz comprido, mas lhe faltava feminilidade. Não sabia sorrir para um homem, nem fazê-lo rir. Ultimamente, cada vez se sentia menos mulher. Os seios achatados pareciam se achatar mais a cada dia. Sua menstruação começava a ficar irregular; saltou alguns meses. Às vezes Leah tinha a ideia maluca de que por falta de uso, estava se transformando em homem. Tinha US$ 2.843 na New Jersey Guarantee Trust Company. Quando Jacobson apareceu na casa de seu tio e lhe sorriu por cima da xícara de café, Leah teve a certeza de que, não importava o que ele tinha a oferecer, chegava na hora certa e ela não podia se dar ao luxo de perder aquela chance. Quando soube que era um rabino, sentiu uma fagulha de esperança. Pensou nos romances ingleses que havia lido, sobre pastores e suas mulheres, e se imaginou morando numa casa paroquial inglesa, pequena, mas bonitinha, com *mezuzás* nas portas. Quando o viu, um homenzinho de aparência insignificante, barbudo, com uma roupa engraçada e amarrotada, com os estranhos cachos de cabelo dependurados na frente das orelhas, esforçou-se para ser agradável, e conteve as lágrimas.

Porém, dez dias antes do casamento, Leah teve uma crise histérica e gritou que só casaria se Max cortasse o cabelo como um americano. Max ficou chocado, mas, na verdade, os rabinos que tinha conhecido na América não usavam os cachos de cabelo sobre as orelhas. Resignado, deixou que um barbeiro italiano, entre acessos de riso, cortasse os *peiehs* que tinha usado durante toda a vida. Sem eles, sentia-se despido. Quando Lester, o tio de Leah, o levou a uma loja de departamentos e comprou para ele um terno cinzento, o paletó jaquetão com enchimentos nos ombros, Max sentiu que agora poderia passar por um perfeito *goy*.

Mas sua aparência não provocou nenhum entusiasmo indevido na União dos Rabinos Ortodoxos quando lá voltou. Disseram que ele havia chegado bem a tempo. Estavam abrindo uma nova congregação em Manhattan e os membros haviam pedido um rabino. *Shaarai Shomayim* era pequena, com poucos membros e uma sala alugada para os serviços religiosos, mas ia crescer, garantiram os rabinos da União. Max ficou no auge da felicidade. Tinha seu primeiro rabinato.

Alugaram um apartamento de dois quartos a duas quadras do *shul* e gastaram boa parte do dote na compra de móveis. Foi onde passaram a noite de núpcias, os dois cansados, depois das festas do casamento, e fracos de fome. Nenhum dos dois conseguiu provar o frango que tia Ethel Masnick preparou para a festa. Max sentou-se no sofá novo da sala e ligou o rádio, enquanto sua mulher se despia no quarto e se deitava na cama nova. Quando se deitou ao lado dela, percebeu que o topo da sua cabeça chegava só até a orelha de Leah e os dedos frios do seu pé tocavam os tornozelos trêmulos dela. O hímen de Leah parecia feito de couro. Max lutou arduamente, murmurando breves orações, intimidado com a resistência e os gritos de medo e de dor da mulher. Finalmente teve êxito e a membrana se rompeu, acompanhado por um estridente grito de Leah. Quando terminou, ela se encolheu num canto da cama e chorou. Em parte por causa da dor e da humilhação e em parte porque seu pequeno e estranho marido estava nu e esparramado, ocupando dois terços da cama, cantando canções de triunfo em hebraico, uma língua que ela não compreendia.

No começo, tudo era opressivo e ameaçador para Max Gross. As calçadas estavam cheias de estranhos que se empurravam e se acotovelavam, eternamente com pressa. No meio da rua, automóveis, ônibus e táxis buzinavam e enchiam o ar de fumaça. O barulho e a sujeira estavam por toda a parte. Em sua casa, onde devia reinar a paz, havia uma mulher que se recusava a falar ídiche com ele, embora estivessem casados. Max só falava com ela em ídiche,

Leah só respondia em inglês. Era um impasse. Estranhamente, ela esperava conversar com ele durante as refeições e chorava quando Max insistia em estudar enquanto comia. Uma noite, logo depois do casamento, Max disse gentilmente que ela era mulher de um rabino criado pelos chassidim. A mulher de um chassid, explicou ele, deve cozinhar e costurar, limpar a casa e orar e *benchen licht*, em vez de ficar falando o tempo todo, falando e falando sobre tudo e sobre nada.

Todos os dias ele ia para o *shul* de manhã cedo e estudava em paz até tarde. Deus era o mesmo Deus da Polônia, as orações eram as mesmas. Max podia estudar e orar o dia inteiro, e perdia-se em contemplação quando as sombras do dia se alongavam. A congregação o achava culto, mas distante. Respeitavam sua erudição, mas não o amavam.

Certa tarde, quando estavam casados há quase dois anos, Leah arrumou suas roupas numa mala de couro sintético e escreveu um bilhete para o marido, dizendo que ia deixá-lo. Tomou um ônibus para Bayonne, Nova Jersey, voltou para seu antigo quarto na casa dos Masnick e recomeçou a fazer a contabilidade do tio, no mercado de aves. Max descobriu então que precisava levantar uma hora mais cedo para chegar ao *shul* a tempo para o *kaddish*. Ignorou por completo o apartamento. A poeira amontoava-se no chão e os pratos empilhavam na pia.

Leah tinha esquecido do cheiro de sangue e penas da loja do tio. Encontrou os livros em desordem, cheios de erros impossíveis de corrigir. Sentada à velha mesa, nos fundos da loja, lutando com os números e ouvindo o cacarejar das galinhas e os cantos dos galos, Leah tinha a impressão de que sua cabeça ia explodir de dor. À noite não conseguia dormir. O homem barbudo e estranho com quem tinha casado era forte e sensual e havia usado seu corpo com luxúria durante quase dois anos. Quando o deixou, Leah pensou que ia se sentir livre sem ele.

Mas agora, na sua cama de solteira, percebia atônita que, quando cochilava, sua mão descia para o meio das pernas e ela sonhava com o pequeno tirano, com chocantes detalhes.

Certa manhã, com os dedos voando ágeis no teclado da máquina de somar, tentando ignorar o cheiro de titica de galinha, Leah começou a vomitar. Ficou nauseada durante horas. À tarde, o médico disse que seu filho devia nascer dentro de sete meses. Quando Max voltou da sinagoga tarde da noite, encontrou a mulher na cozinha. O apartamento estava limpo. Um cheiro delicioso vinha das panelas no fogo. Ela disse que o jantar estava quase pronto. Disse também que não ia mais perturbar o estudo dele, mas que, durante a refeição, não haveria mais livros sobre a mesa. Do contrário ela voltaria imediatamente para Bayonne.

Max concordou, feliz. Finalmente ela estava falando como uma esposa judia, em ídiche.

A Congregação *Shaarai Shomayim* não se transformou numa sinagoga grande e poderosa. Max não era administrador, nem o tipo de rabino que via a sinagoga como uma instituição social. *Shaarai Shomayim* não tinha nem associações masculinas nem femininas. Não fazia nenhum piquenique anual. Não passava filmes. As famílias que procuravam esse tipo de sinagoga logo se desiludiram. Quando outras congregações começaram a aparecer nas vizinhanças, a maioria das famílias transferiu para elas sua fidelidade e suas anuidades. Finalmente, restou apenas um punhado de homens velhos que queriam uma religião não diluída.

Max passava a maior parte do tempo na sala pequena e escura com a Torá. Sua família eram os profetas. Leah teve um filho, a quem deram o nome de Chaim. Com três anos ele morreu de apendicite perfurada. Com o filho nos braços, sentindo a vida se esvair do pequeno corpo e o rostinho queimando sob seus lábios, Max disse a Leah que a amava. Nunca mais repetiu, mas Leah jamais esqueceu. Não era o bastante para compensar a solidão que não a deixava, a dor da perda do filho, o vazio de seus dias, a certeza de que jamais poderia competir com Deus, mas era alguma coisa.

Com o passar dos anos, à medida que o *shul* se tornava miserável e depois decrépito, mais crescia a lealdade dos velhos ao seu rabino, uma lealdade que o surpreendia porque era combinada com amor. Max jamais pensou em procurar um púlpito mais próspero. O pouco que ganhava por ano o satisfazia. Por duas vezes provocou a fúria de Leah ao recusar o oferecimento de um pequeno aumento, dizendo ao presidente do *shul* que um judeu só precisava de comida e um manto franjado. Finalmente, Leah foi até a congregação e aceitou o aumento.

Max sentia a solidão só quando pensava nos chassidim. Quando soube que havia algumas famílias de Vorka morando em Williamsburg, fez a longa viagem de metrô para visitá-las. Felizmente lembravam dele, não como um rosto ou uma pessoa, mas como uma lenda, o *ilui*, o prodígio, o favorito do rabino Leibel, que descanse em paz. As mulheres serviram *nahit* e alguns dos homens ainda usavam barba, mas não eram chassidim. Precisavam de um líder, um grande rabino a cuja mesa pudessem sentar para ouvir palavras de sabedoria e receber pequenas porções de comida sagrada. Os homens não dançavam uns com os outros, nem se alegravam. Apenas se sentavam e suspiravam, lembrando o *der alte heim*, o lar antigo há tanto tempo abandonado. Max nunca mais os visitou.

Às vezes ele discutia acaloradamente sobre certos pontos da Lei com os homens velhos da congregação. Mas os melhores debates eram feitos quando estava sozinho no seu pequeno *shul* escuro, com a garrafa de uísque aberta ao lado dos livros abertos. No terceiro ou quarto uísque, seu espírito ficava leve e sua mente erguia-se, feliz e livre. Então, ele começava a ouvir a voz. Os debates eram sempre com o rabino Leibel. Max não via o grande homem, mas a voz lenta e sábia estava ali, se não na sala, em sua mente, e seus intelectos se defrontavam, como nos velhos tempos, a voz aparando e respondendo a todos os golpes filosóficos de Max, com citações da Bíblia e de precedentes legais. Quando Max, cheio de entusiasmo ainda, começava a ficar cansado, a voz se calava e ele bebia até a sala girar loucamente. Então, se recostava na cadeira, fechava os olhos, voltava a ser menino e, sentindo as mãos fortes nos seus ombros, rodopiava feliz, ao som trovejante do canto bíblico. Às vezes, embalado pela música em sua mente, adormecia.

Uma tarde, quando abriu os olhos depois do cochilo, com uma explosão de felicidade teve a impressão de ver o rabino Leibel na sala. Então, percebeu que era um homem jovem e alto, alguém que já tinha visto antes.

– O que você quer? – perguntou.

Havia algo nos olhos do rapaz. Eram parecidos com os olhos do rabino de Vorka. Ele estava de pé na frente da mesa de Max, segurando uma caixa com um bolo *kosher*, como se fosse seu bilhete de ingresso.

– Fale-me sobre Deus – disse Michael.

16

Nas primeiras horas vazias da manhã Michael começou a duvidar da existência de Deus. Primeiro vagamente, depois com espanto e desespero. Virando e revirando na cama até torcer os lençóis, ele piscava os olhos no escuro. Rezava desde a infância. Agora, queria saber a quem estava dirigindo suas preces. E se estivesse orando só para o silêncio sonoro do apartamento, revelando suas ambições e temores para milhões de quilômetros de nada, agradecendo a um poder não maior que o dos gatos que arranhavam suavemente os suportes dos varais na passagem entre os dois prédios, debaixo da sua janela?

Quando essas indagações se tornaram persistentes demais e a insônia o levou a procurar Max Gross, Michael pressentiu a luta amarga, odiando a certeza calma e segura do rabino. Sentados à velha e usada mesa entreolharam-se por cima das xícaras de chá escaldante, preparando-se para o combate iminente.

– O que quer saber?

– Como pode ter certeza de que o homem não inventou Deus, porque tinha medo do escuro e do frio, porque precisava de proteção, nem que fosse de sua imaginação idiota?

– O que o faz pensar que foi isso que aconteceu? – perguntou Max, calmamente.

– Não sei o que aconteceu. Mas sei que há mais de um bilhão de anos existe vida na Terra. E em todas as culturas primitivas encontramos sempre alguma coisa à qual as preces são dirigidas, seja uma estátua de madeira suja de lama, ou o sol, um cogumelo, ou um enorme falo de pedra.

– *Vos ment* falo?

– Um *potz*.

– Ah! – Para um homem que arguia com a voz de Leibel de Vorka, isso não era difícil. – Quem fez o povo que adora os ídolos obscenos? Quem criou a vida?

Um estudante de física da Universidade de Colúmbia podia responder facilmente.

– Um russo chamado Oparin diz que a vida pode ter começado com uma formação acidental de compostos de carbono. – Olhou para Gross, esperando a reação irritada do leigo que se vê arrastado para uma discussão científica, mas só notou interesse. – No começo, a atmosfera da Terra não tinha oxigênio, mas uma grande quantidade de metano, amônia e vapor d'água. Oparin supõe que a eletricidade dos relâmpagos atingindo esses elementos provocou a criação de aminoácidos sintéticos, a matéria-prima da vida. Então, as moléculas orgânicas se desenvolveram dentro de antigos lagos, durante milhões de anos, e a seleção natural teve como resultado criaturas complexas, algumas coleantes, outras com membranas entre os dedos dos pés, outras que inventaram Deus. – Olhou desafiadoramente para o rabino Gross. – Compreende o que estou dizendo?

– Compreendo muito bem. – Alisou a barba. – Vamos supor que tenha sido assim. Deixe-me fazer uma pergunta. Quem forneceu o – como foi que disse? – o metano, sim, a amônia e a água? E quem mandou o relâmpago? E o mundo no qual essa coisa maravilhosa ocorreu, de onde veio?

Michael ficou calado.

Gross sorriu.

– *Oparin, oshmarin* – disse, fazendo a rima. – Você não acredita mesmo em Deus?

– Acho que me tornei agnóstico.

– O que é isso?

– Uma pessoa que não tem certeza se Deus existe ou não.

– Não, não, não. Então deve dizer que é ateu. Como alguém pode ter certeza da existência de Deus? Segundo essa definição, nós todos somos agnósticos. Pensa que eu tenho conhecimento científico da existência de Deus? Posso voltar no tempo e estar lá quando Deus fala com Isaac ou quando entrega os Dez Mandamentos? Se isso fosse possível existiria uma única religião no mundo. Todos saberíamos que grupo estava com a razão. Porém, acontece que faz parte da natureza do homem tomar partidos. Um homem deve tomar uma decisão. A respeito de Deus, você não *sabe* e eu não *sei*. Mas tomei uma decisão a favor de Deus. Você tomou a decisão contra Ele.

– Eu não tomei decisão nenhuma – disse Michael, um pouco irritado. – Por isso estou aqui com uma porção de perguntas. Quero estudar com você.

O rabino Gross pôs a mão sobre os livros empilhados na mesa.

– Aqui estão contidos muitos pensamentos – disse. – Mas não têm a resposta à sua pergunta. Não podem ajudá-lo a decidir. Primeiro você toma uma decisão. Depois nós estudamos.

– Qualquer que seja a decisão? Suponha que eu decida que Deus é uma fábula, uma *bubbeh-meise*.

– Tanto faz.

Lá fora, no corredor escuro, Michael olhou para trás, para a porta fechada do *shul*. Que Deus o amaldiçoe, pensou. E depois, apesar de tudo, riu de suas palavras.

17

Ruthie, a irmã de Michael, não era mais aquela pessoa com quem ele podia trocar desafios verbais. À noite, o choro dela abafado pelo travesseiro incorporou-se à trilha sonora da casa adormecida, como o zumbido da geladeira. Os pais ofereciam fins de semana esquiando, ajuda psiquiátrica, os belos filhos e sobrinhos dos amigos. Finalmente, Abe Kind enviou uma ordem de pagamento e uma longa carta para Tikveh le'Machar, Palestina. Seis semanas depois Saul Moreh entrou no departamento comercial do Columbia Broadcasting System. Ruthie levantou-se da cadeira, gritou e desmaiou com grande sinceridade. Desapontada, a família descobriu que Saul era um estrangeiro, menor do que parecia nas fotos, muito britânico, com um cachimbo de urze branca, pesados *tweeds*, sotaque, diplomas de B.A. e M.A. da Universidade de Londres. Mas passaram a gostar dele. À medida que foram com ele se acostumando, Ruth parou de fenecer e recuperou todo seu frescor. No segundo dia de Saul em Nova York ele e Ruth informaram à família que iam casar. Não pretendiam ficar nos Estados Unidos. Os judeus alemães que conseguiam escapar estavam indo para a Palestina. Não era o momento para um sionista abandonar *Eretz Isroel*, disse Saul. Dentro de três semanas voltariam para o *kibutz* no deserto.

– Bem – disse Abe –, é a história do sucesso americano. Eu trabalho arduamente toda a vida, guardo dinheiro e quando chego à meia-idade compro um camponês para minha filha.

Deixou que escolhessem entre um grande casamento e uma pequena *chupe*, só para a família, além de três mil dólares para começar a vida de casados na Palestina. Saul recusou o dinheiro com evidente prazer.

– O *kibutz* nos dá tudo de que precisamos. Tudo que temos pertence ao *kibutz*. Portanto, por favor, guarde os seus dólares.

Ele teria preferido a *chupe*, mas Ruthie o convenceu do contrário e aceitaram uma cerimônia formal no Waldorf, pequena, mas elegante, como sua última ostentação de luxo. O preço foi dois mil e quatrocentos dólares. Saul concordou em aceitar os seiscentos dólares restantes em nome do *kibutz*. Esse dinheiro tornou-se a base de um fundo maior originário dos presentes de casamento, alguns em dinheiro, outros foram vendidos, uma vez que pouca coisa podia ser levada por um casal que ia começar a vida numa comunidade socializada no deserto. Michael deu a Ruth um urinol antigo e vinte dólares para o fundo do *kibutz*. Na festa de casamento ele tomou champanhe demais e dançou algumas vezes com a perna entre as coxas de Mimi Steinmetz, provocando um rubor intenso nas maçãs salientes do rosto dela e um brilho nos seus olhos de gatinha.

A cerimônia foi oficializada pelo rabino Joshua Greenberg, da Sinagoga Filhos de Davi. Era um homem magro e bem-vestido, com uma barbicha bem cuidada, um estilo declamatório suave e o hábito de rolar os *rs* nos momentos de grande emoção, como quando perguntou a Ruth se ia honrar-r-r e obedecer-r-r. No meio da cerimônia, Michael surpreendeu-se comparando o rabino Greenberg com o rabino Max Gross. Ambos eram ortodoxos, mas a semelhança parava aí, com uma brusquidão quase cômica. O rabino Greenberg vivia com um salário de treze mil dólares por ano. Seus serviços religiosos eram assistidos por homens da classe média, bem-vestidos, que resmungavam na hora de fazer doações para o *shul*, mas faziam. Tinha um Plymouth quatro portas, que trocava de dois em dois anos. Ele, a mulher e a filha gorducha todos os verões passavam três semanas num hotel *kosher* nos Catskills, onde pagava parte da diária oficiando os serviços religiosos nos *shabbos*. Quando recebia convidados no seu apartamento no Queens, que ficava num condomínio novo, usavam-se toalhas de linho alvas como a neve e talheres de prata.

Temos de admitir – pensou Michael, quando o rabino entregou o cálice nupcial de vinho, primeiro para Ruth, depois para Saul – que comparado ao rabino Greenberg, o rabino Gross é um vagabundo miserável.

Então o copo, envolto num guardanapo para evitar que os cacos de vidro se espalhassem, foi quebrado sob o calcanhar de bate-estacas de Saul. Sua irmã beijou o estranho e todos se adiantaram para os cumprimentos. *Mazel tov!*

Não satisfeito em matar o povo de Michael, Hitler conseguiu arruinar sua vida sexual. A indústria de chapéus começou a fabricar quepes militares para o Exército e a Marinha, e o sindicato despediu os comunistas e se recusava a fazer piquetes nas fábricas em que trabalhavam para o esforço de guerra. Desse modo, Farley deixou de ir a Danbury e Edna nunca mais o convidou para ir a seu apartamento. Finalmente, a pedido deles, numa fria manhã de sexta-feira, Michael acompanhou os dois ao cartório e foi testemunha do casamento. Deu de presente uma bandeja de prata, cara demais para suas posses, com um cartão que dizia: "Conhecê-los foi uma das experiências mais importantes da minha vida." Farley ergueu as sobrancelhas cerradas e disse que Michael tinha de jantar com eles. Edna corou, franziu a testa e apertou a bandeja contra o peito. Depois disso, ele quase não viu mais os Farley, nem mesmo na União dos Estudantes. Finalmente, o episódio com Edna tornou-se alguma coisa como se lida num livro e Michael voltou a ser virgem, inquieto e insatisfeito.

Um de seus amigos, Maury Silverstein, estava tentando conseguir um lugar na equipe de boxe do Queens College. Uma noite Michael foi ao ginásio de esportes com ele e os dois treinaram. Maury tinha o físico de Tony Galeno, mas não era um touro dando murros a esmo. Sua esquerda atacava e se recolhia, como a língua de uma cobra, e sua direita era uma maça. A ideia era Silverstein treinar com um adversário mais alto, com maior alcance de braço. No começo, Silverstein tratou Michael com cuidado e durante alguns minutos foi uma experiência agradável. Então levado por excesso de entusiasmo e pelo ritmo surdo das luvas acertando o alvo, ele esqueceu a prudência. Os golpes começaram a chover sobre Michael, vindo de todas as direções. Alguma coisa explodiu na sua boca. Ele levantou as luvas e outra explosão, na cintura, o derrubou.

Michael sentou-se, tentando respirar. Ao lado dele, Silverstein se balançava de um lado para o outro, na ponta dos pés, os olhos parados e as duas luvas ainda erguidas. Então, lentamente, seus olhos recobraram a expressão e as mãos abaixaram. Ele olhou espantado para Michael.

– Obrigado, matador – disse Michael.

Silverstein ajoelhou-se ao lado dele e gaguejou desculpas. No chuveiro, Michael sentiu náuseas, mas depois, enxugando-se no vestiário, olhou no espelho e foi invadido por uma estranha sensação de orgulho. O lábio estava inchado e tinha uma marca vermelha debaixo do olho esquerdo. Por insistência de Maury, foram a um bar no subsolo próximo ao campus chamado The Pig's Eye. Foram servidos por uma garçonete magrinha e ruiva, com seios artificialmente eretos e dentes um pouco saltados. Ela olhou para o rosto de Michael e balançou a cabeça.

– Um macaco importunou uma garçonete e eu o amassei – disse ele.

– Claro – disse a moça, com ar cansado. – Seja como for, ele devia ter acabado com você. Afinal, as garçonetes não podem se divertir?

Quando serviu a segunda rodada de cerveja, ela molhou o dedo na espuma do copo de Michael e o passou na equimose do rosto dele.

– A que horas você sai? – ele perguntou.

– Daqui a vinte minutos.

Os dois ficaram olhando o rebolado do corpo magro da moça. Silverstein tentava disfarçar a excitação.

– Escute – disse ele –, meus pais estão em Hartford visitando uma irmã. O apartamento está vazio, completamente vazio. Quem sabe ela pode arrumar uma outra "porca" para mim.

O nome dela era Lucille. Enquanto Michael telefonava para avisar a mãe que não ia dormir em casa, Lucille arranjou outra moça para Maury, uma loura pequenina chamada Stella. Stella tinha tornozelos grossos e mascava chicletes, mas Maury parecia satisfeito. No táxi, a caminho do apartamento, as moças sentaram-se no colo deles e Michael notou uma pequena verruga na nuca de Lucille. No elevador eles se beijaram e quando ela abriu a boca Michael sentiu gosto de ccbola na ponta da língua.

Maury apanhou uma garrafa de *scotch* num closet e depois de tomarem dois drinques juntos, separaram-se. Maury e sua companheira foram para o quarto com uma enorme cama de casal, evidentemente de seus pais, e Lucille e Michael ficaram no sofá da sala. Michael viu os cravos pretos no queixo da moça quando ela ergueu o rosto para o beijo. Logo depois, Lucille apagou a luz.

Michael ouviu o gemido de Silverstein no outro quarto e o riso nervoso da moça.

– Agora, Lucille? – gritou Stella.

– Agora não – respondeu Lucille, irritada.

Michael percebeu que precisava pensar em outras mulheres, Edna Roth, Mimi Steinmetz, até mesmo Ellen Trowbridge. Lucille ficou o tempo todo imóvel, emitindo um murmúrio anasalado. Abril em Paris, pensou Michael surpreso, enquanto trabalhava arduamente. Quando terminaram, ele cochilou até Lucille levantar da cama.

– Agora! – gritou ela, alegremente, caminhando nua para o banheiro. Assim que ela entrou, Stella saiu. A manobra foi executada com a precisão de uma grande prática de situações semelhantes, pensou Michael, excitado com a ideia da troca. Mas quando Stella, pequena e gorducha, deitou-se ao lado dele, Michael tocou a carne flácida que parecia massa, sentiu o cheiro, não de mulher, mas de falta de banho e ficou subitamente impotente.

– Espere um pouco – disse ele. Apanhou a roupa empilhada no chão, atravessou o apartamento escuro. Quando chegou ao hall vestiu-se rapidamente, sem perder tempo para amarrar os cordões dos sapatos.

– Ei – gritou Stella, quando ele saiu para o corredor.

Michael tomou o elevador e saiu do prédio. Eram duas horas da manhã. Só depois de andar por mais de meia hora avistou um táxi. Estava a duas quadras de casa, mas mesmo assim entrou no carro.

Felizmente seus pais dormiam quando ele entrou. Michael foi para o banheiro, escovou os dentes vagarosamente, depois tomou um banho de chuveiro escaldante com muito sabonete.

Não estava com sono. De pijama e roupão, saiu do apartamento e, silencioso como um ladrão, subiu para o telhado. Na ponta dos pés para não acordar os Waxman que moravam no último andar, foi até uma chaminé e sentou-se de costas para os tijolos.

O vento tinha gosto de primavera. Michael levantou o rosto para as estrelas e para a brisa, até ficar com os olhos cheios d'água e pequenos pontos de luz dançante na retina. *Tem* de haver algo mais do que isso – pensou. Maury chamou as moças de porcas, mas eles também tinham agido como porcos. Michael jurou só fazer sexo quando estivesse apaixonado. As estrelas brilhavam intensamente. Olhou outra vez para elas, fumando um cigarro, tentando imaginá-las sem a interferência das luzes da cidade. O que as mantinha presas lá em cima, pensou, quase ao mesmo tempo em que lhe vinham as respostas. Lembrou-se vagamente das atrações mútuas, das forças de gravidade, a primeira e a segunda lei do movimento, de Newton. Mas eram tantas, espalhadas numa extensão tão vasta, tão equilibradas, tão firmes, percorrendo suas órbitas com precisão, como o mecanismo de um relógio gigantesco maravilhosamente construído. As leis descritas nos livros científicos não eram suficientes, tinha de haver mais alguma coisa – pensou Michael –, do contrário aquela maravilhosa complexidade não teria sentido, nenhum sentimento, como sexo sem amor.

Jogou o cigarro para longe depois de acender com ele o segundo. A brasa acesa cintilou como uma *nova* quando despencou lá do alto, mas Michael não viu. Com a cabeça inclinada para trás, olhava as estrelas, procurando ver alguma coisa além delas.

Naquela tarde, quando abriu a porta da sinagoga *Shaarai Shomayim,* um velho estava conversando com Max Gross. Michael sentou-se numa cadeira da última fila e esperou pacientemente. Com um suspiro, afinal, o velho levantou-se e saiu do *shul.* Michael aproximou-se da mesa. O rabino Gross ergueu os olhos.

– Então? – disse ele.

Michael não disse nada. O rabino olhou atentamente para ele e depois balançou a cabeça, satisfeito.

– Então. – Apanhou da pilha de livros uma Guemará e o comentário do Pentateuco, de Rashi. – Agora, vamos estudar – disse suavemente.

18

Depois de cinco meses, Michael quebrou seu voto de castidade. No *bar mitzvá* do filho da irmã do cunhado de Maury conheceu a irmã do confirmado, uma jovem magra de cabelos negros, pele macia e muito branca, e narinas quase transparentes. Quando dançaram Michael sentiu o cheiro limpo do cabelo dela, como água com sabonete evaporada no sol. Michael saiu com ela no Plymouth de Maury e pararam debaixo de um enorme castanheiro, com os galhos baixos roçando a capota do carro. Beijaram-se até as coisas acontecerem quase que acidentalmente. Depois, partilhando um cigarro, Michael contou que acabava de quebrar a promessa de que isso só ia acontecer com alguém que ele amasse.

Pensou que ela ia achar graça, mas com voz triste, ela apenas perguntou:

– Fala sério? De verdade?

– De verdade. E não estou apaixonado por você – disse, e acrescentou rapidamente –, como podia estar? Quero dizer, nós mal nos conhecemos.

— Eu também não o amo. Mas gosto muito de você — disse ela. — Isso não basta?

Os dois concordaram que era quase a melhor coisa possível.

Naquele verão, o verão do seu primeiro ano na universidade, Michael trabalhou como assistente num laboratório do campus, lavando vidros, limpando e guardando microscópios, preparando equipamento para experiências cujos objetos e resultados jamais chegou a conhecer. Pelo menos três vezes por semana, estudava com o rabino Gross. Abe o interrogava avidamente quando ele voltava do trabalho.

— Então, como vai o Einstein?

Suas respostas não disfarçaram a falta de entusiasmo, o desinteresse e o desapontamento pela física e ciência em geral. Várias vezes tinha a impressão de que Abe queria alguma coisa, mas sempre desistia e Michael não o pressionava. Finalmente, numa manhã de domingo, duas semanas antes do reinício das aulas, aceitou o convite do pai e foram os dois até Sheepshead Bay, onde alugaram um barco e compraram uma caixa de sapatos cheia de vermes feiosos. Michael remou até a distância indicada pelo pai, lançaram as linhas de fundo e os peixes cooperaram com a intenção de Abe de conversar, sem ao menos beliscar a isca.

— Então, o que vai acontecer nesta época no ano que vem?

Michael abriu duas garrafas de cerveja e entregou uma para o pai. Não estavam muito geladas e a espuma espirrou longe.

— Com quem, papai?

— Com você, é claro — olhou para Michael. — Você passou três anos estudando física, aprendendo como tudo é feito de pequenas partículas que ninguém pode ver. E agora vai voltar para mais um ano. Mas não gosta do que está estudando. Eu sei. — Tomou um gole de cerveja. — Estou certo ou errado?

— Certo.

— Então, vai fazer o quê? Medicina? Você tem boas notas. Tem cabeça. Eu tenho dinheiro suficiente para pagar o curso de medicina ou de direito. Você escolhe.

— Não, papai. — Sentiu dois puxões desesperados na linha e começou a puxar, satisfeito por poder fazer alguma coisa.

— Michael, você já tem idade para compreender melhor certas coisas. Já me perdoou?

Que droga — pensou Michael selvagemente.

— Perdoei o quê?

— Sabe muito bem sobre o que estou falando. Aquela mulher.

Michael só podia olhar para a água, com o sol refletindo dolorosamente nos olhos.

– Esqueça isso. Não adianta ficar pensando nessas coisas.

– Não. Quero saber. Você me perdoou?

– Perdoei. Agora, *vamos esquecer.*

– Escute. Escute o que vou dizer.

Michael ouviu o alívio na voz do pai, o entusiasmo, a esperança.

– Isto mostra o quanto somos unidos – disse Abe –, você e eu, para sobreviver a uma coisa assim. Temos um negócio familiar que sempre nos proporcionou uma vida boa. Um bom negócio.

Na ponta da linha estava um peixe do tamanho de um prato. Quando Michael o puxou para dentro do barco, ele se debateu, derrubou uma garrafa e a cerveja inundou um dos seus tênis.

– Houve um tempo em que pensei que ia conseguir – disse Abe. – Mas pertenço à escola antiga, não sei nada sobre grandes negócios. Tenho de admitir isso. Mas *você*, você pode estudar um ano na Escola de Administração de Harvard, voltar cheio de métodos modernos e fazer da Empresa Kind uma líder na indústria. O que eu sempre sonhei.

Michael pisou no peixe com o tênis molhado de cerveja, sentindo os espasmos e as contrações através da sola fina de borracha. O peixe, bem fisgado, estava com o lado branco para baixo e os olhos escuros e saltados pareciam olhar para ele, ainda claros e vivos.

Michael falou rapidamente.

– Não, papai. Sinto muito. – Começou a torcer o anzol, procurando não machucar o peixe. Mas sentiu a carne rasgar. – Vou ser rabino.

19

O Templo Emanuel, em Miami Beach, era um prédio grande de tijolos com colunas georgianas brancas e degraus largos de mármore branco, polido pelos pés dos fiéis durante muitos anos, brilhando no sol forte da Flórida. O ar-condicionado era quase completamente silencioso no santuário com as filas aparentemente infindáveis de bancos forrados de pelúcia vermelha, um salão de festas à prova de som, uma cozinha completa, uma biblioteca incompleta de obras judaicas e um escritório pequeno e acarpetado para o rabino assistente.

Desanimado, Michael sentou-se atrás da mesa polida, pouco menor do que a do escritório maior no outro lado do corredor, o domínio do rabino Joshua L. Flagerman. Franziu a testa quando o telefone tocou.

– Alô?

– Posso falar com o rabino?

– Rabino Flagerman?

Michael hesitou.

– Ele não está – disse, finalmente. Deu o telefone da casa do rabino, o homem agradeceu e desligou.

Michael estava nesse emprego há três semanas, o bastante para se convencer de que tinha cometido um erro quando resolveu ser rabino. Os cinco anos de estudo no Instituto Judaico de Religião o tinham enganado tristemente.

Foi um aluno brilhante. "Como uma joia entre as pedras sem valor da Reforma", comentou certa vez Max Gross amargamente.

Gross não procurou esconder o fato de se sentir traído quando Michael escolheu a Reforma como veículo para seu rabinato. Continuaram unidos por laços espirituais, mas o relacionamento nunca chegou ao que seria se Michael tivesse preferido ser um rabino ortodoxo. Michael não sabia explicar a escolha. Só sabia que o mundo estava mudando e que a Reforma parecia o melhor meio disponível de acompanhar a mudança.

No verão ele trabalhava numa instituição num bairro pobre de Manhattan, tentando atirar migalhas de fé para crianças que se afogavam em mares invisíveis. Muitas tinham os pais no Exército e as mães trabalhavam em dois turnos nas fábricas de material bélico, ou levavam para casa uma variedade de "tios" de uniforme, desconhecidos e muito temporários. Michael aprendeu a reconhecer o andar saltado e as pupilas dilatadas do adolescente viciado em drogas e o descontrole espasmódico dos braços e pernas, o movimento convulsivo dos maxilares mascando chicletes dos que eram desesperadamente dependentes. Via a infância afundando-se na miséria feia do mundo. Raramente sentia que tinha conseguido ajudar alguém um pouco. Isso o impedia de abandonar a tarefa em troca do emprego de conselheiro num acampamento de verão.

No fim de seu terceiro semestre na escola rabínica, os japoneses atacaram Pearl Harbor. Quase todos os seus amigos se alistaram, ou foram sugados pelo túnel do serviço militar obrigatório. Os estudantes de teologia eram isentos do recrutamento. Uma meia dúzia deles desistiu da escola para se alistar. Os outros, entre eles Michael, foram convencidos por seus conselheiros de que os rabinos seriam mais necessários do que nunca, num futuro muito próximo. De certo modo, Michael sentiu-se enganado, como se o estivessem privando de uma aventura que por direito lhe pertencia. Naquele tempo ele acreditava na morte, mas não em morrer.

Mesmo assim, quando recebia cartas ocasionais dos conhecidos convocados, os nomes estranhos dos lugares, às vezes impronunciáveis, pareciam extremamente românticos. Maury Silverstein escrevia sempre. Alistou-se no Corpo de Fuzileiros Navais como soldado raso designado para a Escola de Candidatos a Oficial em Quantico, assim que terminasse o treinamento básico. Lutou boxe algumas vezes na Ilha Paris, e, num dos assaltos, ele e o instrutor do treinamento se desentenderam por motivos que Michael nunca chegou a saber. Maury contou apenas, numa carta, que várias semanas depois ele e seu inimigo se defrontaram com os punhos nus, fora do ringue. Na verdade, foi fora do ginásio, ou, para ser mais exato, atrás dele, com todo o esquadrão gritando feliz quando ele quebrou o maxilar do adversário, que era cabo. O cabo estava sem a camisa com as divisas e não foram submetidos a nenhuma ação disciplinar, mas, a partir desse dia, os outros instrutores caíram em cima do homem que havia inutilizado um deles para a função de moldador de soldados. Silverstein era advertido à menor sugestão de quebra de disciplina e sua expectativa de entrar para a escola de oficiais logo desapareceu. Quando terminou a instrução básica, recebeu algumas semanas de instrução como condutor de mulas, sendo depois encarregado de uma mula de pernas curtas com um traseiro gordo. Na sua última carta escrita nos Estados Unidos, Maury contou que, por algumas razões sentimentais, pôs na mula o nome de Stella. Ele e Stella foram mandados para uma ilha do Pacífico, sem nome e presumivelmente montanhosa, onde Maury languidesceu, insinuando por intermédio de correspondência do tipo V-mail, fenomenais aventuras sexuais com as nativas. O respeito à religião – escreveu ele – o impedia de revelar com detalhes essas experiências.

Durante seu último ano no Instituto, Michael foi designado para auxiliar as cerimônias dos Grandes Dias num templo em Rockville. Os serviços religiosos transcorreram com perfeição e finalmente ele sentiu que era de fato um rabino. Adotou um ar de atrevida autoconfiança. Então, três semanas antes da formatura e ordenação, o serviço de colocação do Instituto conseguiu-lhe uma entrevista no Templo Emanuel, em Miami, para o lugar de assistente do rabino. Como convidado, Michael fez um sermão no serviço de sexta-feira à noite. Ele escreveu o sermão cuidadosamente e o recitou na frente do espelho do seu quarto. Seu conselheiro da faculdade havia elogiado o texto e Michael sabia que tinha força e estilo. Quando foi apresentado em Miami, achou que estava preparado. Cumprimentou com voz forte o rabino Flagerman e a congregação em seguida, segurando a plataforma com as mãos, inclinou-se um pouco para a frente.

– O que é um judeu? – começou.

Havia tanta expectativa nos rostos erguidos para ele na primeira fila que Michael achou melhor olhar para outro lado. Mas, para onde olhasse, em todas as fileiras os rostos estavam voltados para ele. Alguns eram velhos, outros jovens, alguns ainda não vividos, outros marcados pela experiência. Conscientizando-se do que estava fazendo, Michael ficou paralisado. Quem sou eu – perguntou mentalmente – para dizer alguma coisa a eles, qualquer coisa?

A pausa se transformou em silêncio e ele ainda não conseguia falar. Foi pior do que no seu *bar mitzvá*. Michael ficou mudo, com a língua pregada no céu da boca. Ouviu um riso abafado de mulher no fundo da sala e a congregação impaciente arrastou os pés.

Recorrendo a toda sua força de vontade, começou a falar, gaguejando algumas vezes, apressado para chegar ao fim do sermão. No fim da cerimônia, depois de conversar algum tempo sobre banalidades com membros da congregação, Michael tomou um táxi para o aeroporto. Com uma sensação de desespero, olhou pela janela do avião até chegar a Nova York, resmungando apenas um não cada vez que a aeromoça oferecia café ou bebida. Naquela noite, cansado da viagem, encontrou refúgio no sono. Mas na manhã seguinte, ainda na cama, perguntou a si mesmo como se deixara apanhar numa profissão para a qual não tinha o menor talento.

Durante uma semana, Michael estudou alternativas para o rabinato. A guerra com a Alemanha tinha terminado e o Japão não ia aguentar muito tempo. Seria puro anticlímax alistar-se agora. Podia lecionar, mas a perspectiva o entristecia. Sobrava só a Empresa Kind. Estava reunindo forças para falar com Abe quando recebeu um telegrama do comitê de contratação da congregação da Flórida. Eles não tinham ainda uma resposta certa. Será que ele poderia visitá-los novamente, com viagem paga, e fazer outro sermão na próxima semana?

Nauseado, odiando a si mesmo, Michael voltou a Miami. Dessa vez, embora com os joelhos trêmulos e a voz meio embargada, conseguiu completar o sermão no tempo previsto.

Dois dias depois foi chamado.

Seu trabalho era simples. Oficiava os serviços religiosos para as crianças. Ajudava o rabino no shabbat. Leu as publicações do boletim do templo. A pedido do rabino Flagerman estava trabalhando num catálogo de literatura rabínica. Durante o dia, quando o velho rabino e sua secretária estavam presentes, Michael não atendia o telefone, que tocava ao mesmo tempo nas três linhas. Mas à noite, quando estava sozinho no escritório, atendia a todos os chamados. Se alguém perguntava pelo rabino, ele dava o telefone da residência de Flagerman.

Fazia algumas visitas pastorais a membros da congregação que estavam doentes. Como não conhecia Miami, membros do Grupo Jovem do Templo se encarregavam de conduzi-lo de carro a essas visitas. Certa tarde, sua motorista era uma loura de dezesseis anos chamada Toby Goodman. Seu pai era um rico comerciante de carne com vastos rebanhos e pastagens perto de St. Petersburg. Toby era muito bronzeada de sol, estava de short e bustiê e o carro era um longo conversível azul. Com olhos inocentes ela fez uma porção de perguntas sobre a Bíblia, as quais Michael, mesmo sabendo que era zombaria, respondeu com grande seriedade. Ela esperou pacientemente enquanto ele fazia as visitas, estacionando na sombra sempre que era possível, comendo chocolate e lendo um romance de mistério com ilustração sexy na capa. Terminadas as visitas, voltaram para o templo em silêncio e vagarosamente pelas ruas movimentadas.

Michael via uniformes por toda parte. Miami estava cheia de veteranos da guerra, hóspedes dos centros de repouso e reabilitação dos hotéis famosos à beira-mar. Enchiam as ruas, passeando sozinhos ou em grupos e caminhando em filas duplas para assistir a uma conferência ou a um filme.

– Saiam do caminho – resmungou a moça, passando o câmbio para ponto morto e acelerando. Os três homens das Forças Aéreas saltaram rapidamente para o lado.

– Vá com calma – disse Michael. – Eles não voltam para casa para serem atropelados por um rabino em suas visitas pastorais.

– Eles só ficam deitados tomando sol, assobiando e fazendo gracinhas, dizendo que acabaram de ver a gente num filme – disse ela rindo. – Tenho um namorado na Marinha, sabia? Ele esteve em casa no mês passado. Só usava traje civil. Deixamos esses caras malucos.

– Como?

Toby olhou para ele, avaliando-o com os olhos semicerrados. Depois freou o carro, inclinou-se na frente dele, abriu o porta-luvas e tirou uma garrafa quase cheia de gim. A uns dez metros uma fila dupla de veteranos com a insígnia de combate da infantaria se arrastava lentamente ao sol. Ergueram os olhos quando ouviram o assobio estridente de Toby. Antes que Michael percebesse o que ela estava fazendo, Toby passou o braço por trás dos ombros dele e sacudiu a garrafa tentadoramente.

– *Ele é um 4-F!* – gritou para os homens. Depois beijou o alto da cabeça de Michael.

O conversível deu um salto, Michael foi jogado com força contra o banco e eles partiram velozmente. Porém, isso era mil vezes preferível à outra opção. A fila de soldados se desfez num instante. Alguns perseguiram o carro azul meio quarteirão. Toby ria às gargalhadas, aparentemente sem ouvir os gritos furiosos dos homens correndo.

Michael não disse nada até o carro parar na frente do templo.

– Você não está zangado, está?

– Zangado não é bem a palavra – disse, cauteloso, saindo do carro.

– Ei, essa garrafa é minha.

Michael tinha apanhado a garrafa do banco do carro e a segurava pelo gargalo.

– Pode vir buscar quando fizer vinte e um anos. – Ele subiu a escada e entrou no templo.

O telefone estava tocando. Michael atendeu. Era uma mulher que queria falar com o rabino e ele deu o número da casa do rabino Flagerman.

Apanhou um copo de papel da caixa na última gaveta da sua mesa, serviu três dedos de gim e tomou num gole. Depois, ficou parado, com os ombros curvados e os olhos fechados.

Era água quente.

Duas noites depois, Toby Goodman telefonou para pedir desculpas. Michael aceitou, mas recusou o oferecimento para conduzi-lo em suas visitas no dia seguinte. Alguns minutos depois o telefone voltou a tocar.

– Rabino? – disse uma voz estranhamente rouca.

Michael deu o número da residência do rabino Flagerman e ouviu alguém resfolegando como um cachorro cansado.

Michael sorriu.

– Quem pensa que está enganando, Toby? – disse ele.

– Eu vou me matar.

Era uma voz de homem.

– Onde você está? – perguntou Michael.

O homem falava confusamente. Michael pediu para repetir o endereço. Ele conhecia a rua. Ficava a pouca distância do templo.

– Não faça nada. Num momento estou aí. *Por favor.*

Correu para fora e de pé, na escadaria de mármore, rezava, procurando com os olhos um táxi desocupado. Sentou-se na ponta do banco, tentando pensar em alguma coisa, qualquer coisa para dizer a um homem que tinha medo de viver. Mas quando o táxi parou na frente de um bangalô branco, sua mente parecia vazia. Pagou o táxi e sem esperar o troco atravessou correndo o jardim seco e arenoso. Subiu três degraus e atravessou a varanda.

A placa acima da campainha dizia Harry Lefcowitz. A porta estava aberta e a porta de tela também.

– Senhor Lefcowitz? – chamou, em voz baixa.

Nenhuma resposta.

Michael empurrou a porta e entrou. A sala cheirava a azedo. Viu as garrafas de cerveja abertas e copos com restos de cerveja nos parapeitos das janelas, bananas podres numa vasilha sobre a mesa, cinzeiros cheios de tocos de cigarro. Uma túnica do Exército pendia do encosto de uma cadeira, com divisas de sargento.

– Senhor Lefcowitz?

Ouviu um ruído leve atrás de uma das portas que davam para a sala. Michael abriu.

Um homem pequeno e magro com calça cáqui e camiseta de meia estava sentado na cama. Estava descalço. O bigode fino era quase invisível no meio da barba de alguns dias. Os olhos eram vermelhos e tristes. Na mão tinha uma pequena pistola negra.

– Você é um tira – disse ele.

– Não. Não sou. Sou um rabino. Você telefonou, está lembrado?

– Você não é Flagerman.

Michael ouviu o estalido quando ele soltou a trava da pistola e mais uma vez teve certeza da sua inaptidão como rabino. Não tinha chamado a polícia. Não tinha deixado um bilhete no templo, explicando onde estava.

– Sou o assistente do rabino Flagerman. Quero ajudá-lo.

O homem levantou a arma vagarosamente e com uma agressividade obscena apontou para o rosto de Michael. O homem brincava com a trava, abrindo e fechando.

– Dê o fora daqui – disse ele.

Michael sentou-se na cama desfeita, tremendo um pouco.

Estava escuro lá fora.

– De que vai adiantar, sr. Lefcowitz?

O homem olhou atentamente para ele.

– Pensa que não sou capaz de matá-lo, herói? Seria fácil para mim, depois de tudo que eu vi. Eu o mato e depois me mato. – Olhou para Michael e riu. – Você não sabe o que eu sei. Não fará a menor diferença. O mundo continuará.

Michael inclinou-se para ele. Estendeu a mão num gesto de compaixão, mas o homem interpretou seu gesto como uma ameaça. Encostou o cano da pistola no rosto de Michael, apertando, ferindo a pele e provocando muita dor.

– Sabe onde consegui esta arma? Tirei de um alemão morto. Metade da cabeça dele estava em pedaços. Posso fazer o mesmo com você.

Michael ficou calado. O homem tirou a arma do rosto dele. Michael levou a mão ao local e com a ponta dos dedos sentiu a marca redonda na pele. Ficaram quietos olhando um para o outro. Michael ouvia o tique-taque de seu relógio.

O homem começou a rir.

– Eu disse uma porção de besteiras. Vi muitos alemães mortos e cuspi em alguns deles, mas nunca tirei nada dos cadáveres. Paguei esta arma com três pacotes de Lucky Strike. Queria trazer alguma coisa para o garoto, alguma coisa que ele pudesse guardar. – Lefcowitz estendeu a mão livre e coçou o pé longo e ossudo, com pelos duros e negros na junta do dedo grande.

Michael olhou nos olhos dele.

– Grande parte desta pequena cena é bobagem, sr. Lefcowitz. Por que o senhor ia querer me fazer mal? Eu quero apenas ser seu amigo. E seria pior ainda o senhor se matar. – Tentou sorrir. – Acho que é uma espécie de piada. Acho que essa arma nem está carregada.

O homem ergueu a pistola, sua mão saltou levemente para trás, o estampido soou muito alto no quarto pequeno e um pequeno orifício negro apareceu no teto.

– Eram sete – disse Lefcowitz. – Agora são seis. Mais que suficiente. Portanto, não pense, garoto. Fique aí sentado e não diga nada.

Nenhum dos dois falou durante um longo tempo. A noite estava quieta. Michael ouvia uma ou outra buzina e o som regular e lento das ondas na praia. Alguém deve ter ouvido o tiro, pensou. Logo devem estar aqui.

– Alguma vez se sentiu sozinho? – perguntou de repente Lefcowitz.

– O tempo todo.

– Às vezes me sinto tão sozinho que tenho vontade de chorar.

– Nós todos nos sentimos assim, às vezes, sr. Lefcowitz.

– É mesmo? Então, por que não? – Sacudiu a pistola. – Pensando bem, por que não? – Sorriu sem alegria. – Agora é a sua chance para falar em Deus, ou em coragem.

– Não. Existe uma razão mais simples. Isso – Michael tocou a arma com a ponta dos dedos, empurrando-a para o lado, desviando-a de seu rosto – é definitivo e irreversível. Nunca terá a chance de se convencer de que estava errado. E embora haja muita dor e miséria no mundo, certas vezes é maravilhoso estar vivo. Um gole d'água quando se tem sede, a satisfação de ver uma coisa bela, qualquer coisa bela. Os bons momentos compensam os maus momentos.

Durante algum tempo Lefcowitz pareceu indeciso. Mas então, apontou outra vez a arma para Michael.

– Não sinto sede com muita frequência – disse ele.

Depois disso ficou em silêncio muito tempo e Michael não tentou fazê-lo falar. Dois meninos passaram pela frente da casa, correndo e gritando, e ele viu uma expressão estranha no rosto do homem.

– Você pesca? – perguntou ele.

– Não com frequência – disse Michael.

– Eu estava justamente pensando que tive meus bons momentos, como você disse, quando estava pescando. Com a água, o sol e tudo o mais.

– Sim.

– Foi por isso que vim para cá. Eu era garoto e trabalhava na loja de sapatos em Erie, Pensilvânia. Fui de carro até Hialeah com uns amigos e ganhei quatro mil e oitocentos dólares nos cavalos. Foi bom ganhar dinheiro, mas para mim não era tão importante. Naquele tempo eu não tinha responsabilidades. O importante foi a pescaria. Passava o dia inteiro pescando trutas. Quando disse que não ia voltar com eles, pensaram que eu estava louco. Consegui emprego num bar na praia. Eu tinha a pesca, o sol, mulheres de maiô e pensava que isso era o paraíso.

– Era barman quando foi convocado?

– Era dono de um bar. O cara que trabalhava comigo, Nick Mangano, tinha algumas economias e, juntando com as minhas, compramos um bar de frutos do mar com licença para vender bebida naquele pontão de pesca que chamam de Murphy's Pier. Conhece?

– Não.

– Guardamos dinheiro e alguns anos depois ampliamos nosso negócio. Compramos um bar maior, com alguns reservados e um pianista. Íamos muito bem. Eu estava casado nessa época e trabalhava durante o dia. O bar estava sempre cheio de pescadores, a maioria já de idade. Tem muita gente aqui. São todos bons fregueses, um ou dois drinques por dia e nenhum problema. Nick trabalhava à noite com outro cara que contratamos para tomar conta da freguesia.

– Parece que era um bom negócio.

– Você é casado?

– Não.

Lefcowitz ficou calado um momento.

– Eu casei com uma *shikse* – disse ele. – Uma irlandesa.

– Ainda está no Exército?

– Estou. Eu tinha direito a descanso e reabilitação. Depois, daria baixa. – Contraiu os lábios. – Quando fui convocado dei procuração total a Nick para cuidar do negócio. Ele não foi convocado porque tem qualquer coisa no coração. Desse modo, ele dirigiu a casa sozinho quatro anos, aberta vinte e quatro horas por dia.

Ele curvou os ombros para a frente e sua voz ficou trêmula.

– Você compreende, eu esperava entrar naquele bar e receber pelo menos uma festinha de boas-vindas do meu amigo Nick. E engraçado. Em Nápoles eu tratava até as crianças italianas com respeito. Achei que Nick ia gostar de ouvir isso. Encontrei o bar fechado, com tábuas pregadas nas janelas e portas. Não tem nem um centavo no banco. – Olhou para Michael com um sorriso trêmulo, os olhos cheios de lágrimas. – Mas essa é a parte *engraçada*. Ele morou bem aqui o tempo todo que estive na guerra. Bem aqui, nesta casa.

– Tem certeza?

– Homem, todos me *contaram*. E contaram. Numa hora dessas, é incrível o número de amigos tagarelas que aparece. Eles saem das fendas das paredes.

– Onde eles estão agora?

– O menino desapareceu. Ela desapareceu. Ele desapareceu. O dinheiro desapareceu. Ninguém deixou endereço. Tudo limpo até os ossos.

Michael procurou dizer alguma coisa que ajudasse, mas não conseguiu pensar em nada.

– Sabe, eu sabia que ela era uma mulher fácil quando me casei. Mas pensei, quem é anjo? Eu também tinha vivido, talvez a gente pudesse começar tudo de novo, juntos. Não começamos, é a vida. Não me importo com ela, mas com o menino. O nome dele é Samuel, *Shmuel*, como meu pai, *alev hasholom*. Os dois são católicos. Aquele menino nunca vai ter um *bar mitzvá*.

Ele gemeu e foi como o desmoronamento da comporta de uma represa.

– Meu Deus, nunca mais vou ver aquele menino.

Lançou o corpo para a frente batendo com a cabeça no ombro de Michael, quase o derrubando. Michael o abraçou com força e o acalentou em silêncio. Depois de um longo tempo estendeu o braço e com muito cuidado tirou a arma dos dedos frouxos. Era a primeira vez que segurava uma arma e ficou surpreso com o peso. Por cima da cabeça do homem leu o que estava escrito no cano: SAUER U. SOHN, SUHL CAL 7.65. Colocou-a na cama ao lado deles. Continuou a balançar. Com a mão direita segurava a cabeça do homem, acariciando o cabelo despenteado.

– Chore – disse. – Chore, sr. Lefcowitz.

Ainda estava escuro quando a Polícia Militar o deixou no templo. Só então viu que não tinha fechado a porta nem apagado as luzes e ficou satisfeito por ter voltado ao invés de ter ido direto para a pensão. O rabino Flagerman certamente ficaria aborrecido. No seu escritório o ar-condicionado ainda estava ligado na força máxima. A noite estava fria e o escritório gelado. Michael desligou o ar-condicionado.

Adormeceu sentado à mesa, com a cabeça sobre os braços. Quando o telefone o acordou, o relógio sobre a mesa marcava oito e cinquenta e cinco. Seus ossos doíam e sua boca estava seca. Lá fora o sol brilhava quente e amarelo. A umidade começava a ficar desagradável. Ligou o ar-condicionado antes de atender o telefone.

Era uma mulher.

– Posso falar com o rabino? – ela perguntou.

Michael conteve um bocejo e endireitou o corpo na cadeira.

– Qual deles? – quis saber.

20

Antes de completar um ano na sinagoga de Miami, Michael tomou um avião para Nova York, a fim de ajudar o rabino Joshua Greenberg, da Sinagoga Filhos de Jacó, na cerimônia de casamento de Mimi Steinmetz com um contabilista juramentado que acabava de entrar para sócio da firma do pai. No fim da cerimônia, quando os noivos se beijaram, Michael sentiu uma pontada de pena e de desejo, não pela noiva, mas por uma esposa, alguém que pudesse amar. Dançou o *kezatski* com a noiva e depois tomou champanhe demais.

Um de seus professores do Instituto, o rabino David Sher, estava agora com a União das Congregações Hebraicas da América. Dois dias depois do casamento, Michael foi visitá-lo.

– Kind! – disse o rabino Sher, esfregando as mãos vigorosamente. – Exatamente o homem que eu estava procurando. Tenho um emprego para você.

– Um bom emprego?

– Horrível. *Miserável*.

Que diabo, pensou Michael. Estou farto de Miami.
– Aceito.

Ele pensava que religiosos itinerantes eram coisa do passado, das igrejas protestantes.
– Hebreus caipiras das montanhas? – surpreendeu-se.
– Judeus nos Ozarks – disse o rabino Sher. – Setenta e seis famílias nas montanhas do Missouri e do Arkansas.
– Existem templos no Missouri e no Arkansas.
– Nas terras baixas e nas comunidades maiores. Mas nenhum na região da qual estamos falando. A parte mais isolada, onde um judeu solitário instala um armazém para vender de tudo ou tem um acampamento de pesca.
– Mas você disse que é horrível. Para mim parece maravilhoso.
– Terá de percorrer oitocentos quilômetros numa rota sinuosa através das montanhas. Não vai encontrar nenhum hotel, terá de viver da terra. Será recebido de braços abertos por grande parte das congregações, mas algumas vão mandá-lo embora e outras o ignorarão. Você vai passar o tempo todo na estrada.
– Um rabino portátil.
– Um andarilho. – O rabino Sher apanhou uma pasta no arquivo. – Aqui está a lista do que precisa comprar, mas pode pôr tudo na conta da União. Terá uma perua para se locomover. Precisa de um saco de dormir e outros equipamentos para acampar. – Sorriu. – E, rabino, quando receber o carro, mande instalar os amortecedores mais fortes que existem na praça.

Quatro semanas depois estava nas montanhas, depois de percorrer dois mil quilômetros em dois dias. O carro, do ano anterior, era um Oldsmobile verde, grande e forte, e ele mandou instalar amortecedores capazes de sustentar um tanque. Até então, as previsões pessimistas do rabino Sher não tinham se concretizado. As estradas eram boas e fáceis de serem seguidas no mapa, e a temperatura tão agradável que ele continuava com as roupas que usava na Flórida, ignorando o equipamento para inverno empilhado na parte de trás do carro. O primeiro nome na sua lista era George Lilienthal, gerente de uma companhia madeireira em Spring Hollow, Arkansas. Quando atravessou o sopé da montanha e começou a subida, Michael se animou. Dirigia devagar, apreciando a paisagem, as fazendas no solo de cultivo difícil, as casas de toras de madeira, outras de tábuas de madeira prateada, cercas, uma ou outra cidade de mineração, uma ou outra fábrica.

Às quatro da tarde, a neve começou a cair e ele sentiu frio.

Parou num posto de gasolina – um celeiro com duas bombas e trocou de roupa, enquanto um velho muito enrugado enchia o tanque do carro. Segundo as anotações que tinha feito no escritório da União, Spring Hollow ficava a vinte e sete quilômetros, pela estrada de terra, logo depois de Harrison. Mas quando perguntou ao velho, este balançou a cabeça.

– Não. Tem de pegar a 62 logo depois de Rogers e ir para o leste até alguns quilômetros depois de Monte Ne. Estrada de cascalho. Se se perder, pergunte para alguém.

Quando saiu do asfalto, logo depois de Rogers, não podia saber se tinha entrado na estrada de cascalho, porque tudo estava coberto de neve. As rajadas de vento sacudiam o carro e entravam pela parte superior dos vidros. Michael verificou agradecido que a roupa da lista do rabino Sher era perfeitamente adequada. Estava com botas pesadas, calça de veludo canelado, camisa de lã, suéter, paletó de suede forrado, luvas e boné com protetores para as orelhas.

A neve pesada chegou com a noite. Às vezes, numa curva, os faróis iluminavam um espaço vazio e escuro. Michael não sabia nada sobre montanhas e menos ainda sobre como dirigir nelas à noite. No começo da noite, parou no acostamento e pensou em esperar passar a tempestade. Mas começou a sentir muito frio. Ligou o motor e o aquecimento no máximo, mas então pensou se havia ventilação suficiente, se não iam encontrar seu corpo enregelado na manhã seguinte, dentro do carro *(motor ligado, disse a Polícia Estadual)*. De qualquer modo, o carro parado era um obstáculo, quase um alvo para quem estivesse descendo a serra à noite e no meio da neve. Assim, seguiu viagem muito devagar, até alcançar o topo de uma subida e avistar ao longe um quadrado de luz amarela. Era a janela de uma casa de fazenda. Michael estacionou o carro debaixo de uma grande árvore e bateu à porta. O homem que atendeu não parecia nem um pouco Li'l Abner. Vestia calça jeans e uma camisa de trabalho espessa, marrom. Michael explicou seu problema e ele o convidou a entrar.

– Jane – chamou. – O homem aqui precisa de uma cama para esta noite. Podemos ajudar?

A mulher entrou vagarosamente na sala. Atrás dela Michael viu a luz amarela do fogão redondo aceso na cozinha. A casa estava muito fria. Um lampião pendia de um prego na parede.

– Você tem algum baralho? – Segurava com as duas mãos a frente do casaco de malha sem botões.

– Não – disse ele. – Sinto muito, mas não tenho baralho. Os lábios dela crisparam-se numa linha severa.

– Esta é uma boa casa cristã. Não permitimos cartas nem uísque.
– Sim, senhora.

Na cozinha, ele se sentou à mesa tosca que parecia feita à mão, e a mulher esquentou um prato de cozido. A carne tinha um gosto estranho e acentuado, mas ele não teve coragem de perguntar o que era. Quando Michael terminou de comer, o homem apanhou o lampião e o levou para um quarto muito escuro nos fundos da casa.

– Você, saia daí – rosnou o homem.

Um cachorro amarelo abriu a boca num grande bocejo e desceu com relutância da cama estreita.

– É toda sua, míster – disse o homem.

O homem saiu e fechou a porta. No escuro, Michael achou melhor não tirar a roupa. Estava muito frio. Desamarrou e descalçou as botas e deitou-se sob as cobertas finas e esgarçadas, que não davam para aquecer e cheiravam a cachorro.

O colchão era também fino e empelotado. Michael ficou acordado durante horas, sentindo frio e o gosto oleoso do cozido, sem poder acreditar que estava ali. À meia-noite, ouviu alguém arranhando a porta. O cachorro, pensou. Mas a porta foi aberta por mão humana, e, alarmado, Michael viu que era o dono da casa.

– Psst – disse o homem, com um dedo sobre os lábios. Na outra mão segurava um garrafão, que deixou ao lado da cama e saiu sem dizer nada.

Era a pior bebida que Michael jamais tinha tomado, mas forte como uma explosão, e o aqueceu rapidamente. Depois do quarto gole dormiu como se estivesse morto.

De manhã, quando acordou, o homem, a mulher e o cachorro não estavam na casa. Michael deixou três dólares nos pés da cama. Estava com dor de cabeça e não queria mais a bebida. Mas, temendo que a mulher visse o garrafão, o levou para longe da casa e deixou na neve, esperando que o homem o encontrasse antes da mulher.

O carro pegou sem grande dificuldade. Antes do primeiro quilômetro de estrada Michael se convenceu da prudência de ter parado durante a noite. A estrada ficava cada vez mais estreita e continuava a subir. À esquerda havia sempre a encosta da montanha, cheia de rochas salientes. À direita, o barranco era íngreme e avistava-se o vale coberto de neve, com algumas colinas e cercado por afloramento de rochas. As curvas fechadas eram escorregadias, em alguns lugares cobertas com neve derretida. Michael seguiu com cuidado, certo de que depois de cada curva a estrada ia acabar num penhasco e ele e o carro iam despencar para muito longe.

Michael entrou em Spring Hollow no meio da tarde. George Lilienthal estava fora com a equipe de madeireiros, mas sua mulher, Phyllis, recebeu-o como um parente que há muito tempo não via. Há dias estavam esperando a chegada do rabino, disse ela.

A casa dos Lilienthal, propriedade da Corporação Madeireira dos Ozarks, tinha três quartos, um bom sistema de aquecimento de água, geladeira, freezer e um aparelho de som que, segundo eles, já estava muito gasto. Quando George Lilienthal voltou para casa, o rabino já tinha tomado um longo banho quente, feito a barba, trocado de roupa e, com um copo na mão, ouvia Debussy. George tinha trinta e sete anos. Era um homem grande, sorridente, formado em reflorestamento pela Universidade de Syracuse. Phillis era uma dona de casa perfeita e seus quadris arredondados indicavam que gostava da comida que fazia. Michael recitou as bênçãos durante a refeição. Depois, conduziu as orações compartilhando um *siddur* com Bobby, o filho de onze anos do casal. Faltavam onze meses para seu *bar mitzvá*, mas ele não era capaz de ler uma palavra em hebraico. No dia seguinte, Michael passou a tarde toda ensinando-lhe o alfabeto hebraico. Deixou um *alef-bez* com Bobby e um dever para ser terminado antes da sua próxima visita.

Na manhã seguinte, George o levou até a estrada aberta para o transporte de madeira, que o levaria à sua próxima parada.

– Não deve ser uma viagem difícil – disse o madeireiro um pouco ansioso, apertando a mão de Michael. – E claro que vai ter de atravessar dois ou três córregos, e a água está um tanto alta nesta época do ano...

Num lugar chamado Swift Bend, o armazém geral dava para o rio, que corria gelado e rápido, com pedaços ameaçadores de gelo cinzento. Um homem de barba com uma manta grossa listrada descarregava volumes de um Ford coupé 1937. Os volumes eram fardos de peles de um animal pequeno, ou talvez vários animais, amarrados com corda. As peles estavam duras por causa do frio, e o homem empilhava os fardos na varanda do armazém.

– Este é o armazém de Edward Gold? – perguntou Michael.

O homem continuou seu trabalho.

– É.

O fogão aceso aquecia o interior do armazém. Michael esperou que a mulher atrás do balcão pesasse um quilo e meio de farinha para uma menina. Quando ela ergueu os olhos, ele viu que era uma mulher das montanhas, ou melhor, uma moça, muito magra e sardenta, mas com a pele ressecada e os lábios rachados.

– Edward Gold está?

– Quem é o senhor?

– Sou o rabino Michael Kind. O sr. Gold recebeu uma carta avisando sobre minha chegada.

Ela olhou friamente para Michael.

– Está falando com a mulher dele. Nós não precisamos de um hino.

– Seu marido está, sra. Gold? Posso falar com ele um momento?

– Não precisamos da sua religião – disse ela, decidida.

– Será que não entende? – Michael levou a mão à aba do boné e saiu.

Quando ia entrar no carro, o homem que estava empilhando as peles na varanda o chamou em voz baixa. Michael ligou o motor para esquentar e esperou pelo homem.

– Você é o rabino?

– Sou.

– Sou Ed Gold. – O homem tirou com os dentes a luva vermelha da mão direita e tirando alguma coisa do bolso da manta a pôs na mão de Michael.

– É o máximo que posso fazer – disse ele, calçando a luva. – Acho melhor não voltar aqui. – Caminhou rapidamente para o Ford, entrou e foi embora.

Michael ficou olhando o carro se afastar. Na sua mão estavam duas notas de um dólar.

Quando chegou na próxima cidade, ele as mandou de volta pelo correio.

No fim da viagem, Michael tinha dezenove estudantes de hebraico, com idades de sete a sessenta e três, este último dono de um acampamento de trailers, que não tivera um *bar mitzvá* quando menino e o queria agora antes dos sessenta e cinco anos. Sempre que Michael encontrava uma boa acolhida, ele oficiava um serviço religioso. Grandes distâncias separavam os membros da sua "congregação". Chegou a percorrer cento e trinta quilômetros de estrada difícil entre um lar judaico e outro. Aprendeu a sair da estrada ao primeiro sinal de neve e sempre encontrava abrigo nas casas das montanhas. Certa noite, quando mencionou o fato para Stan Goodstein, um moleiro cuja família visitava regularmente, Goodstein entregou-lhe uma chave e ensinou como chegar a um certo lugar.

– Sempre que passar por Big Cedar Hill, fique na minha cabana de caça – disse ele. – Está bem provida de latarias. A única coisa de que precisa lembrar é que, se começar a nevar, saia depressa ou fique na cabana até a neve derreter. Tem de atravessar uma ponte suspensa. Quando a neve se acumula na ponte, nenhum carro pode passar.

Na viagem seguinte Michael parou na cabana. A ponte era construída sobre um abismo rochoso, aberto durante anos por um rio caudaloso. Ele a atravessou com o corpo rígido, segurando com força a direção, esperando que Goodstein tivesse mandado inspecionar a ponte recentemente. Mas ela passou no teste sem nenhum sinal de fraqueza. A cabana ficava no topo da montanha. Preparou uma boa refeição com o que encontrou na cozinha e na despensa, e terminou com três xícaras de chá forte, que tomou na frente do fogo aceso na lareira de pedra. Ao cair a noite, bem agasalhado, caminhou até a floresta mais próxima, preparando-se para recitar o *Shemá*. Os cedros enormes que davam o nome ao lugar farfalhavam e suspiravam com o vento. A folhagem subia e descia, como se as árvores fossem homens velhos orando. Andando debaixo delas e rezando em voz alta, Michael sentiu-se perfeitamente à vontade.

Na cabana encontrou meia dúzia de cachimbos de espiga de milho e tabaco num estojo. Sentou-se fumando na frente do fogo. Lá fora, o vento ficou mais forte. Michael sentia-se aconchegado, aquecido e em paz. Quando o sono chegou, abafou o fogo e puxou a cama para perto da lareira.

Alguma coisa o acordou um pouco depois das duas horas da manhã. Michael olhou pela janela e viu a neve, não muito intensa ainda, mas constante. Podia ficar mais pesada em poucos minutos. Deitou-se na cama com um gemido. Por um instante, teve vontade de fechar os olhos e voltar a dormir. Se ficasse ilhado, podia descansar dois ou três dias até a neve derreter. Era uma perspectiva tentadora. Tinha bastante comida na cabana e estava cansado.

Mas sabia que para ter sucesso nas montanhas precisava acostumar as pessoas à sua presença. Levantou-se da cama quente e se vestiu sem perder tempo.

A ponte já estava coberta por uma fina camada branca. Contendo a respiração e rezando mentalmente, entrou bem devagar. Tudo correu bem e em pouco tempo chegou ao outro lado.

Vinte minutos depois viu uma cabana de madeira com as luzes acesas. O homem que abriu a porta era moreno e magro, com cabelo ralo. Ouviu impassível quando Michael explicou que não queria dirigir à noite com a neve. Abriu mais a porta e o convidou a entrar. Eram quase três horas da manhã, mas três lampiões estavam acesos na sala da frente da casa. Um homem, uma mulher e duas crianças sentavam-se na frente do fogo aceso na lareira.

Michael esperava encontrar uma cama. Eles ofereceram uma cadeira. O homem que abriu a porta apresentou-se como Tom Hendrickson. A mulher era sua esposa e a menina, Ella, sua filha. O outro homem era seu irmão, Clive, e o menino, Bruce, filho dele.

– Este é o sr. Robby Kind – disse Hendrickson.

– Não, é *rabino* Kind – disse Michael. – Meu nome é Michael. Sou um rabino.

Todos olharam para ele.

– O que é isso? – perguntou Bruce. Michael sorriu para os adultos.

– É como ganho a vida – explicou para o menino. Continuaram sentados. De tempos em tempos, Tom Hendrickson punha um nó de pinho no fogo. Michael consultou o relógio, procurando descobrir o que estava acontecendo.

– Estamos fazendo a vigília da nossa mãe – disse Hendrickson.

Clive Hendrickson apanhou um violino e o arco que estavam no chão ao lado da cadeira. Inclinou-se para trás, fechou os olhos e começou a tocar baixinho, batendo com a ponta do pé no chão ao compasso da música. Bruce aparava um pedaço de galho macio de pinho, sentado perto da lareira, para que as aparas caíssem no fogo. A mulher estava ensinando tricô para a filha. Inclinadas sobre as agulhas, falavam em voz baixa. Tom Hendrickson olhava para o fogo.

Sentindo-se mais só do que quando estava no bosque, Michael tirou uma pequena Bíblia do bolso e começou a ler.

– Senhor?

Tom Hendrickson olhava atentamente para a Bíblia.

– O senhor é um pregador?

O arco do violino e as agulhas de tricô ficaram imóveis, e cinco pares de olhos fixaram-se nele.

Michael compreendeu que eles não sabiam o que era um rabino.

– Pode-se dizer que sou – respondeu. – Uma espécie de pregador do Antigo Testamento.

Tom Hendrickson apanhou um lampião e fez um gesto com a cabeça na direção do interior da casa. Intrigado, Michael o seguiu. Num pequeno quarto, nos fundos da casa, ele compreendeu por que ninguém dormia. A velha senhora era alta e magra como os filhos. O cabelo branco estava penteado, preso por um laço. Os olhos estavam fechados. O rosto muito calmo, na morte.

– Sinto muito – disse Michael.

– Ela teve uma boa vida – disse Hendrickson, com voz clara. – Foi boa mãe. Viveu setenta e oito anos. É um longo tempo – olhou para Michael. – Acontece que precisa ser enterrada. Já faz dois dias. O padre que costumava vir aqui morreu há uns dois meses. Clive e eu estávamos pensando em levá-la de manhã até o outro lado da montanha. Ela queria ser enterrada lá. Eu agradeceria muito se o senhor quisesse fazer as preces para ela.

Michael sentiu vontade de rir e chorar ao mesmo tempo, mas, é claro, não fez nem uma coisa nem outra. Com voz calma, disse:

– O senhor compreende que sou um *rabino*? Um rabino judeu?

– O nome da sua religião não interessa. O senhor é um pregador? Um homem de Deus?

– Sou.

– Então, agradeceríamos a sua ajuda, senhor – disse Hendrickson.

– Será uma honra – disse Michael, resignado, e eles voltaram para a sala.

– Clive, você é melhor carpinteiro do que eu. No barracão tem tudo que precisa. Vou até o lugar do enterro. – Hendrickson voltou-se para Michael. – Necessita de alguma coisa especial?

– Alguns livros e coisas que estão no carro – disse, com mais confiança do que sentia. Tinha assistido a dois funerais, ambos de judeus. Este seria o primeiro que ia oficiar sozinho.

Foi até o carro e voltou com uma sacola. Então sentou-se na frente do fogo, dessa vez sozinho. Bruce foi com o pai fazer o caixão. Ella e a mãe preparavam um bolo na cozinha para o café da manhã do enterro. Michael procurou nos livros as passagens apropriadas para a ocasião.

De algum lugar lá fora vinha o som de um instrumento raspando a terra congelada. Por muito tempo ficou lendo a Bíblia sem se decidir. Depois, Michael fechou o livro, vestiu a jaqueta, pôs o boné e calçou as botas. Seguiu na direção do som até ver a luz do lampião de Hendrickson.

O homem parou de cavar.

– Precisa de alguma coisa?

– Vim ajudar. Não sou grande coisa como carpinteiro, mas posso cavar a terra.

– Não, senhor. Não precisa.

Mas quando Michael tirou a picareta das mãos dele, o homem concordou.

Hendrickson já havia removido a neve e a camada congelada. A terra era macia, mas cheia de pedras. Bufando, Michael levantou uma pedra grande.

– Solo silicoso – disse Hendrickson. – Cheio de sílex. Nossa melhor colheita é de pedras.

A neve parou de cair, mas a lua não apareceu. O lampião bruxuleava, mas continuava aceso.

Em pouco tempo Michael estava ofegante, com uma dor nas costas e nos braços.

– Eu esqueci de perguntar – disse ele. – Qual era a religião da sua mãe?

Hendrickson entrou na cova e fez sinal para ele sair.

– Ela era metodista, temente a Deus, mas não era muito de igreja. Meu pai era batista, mas também quase nunca ia à igreja, não que eu me lembre. – Apontou com a pá para uma sepultura ao lado da que estavam cavando. – Ele está ali. Morreu há sete anos. – Cavou algum tempo em silêncio. Um corvo crocitou, ele endireitou o corpo e balançou a cabeça, desapontado. – É um corvo de chuva. Significa que vamos ter umidade de manhã. Detesto enterro com chuva.

– Eu também.

– Eu era o penúltimo filho. O último se chamava Joseph. Morreu com três anos. Caiu da árvore que nós dois estávamos subindo. – Olhou para o túmulo do pai. – Ele nem foi ao enterro. Sabe, já tinha nos deixado há algum tempo. Ficou longe catorze meses. Simplesmente levantou da cama um dia e foi embora. Ela tomou conta de nós como se ele estivesse em casa. Caçava coelhos e esquilos para a gente sempre ter carne na mesa. E tinha uma boa horta. Então, um dia ele voltou, como se nunca tivesse ido embora. Até o dia da sua morte, nunca descobrimos onde ele tinha passado aqueles catorze meses.

Trocaram de lugar outra vez. A cova estava mais funda e não tinha tantas pedras.

– O senhor é um daqueles pregadores que detestam bebida?

– Não, não sou. De jeito nenhum.

A garrafa estava fora do alcance da luz do lampião. Delicadamente, Hendrickson ofereceu o primeiro gole para o rabino. Ele estava suando, mas uma brisa fria começava a soprar da montanha, e a bebida caiu bem.

A noite estava quase no fim quando Michael ajudou Hendrickson a sair da cova. Ouviram ao longe o latido de um cão de caça. Hendrickson suspirou.

– Preciso arranjar um bom cachorro – disse.

A mulher tinha esquentado água e eles se lavaram e trocaram de roupa. Talvez o corvo de chuva estivesse certo, mas seu anúncio foi um pouco prematuro. Nuvens cinzentas e pesadas deslizavam sobre o topo das montanhas, mas não choveu. Enquanto eles levaram o caixão do barracão para a casa, Michael escolheu os textos, marcando as páginas da Bíblia com pedaços de jornal. Quando terminou, pôs o *yarmulka* na cabeça e o casaco sobre os ombros.

O corvo crocitou outra vez quando levaram o caixão para o túmulo. Os dois homens o baixaram na cova. Então, os cinco olharam para ele.

– O Senhor é o meu pastor – disse Michael. – Nada me faltará. Ele me fez repousar em verdes campos. Ele me conduziu para as águas tranquilas. Ele restaurou a minha alma. Ele me guiou pelos caminhos da virtude por amor ao Seu nome.

A menina empurrou um torrão de terra com a ponta do pé, até cair dentro da cova. Ela saltou para trás, muito pálida.

– Sim, embora eu caminhe pelo vale das sombras, não temo nenhum mal, pois Tu estás comigo; Tua mão e Tua força me confortam. Preparaste uma mesa para mim na presença dos meus inimigos. Tu ungiste minha cabeça com óleo, minha taça transbordou. Certamente a bondade e a misericórdia me acompanharão em todos os dias da minha vida e eu habitarei para sempre a casa do Senhor.

A menina segurou a mão da mãe.

– Uma mulher virtuosa, quem a pode encontrar? – perguntou Michael. – Pois seu preço é muito maior que o dos rubis. O coração do seu marido confia nela e ele não deixará de ganhar com isso. Ela faz bem a ele e não mal em todos os dias da sua vida. Ela procura lã e linho e trabalha diligentemente com suas mãos. Ela é como um navio mercante, traz a comida de lugares distantes. Ela se levanta quando ainda é noite e dá de comer à sua família, e distribui o trabalho entre as mulheres.

Clive Hendrickson olhou para o túmulo da mãe com o braço em volta dos ombros do filho. Tom Hendrickson estava com os olhos fechados. Ele beliscou o próprio braço com dois dedos.

– Ela examina um campo e o compra: com o fruto de suas mãos, planta um vinhedo. Ela se reveste de força e torna forte os próprios braços. Ela reconhece que a compra é vantajosa. Sua lâmpada não se apaga durante a noite. Ela impõe disciplina aos servos e suas mãos manejam a roca. Ela estende a mão para os pobres, sim, ela estende as mãos para os necessitados. Força e dignidade são suas vestes, e ela sorri para o tempo que está por vir. Ela abre a boca com sabedoria e a lei da bondade está em sua língua. Ela cuida bem da casa, e não come o pão do ócio.

A primeira gota da chuva pousou como um beijo gelado no rosto de Michael.

– Seus filhos crescem e a abençoam; seu marido também a abençoa e a louva. "Muitas filhas agiram virtuosamente, mas você foi a melhor de todas." Elogios são enganosos e a beleza é vaidade. Mas a mulher que teme ao Senhor será louvada. Dê a ela os frutos das mãos e deixe que suas obras a louvem nos portais.

A chuva ficou mais forte, martelando o chão molhado.

– Rezemos, cada um a seu modo pela alma da falecida, Mary Bates Hendrickson – disse Michael.

Os dois homens e a mulher se ajoelharam na lama. Trocando um olhar assustado, as crianças os imitaram. A mulher inclinou a cabeça e chorou. De pé, na frente deles, Michael recitou em voz alta e clara as antigas palavras em aramaico da prece hebraica pelos mortos. Um pouco antes de terminar, gotas enormes de chuva começaram a cair do céu escuro.

A mulher e as crianças correram, Michael guardou a Bíblia no bolso e ajudou os irmãos a encher a cova com pedras e terra molhada, protegendo-a da investida do tempo.

Depois do desjejum, Clive começou a tocar árias leves no violino e as crianças riam. Todos pareciam aliviados com a despedida.

– Foi um belo funeral – disse Tom Hendrickson, estendendo para Michael um dólar e meio. – É o que costumávamos pagar para o pastor que morreu. Está bem?

Alguma coisa nos olhos do homem impediu Michael de recusar o dinheiro.

– É bem generoso. Muito obrigado.

Hendrickson o acompanhou até o carro. Enquanto o motor esquentava, ele se inclinou na janela e disse:

– O cara com quem eu trabalhei numa grande fazenda no Missouri me disse que os judeus tinham cabelo negro e dois chifres no alto da cabeça. Eu sempre soube que ele era um bobo mentiroso. – Apertou a mão de Michael.

Michael partiu, dirigindo com cuidado. A chuva tinha derretido a neve. Depois de quarenta minutos de viagem chegou a uma cidade e parou no único posto de gasolina, na frente do Armazém Geral de Cole (SEMENTES, RAÇÕES, ARTIGOS DE ARMARINHO EM GERAL, MANTIMENTOS) para encher o tanque porque sabia que o próximo posto ficava a quase três horas da cidade. Fora da cidade passava um rio largo. Entrou com o carro na balsa, pagou os vinte e cinco centavos da passagem e perguntou sobre o estado das estradas. O homem da balsa balançou a cabeça.

– Não sei. Hoje ainda não veio ninguém daquele lado. – Bateu na anca de uma das mulas com um galho de salgueiro e os animais começaram a puxar o cabo que, através da roldana, conduzia a balsa sobre o rio.

Michael saiu da balsa, dirigiu durante vinte minutos e virou o carro, voltando para o rio. O homem da balsa na margem perguntou:

– A estrada está fechada?

– Não – disse Michael. – Esqueci uma coisa.

– Não posso devolver seu dinheiro.

– Tudo bem. – Pagou mais vinte e cinco centavos.

Michael parou na frente do Armazém Geral de Cole e entrou.

– Tem um telefone público?

O telefone estava na parede, num quarto de depósito que cheirava a batata embolorada. Michael discou, chamando a telefonista e ela deu o número que queria. As moedas que tinha não eram suficientes, e ele teve de trocar o dólar recebido de Hendrickson para completar sua chamada.

Ele ouvia a chuva forte batendo no telhado do armazém.

– Alô? Alô, é Michael. Não, não, nada errado. Eu só queria falar com você. Como vai, mamãe?

21

Uma vez que para os moradores de Massachusetts o tempo de um longo fim de semana era pouco para visitar as montanhas de Arkansas, e Hartford ficava a somente duas horas do campus da Wellesley, Deborah Marcus várias vezes passava os feriados na casa de Leslie Rawlins, em Connecticut, durante os três anos da sua amizade. Numa festa de Ano-Novo, em Cambridge, quando estavam no último ano, beijando o homem que amava e ao mesmo tempo imaginando se seus pais iam gostar dele, Deborah teve a ideia de levar Leslie com ela a Mineral Springs, nas férias da primavera, para lhe dar apoio moral quando contasse aos pais seu romance com Mort.

Cinco semanas depois, enxugando o cabelo longo e cor de bronze no banheiro do dormitório deserto, num sábado à noite, quando devia estar com um rapaz, mas não estava, Leslie notou que alguém tinha entupido outra vez o vaso, fazendo-o transbordar. Não era um fato raro, mas mesmo assim ficou suficientemente irritada para pensar que precisava mudar sua rotina. Na manhã seguinte, quando deitadas ainda, ela e Deborah liam sonolentas o *Herald* de Boston, disse à amiga que iria com ela aos Ozarks.

– Oh, Leslie! – Deborah espreguiçou-se e bocejou, depois sorriu, feliz.

Deborah era grande, de corpo levemente taurino, com belos cabelos castanhos e um rosto moreno que só era bonito quando sorria.

– Vamos ter Pessach? – perguntou Leslie.

– Com todos os adornos. Este ano minha mãe vai ter até um rabino. No fim das férias você será uma perfeita judia.

Que horror, pensou Leslie.

– Muitos são chamados, mas poucos são escolhidos – disse, e sacudiu o caderno das histórias em quadrinhos.

* * *

Mineral Springs era justamente o que o nome dizia – três fontes que jorravam da pedra no topo de uma montanha, onde Nathan Marcus, o pai de Deborah, havia construído uma casa de banhos ao lado do seu pequeno hotel. Uma clientela reduzida, mas fiel, composta em sua maior parte de velhas judias das grandes cidades do Meio-Oeste, comparecia todos os anos para se tratar da artrite com a água que cheirava a ovo podre e enxofre e tinha um gosto um pouco melhor do que o cheiro. Porém Nathan, um homem pequeno e grisalho com cara de bebê, garantia aos moradores das cidades que a água continha enxofre, cal, ferro e outras coisas capazes de curar qualquer coisa, desde ciática até paixão de adolescente. E as mulheres sempre se convenciam de que suas dores melhoravam depois de um banho de dez minutos. Qualquer coisa com aquele cheiro horrível – diziam frequentemente com ar de superioridade – tinha de fazer bem.

– A temperatura das fontes está subindo – Nathan disse para o jovem rabino, quando os dois estavam no jardim sentados nas cadeiras de madeira, ao lado de Deborah e Sarah, mulher de Nathan.

De calça jeans e blusa, Leslie estava deitada numa manta perto deles, olhando para a campina e a floresta que se estendiam lá embaixo, na luz do fim do dia.

– Há quanto tempo a temperatura está subindo? – perguntou o rabino.

Ele parecia um pouco com Henry Fonda, pensou Leslie, mas não tinha os ombros tão largos e era um pouco mais magro. Precisava urgentemente cortar o cabelo. No dia anterior, quando o viu pela primeira vez, descendo daquela perua suja de lama e pó, de botas e com a roupa amassada que parecia nunca ter visto um tintureiro, Leslie pensou que fosse um homem das montanhas, um fazendeiro ou caçador de peles. Mas agora ele estava com paletó e calça esporte e parecia mais aceitável e mais interessante. Só o cabelo era comprido demais.

– Está se elevando há mais de seis anos, mais ou menos meio grau por ano. Agora está com uns vinte e cinco graus.

– O que aumenta a temperatura da água? – perguntou preguiçosamente Leslie, olhando para os dois. O rabino podia ser italiano. Ou espanhol, pensou ela, ou até mesmo irlandês moreno.

– Existem várias teorias. Talvez bem lá no fundo a água esteja encontrando rocha derretida ou gases quentes. Ou talvez o aquecimento seja causado por alguma reação química. Ou a radioatividade.

– Não seria bom se a água ficasse bem quente? – disse Sarah Marcus, esperançosa.

– Ficaríamos ricos como reis. Não existiria nada igual daqui até Hot Springs, que é propriedade do governo. Com água mineral quente no nosso terreno, isto seria um *senhor* balneário. Hoje, precisamos aquecer a água, do contrário aquelas mulheres não entram nela. Não sei por quê. Há mais de duzentos anos, os índios da tribo Quapaw usavam estas águas para curar qualquer doença. Segundo dizem, no verão eles acampavam aqui durante duas semanas.

– O que aconteceu com eles? – perguntou Deborah inocentemente.

– Morreram, quase todos. – Nathan franziu a testa para a filha. – Preciso medir a temperatura – disse, levantando-se.

Sarah riu.

– Você não deve provocar seu pai desse jeito – disse ela, levantando-se da cadeira. – Não mandaram bastante farinha de *matzá*. Se quisermos panquecas amanhã acho melhor moer algumas *matzás*.

– Vou ajudar – disse Deborah.

– Não, você fica aqui com os jovens. Não preciso de ajuda.

– Mas quero falar com você. – Deborah levantou-se também. – Vejo vocês mais tarde – disse ela, piscando para Leslie.

Quando se afastaram, Leslie riu baixinho.

– A mãe queria que ela ficasse aqui com você. A sra. Marcus é uma verdadeira casamenteira, não é? Mas Deborah está noiva. Acho que é isso que ela vai contar agora, enquanto as duas moem as *matzás*.

– Nossa! – disse Michael. Deu um cigarro para ela e com o isqueiro acendeu junto com o seu. – Quem é o felizardo?

– O nome dele é Mort Beerman. É formado em arquitetura pelo M.I.T. Deve chegar aqui dentro de alguns dias. Tenho certeza de que vão gostar dele.

– Por que tem certeza?

– Ele é muito simpático. E é judeu. Debbie me disse várias vezes que seus pais sentem-se culpados por ela ter sido criada aqui, longe de judeus jovens. – Leslie levantou-se da manta, passando a mão nos braços arrepiados de frio.

Quando Michael tirou o paletó e o pôs nos ombros dela, Leslie aceitou, mas não agradeceu. Sentou-se na cadeira antes ocupada por Deborah, com as pernas dobradas sob o corpo.

– Deve ser duro para você aqui – disse ela. – Não há muitas moças judias por perto.

Ouviram um grito curto vindo da cozinha do hotel e as vozes felizes de Sarah e Deborah.

– *Mazel tov* – disse Michael, e Leslie riu.

– Não – disse o rabino –, não há muitas moças judias por aqui. Não há nenhuma com idade para namorar.

Com um olhar zombeteiro, Leslie perguntou:

– Como é mesmo que sua gente chama uma moça não judia?
– Minha gente? Quer dizer, *shikse*?
– Sim. – Depois de uma pausa, perguntou: – Eu sou uma *shikse*? É isso que você pensa quando olha para mim?

Seus olhos se encontraram e ficaram assim por um longo tempo. Ela estava pálida à luz fraca do começo da noite e ele notou os planos macios sob as maçãs do rosto, a boca de lábios cheios e firmes, talvez um pouco grande demais para ser bela.

– Sim, acho que é – respondeu Michael.

No dia seguinte, ele foi embora depois do *seder* e só pretendia voltar ao hotel dos Marcus dentro de quatro ou cinco semanas. Mas três dias depois, retornou a Mineral Springs. No caminho, tentou se convencer de que estava curioso para ver como era Mort Beerman. Porém, logo depois pensou: ora, para o diabo com desculpas. Não tive nenhum dia de descanso desde o começo desta existência maluca nas montanhas, nem conversei com uma mulher como um homem e não como rabino. De qualquer modo, era possível que o namorado dela tivesse vindo, com Beerman, ou talvez ela já tivesse ido embora.

Mas quando chegou ao hotel, Leslie ainda estava lá, aparentemente sem nenhum namorado, só Beerman. O rapaz tinha cabelo ralo, muito senso de humor, um Buick usado, e os Marcus, orgulhosos, o apresentaram como filho. Naquela noite jogaram bridge, Leslie e Michael contra os noivos. Michael jogou pessimamente, chegando até a se atrapalhar, mas ninguém se importou porque estavam tomando um bom conhaque da adega de Nathan Marcus e rindo muito de coisas das quais não se podiam lembrar uma hora depois.

Na manhã seguinte, quando ele apareceu para tomar café, Leslie já estava à mesa, sozinha, com uma saia de algodão e uma blusa estilo camponesa que deixava os ombros nus, o que fez Michael desviar os olhos instintivamente.

– Bom-dia. Onde está todo mundo?
– Oi. A sra. Marcus está ensinando uma nova governanta. O sr. Marcus saiu com a pickup para comprar verduras.
– E sua amiga e o noivo?
– Eles querem ficar so-zi-nhos – murmurou ela.

Michael sorriu.
– Não os culpo.
– Nem eu. – Ela começou a comer o *grapefruit*.
– Escute, gostaria de ir pescar?
– De verdade?

– É claro. Dei algumas aulas de hebraico para um garoto que me deu aulas de pescaria, abrindo um novo mundo para mim.

– Adoraria.

– Ótimo. – Michael olhou outra vez rapidamente para a blusa. – É melhor usar roupa velha. Esta região tem lugares ásperos como a espiga de milho, como costumamos dizer.

Foram de carro na direção de Big Cedar Hill, parando uma vez para comprar um balde com carpas prateadas para servir de isca. Todos os vidros do carro estavam abertos, e o ar quente da primavera com cheiro de gelo derretido entrava livremente. Leslie estava de tênis, calça jeans e uma velha camiseta cinzenta. Sentada ao lado dele, ela bocejava e se espreguiçava, sem esconder o prazer que sentia.

Depois de atravessar a ponte suspensa, Michael parou o carro. Ela carregou a manta e ele, com as iscas e a vara de pescar, seguiu atrás pela trilha estreita que acompanhava a vala formada pela água do rio. Dos dois lados cresciam arbustos repletos de flores pequenas e vermelhas ou grandes e brancas. A calça jeans de Leslie era desbotada de tanto lavar e muito justa. Michael a imaginava inclinada sobre o guidão de uma bicicleta, no campus da universidade. Os raios de sol passando entre as árvores enfeitavam com pequenos pontos luminosos os cabelos dela.

Seguiram pela trilha até desaparecerem as margens altas da ravina, onde o rio era mais largo e mais calmo. Escolheram o lugar e estenderam a manta sobre uma pedra coberta de musgo, na frente de uma piscina profunda de águas claras, ao pé de uma corredeira formada por troncos de árvores. Em silêncio ela observou Michael pôr a isca no anzol, tendo o cuidado de passar o gancho acima da espinha central para que a isca permanecesse viva.

– Isso machuca o peixinho?

– Não sei.

Michael atirou o anzol para longe, para o meio do rio, e os dois ficaram olhando até ele desaparecer na água verde-clara que parecia fria.

Leslie inclinou-se para apanhar uma flor que boiava na água. A camiseta subiu, revelando um pedacinho de suas costas e uma parte dos quadris, acima da calça jeans sem cinto. Depois desceu quando ela sentou, segurando a flor molhada, grande e macia, mas com uma das quatro pétalas partida.

– Que flor é esta? – ela perguntou, erguendo os olhos admirada quando ele disse que era flor de corniso.

– Meu pai me contava histórias sobre o corniso – disse ela.

– Que tipo de histórias?

– Religiosas. A cruz de Cristo foi feita com corniso – explicou. – Meu pai é pastor protestante. Congregacional.

– Isso é bom. – Michael deu um puxão na linha.

– É o que você pensa – retrucou ela. – Ele é meu pastor, como de todo mundo, mas está sempre tão ocupado servindo a Deus que nunca teve tempo para ser pai. Se algum dia tiver uma filha, rabino, tenha cuidado com isso.

Michael ia responder, mas ergueu a mão e apontou para a linha que começava a desaparecer sob a superfície da água e descia aos poucos, puxada por alguma coisa invisível. Ele girou o molinete e o peixe apareceu. Um peixe esverdeado de uns trinta centímetros de comprimento, barriga branca e cauda larga sobre a qual ele deslizou uma ou duas vezes antes de se livrar do anzol e desaparecer na água. Michael recolheu a linha.

– Puxei cedo demais e esqueci de firmar o anzol. Meu professor ficaria envergonhado.

Leslie o viu pôr outra isca e atirar o anzol.

– Estou quase contente – disse ela. – Se eu contar uma coisa, promete não dar risada?

Ele balançou a cabeça.

– Desde os catorze anos até meu último ano no ginásio fui vegetariana. Tinha resolvido que era cruel comer coisas vivas.

– Por que mudou de ideia?

– Na verdade, não mudei. Mas comecei a sair com rapazes. Saíamos em grupos grandes para jantar e todo mundo comia bife enquanto eu mastigava saladas. O cheiro de carne quase me enlouquecia. Assim, acabei comendo carne também. Mas ainda detesto a ideia de provocar sofrimento em coisas vivas.

– Certo – disse ele. – Compreendo. Mas acho melhor você torcer para que *aquela* coisa viva, ou um dos seus primos morda a isca outra vez. Porque esse peixe é o seu almoço.

– Você não trouxe nada para comer? – perguntou ela.

Michael balançou a cabeça outra vez.

– Não tem nenhum restaurante por perto?

– Nenhum.

– Meu Deus, você é louco. De repente fiquei faminta.

– Tome, tente você – disse Michael, entregando-lhe a vara e o molinete.

Leslie olhou para a água.

– Kind é um nome engraçado para um rabino, não é? – perguntou depois de algum tempo.

Ele deu de ombros.

– Quer dizer, não é muito judeu.
– Era Rivkind. Meu pai mudou quando eu era pequeno.
– Gosto de coisas originais. Prefiro Rivkind.
– Eu também.
– Por que não muda outra vez?
– Já me acostumei. Seria bobagem igual à primeira troca, não acha?
Ela sorriu.
– Sim, compreendo o que quer dizer.

A linha afundou de repente e Leslie pôs a mão no braço dele. Mas foi alarme falso. Não aconteceu nada.

– Deve ser muito desagradável ser judeu, mais do que ser vegetariano – disse ela –, com todo esse ódio e sabendo dos campos de extermínio, os fornos e tudo o mais.

– Se você estiver num campo ou num forno, sim, deve ser desagradável – disse ele. – Do lado de fora, em qualquer outro lugar, pode ser maravilhoso. Ou imagino que pode ser desagradável se você permitir, se deixar, por exemplo, que as pessoas estraguem seu dia falando fora de hora, quando deviam se concentrar em encher seus estômagos bonitos, mas vazios e roncadores.

– Meu estômago não está roncando.
– Eu ouvi claramente um barulho bastante animalesco.
– Gosto de você – disse ela.
– Gosto de você também. Confio tanto em você que vou tirar um cochilo.

Michael deitou-se na manta e fechou os olhos. Para seu espanto, pois não era essa sua intenção, adormeceu. Acordou sem saber quanto tempo tinha dormido. Leslie estava sentada no mesmo lugar, mas agora descalça. Michael viu os pés bem-feitos, mas no pé direito tinha duas linhas amareladas de calosidade no calcanhar e um calo no dedo mínimo. Ela virou a cabeça e sorriu. Nesse momento o peixe mordeu e o molinete desenrolou com um zumbido estridente.

– Tome – disse ela, estendendo a vara para Michael, mas ele a empurrou de volta para a mão dela.

– Conte até dez bem devagar – murmurou ele. – Depois, dê um bom puxão para firmar o anzol.

Ela contou em voz alta, rindo nervosa a partir do número quatro. Quando chegou ao dez, puxou, com força. Começou a recolher a linha, mas o peixe corria dentro d'água para a frente e para trás, lutando furiosamente. No seu entusiasmo, Leslie largou a vara e começou a puxar a linha com as mãos, até tirar o peixe, uma bela perca com o corpo largo e comprido, melhor do que o primeiro. O peixe saltou e se contorceu sobre a manta, tentando voltar para a água enquanto procuravam agarrá-lo. Finalmente, ficou preso entre os dois e os braços de Michael a enlaçaram. As mãos de Leslie estavam nos cabelos dele. Michael sentiu os seios firmes e separados e vivos contra seu peito e o peixe, mais vivo ainda, entre eles. Ele a beijou, passando o riso dos seus lábios para os dela.

Michael pensou que Leslie ia ficar ofendida ao ver a cabana de Stan Goodstein no topo da colina, mas ela começou a rir outra vez quando viu as latas nas prateleiras. Enquanto Leslie esquentava os feijões enlatados, Michael levou o peixe para limpar fora.

Tinha esquecido essa parte quando planejou a pescaria. A não ser uma pequena perca com Bobby Lilienthal, duas semanas atrás, os únicos peixes que já havia apanhado eram pequenas solhas que ele e o pai entregavam triunfalmente ao dono do mercado de peixe para serem transformadas em alimento. Viu quando Phyllis Lilienthal preparou o peixe apanhado pelo filho e agora, armado com uma tesoura enferrujada, pinça e uma faca de açougueiro sem corte, tentou lembrar o que ela havia feito.

Com a faca fez duas incisões profundas, mas trêmulas, de cada lado da nadadeira dorsal. Depois a retirou com a pinça. Quando Phyllis fez isso, o peixe ainda estava vivo e quase escapou das mãos dela. Lembrando esse fato, Michael tinha amassado a cabeça da perca, batendo-a contra uma pedra com força suficiente para decapitar um homem. Mesmo assim, lembrando a ressurreição impressionante do outro peixe, ele estremeceu. Usou a tesoura para abrir a barriga branca de cima a baixo. Depois, retirou a pele com a pinça, notando a facilidade com que as vísceras saltaram para fora. Foi mais complicado cortar a cabeça. Enquanto ele serrava com a faca, os olhos vermelhos pareciam fixos nele, acusadores. Finalmente, a cabeça foi separada do corpo e ele passou a lâmina em toda a extensão da espinha e na parte da frente. O resultado foram filés um pouco rasgados, mas de qualquer modo, filés de peixe. Michael lavou o peixe na bomba d'água e o levou para dentro.

– Você está um pouco pálido – disse Leslie.

A mãe de Bobby tinha passado o peixe em ovo batido e farinha de rosca antes de fritar em margarina. Não tinham ovos nem margarina, mas Michael encontrou migalhas de biscoito e uma garrafa de óleo de oliva. Não tinha certeza do resultado dessa substituição, mas, no fim, o peixe parecia um anúncio de Crisco no *Ladies' Home Journal*. Leslie observou e ouviu atentamente quando ele recitou a bênção. O feijão estava ótimo e o peixe maravilhoso, além da abobrinha em lata, que Leslie tinha esquentado também e de que Michael não gostava, mas comeu com prazer. Para sobremesa abriram uma lata de pêssegos em calda e beberam o suco.

– Sabe o que eu gostaria de fazer?

– O quê?

– Cortar seu cabelo.

– O que mais você gostaria de fazer?

– Não. Falo sério. Precisa muito cortar esse cabelo. Quem não o conhece vai pensar que você é... você sabe.

– Eu *não* sei.

– Bicha.

– Você mal me conhece. Como sabe que não sou?

– Eu sei.

Leslie continuou a insistir e finalmente ele concordou e levou uma das cadeiras de Stan Goodstein para o sol, fora da cabana. Tirou a camisa, Leslie apanhou a tesoura e começou a cortar.

Michael fungou umas duas vezes e disse, furioso:

– Pelo amor de Deus, você não lavou essa tesoura? Está com cheiro de peixe.

Já ia levantar-se da cadeira, mas ela foi até a bomba, lavou a tesoura e enxugou na perna da calça. Michael pensou que nunca havia se divertido tanto na vida.

Ele recostou-se na cadeira, fechou os olhos e aproveitou o calor do sol enquanto a tesoura seguia com seu clique-clique em volta da cabeça.

– Sou muito grata a você – disse ela.

– Por quê?

– Eu correspondi quando você me beijou. Correspondi com muita intensidade.

– Isso é tão incomum?

– Para mim é, depois de um caso que tive no último verão – disse ela.

– Escute – disse ele, inclinando-se para a frente, obrigando-a a parar de cortar. – Não vai querer me contar uma coisa como essa.

Leslie agarrou o cabelo dele e puxou a cabeça para trás outra vez.

– Sim, quero. Não tive ainda oportunidade de contar para ninguém. Aqui parece seguro. É uma ocasião feita sob encomenda. Você é um rabino e eu sou uma... *shikse*, e provavelmente nunca mais nos veremos. É até melhor do que se eu contasse para um padre católico, escondido no confessionário, porque sei que tipo de pessoa você é.

Ele deu de ombros e ficou calado enquanto a tesoura cortava e o cabelo caía nos seus ombros nus.

— Foi com um garoto de Harvard. Eu nem gostava dele. Ele se chama Roger Phillipson, sua mãe estudou com minha tia e para agradar às duas, saímos algumas vezes para poder escrever a elas contando nossos encontros. Deixei que ele fizesse amor comigo no carro, uma vez só, para ver como era. Foi simplesmente horrível. Nada. Desde então, não sinto prazer nenhum em beijar e nunca consegui sentir desejo. Estava ficando preocupada. Mas quando você me beijou depois que peguei o peixe, senti um desejo intenso, como nunca tinha sentido.

Michael ficou lisonjeado e aborrecido ao mesmo tempo.

— Fico contente com isso — observou ele.

Depois de um silêncio, ela disse:

— Você não gosta tanto de mim como gostava antes dessa confissão.

— Não é isso. Acontece que você me fez sentir como uma coisa que dá a cor certa no seu papel de tornassol.

— Desculpe — disse ela. — Desde que aconteceu, eu queria contar para alguém. Depois de tudo, fiquei tão furiosa comigo mesma, e tão arrependida por ter me deixado dominar pela curiosidade.

— Não deve permitir que uma experiência isolada faça grande diferença na sua vida — disse ele, cautelosamente. Sentia coceira nas costas e alguns fios de cabelo tinham entrado no cós da calça.

— Não pretendo permitir isso — disse ela, em voz baixa.

— Ninguém pode passar pela vida intocado. Todos magoamos a nós mesmos e aos outros. Ficamos entediados e espetamos uma criatura num anzol, sentimos fome e comemos carne, sentimos desejo e fazemos amor.

Leslie começou a chorar.

Michael virou para trás, comovido e atônito com o efeito de suas palavras. Mas Leslie estava olhando para a sua cabeça.

— É a primeira vez que corto o cabelo de alguém.

Voltaram descendo lentamente a montanha, conversando em voz baixa até anoitecer. Em certo momento, Leslie cobriu o rosto com as mãos e afundou no banco do carro, mas dessa vez ele sabia que ela estava rindo. Quando chegaram ao hotel, ele se despediu com um beijo, antes de saírem do carro.

— Foi um ótimo dia — disse ela.

Michael foi para seu quarto sem ser visto. Na manhã seguinte saiu muito cedo. Tinha pedido a Leslie para apresentar suas desculpas. Para encontrar um barbeiro — havia um que ele há semanas vinha evitando porque o homem era descuidado e não especializado — precisava passar a quarenta quilômetros do local da sua próxima visita.

O velho barbeiro não parava de balançar a cabeça.

– Preciso cortar muito curto para acertar – disse ele.

Quando terminou, um *yarmulka* não ia esconder que só restava uma penugem castanha. No armazém ao lado do barbeiro, Michael comprou um boné de caça cáqui. Usou-o durante semanas, mesmo quando fazia calor, dando graças por não precisar tirá-lo da cabeça para fazer suas orações.

22

Quando chegou o verão, ele deixou de procurar abrigo para a noite. Desenrolou o saco de dormir, um dos itens da boa lista do rabino Sher, que estava levemente embolorado, mas ainda muito bom. À noite dormia sob as estrelas, esperando ser devorado por um lobo ou por um lince, e ouvia o vento deslizando sobre o topo das montanhas farfalhando nas folhas das árvores. À tarde, quando as montanhas distantes cintilavam azuis ao sol, parava o carro e imitava os peixes em vez de pescá-los. Às vezes deitava-se nu e sozinho num regato raso e barulhento, gritando e rindo na água gelada. E uma vez, só de cueca, nadou com um grupo de garotos num remanso do rio. Seu cabelo cresceu e todas as manhãs ele o molhava e penteava para trás, livrando-se da parte que tinha antes do corte. Fazia a barba regularmente e usava o chuveiro ou a banheira em todas as suas paradas. Sua congregação o mantinha bem alimentado, preparando sempre uma lauta refeição nos seus dias de visita, e ele deixou de lavar a própria roupa depois que quatro senhoras se ofereceram para fazer isso. As quatro se revezavam no serviço.

Bobby Lilienthal estava aprendendo hebraico o suficiente para começar a treinar a *haftorá*, e preparava-se para o *bar mitzvá*. A mãe de Stan Goodstein morreu, e Michael oficiou seu primeiro funeral na congregação. Depois, a sra. Marcus reservou seus serviços para o dia 12 de agosto, e ele oficiou seu primeiro casamento.

Foi uma grande festa, quase além do que o pequeno hotel podia comportar e surpreendentemente formal para as Montanhas Ozarks. Os parentes dos Marcus e dos Beerman compareceram, vindos de Chicago, Nova York, Massachusetts, Flórida, Ohio e de duas cidades do Wisconsin. Os amigos de Mort não estavam presentes, mas quatro amigas de Deborah, da faculdade, estavam, entre elas Leslie Rawlins, que foi dama de honra.

Antes da cerimônia, Michael passou quase uma hora num quarto com Mort e o irmão mais novo que ia ser o padrinho. Os dois estavam muito nervosos e bebiam para se acalmar. Michael levou a garrafa quando saiu do quarto. Ficou parado no topo da escada, pensando no melhor meio de se livrar do *scotch*. Os convidados estavam reunidos numa das salas do andar térreo, os homens com paletós brancos e as mulheres com vestidos que obedeciam ao *New Look* de Dior. Com as luvas compridas, chapéus grandes e moles e vestidos de *peau de soie* de tons pastel, vistas de cima, pareciam flores, mesmo as mais gordas. Evidentemente ele não podia passar no meio deles carregando uma garrafa de bebida. Finalmente a deixou num closet do segundo andar, atrás de um aspirador e na frente de uma lata grande de cera.

A cerimônia começou e tudo correu como tinham ensaiado. Mort estava sóbrio e muito sério. O véu de Deborah, como uma nuvem branca, preso por uma grinalda de botões brancos de flores, provocou as exclamações habituais quando ela entrou levada pelo braço do pai. Seus olhos modestos e dóceis apareciam sob a renda fina. Só a força com que ela segurava o livro de orações traía seu nervosismo.

Terminada a cerimônia e os cumprimentos, Michael apanhou um copo de champanhe enquanto Leslie Rawlins o observava.

Ela tomou um gole e sorriu para ele.

– Minha nossa – disse Leslie –, você é um cara impressionante.

– Gostou? – perguntou ele. – Vou contar um segredo, se prometer não contar para ninguém. É o primeiro casamento que faço sozinho.

– Meus parabéns. – Ela estendeu a mão e Michael a apertou. – Falo sério, foi maravilhoso. Fiquei toda arrepiada.

O champanhe estava gelado e seco, exatamente o que ele queria depois da cerimônia.

– Sou eu que devo dar os parabéns – lembrou ele. – Você e Deborah se formaram em junho, não foi?

– Sim – disse ela. – E eu já tenho um emprego. Depois do Dia do Trabalho começo no departamento de pesquisa da *Newsweek*. Estou satisfeita. E um pouco assustada.

– Basta não se esquecer de contar até dez e fixar o anzol – disse ele. Os dois riram.

O vestido e os acessórios que ela usava eram azul-pastel, a mesma cor dos seus olhos. As outras damas de honra, três moças de Wellesley e uma prima de Deborah de Winnetka, estavam de cor-de-rosa. O azul fazia o seu cabelo parecer mais louro, pensou Michael.

– Esse tom de azul fica bem em você. Mas está mais magra.

Leslie não disfarçou o contentamento.

– Que bom que você notou. Estou fazendo regime.

– Não seja tola. Você disse *Newsweek*, não *Vogue*. Estava perfeita antes. – Apanhou o copo dela vazio e voltou logo depois com os dois copos cheios. – Não vejo a hora de novembro chegar. Três semanas de férias. Vou a Nova York. Mal posso esperar.

– Ainda não tenho endereço, mas se se sentir entediado, telefone para a revista. Eu o levo para pescar.

– Tudo bem – disse ele.

O rabino Sher estava satisfeito.

– *Muito* satisfeito – repetiu ele. – Nem posso dizer como estou feliz com o resultado do seu trabalho. Talvez isso nos faça estender esse programa para outras áreas isoladas.

– Da próxima vez eu gostaria de ir para a selva – disse Michael. – Um lugar com pântanos e muita malária.

O rabino Sher riu, mas olhou atentamente para Michael.

– Cansado? – perguntou. – Quer que mandemos outra pessoa?

– Tenho dois garotos quase prontos para o *bar mitzvá*. Aprendi muitos caminhos nas montanhas. Estou trabalhando num projeto para um *seder* de toda a comunidade no próximo Pessach com umas quarenta famílias, em Mineral Springs.

– Quer dizer que a resposta é *não*.

– Ainda não.

– Muito bem, mas lembre-se, eu nunca considerei isto como sua principal atividade. Muitos templos por toda a América procuram rabinos. Fora do país também. Quando se cansar desse trabalho de pioneiro, avise-me.

Despediram-se com um aperto de mão, ambos satisfeitos.

Nova York estava um pouco mais suja do que ele se lembrava, mas muito mais excitante. O ritmo preocupado de Manhattan, o modo inconsciente pelo qual os ombros se tocavam nas calçadas, a beleza atrevida e sensual das mulheres na Quinta Avenida e na Madison, a sofisticação do poodle francês branco defecando na Rua 57, ao lado do Parque, enquanto um porteiro negro com cabelo grisalho puxava os punhos da camisa e olhava para o outro lado, segurando a correia frouxa do animal – tudo isso parecia novo para ele, embora tivesse visto durante toda a vida sem dar a menor atenção.

No seu primeiro dia na cidade depois da visita ao rabino Sher, andou bastante. Depois tomou o metrô, de volta para Queens.

– Coma – disse sua mãe.

Michael tentou explicar que estava muito bem alimentado, mas Dorothy sabia que ele estava mentindo para não deixá-la preocupada.

– Então, o que você acha das crianças? – perguntou o pai.

Moshe, o filho de Ruthie, estava com sete anos. A menina, Chaneh, tinha quatro. No ano anterior, Dorothy e Abe tinham passado dois meses na Palestina, apesar dos ataques dos árabes e do bloqueio britânico, pelos quais passaram incólumes com seus passaportes americanos. Tinham uma caixa cheia de fotografias dos dois pequenos estranhos queimados de sol.

– Imagine – disse sua mãe –, tão pequenos e dormindo sozinhos, longe da mãe e do pai. Num outro prédio, com outros *pítziles*. Que sistema!

– Socialistas, todo o *kibutz* – disse o pai. – E lá fora, árabes furiosos. Pode imaginar sua irmã dirigindo um caminhão com uma arma no banco ao seu lado?

– Um ônibus. Para as crianças – explicou a mãe.

– Um caminhão com cadeiras na parte de trás – insistiu o pai. – Ainda bem que aqui sou republicano. E aqueles soldados britânicos, inspecionando tudo com seus narizes compridos. E a falta de comida. Sabia que é impossível comprar uma dúzia de ovos na Palestina?

– Coma – insistiu a mãe.

Na terceira noite em Nova York, Michael começou a pensar nas moças que tinha conhecido. Pelo que sabia, só duas estavam solteiras. Telefonou para a primeira. Estava casada. A mãe da outra informou que a filha era candidata a Ph.D. em psicologia clínica, na Universidade da Califórnia.

– Em Los Angeles – enfatizou ela. – Não escreva para a outra universidade, que ela pode não receber a carta.

Michael telefonou para Maury Silverstein, que morava sozinho num apartamento no Village. Maury tinha se formado em química em Queens, mas era representante de televisão. Trabalhava como estagiário de um dos maiores escritórios desde que saiu do Corpo de Fuzileiros Navais.

– Escute – disse ele. – Dentro de quarenta minutos tomo um avião para a Califórnia. Mas devo voltar na próxima semana. Quero ver você. Vou dar uma festa no meu apartamento na quinta-feira e quero que você venha. Uma porção de gente maravilhosa que precisa conhecer.

Telefonou para a sra. Harold Popkin, nome de solteira, Mimi Steinmetz. Ela acabava de saber o resultado positivo do seu teste de gravidez.

– Você devia ficar lisonjeado – disse ela. – Nem minha mãe sabe ainda. Só Hal. Estou contando porque você foi uma das minhas paixões. – Conversaram sobre gravidez.

– Escute – disse ele, finalmente. – Conhece alguma garota com quem posso sair enquanto estiver em Nova York? Parece que perdi o jeito.

– Está vendo o que acontece com velhos solteiros. – Ficou calada por um momento, saboreando o que ele tinha se tornado sem ela. – Que tal Rhoda Levitz? Somos grandes amigas agora.

– Aquela garota pesadona? Com acne no rosto todo?

– Não está tão pesada – disse Mimi. – Escute, vou pensar no assunto. Tenho certeza de que posso arranjar outra pessoa. Nova York está cheia de moças solteiras.

A telefonista da *Newsweek* não sabia onde encontrar Leslie, mas quando ele disse que a senhorita Rawlins era uma funcionária nova do departamento de pesquisa, ela consultou uma lista e encontrou o número do ramal.

Michael esperou por ela na frente do prédio na Rua 42. Às cinco e dez ela apareceu, muito bonita e bastante satisfeita.

– Então, outra coisa sobre você – disse ele, segurando a mão dela. – Chega atrasada aos encontros.

– Então, outra coisa sobre você – respondeu Leslie. – É fanático por relógio.

Michael ia chamar um táxi, mas Leslie perguntou aonde iam e, quando ele sugeriu o Miyako, disse que preferia andar. Caminharam catorze quadras. Não estava muito frio, mas as rajadas de vento abriam a parte de baixo do casaco de Leslie, colando a saia nas suas pernas bem-feitas. Chegaram ao restaurante com o sangue circulando livre e rapidamente nas veias, prontos para um martíni.

– Ao seu emprego – disse ele, quando tocaram os copos. – Como vai indo?

– Ah. – Franziu o nariz. – Não é tão interessante quanto pensei. Passo grande parte do tempo nas bibliotecas consultando livros espetaculares como a lista telefônica de Ashtabula. E recorto notícias de jornais de cidades que você nunca ouviu falar.

– Vai tentar outra coisa?

– Acho que não. – Ela comeu a azeitona. – Todos acharam que eu fiz um bom trabalho como redatora do *News*, na Wellesley. Uma das minhas reportagens, sobre a corrida de aros ganha por uma mulher casada, foi escolhida pela Associated Press. Acho que posso ser uma boa repórter. Vou ficar até que eles me deem uma chance para verificar isso.

– O que é uma corrida de aros?

– Na Wellesley, todos os anos elas fazem uma corrida de aros, todas de togas e capelos. É uma tradição muito antiga. Segundo a lenda, a vencedora será a primeira a arranjar um marido. Por isso, o que aconteceu na nossa formatura foi tão engraçado. Lois Fenton estava casada secretamente há seis meses com um rapaz da Faculdade de Medicina de Harvard. Quando ela venceu a corrida, ficou tão nervosa que começou a chorar e contou tudo. Foi assim que eles anunciaram seu casamento.

O jantar foi servido. Tempura e uma sopa clara e suavemente temperada com tiras finas de verduras, formando desenhos diferentes, acompanhada por *sukiyaki* feito na mesa por um garçom muito hábil e teatral. Michael pediu uma jarra de pedra com saquê, mas Leslie não quis porque a bebida era servida quente e ele tomou tudo sozinho. Quase imediatamente seus dedos dos pés ficaram insensíveis.

Na saída, quando Michael a ajudava a vestir o casaco, suas mãos tocaram de leve nos ombros dela. Leslie virou a cabeça e olhou para ele.

– Pensei que você não ia telefonar – disse.

Talvez fosse a bebida, mas Michael sentiu uma necessidade imperiosa de ser franco com ela.

– Eu não queria.

– Rabinos não devem sair com moças não judias – disse Leslie –, eu sei disso.

– Então, por que aceitou meu convite?

Ela deu de ombros, depois balançou a cabeça.

Ele chamou um táxi, mas Leslie não quis ir a nenhum outro lugar.

– Escute, isto é uma bobagem. Somos adultos e somos modernos. Por que não podemos ser amigos? É tão cedo – disse ele. Vamos a algum lugar para ouvir boa música.

– Não – disse Leslie.

Quase não falaram até o táxi parar na frente de onde ela morava, um prédio de tijolos vermelhos na Rua 60, bem a Oeste.

– Por favor, não desça – pediu ela. – Às vezes é muito difícil conseguir um táxi por aqui.

– Eu consigo – disse Michael.

Leslie morava no segundo andar e o corredor estava escuro. Ela parou na frente da porta e Michael percebeu que ela não queria entrar.

– Vamos começar tudo de novo amanhã à noite – disse ele. – Mesma hora, mesmo lugar?

– Não. Obrigada. – Leslie olhou para ele e Michael teve quase certeza de que ela ia chorar quando ficasse sozinha.

– Escute – disse, inclinando-se para beijá-la. Mas Leslie virou o rosto e a cabeça dela bateu na dele.

– Boa-noite – disse ela, entrando.

Não foi difícil encontrar um táxi, como Michael bem imaginava.

No dia seguinte dormiu até tarde e tomou um reforçado café da manhã depois das onze horas, quando finalmente saiu da cama.

– Seu apetite melhorou – disse a mãe, satisfeita. – Deve ter se divertido muito com seus antigos amigos a noite passada.

Michael resolveu telefonar para Max Gross. Há dois anos não estudava com um conhecedor do Talmude e era assim que ia passar o resto das suas férias, resolveu.

Mas quando chegou no telefone, discou o número da revista e pediu pra falar com ela.

– É Michael – disse, quando ela atendeu.

Leslie ficou calada.

– Eu gostaria muito de ver você esta noite.

– O que você quer de mim? – perguntou ela.

Sua voz estava estranha e Michael imaginou que ela estava com a mão em concha no bocal do telefone para não ser ouvida.

– Só quero ser seu amigo.

– É pelo que eu contei na primavera, não é? Você tem uma espécie de complexo de assistente social e acha que eu sou um bom caso para o seu registro.

– Não seja boba.

– Muito bem, se não é isso, pensa que sou fácil. É isso que você quer, Michael? Um pouco de sexo secreto antes de voltar para as montanhas?

Michael ficou zangado.

– Escute. Estou oferecendo amizade. Se você não quer, pode ir para o inferno. Agora, devo estar lá às cinco horas ou não?

– Esteja lá – disse ela.

Dessa vez jantaram num restaurante sueco e depois foram ao Village ouvir a música de Eddie Condon. Quando se despediram, ela apertou a mão dele e ele a beijou no rosto.

Na noite seguinte, sexta-feira, ele foi à sinagoga com os pais, rilhando os dentes durante todo o *oneg shabbat* enquanto sua mãe o apresentava a uma meia dúzia de pessoas que ele já conhecia. Dizia: "Este é meu filho, o rabino", exatamente como nas piadas.

No sábado, depois de discar os dois primeiros números do telefone dela, parou e perguntou a si mesmo o que estava fazendo, como se estivesse acordando de um sonho.

Entrou no carro e dirigiu por um longo tempo, sem pensar para onde ia. Quando finalmente resolveu se orientar, viu que estava em Atlantic City. Desceu do carro, levantou a gola do paletó e começou a andar na praia perto da água. Fez o que fazia sempre que caminhava na praia, deixando a água chegar a pouca distância dos pés e recuando no último minuto para não molhar os sapatos. Se repetisse muitas vezes o jogo, o mar acabava ganhando. Era uma brincadeira tola, ele sabia, como a do rabino que estava saindo com a filha de um pastor protestante. O único modo de ganhar, nos dois jogos, é ir para longe e ficar lá para sempre. Nada de jantares, nada de piadas, nada de estudar disfarçadamente o perfil dela, nada de desejar seu corpo. Não ia mais procurá-la, nunca mais ia vê-la ou falar com ela. Ia tirar Leslie completamente da cabeça. Aliviado com essa decisão, afastou-se da água com um sentimento de orgulho tristonho, caminhando a passos largos pela areia dura e enchendo os pulmões com o ar salgado. O vento borrifava água do mar no seu rosto e logo penetrou pela proteção do casaco. Saiu da praia e depois comeu a comida sem graça do restaurante da praia cheio de membros de uma convenção de fabricantes e comerciantes de aparelhos de refrigeração ou de alimentos congelados, não sabia ao certo.

Deu mais algumas voltas de carro por Nova Jersey. Era quase meia-noite quando chegou a Nova York e ligou para ela do telefone público da farmácia que ficava aberta a noite toda. Quando ela atendeu ao toque persistente, Michael sentiu que mergulhava outra vez no sonho.

– Acordei você? – perguntou.

– Não.

– Quer tomar um café?

– Não posso. Estava começando a lavar a cabeça. Pensei que você não ia telefonar mais esta noite.

Michael ficou calado.

– Amanhã eu não trabalho – disse ela. – Quer almoçar aqui comigo?

– A que horas? – perguntou ele.

Leslie morava num quarto grande mobiliado.

– É o que eles chamam uma "eficiência" – disse ela, apanhando o casaco dele. – O que o salva de ser um conjugado é a cozinha pequena. Ou talvez seja o contrário. – Ela sorriu. – Eu podia morar melhor se dividisse com uma ou duas outras moças. Mas depois de quatro anos de dormitório, na universidade, a privacidade significa muito para mim.

– É bonito – mentiu ele.

Era um quarto sombrio, com uma janela grande, mas solitária, atrás de uma cortina de cores vivas. Havia um tapete oriental, não exatamente esfarrapado, abajures velhos e feios, uma poltrona surrada, uma mesa pintada e duas cadeiras, uma boa mesa de trabalho de mogno, provavelmente comprada por ela, e duas estantes com livros didáticos e muitos romances, nenhum deles histórico. A cozinha muito pequena mal tinha espaço para uma pessoa cozinhar no fogão de duas bocas. A geladeira minúscula ficava debaixo da pia. Leslie serviu um martíni, e Michael sentou-se no sofá-cama muito duro, enquanto ela preparava a comida.

– Espero que você goste de um grande almoço – disse ela.

– Sim, gosto. Assim posso depois pagar um pequeno jantar. Pense no quanto vou economizar.

Comeram queijo azul com biscoitos e suco de tomate e um antepasto com muita anchova, costeletas de vitela e café turco muito forte. Depois, começaram a fazer as palavras cruzadas do *Times*. Quando ficou mais difícil, ela lavou os pratos e ele enxugou.

Depois de guardar a louça, ele sentou-se no sofá, fumando, observando os seios dela achatados quando, deitada de bruços no chão, ela voltou às palavras cruzadas.

Michael olhou para os livros.

– Muita poesia – observou ele.

– Eu adoro. Aprendi tudo sobre poesia e tudo sobre homens e mulheres, no mesmo lugar onde todos os filhos dos pastores aprendem.

– A Bíblia?

– Umm-umm. – Ela sorriu e fechou os olhos. – Quando eu era pequena gostava de imaginar que na noite do meu casamento eu e meu marido íamos recitar o Cântico dos Cânticos.

Michael queria tocar o rosto dela, empurrar para trás o cabelo e beijar as orelhas rosadas. Em vez disso, estendeu o braço por cima dela e bateu o cachimbo no cinzeiro.

– Espero que ele faça isso – disse Michael, gentilmente.

Na segunda-feira, ela saiu mais cedo do escritório e foram ao zoológico do Bronx, onde passaram um longo tempo rindo dos macacos e do fedor das jaulas que, segundo Leslie, emprestava ao rosto dele uma cor esverdeada muito atraente. Na terça-feira foram ver *Aída* no Metropolitan e depois jantaram tarde no Luchow's. Leslie exultou com a cerveja escura.

– Parece feita com cogumelos – disse ela. – Você gosta de cogumelos?

– Não gosto, adoro.

– Então vai deixar o rabinato, eu vou deixar a revista e vamos ser fazendeiros. Vamos plantar milhares e milhares de cogumelos em belos canteiros de esterco.

Ele não disse nada e ela sorriu.

– Pobre Michael. Você não pode falar em deixar o rabinato, nem de brincadeira, pode?

– Não – disse ele.

– Alegro-me com isso. É assim que deve ser. Algum dia, quando eu for velha e você for um grande líder do seu povo, vou lembrar de como o ajudei a passar suas férias quando éramos ambos muito jovens.

Michael olhou para os lábios dela na borda do copo.

– Você vai ser uma velha senhora muito bonita – disse ele.

Na quarta-feira jantaram mais cedo e visitaram o Museu de Arte Moderna. Olharam, falaram e andaram até cansar. Michael comprou um pequeno quadro emoldurado para ajudar as cortinas na luta contra a triste feiura do quarto dela, três garrafas cor de laranja, azul e amarelo-castanho, obra de um artista que nenhum dos dois conhecia. Voltaram ao apartamento para pendurá-la na parede. Os pés dela doíam. Enquanto Michael enchia a banheira com água quente, no quarto ela tirou os sapatos e as meias, depois, segurando a saia acima dos joelhos, sentou-se na beirada da banheira com os pés na água. Leslie mexia os dedos na água quente, com tantos suspiros de prazer que Michael tirou também os sapatos e as meias, enrolou as pernas das calças e sentou-se ao lado dela. Leslie começou a rir, segurando na beirada da banheira para não cair. Sob a água, seus dedos começaram a trocar sinais e o pé esquerdo dele moveu-se na direção do pé direito dela e o pé direito dela se moveu na direção do pé esquerdo dele. Encontraram-se no meio do caminho como duas crianças, depois como amantes. Michael a beijou e a perna direita da sua calça se desenrolou e entrou na água. Ela riu e Michael, zangado, saiu da banheira para enxugar os pés. Quando ela saiu, tomaram café. Michael sentiu o contato incômodo da bainha da calça molhada na perna.

– Se você não fosse um rabino – ela falou devagar –, teria tentado alguma coisa há muito tempo, não teria?

– Eu sou um rabino.

– É claro. Mas eu gostaria de saber. Teria? Mesmo existindo o problema judeu-cristão entre nós, se tivéssemos nos conhecido antes da sua ordenação?

— Sim, teria tentado – disse ele.

— Eu sabia.

— Devemos parar de nos ver? – perguntou ele. – Tenho tido momentos maravilhosos com você.

— É claro que não. Tem sido maravilhoso. Não adianta negar a atração física. Mas enquanto que esta... reação química... é um elogio mútuo, isto é, se você sente isso por mim?

— Sim, eu sinto.

— Muito bem, enquanto isso nos diz alguma coisa boa sobre nosso gosto pelo sexo oposto, não significa que tem de haver necessariamente um contato físico, ou qualquer coisa parecida. Nada nos impede de superar essa parte física e continuar com esta amizade que começa a ser extremamente valiosa para mim.

— Exatamente o que eu penso – disse ele com entusiasmo. Puseram as xícaras de café na mesa e trocaram um aperto de mãos.

Depois disso conversaram longamente sobre várias coisas. A bainha da calça secou e Leslie se inclinou sobre a mesa. Enquanto falava, os dedos dele traçavam a linha da parte interna do braço dela, depois deslizaram para a parte externa onde a penugem loura era quase transparente, passando para o pulso fino, desenhando os promontórios dos dedos, para baixo e dando a volta, para dentro e para fora, para dentro e para fora e para dentro e em volta do polegar e depois para cima, para a suave parte interna do braço. O rosto dela se aquecia de prazer e ela falava e escutava, rindo frequentemente das coisas que ele dizia.

Na quinta-feira Michael a levou à festa de Maury Silverstein. Seu carro estava na revisão, em Manhattan, e ele o apanhou antes de passar pela casa dela. Era cedo ainda. Ele fez uma volta, passou primeiro por Morningside Heights, mas quando chegou na frente da "Sinagoga *Shaarai Shomayim*, parou e mostrou o *shul* para Leslie e falou sobre Max.

— Ele parece maravilhoso – disse Leslie. Depois de uma pausa, perguntou. – Você tem um pouco de medo dele, sabia?

— Não – disse Michael. – Está enganada. – Parecia aborrecido.

— Esteve com ele nos últimos dez dias?

— Não.

— Por minha causa, não é? Porque sabe que ele não iria aprovar?

— Não aprovar? Vai ter uma apoplexia. Mas ele vive no seu mundo e eu vivo no meu. – Ligou o motor.

O apartamento de Maury era pequeno e havia muita gente quando chegaram. Abriram caminho entre uma floresta de convidados que bebiam ou seguravam copos, à procura do anfitrião. Michael só reconheceu um homem moreno, que parecia uma toupeira. Era um conhecido comediante da televisão. Rodeado por uma porção de convidados que riam o tempo todo, ele contava piadas atendendo rapidamente às sugestões de assuntos picantes.

– Aqui está ele – gritou Maury, acenando. Eles abriram caminho até onde ele estava conversando com outro homem. – Seu filho da mãe – disse Maury, segurando o braço de Michael com a mão que não segurava o copo. Maury estava mais gordo e tinha bolsas sob os olhos, mas sua barriga parecia firme e musculosa. Michael podia imaginá-lo indo diretamente para o ginásio quando saía do escritório. Ou talvez um dos closets do seu apartamento estivesse cheio de clavas ou de halteres como os que Abe Kind tinha usado há tantos anos.

Michael apresentou Leslie e Maury apresentou seu chefe, Benson Wood, um homem sorridente com rosto largo e óculos com os aros mais grossos que Michael já tinha visto. Ignorando Michael, Wood voltou seu sorriso de bêbado para Leslie e não largou a mão dela depois de se cumprimentarem.

– Qualquer amigo de M. S. – disse ele, pronunciando cada sílaba separadamente.

– Quero que você conheça uma pessoa. Um dos meus talentos – Maury disse para Michael, segurando o braço dele e levando-o para o grupo que ouvia as piadas do comediante que parecia uma toupeira. – Aqui está ele, George – disse para o comediante –, o cara de quem eu falei no outro dia. O rabino.

O homem fechou os olhos.

– Rabino, rabino. Já ouviu aquela do rabino e do padre...

– Já – disse Michael.

– ... que eram amigos e o padre diz para o rabino, escute, você tem de experimentar presunto, é delicioso, e o rabino diz para o padre, escute, você tem de experimentar mulheres, são melhores do que presunto...?

– Sim, já ouvi – disse Michael outra vez, enquanto todos riam.

– Sim? – O homem fechou os olhos e levou os dedos à testa. – *Sim. Sim...* Já ouviu aquela do cara que leva a moça sulista a um cinema drive-in e pede seus favores. Quando finalmente ela diz sim, o filme tinha acabado e eles tiveram de sair?

– Não – disse Michael.

O homem fechou os olhos.

– *Não. Não* – disse ele.

Michael voltou para Leslie, que olhava indignada para Wood.

– Quer ir embora? – perguntou ele.

– Vamos tomar um drinque primeiro.

Deixaram Wood falando sozinho.

As garrafas estavam sobre a mesa, perto da parede. Michael esperou que as duas moças, na sua frente, apanhassem seus drinques. Eram altas, uma ruiva e uma loura com corpos belíssimos e rostos interessantes, mas com muita maquilagem. Modelos, ou atrizes de televisão, pensou.

– Depois que operou a hérnia, ele ficou outro homem – disse uma delas.

– Espero que sim – observou a ruiva. – Eu não aguentava quando ele pedia uma datilógrafa para bater as cartas que ditava e a bruxa me mandava atendê-lo. Não sei como você aguentou todos aqueles meses. O mau humor e o hálito dele quase me matavam.

Uma mulher gritou atrás deles e quando se voltaram viram Wood vomitando. Todo mundo começou a se empurrar para ficar longe dele, derrubando as bebidas quando fugiam. Maury apareceu do nada.

– Está tudo bem, B. W. – disse ele. Segurou o homem pela cintura e pôs a outra mão na testa dele. Parecia habituado a fazer aquilo, pensou Michael. A mulher que gritou segurava o vestido longe do corpo, com exclamações de nojo e fúria.

Michael segurou a mão de Leslie e saíram da festa.

Depois, no apartamento dela, tomaram o drinque.

– Que nojo – disse ela, balançando a cabeça.

– Uma sujeira. Pobre velho Maury Silverstein.

– Aquele chato atrevido. O homenzinho feio com as piadas. Vou desligar a televisão assim que ele aparecer.

– Está esquecendo a estrela.

– É claro que não estou. Aquele chiqueiro horrível com o nome trocado.

Michael levou o drinque aos lábios mas não bebeu. Pôs o copo na mesa.

– Nome trocado? Wood? – Olhou intrigado para ela. – Quer dizer que pensa que o nome dele antes era alguma coisa assim como Rivkind?

Ela ficou calada.

Michael levantou-se e apanhou o casaco.

– Ele é um *goy*, meu amor. Um *goy* nojento e porco. Um cristão vomitador. Um dos *seus*.

Leslie ficou sentada incrédula quando ele saiu e bateu a porta.

No sábado à noite, Michael ficou em casa e jogou cartas com o pai. Abe jogava bem. Sabia sempre quantas espadas já tinham saído e se os bons dois e dez de ouro ainda estavam no baralho. Era o tipo de jogador que quando perdia jogava as cartas na mesa, frustrado, mas quando jogava com o filho raramente tinha motivo para se irritar.

– Tenho cartas e espadas. Conte os pontos – disse ele, com o charuto na boca.

O telefone tocou.

– Eu só tenho dois ases – disse Michael. – Você tem nove pontos mais.

– Um sucesso.

– Michael – chamou sua mãe. – É da Western Union.

Ele correu para o telefone. Os pais ficaram na cozinha.

– Alô?

– Rabino Kind? Tenho um telegrama para o senhor. A mensagem é: "Estou envergonhada. Muito obrigada por tudo. Se puder, me perdoe." Assinado Leslie. Quer que eu repita?

– Não, obrigado. Eu entendi – disse e desligou. Os pais voltaram com ele para a mesa de jogo.

– *Nu?* – perguntou Abe.

– Nada de importante.

– Então, o que é tão pouco importante que precisa ser dito por telegrama?

– Um dos meus alunos de Arkansas vai ter seu *bar mitzvá*. A família está um pouco nervosa. Ficam o tempo todo me lembrando dos detalhes.

– Não podem deixar um homem em paz nas férias? – disse Abe, sentando-se e embaralhando as cartas. – Acho que jogar cartas não é seu forte. Que tal um pouco de gim?

Às onze horas, os pais foram dormir. Michael foi para o quarto e tentou ler, primeiro a Bíblia, depois Mickey Spillane e finalmente seu velho Aristóteles. Mas nada deu certo e ele notou que a capa do Aristóteles estava rachada e rasgada. Vestiu o casaco e saiu do apartamento. Entrou no carro e seguiu pela Ponte Queensboro, e não pelo túnel, porque queria ver as luzes no rio East. Enfrentou o tráfego de Manhattan e depois, como um bom presságio, viu uma vaga livre bem na frente do prédio dela.

Parou inseguro no corredor marrom. Então bateu à porta e ouviu os passos.

– Quem é?

– Michael.

– Oh, meu Deus, não posso abrir.

– Por quê? – perguntou ele, zangado.

– Estou horrível.

Ele riu.

– Deixe-me entrar.

Ela abriu a porta. Michael entrou. Leslie estava com um pijama verde desbotado e um roupão de flanela cinzento com os punhos puídos. Estava descalça, com o rosto lavado e os olhos um pouco vermelhos, como se tivesse chorado. Michael a abraçou e ela encostou a cabeça no ombro dele.

– Esteve chorando por minha causa? – perguntou Michael.

– Na verdade não. Estou com cólica.

– Posso fazer alguma coisa? Precisa de um médico?

– Não. Acontece sempre na mudança da lua. – As palavras soaram abafadas no ombro dele.

– Oh.

– Dê-me seu casaco – disse ela, mas quando ele o entregou, Leslie deixou cair e começou a chorar com tanta intensidade que Michael se assustou.

Ela deitou-se no sofá, virada para a parede.

– Vá embora – ela disse –, por favor.

Mas Michael apanhou o casaco, pôs sobre uma cadeira e ficou parado, olhando para ela. Leslie estava com as pernas encolhidas, balançando, como para ninar a dor e fazê-la dormir.

– Não pode tomar alguma coisa? – ele perguntou. – Aspirina?

– Codeína.

O frasco estava no armário do banheiro. Depois que ela tomou um comprimido, Michael sentou-se nos pés do sofá. Em pouco tempo a codeína fez efeito e ela parou de se balançar. Michael tocou o pé dela e sentiu que estava frio.

– Devia usar chinelos – disse, começando a massagear o pé entre suas mãos.

– Isso é bom – disse Leslie. – Suas mãos estão quentes. Melhor do que uma bolsa de água quente.

Ele continuou a massagem.

– Ponha a mão na minha barriga – disse ela.

Michael sentou-se para o meio do sofá e enfiou a mão sob o roupão.

– Está bom – disse ela, sonolenta.

Através do pijama ele sentiu a maciez da pele dela e as duas tiras de fazenda. A ponta do seu dedo sentiu o umbigo incrivelmente largo e fundo. Ela balançou a cabeça.

– Está fazendo cócegas.

– Desculpe. Seu umbigo é como uma taça redonda, dentro da qual não falta vinho.

Ela sorriu.

– Eu não quero ser sua amiga – Leslie murmurou.

– Eu sei.

Ele ficou sentado durante um longo tempo, vendo-a dormir. Finalmente retirou a mão, apanhou um cobertor no closet e a cobriu, enrolando bem os pés. Depois, voltou para Queens e arrumou a mala.

Na manhã seguinte ele disse aos pais que uma emergência na sua congregação o obrigava a interromper as férias. Abe praguejou e ofereceu dinheiro. Dorothy reclamou e arrumou uma porção de sanduíches de galinha e uma garrafa térmica de chá numa caixa de sapato, enxugando os olhos com a ponta do avental.

Michael seguiu para sudoeste, numa viagem contínua, comendo os sanduíches quando tinha fome, e só parou às quatro horas da tarde, quando ligou para Leslie do telefone de um restaurante na beira da estrada.

– Onde você está? – ela perguntou, quando a última moeda caiu e a ligação se completou.

– Virgínia. Acho que Staunton.

– Está fugindo?

– Preciso de tempo para pensar.

– Pensar em quê?

– Eu te amo – disse ele. – Mas gosto do que sou. Não sei se posso abandonar tudo isto. É muito precioso para mim.

– Eu também te amo – disse ela.

Ficaram em silêncio.

– Michael?

– Estou aqui – disse ele, em voz baixa.

– Casar comigo significa que terá de abandonar tudo definitivamente?

– Acho que sim. Sim, significa.

– Não faça nada ainda, Michael. Apenas espere.

Depois de outro silêncio ele perguntou.

– Você não quer casar comigo?

– Quero. Meu Deus, nem imagina quanto! Mas estou com umas ideias e preciso pensar algum tempo. Não faça perguntas nem se precipite ainda. Apenas espere e escreva para mim todos os dias e eu escrevo para você. Está bem?

– Eu te amo – disse ele. – Telefono na terça-feira. Sete horas.

– Eu amo *você*.

Segunda-feira de manhã, depois de selecionar e recortar o que interessava nos jornais de Boston e Filadélfia, Leslie foi à biblioteca da revista e retirou seis grossos envelopes de papel pardo onde estava escrito JUDAÍSMO. Leu os recortes dos envelopes durante o almoço e naquela noite levou para casa os que havia separado, presos com um elástico. Na terça-feira, recortou os jornais de Chicago e depois perguntou ao seu chefe, Phil Brennan, se podia sair por duas horas para tratar de um assunto pessoal. Como ele concordou, vestiu o casaco, pôs o chapéu e tomou o elevador. Na Times Square ela esperou sob o cartaz do anúncio que soltava anéis de fumaça verdadeira. Observou as pessoas que passavam e tentou adivinhar quem era e quem não era. Depois tomou o ônibus da Broadway e desceu a alguns metros da pequena igreja judaica de aspecto engraçado. Igreja não, lembrou ela, sinagoga.

23

Max Gross olhou irritado para a moça bem-vestida com belas pernas e olhos atrevidos, tipicamente americanos. Durante todo seu tempo na *Shaarai Shomayim* só fora procurado quatro vezes por *goyim* que desejavam virar judeus. Todas as vezes – lembrou ele – faziam o pedido como se ele fosse capaz de abanar as mãos no ar e – puf! – numa nuvem de fumaça mudar os fatos dos seus nascimentos. Nem uma vez ele achou que valia a pena tentar a conversão.

– O que você vê nos judeus para querer ser uma de nós? – perguntou ele, friamente. – Não sabe que o povo judeu é perseguido e está isolado do resto do mundo? Não sabe que, como indivíduos, somos desprezados pelos não judeus e como povo somos evitados por todos?

Leslie levantou-se e apanhou as luvas e a bolsa.

– Eu não esperava que me aceitasse. – Apanhou o casaco.

– Por que não?

Os olhos do velho rabino eram brilhantes e perscrutadores como os do seu pai. A lembrança do reverendo John Rawlins a fez sentir alívio com a recusa do rabino.

– Porque acho que eu nunca poderia me *sentir* judia. Nem que eu vivesse um milhão de anos. Não posso aceitar a ideia de que alguém queira me fazer mal, matar meus futuros filhos, me isolar do mundo. Devo admitir que tenho tido certos preconceitos contra os judeus. Não me sinto digna de pertencer a um povo que tem suportado o peso tremendo do ódio generalizado.

– Acha que não é *digna*?

– Acho.

O rabino Gross olhou atentamente para ela.

– Quem a mandou dizer isso? – perguntou.

– O que quer dizer?

Ele levantou-se pesadamente da cadeira e foi até a arca. Abriu as cortinas azuis e a porta corrediça de madeira, revelando dois livros da Torá com capa de veludo.

– Nestes pergaminhos estão as leis – disse. – Não procuramos recrutar ninguém para o judaísmo. Nós os desencorajamos. Está escrito no Talmude que os rabinos devem dizer certas palavras específicas quando procurados por apóstatas de outras religiões. A Torá diz que o rabino deve advertir a pessoa sobre o destino dos judeus neste mundo. A Torá é clara também sobre outro detalhe. Se o não judeu responder "sei de tudo isso e ainda assim me sinto indigno de ser judeu", deve ser aceito imediatamente para a conversão.

Leslie sentou-se outra vez.

– Quer dizer que me aceita? – perguntou, em voz baixa.

Ele fez um gesto afirmativo. Ah, pensou Leslie, o que eu faço agora?

Ela ia à sinagoga nas noites de terça e quinta-feira. O rabino falava e ela ouvia, mais atentamente do que costumava ouvir as aulas mais complexas da universidade, sem fazer perguntas tolas, interrompendo apenas quando uma explicação era necessária.

Max Gross descreveu em linhas gerais os princípios fundamentais da religião.

– Não vou ensinar a língua – disse. – Nova York está cheia de professores de hebraico. Se quiser, procure um deles.

Leslie encontrou no *Times* o anúncio do curso de hebraico na AHM da Rua 92, que passou a frequentar nas noites de quarta-feira. O professor era um jovem com expressão preocupada, estudando para seu Ph.D. na Universidade Yeshiva. Seu nome era Goldstein e jantava na lanchonete que ficava no mesmo prédio, no térreo. Leslie notou que ele comia sempre a mesma coisa, requeijão e azeitonas com pão torrado e uma xícara de café puro. Total: trinta centavos. Os punhos da sua camisa eram puídos e ela sabia que seu jantar era supermodesto porque ele não podia gastar mais do que isso. Sua bandeja, em contraste, parecia um exagero, e durante umas duas semanas ela tentou diminuir a quantidade. Mas a aula era de duas horas e depois ela assistia a outra, na sala ao lado, de história judaica. Se não jantasse muito bem, ficava tonta de fome.

O sr. Goldstein levava muito a sério o que fazia, e os alunos do turno da noite estavam sacrificando seu tempo de lazer. Assim, todos eram muito interessados. Uma aluna de meia-idade assistiu a uma aula e não apareceu mais. Os outros catorze aprenderam as trinta e duas letras do alfabeto hebraico numa semana. Na terceira semana, começaram a se revezar, recitando em voz alta as frases tolas e curtas do seu vocabulário limitado.

– *Rabi ba* – Leslie leu e traduziu –, meu rabino está chegando – com tanto entusiasmo que o professor e toda a classe olharam intrigados para ela.

Mas quando teve de ler outra vez em voz alta, o exercício era: *Mi rabi? Ahbah rabi*, "Quem é o meu rabino? Meu pai é o meu rabino". Depois de traduzir, Leslie sentou-se pesadamente na cadeira e olhou para o livro como se estivesse olhando através de um vidro leitoso.

Certa noite, quando o rabino Gross falava sobre os ídolos, dizendo que os cristãos têm dificuldade para visualizar um Deus sem uma imagem, Leslie percebeu que o rabino não era velho. Mas parecia e agia como um velho. O próprio Moisés não podia ser mais severo. Ele olhou sobre o ombro dela para seu caderno de notas e apertou os lábios.

– Nunca escreva o nome de Deus. Escreva sempre D-s. Isso é muito importante. Um dos mandamentos ordena que Seu nome não seja tomado em vão.

– Desculpe – disse ela. – São tantas regras. – Seus olhos encheram-se de lágrimas.

Aborrecido, o rabino desviou os olhos, e recomeçou a andar de um lado para o outro, falando com sua voz monótona, batendo de leve com as costas dos dedos da mão direita na palma da mão esquerda, atrás das costas.

No fim de treze semanas, o rabino disse a Leslie que ela seria convertida na terça-feira seguinte. A não ser – sugeriu ele delicadamente – que, por qualquer motivo, não pudesse tomar os banhos rituais naquele dia.

– Já? – perguntou ela, perplexa. – Mas estudei tão pouco tempo. Sei tão pouco.

– Minha jovem, eu não disse que você é uma erudita no assunto. Mas já absorveu informação suficiente para se tornar judia. Uma judia ignorante. Se quiser ser uma judia instruída, terá de providenciar por sua conta, com o passar do tempo. – Com alguma ternura nos olhos e na voz, acrescentou: – Você é uma moça muito esforçada. Foi muito bem.

Deu a ela o endereço do *mikva* e algumas instruções preliminares.

– Não use nenhuma joia. Nada de curativos, nem mesmo um protetor de calos. Corte as unhas. Nada, nem um fiapo de algodão nos ouvidos, deve impedir que a água toque cada célula externa do seu corpo.

Na sexta-feira Leslie começou a sentir náuseas de nervoso. Não sabia quanto tempo a cerimônia ia demorar e resolveu não ir ao escritório naquele dia.

– Phil – ela disse. – Preciso tirar folga na terça-feira.

Desanimado, Phil olhou para ela, depois para a pilha de jornais ainda não lidos e recortados.

– Virgem Santíssima, nosso trabalho já está se arrastando, sem você ter folga.

– É importante.

Phil conhecia todos os motivos importantes inventados pelas pesquisadoras, quando queriam um dia de folga.

– Enterro da sua avó?

– Não. Vou me tornar judia e minha conversão é na terça-feira.

Ele abriu a boca, depois deu uma gargalhada.

– Jesus. Eu ia dizer não, mas como posso competir com tanta imaginação?

A terça-feira amanheceu cinzenta. Leslie chegou à sinagoga onde ficava o *mikva* quinze minutos antes da hora marcada. O rabino era um homem de meia-idade, usava barba, como o rabino Gross, mas era muito mais gentil e alegre. Convidou-a para sentar-se no seu escritório.

– Estava tomando café – disse ele. – Aceite uma xícara.

Leslie ia recusar, mas sentiu o aroma do café fresco e aceitou. Quando o rabino Gross chegou os dois conversavam como velhos amigos. Outro rabino chegou logo depois, mais jovem, sem barba.

– Vamos ser testemunhas da sua imersão – disse o rabino Gross. Viu a cara dela e riu. – É claro que ficaremos lá fora. Com a porta só um pouco aberta, para ouvir o barulho quando você entrar na água.

Desceram para o térreo. O *mikva* ficava num anexo nos fundos da sinagoga. Eles a deixaram num vestiário, recomendando que ficasse à vontade e esperasse a chegada da sra. Rubin. Depois se retiraram.

Leslie queria fumar, mas não sabia se era permitido. O vestiário era sombrio, pequeno, com assoalho de madeira que estalava sob seus pés e um pequeno tapete trançado na frente da cômoda encostada na parede. O espelho com pequenas hemorragias amareladas no canto inferior esquerdo e pequenas hemorragias azuis no canto superior direito distorcia a imagem, como os espelhos de um parque de diversão. Além da cômoda só havia uma mesa de cozinha pintada de branco e uma cadeira. Leslie sentou-se e estava memorizando as marcas na superfície da mesa quando a sra. Rubin chegou.

A sra. Rubin era grisalha e discretamente gorducha. Estava com um vestido simples e avental azul. Os sapatos com saltos de altura média eram de couro negro, esticado nas partes internas dos dois pés por grandes joanetes.

– Tire a roupa – disse.

– Tudo?

– Tudo – disse a sra. Rubin, sem sorrir. – Você sabe as "bênçãos"?

– Sim. Pelo menos sabia até alguns momentos atrás.

– Não vou pedir agora. Pode recordar. – Tirou do bolso uma folha de papel mimeografado que pôs na mesa e saiu.

Não havia cabides. Leslie pôs a roupa no espaldar da cadeira e sentou-se outra vez. O assento da cadeira era muito macio. Apanhou o papel mimeografado e leu.

Bendito sejas, ó Senhor nosso Deus,
Rei do Universo,
que nos deste Teus mandamentos
e as ordens para a imersão.

ברוך אתה יי אלהינו מלך
העולם אשר קדשנו במצותיו
וצונו על הטבילת.

Bendito sejas, ó Senhor nosso Deus,
Rei do universo, que nos deste a vida
e nos sustentaste permitindo que
chegássemos a este grande momento,
Amém.

ברוך אתה יי אלהינו מלך
העולם שהחינו וקימנו והגיענו
לזמן הזה.

Estava relendo as bênçãos quando a sra. Rubin voltou e tirou um cortador de unhas do bolso do avental.

– Suas mãos – disse ela.

– Eu já cortei bem rente – disse Leslie. Estendeu as mãos, com orgulho, e a sra. Rubin as segurou e tirou mais uma pequena lasca de cada unha. Desdobrou um lençol limpo e cobriu com ele a nudez de Leslie. Depois entregou um sabonete e um esfregão e a levou ao banheiro com sete boxes de chuveiros.

– Esfregue bem, *mein kind* – disse ela.

Leslie dependurou o lençol num gancho na parede e esfregou cuidadosamente todo o corpo, embora já tivesse se lavado com a mesma perfeição na noite anterior e tomado um banho de imersão duas horas antes de ir para o *mikva*.

Enquanto se lavava, via, através de outra porta, a superfície da piscina, a água parada e pesada como chumbo, brilhando sob a luz de uma lâmpada amarela. O rabino Gross havia dito que os judeus praticavam a imersão ritual há milhares de anos quando João Batista os imitou. A água do *mikva* tinha de ser água natural. Originalmente, "a cerimônia era realizada em lagos e rios. Desde que o mundo moderno os obrigou à privacidade dos seus ritos, recolhiam a água da chuva que era levada por canos para piscinas ladrilhadas.

Depois de um tempo relativamente curto, a água ficava estagnada e havia outra piscina ao lado da primeira, onde a água da rua corria continuamente e para maior conforto era aquecida. Um pequeno tampão na parede entre os dois tanques era removido sempre que o segundo tanque ficava cheio, permitindo a mistura da água dos dois lados por um momento. Depois era fechado novamente. Isso santificava a água da rua sem aumentar o número de bactérias, garantiu o rabino Gross. Mesmo assim, olhando para a superfície da piscina, enquanto se lavava, Leslie disse a si mesma que, se a água não estivesse limpa, ela não poderia continuar com o ritual.

Quando saiu do chuveiro a sra. Rubin a esperava. Tirou do bolso do avental um pequeno pente de tartaruga. Penteou vagarosamente o cabelo longo de Leslie, desembaraçando as pontas com cuidado.

– Não pode haver nenhum obstáculo entre a água e a sua pessoa – disse ela. – Levante os braços.

Leslie obedeceu, submissa, e a mulher olhou para suas axilas depiladas.

– Nenhum cabelo – disse ela, como um comerciante avaliando a mercadoria. Então apontou com um dedo e entregou o pente para Leslie.

Por longo momento Leslie ficou imóvel, incrédula.

– Isso é mesmo necessário? – perguntou, com voz fraca.

A sra. Rubin inclinou a cabeça afirmativamente. Leslie usou o pente sem olhar para baixo, sentindo o sangue no rosto e as lágrimas nos olhos.

– Venha – disse finalmente a mulher, cobrindo os ombros dela com o lençol.

Uma passadeira de borracha ia do chuveiro até a borda da piscina. Quando Leslie chegou no topo dos três degraus, a sra. Rubin a fez parar. A mulher seguiu pela passagem de cimento até o outro lado da piscina, abriu uma porta e enfiou a cabeça. Leslie sentiu a corrente de ar quando a porta foi aberta para o pátio nos fundos da sinagoga.

– *Yedst* – disse a sra. Rubin. – Ela está pronta.

Leslie ouviu os rabinos conversando em ídiche e os seus passos quando se aproximaram da porta. A mulher deixou a porta só um pouco entreaberta e voltou para ela.

– Quer o papel com as orações?

– Eu sei as orações – disse Leslie.

– Você deve mergulhar completamente e *só então* recitar as orações. É a única vez que uma bênção é dita depois de um ato e não antes. O motivo disso é que a imersão limpa você de todas as outras religiões e só depois dela pode orar a Deus como uma judia. Para garantir que a água atingiu todo seu corpo, provavelmente terá de mergulhar várias vezes. Tem medo de água?

– Não.

– Ótimo – disse a sra. Rubin, retirando o lençol dos ombros dela.

Leslie desceu os degraus. A água morna no meio da piscina chegou até a parte inferior dos seus seios. Ela parou por um minuto, olhando para a água. Parecia clara e limpa, e o fundo de ladrilho branco era perfeitamente visível. Leslie fechou os olhos e mergulhou, prendendo a respiração e sentou-se no fundo, sentindo nas nádegas as linhas ásperas do cimento entre os ladrilhos. Então emergiu, cuspindo um pouco d'água e recitou as orações com voz trêmula.

– *Oh-mein* – cantou a sra. Rubin, e Leslie ouviu os "améns" dos rabinos atrás da porta quase fechada. A sra. Rubin fez um gesto de cima para baixo com os dois braços, como um juiz de futebol acenando para a torcida, e Leslie mergulhou outra vez, mais confiante. Era tão fácil que teve vontade de rir. Sentou-se na água, com o cabelo flutuando, e miraculosamente sentiu-se livre de todo peso físico e espiritual, libertada da culpa de ter vivido vinte e dois anos como um ser humano. Lavada no sangue do Cordeiro, pensou, com uma risada nervosa, e subiu para a superfície como um peixe. Meus filhos, pensou, escutem a história de como a mamãe se tornou uma sereia judia, e desde então tem este rabo de peixe. Dessa vez disse as bênçãos com voz mais firme, mas a sra. Rubin ainda não estava satisfeita. Os braços foram abaixados novamente e Leslie abaixou também na água. Na terceira viagem ela não fechou os olhos. A lâmpada amarela sobre a piscina enviava sua luz através da água, brilhante e quente como o olho de Deus. Leslie subiu para a superfície e ficou parada, um pouco ofegante, sentindo a ponta dos seios enrijecerem com o vento frio que vinha da porta entreaberta onde os rabinos ouviam. Dessa vez ela recitou as orações com alegre certeza.

– *Mazel tov* – disse a sra. Rubin, e quando Leslie saiu da piscina com a água escorrendo por seu corpo, a mulher a envolveu no lençol e a beijou nas duas faces.

No escritório do rabino, sem nenhuma maquilagem, com o cabelo úmido e frio no pescoço, Leslie sentia-se como se tivesse dado cinco voltas completas na piscina Davenport da universidade. O rabino que tinha oferecido café antes da cerimônia sorriu para ela.

– Amarás o Senhor teu Deus de todo coração e com toda tua alma e toda tua vontade? – perguntou ele.

– Sim – murmurou Leslie, muito séria agora.

– E estas palavras – disse ele – que eu digo neste dia devem permanecer no teu coração: e as ensinarás diligentemente aos teus filhos, e as dirás dentro da tua casa e fora dela, e quando fores te deitar e quando te levantares. E deves atá-las como um sinal em tuas mãos e elas devem estar para sempre entre teus olhos. E as escreverás nos batentes das portas da tua casa e sobre os portões, para que te lembres de obedecer a todos os meus mandamentos e ser santa perante teu Deus.

O rabino Gross aproximou-se e pôs as mãos sobre a cabeça dela.

– Como símbolo da sua admissão na casa de Israel – disse ele – este tribunal rabínico lhe dá as boas-vindas, dando-lhe o nome de Leah bas Avrahom, como será de agora em diante chamada em Israel. Possa Ele, que abençoou nossas mães, Sarah, Rebecca, Rachel e Leah, abençoar nossa irmã Leah bas Avrahom, na ocasião em que é aceita na herança de Israel como uma verdadeira prosélita entre o povo do Deus de Abraão. Possa você, com a graça de Deus, prosperar em todos os sentidos e que todo trabalho de suas mãos seja abençoado. Amém.

Então, o rabino mais jovem entregou a ela o certificado de conversão e Leslie leu.

NA PRESENÇA DE DEUS E DESTE TRIBUNAL RABÍNICO

Por meio deste declaro meu desejo de aceitar os princípios do judaísmo, aderir às suas práticas e cerimônias e me tornar um membro do Povo Judeu.

Faço isto por livre e espontânea vontade e compreendo perfeitamente o verdadeiro significado dos mandamentos e das práticas do judaísmo.

Rezo para que esta determinação possa me guiar por toda a vida para que eu seja digna da sagrada irmandade para a qual estou entrando. Rezo para nunca me esquecer dos privilégios e dos deveres impostos por minha filiação à Casa de Israel. Declaro minha firme determinação de levar uma vida judaica e ter um lar judaico.

Se eu for abençoada por filhos varões prometo criá-los dentro do Pacto de Abraão. Prometo também criar todos os filhos com que Deus me abençoar para serem leais seguidores das crenças e das práticas do judaísmo e fiéis às esperanças e ao modo de vida do judaísmo.

Escuta, ó Israel, o Senhor nosso Deus, o Senhor é Um!

Bendito seja Seu Nome glorioso e soberano para sempre.

Leslie assinou sem que sua mão tremesse mais do que admitia a ocasião, e os rabinos assinaram como testemunhas. A sra. Rubin a beijou outra vez e ela beijou a mulher. Agradeceu aos rabinos e apertou as mãos deles. O mais jovem disse que ela era a convertida mais bonita que ele já tinha visto. Todos riram e ela agradeceu outra vez e saiu da sinagoga. O vento soprava e o céu continuava cinzento. Leslie não sentiu nenhuma mudança, mas sabia que sua vida ia ser diferente de qualquer coisa que pudesse ter sonhado. Por um momento, mas só por um momento, pensou no pai e lamentou o fato da mãe não estar viva. Então caminhou rapidamente pela rua, sentindo uma crescente urgência, uma necessidade de encontrar uma cabine telefônica para abrir os lábios e sussurrar seu segredo fantástico.

24

Michael chegou a Nova York no dia seguinte. Foi de carro até Little Rock e depois tomou o avião que sacudiu e cabriolou no meio da tempestade de primavera até o aeroporto La Guardia. Quando correu para Leslie, no aeroporto, sentiu que cada vez que a via era como se fosse a primeira, que nunca ia se cansar de olhar para o rosto dela.

— O que eu não entendo é a parte do *mikva* – disse ele, no táxi, quando parou de beijá-la. – Se fosse convertida por um rabino reformista não precisava fazer isso.

— Foi maravilhoso – disse ela, timidamente. – Eu quis fazer tudo do modo mais difícil. Para durar para sempre.

Mas na tarde seguinte, quando foram juntos à *Shaarai Shomayim*, Max Gross ficou pálido.

— Por que não me disse? – perguntou para Leslie. – Se eu soubesse que o homem da sua vida era Michael Kind, acredite, eu nunca a teria convertido.

— Mas você não me perguntou – disse ela. – Eu não estava tentando enganá-lo.

— Max – disse Michael. – Só estou fazendo o que Moisés fez. Ela é judia. Você a fez judia.

O rabino Gross balançou a cabeça.

— Você não é Moisés. Você é um *nahr*, um tolo. E eu o ajudei a cometer este erro.

— Eu quero que você faça o nosso casamento, Max – disse Michael em voz baixa. – Nós dois gostaríamos muito.

Mas o rabino Gross apanhou uma Bíblia e a abriu. Balançando o corpo, ele começou a ler em voz alta, ignorando os dois, como se estivesse sozinho no *shul*.

Michael apertou os lábios quando ouviu as palavras em hebraico.

– Vamos – disse para Leslie.

Na rua, ela olhou para ele.

– Eles não podem... anular tudo ou coisa assim, podem, Michael?

– Quer dizer a conversão? Não, é claro que não. – Segurou a mão dela. – Não deixe que ele a faça infeliz, querida.

No táxi, Leslie segurou na mão dele.

– A quem vai pedir agora? Para fazer o casamento?

– Um dos meus colegas de turma no Instituto, acho – pensou um momento e resolveu. – Milt Greenfield tem uma congregação em Bethpage.

Naquela tarde ele usou o telefone público de uma drogaria na Avenida Lexington. O rabino Greenfield o congratulou com calor, depois ficou calado e ressabiado, nessa ordem.

– Tem *certeza* de que é o que deseja, Michael?

– Não seja idiota. Se eu não tivesse certeza não estaria telefonando.

– Muito bem, então fico lisonjeado por *me* escolher, seu filho da mãe – disse Greenfield.

Naquela noite, quando seus pais dormiam, no seu quarto Michael procurou na *Leitura Moderna da Bíblia* a tradução para o inglês da passagem que Max Gross tinha lido, expulsando-o da sinagoga. Depois de algum tempo encontrou. Provérbios 5:3:

... dos lábios da Mulher Estranha destilam favos de mel
E suas palavras são mais suaves do que o azeite;
Mas no fim são amargas como absinto,
Agudas como a espada de dois gumes,
Seus pés descem para a morte;
Seus passos conduzem ao inferno;
De modo que ela não encontra a vereda reta da vida.
Seu caminhar é errante e ela não sabe.

Michael pensou que teria dificuldade para adormecer. Mas adormeceu enquanto rezava. Se sonhou, esqueceu completamente o sonho, quando acordou na manhã seguinte.

No café da manhã, Michael, um pouco embaraçado, observou a mãe. Leslie tinha telefonado para o pai e depois chorou silenciosamente por um longo tempo. Michael sugeriu uma visita ao reverendo Rawlins, mas ela balançou a cabeça. Aliviado, ele não insistiu.

Michael não tinha pensado em contar imediatamente para seus pais, preferindo adiar a cena que certamente ia haver.

Quando estava na segunda xícara de café o telefone tocou. Era o rabino Sher.

– Como sabia que eu estava em Nova York? – perguntou Michael, depois das amabilidades de praxe.

– Eu falei com Milt Greenfield – disse o rabino Sher.

Bom e velho Milt, pensou Michael.

– Pode passar pela União para uma conversa?

– Esta tarde – disse ele.

– Tenho certeza de que você estudou os aspectos possíveis do assunto – disse gentilmente o rabino Sher. – Só quero ter certeza de que está ciente das prováveis consequências desse casamento.

– Vou casar com uma judia.

– Está arruinando o que podia ter sido uma brilhante carreira pastoral. Desde que compreenda isso, sua decisão é válida, embora talvez... imprudente. Quero apenas ter certeza de que não está ignorando as consequências num estado de... – Fez uma pausa, procurando a palavra certa.

– Paixão impensada.

O rabino Sher fez um gesto afirmativo.

– Alguma coisa assim.

– Durante toda a nossa vida insistimos, considerando a imundície e o vício que dominam todas as sociedades do mundo, que os judeus são tão bons quanto qualquer outro grupo, que como indivíduos somos todos iguais aos olhos de Deus. Em resposta ao conto de fadas sobre os Protocolos dos Sábios do Sião, explicamos cuidadosamente às nossas crianças que fomos eleitos apenas para carregar o grande peso do Pacto firmado entre Deus e o homem. Porém, em nosso íntimo, o medo fez de nós o povo mais preconceituoso da terra. Por quê, rabino?

Os sons das buzinas subiam da rua. O rabino Sher foi até a janela e olhou para o tráfego congestionado da Quinta Avenida. Táxis. Táxis demais. Exceto quando se precisa de um, num dia de chuva, pensou ele.

– Como pensa que sobrevivemos por mais de cinco mil anos?

– A mulher com quem vou casar é judia. O pai dela não é. Mas é o judaísmo uma questão de consanguinidade? Ou uma ética, uma teologia e um modo de vida?

O rabino Sher fechou os olhos.

– Michael, por favor, nada de debates. Bem sabe que sua situação não é única. Já enfrentamos outras iguais. Sempre apresentaram grandes dificuldades. – Deu as costas para a janela. – Você já se decidiu?

Michael balançou a cabeça afirmativamente.

– Então, boa sorte. – Estendeu a mão que Michael apertou.

– Mais uma coisa, rabino. Acho melhor procurar outra pessoa para os Ozarks.

Sher fez um gesto afirmativo.

– Com uma esposa você não vai querer viajar todos os dias. – Fez uma pirâmide com os dedos das duas mãos. – Isso nos leva à questão de um novo emprego. Seria interessante para você tentar alguma coisa acadêmica. Ser capelão da Hillel ou trabalhar para uma das fundações culturais. Temos muitos pedidos de recomendação para essas áreas. – Fez uma pausa. – O ambiente acadêmico é sempre mais liberal.

– Eu quero uma congregação. – Michael retribuiu com firmeza o olhar do outro.

Sher deu um suspiro.

– Diretorias de sinagogas são constituídas de pais. É quase certo que verão em seu casamento, não importa como você mesmo o veja, um mau exemplo para os filhos.

– Eu quero uma congregação.

Sher deu de ombros.

– Vou fazer o possível para ajudá-lo, Michael. Venha me visitar com sua mulher quando puder. Gostaria de conhecê-la.

Trocaram outro aperto de mãos.

Quando Michael saiu, o rabino Sher ficou sentado imóvel por um longo tempo, distraidamente cantarolando a Canção do Toureador da *Carmen*. Depois, apertou um botão na mesa.

– Lillian – disse para a secretária. – O rabino Kind vai sair do circuito dos Ozarks.

– Quer que eu passe a ficha para o fichário de Posições em Aberto? – perguntou ela. Lillian era uma mulher de meia-idade e estava envelhecendo rapidamente. O rabino Sher tinha muita pena dela.

– Por favor – disse ele.

Quando ela saiu, ele cantarolou em voz baixa tudo que conseguiu lembrar da música de Bizet e apertou o botão outra vez.

– Deixe o cartão onde está, por enquanto – disse, quando ela reapareceu. – Provavelmente não vamos preencher esse posto antes de encontrarmos um homem casado para o circuito.

Com um olhar de tome-uma-decisão-chefe, ela disse:
– Isso é pouco provável.
– Não – garantiu ele. – Não é.
Foi até a janela, apoiou as mãos no peitoril e olhou para baixo.

O tráfego na Quinta Avenida era um campo de batalha, com as buzinas estridentes como berros de táxis feridos. Táxis, pensou ele, estão estragando a cidade inteira.

25

Houve um tempo, não muito remoto, em que não havia uma congregação judaica em Cypress, Georgia. Antes da guerra – da Segunda Guerra Mundial, não da Guerra de Secessão – havia apenas umas dez famílias judaicas em toda a cidade. Seu líder era Dave Schoenfeld, editor e diretor do semanário *Cypress News*, bisneto do capitão Judah Schoenfeld, atingido no pescoço por uma bala Minié, quando comandava uma unidade sob as ordens de Hood, em Peachtree Creek. Sendo assim, Dave era mais sulista do que judeu, quase como qualquer batista convicto de Cypress, a não ser talvez pelo fato de ter um pouco mais de influência na época das eleições.

Dave Schoenfeld era tenente-coronel no Serviço de Inteligência em Sondrestrom, Groenlândia, quando foi realizada a primeira cerimônia religiosa da noite de sexta-feira na sua cidade natal. Um rabino chamado Jacobs, capelão em Camp Gordon, chegou com um ônibus cheio de soldados judeus e oficiou o *Yom Kippur* na Primeira Igreja Batista, com permissão especial dos diáconos. Praticamente todos os judeus da cidade compareceram e o sucesso foi tão grande que ele resolveu repetir no ano seguinte. No *Yom Kippur* seguinte não havia mais rabino para celebrar a cerimônia. O capelão Jacobs fora enviado para fora do país antes de chegar seu substituto. Os Dias Solenes chegaram e passaram sem nenhuma cerimônia em Cypress e a falta foi notada e comentada.

– Por que não celebramos nós mesmos o serviço do shabbat? – sugeriu o jovem Dick Kramer, que tinha câncer e pensava muito em Deus.

Os outros concordaram, e na sexta-feira seguinte catorze pessoas estavam reunidas na sala de recreação, no subsolo da casa de Ronnie Levitt. Oficiaram a cerimônia de memória. Ronnie, que tinha estudado canto em Nova York depois da Primeira Guerra Mundial, antes de voltar para casa e para o negócio de essência de terebintina do pai, foi o cantor. Cantaram com entusiasmo e muito volume, embora nem sempre com grande afinação, os trechos da cerimônia que conseguiram lembrar. Na cozinha, no andar superior, Rosella Barker, a empregada de Sally Levitt, ergueu as sobrancelhas e sorriu para seu irmão de catorze anos, Mervin, que sentado à mesa tomava café, esperando para acompanhar a irmã de volta a casa.

– Essa gente nasce com ritmo, meu querido – disse ela. – A música parece explodir de dentro deles, até no modo como andam. – E ela riu da cara do irmão.

Dave Schoenfeld foi promovido e deu baixa como coronel da reserva, em 1945. O Exército roubara os anos da sua mocidade. Seus músculos tinham perdido a elasticidade e seu passo a leveza. O cabelo estava ralo e grisalho e tinha problemas na próstata, o que exigia atenção periódica, que ele obteve, de maneira bem típica, tendo um caso com a enfermeira mais atraente da base. Duas semanas depois da sua volta à vida civil recebeu um bilhete de um oficial amigo, informando que a enfermeira tinha tomado uma overdose de comprimidos para dormir, fora submetida a lavagem estomacal e mandada de avião para o Walter Reed Hospital para observação psiquiátrica. Schoenfeld jogou o bilhete no cesto de papéis com uma pilha de *press releases* e convites para eventos sociais que não pretendia aceitar.

Voltou para a Georgia e encontrou Cypress com quase mil habitantes mais do que quando tinha saído, uma serraria, uma pequena fábrica de material eletrônico e a promessa de que uma fábrica de tecidos de Fall River, Massachusetts, ia se mudar de mala, cuia e teares para Cypress. Ele era um homem solteiro, rico e bem-apessoado de quarenta e oito anos e foi recebido com carinhoso entusiasmo pelas mulheres que conhecia através dos anos e os homens que se haviam beneficiado da sua influência política em diversas ocasiões. Eles o fizeram sentir-se feliz por estar em casa. Schoenfeld gastou US$ 119.000 para converter o *News* e sua oficina impressora de *letterpress* para *off-set*, um processo que ele admirava no Exército. O jornal passou a sair três dias por semana para aproveitar o aumento da circulação potencial, e Schoenfeld contratou um jovem muito ativo que acabava de se formar na Escola de Jornalismo Henry W. Grady para a maior parte do novo trabalho. Depois disso, ele descansou, retomando seu jogo de pôquer duas vezes por semana com o juiz Boswell, Nance Grant, Sunshine Janes e o xerife Nate White.

Durante vinte anos esses homens tinham partilhado mais do que o amor pelo pôquer. Juntos eles controlavam o algodão, o amendoim, a Justiça, o poder e a opinião pública em Cypress. Seus conglomerados crescentes e sindicalizados há muito tempo haviam feito de todos eles homens ricos.

Receberam Dave de volta com alegria.

– Então, gostou da Groenlândia? – perguntou o xerife, pronunciando o nome em inglês, como se fossem duas palavras: Green Land.

– Tinha a impressão de que meu traseiro ia cair de tão gelado – disse Dave, baralhando as cartas.

Sunshine cortou o baralho.

– Ficou farto daqueles esquimós? Devem cheirar a óleo de peixe.

– Quem, eu?

Sunshine deu uma gargalhada e os outros sorriram.

– Vamos ver se isso mudou a minha sorte – disse Dave, começando a dar as cartas.

Schoenfeld havia tirado muitas fotos e sete semanas depois da sua volta foi convidado para fazer uma palestra no clube masculino da Igreja Metodista. Os slides coloridos da calota polar e dos rochedos cobertos de neve foram um sucesso, bem como as histórias e anedotas que ele contou sobre a vida dos esquimós e dos soldados. No dia seguinte, Ronnie Levitt telefonou perguntando se ele queria repetir a palestra na sua casa, na sexta-feira à noite, depois do *oneg shabbat*.

Na sexta-feira, Schoenfeld notou com surpresa que, na sala repleta de judeus, havia muitos que ele não conhecia. Apesar da improvisação de Ronnie, o serviço religioso foi cantado com grande entusiasmo. Não houve sermão. Sua palestra depois da cerimônia foi educadamente aplaudida.

– Há quanto tempo estão fazendo isto? – ele perguntou.

– Muito tempo – disse imediatamente Dick Kramer. – Acabamos de encomendar os livros de orações. Mas pode ver o que precisamos. Precisamos de um local mais adequado e um rabino.

– Na verdade, não pensei que me convidaram por causa de um interesse repentino em ursos-polares – disse David, secamente.

– Temos cerca de cinquenta famílias judias na cidade – disse Ronnie. – O que precisamos é comprar uma casa de madeira por um bom preço e adaptá-la para fazer um templo decente. O rabino não sai muito caro. Todos juntos, podemos pagar.

– Podem conseguir dinheiro com a congregação para cobrir todo o programa? – perguntou Schoenfeld, sabendo que não podiam, do contrário não o estariam cortejando.

– Precisamos de alguns patrocinadores, pessoas que possam dar uma boa contribuição nos dois primeiros anos – disse Ronnie. – Eu posso ajudar nessa parte. Se você assumir uma responsabilidade igual, podemos executar nosso projeto.

– Quanto?

– Cinco, dez mil.

Dave pensou cuidadosamente por alguns momentos.

– Acho que não – disse finalmente. – Acho que esses serviços religiosos são ótimos e eu gostaria de tomar parte uma vez ou outra. Mas não compensa desenvolver muito depressa. Acho que devemos esperar até que haja membros, para que todos possam sentir que colaboraram igualmente na compra da casa e nos honorários do rabino.

Continuaram em volta dele, relutando em se afastar, todos com a mesma expressão de desapontamento.

No sábado à noite Schoenfeld ganhou US$ 131 no pôquer.

– O que essa nova indústria está fazendo para o nosso fundo comum? – perguntou ele.

– Nada – disse o juiz.

– Se deixarmos mais algumas fábricas se instalarem aqui, o sindicato vai cair em cima de nós – disse Dave.

Nance Grant mordeu a ponta do charuto grosso e negro e cuspiu no chão.

– Ninguém mais vem para cá. Permitimos a entrada de algumas indústrias só para nos ajudar com o trabalho mais pesado.

Schoenfeld ficou intrigado.

– Desde quando precisamos de ajuda? E para fazer o quê?

O juiz pousou a mão de unhas feitas no seu braço.

– Você esteve algum tempo fora, Davey. O maldito governo vai nos atormentar mais do que urticária. Não custa termos alguns amigos por perto para lutar contra os socialistas.

– Nossas despesas também estão sempre crescendo – disse Nance. – É interessante partilhar com alguns deles.

– Que tipo de despesas?

– Bem, Billy Joe Ray, para começar. É um pregador. Fogo e enxofre e imposição de mãos.

– Um curandeiro religioso? – perguntou Schoenfeld. – Por que temos de pagar alguma coisa a ele?

O xerife pigarreou.

– Macacos me mordam se ele não os mantém na linha para nós, melhor do que uísque barato.

Schoenfeld agradeceu, mas recusou um dos charutos negros de Nance e tirou um Havana do bolso interno do paletó.

– Muito bem – disse ele, com o fósforo aceso na ponta do charuto –, um pregador não pode ser tão caro.

O juiz olhou calmamente para ele.

– Cem mil.

Todos riram da cara de espanto de Schoenfeld.

– Só a tenda com ar-condicionado custa quase isso – disse Sunshine. – *E* um programa de rádio, *e* televisão.

– O que damos a ele é só uma pequena subvenção. Sua coleta já é suficiente para mantê-lo muito bem – disse Nance. – E quanto mais crescer a reputação da cidade como uma comunidade religiosa, temente a Deus, melhor para todos nós.

– Que diabo, não precisa crescer coisa nenhuma – disse o juiz. – Esta *é* uma comunidade desse tipo. Até os judeus estão se reunindo regularmente para suas orações. – Fez-se um pequeno silêncio. – Peço desculpas – disse para Dave, com delicadeza.

– Não precisa se desculpar – disse Schoenfeld, tranquilamente.

Naquela noite ele telefonou para Ronnie Levitt.

– A ideia do templo não me sai da cabeça – disse. – Que tal conversarmos outra vez a respeito?

Compraram uma pequena casa térrea em bom estado. Dave e Ronnie contribuíram com cinco mil dólares cada um para pagar a casa e os dois acres do terreno. Ficou combinado que o resto da congregação contribuiria com uma quantia suficiente para as reformas e o salário do rabino.

Com alguma hesitação, Ronnie sugeriu que o templo fosse chamado Sinai. Dave deu de ombros e concordou. Ninguém foi contra.

– No próximo mês vou a Nova York para falar com o representante nacional do nosso jornal – disse Schoenfeld. – Vou ver se consigo encontrar um rabino.

Depois de se comunicar por carta com um homem chamado Sher, assim que chegou em Nova York telefonou para a União das Congregações Hebraicas Americanas e convidou o rabino para almoçar no dia seguinte. Só depois que desligou o telefone lembrou que o homem provavelmente só comia comida *kosher*.

Mas quando se encontraram no escritório da União, o rabino Sher não fez nenhuma sugestão a respeito. No táxi, Dave inclinou-se para a frente e disse ao motorista: "Voisin." Olhou rapidamente para o rabino Sher, mas só viu no rosto dele um calmo repouso.

No restaurante, pediu panquecas de lagosta. O rabino pediu frango *sauté echalote* e Dave, com um largo sorriso, contou que estava preocupado por não ter escolhido um restaurante judeu.

– Eu como de tudo, menos crustáceos – disse Sher.

– Existe alguma regra?

– Não. Só o modo como fui criado. Os rabinos reformistas resolvem cada um o seu problema.

Durante o almoço falaram sobre o novo templo.

– Quanto vai nos custar para contratar um rabino? – perguntou Schoenfeld.

O rabino Sher sorriu. Citou um nome conhecido de dois terços dos judeus dos Estados Unidos.

– Para ele, cinquenta mil dólares por ano. Talvez mais. Para um jovem recém-saído da escola de rabinos, seis mil. Por um rabino mais velho que já teve várias congregações sem ficar em nenhuma, seis mil. Por um bom homem, com uns dois anos de experiência, talvez dez mil.

– Podemos esquecer o grande homem. Pode recomendar um nome ou dois de uma das outras categorias?

O rabino cortou cuidadosamente um pedaço do empadão.

– Conheço um homem muito bom. Serviu por pouco tempo como assistente numa grande congregação na Flórida, depois teve seu próprio circuito congregacional em Arkansas. Ele é jovem, muito ativo e extremamente inteligente.

– Onde ele está agora?

– Aqui em Nova York. Ensina hebraico para crianças.

Schoenfeld olhou atentamente para ele.

– Tempo integral?

– Sim.

– Por quê?

– Tem tido alguma dificuldade para encontrar uma congregação. Alguns meses atrás casou com uma jovem cristã convertida ao judaísmo.

– Católica?

– Acho que não.

– Não acredito que o casamento possa nos preocupar – disse Schoenfeld, pensativo. – Vivemos muito próximos dos nossos vizinhos cristãos. Uma vez que o homem está numa situação difícil, talvez aceite sete mil, o que acha?

Alguma coisa que Schoenfeld não pôde definir passou rapidamente pelos olhos do rabino.

– Isso tem de ser resolvido entre você e o rabino – disse Sher, delicadamente.

Schoenfeld tirou do bolso um livro de notas com capa de couro e a caneta.

– Como é o nome dele?
– Rabino Michael Kind.

26

Compraram um Plymouth azul conversível, com dois anos de uso e pneus quase novos, num revendedor no Bronx. Voltaram ao apartamento da Rua 60 Oeste e providenciaram para que a mesa de Leslie e os livros fossem enviados pelo Railway Express.

Houve um jantar extremamente desconfortável na casa dos pais dele, uma noite que se arrastou penosamente com o peso de coisas passadas ditas e não ditas. ("Seu maldito idiota", tinha esbravejado Abe, quando soube do casamento, "a gente não *casa* com elas!" E Michael viu lampejos nos olhos de Abe Kind, atrás das sombras do desespero, a chama bruxuleante da culpa, abafada durante anos.) Durante todo o tempo Dorothy e Leslie falaram sobre receitas... Quando finalmente se despediram com beijos, Dorothy estava com os olhos secos e preocupada. Abe chorou.

Na manhã seguinte foram a Hartford.

Na igreja congregacional de Hastings, sentaram-se no vestíbulo escuro, num velho banco de nogueira, até o reverendo sr. Rawlins sair do escritório, despedindo-se de um casal de jovens.

– Casamentos simples são os melhores – disse ele, acompanhando os dois até a porta. – Têm mais calor humano e são mais sensatos.

Olhou para os dois, sentados no banco.

– Muito bem, Leslie – disse, no mesmo tom.

Michael e Leslie levantaram-se. Ela os apresentou.

– Aceitam chá?

Ele os fez entrar no seu estúdio, eles sentaram-se e o chá com biscoitos foi servido por uma mulher de meia-idade com rosto inexpressivo. Constrangidos, conversaram sobre banalidades.

– Lembra dos biscoitos que a tia Sally fazia? – Leslie perguntou para o pai, quando terminaram o chá. – Às vezes penso nela e sinto o gosto dos biscoitos.

– Biscoitos? – disse ele. Voltou-se para Michael. – Sally era minha cunhada. Uma boa mulher. Morreu há dois anos.

– Eu sei – disse Michael.

– Ela deixou mil dólares para Leslie. Ainda tem o dinheiro, Leslie?

– Sim – disse Leslie. – Ainda tenho.

Por trás dos óculos sem aros, os olhos azuis do pastor observavam Michael.

– Acha que vai gostar do Sul?

– Passei alguns anos na Flórida e em Arkansas – disse Michael. – Acho que as pessoas são iguais em toda parte.

– À medida que ficamos mais velhos começamos a notar algumas diferenças.

Depois de um silêncio, Leslie disse:

– Bem, precisamos ir. – Beijou o rosto macio e branco. – Cuide-se bem, papai.

– O Senhor cuidará de mim – disse ele, acompanhando-os até a porta.

– Ele cuidará de nós também – disse Michael. Aparentemente seu sogro não ouviu.

Dois dias depois Leslie e Michael chegaram a Cypress, Geórgia, numa tarde quente, uma amostra do que seria o verão naquele ano. Na praça principal o calor tremulava em ondas visíveis em volta da estátua equestre do general Thomas Mott Lainbridge. Michael aproximou o carro lentamente do gramado que circundava a estátua e eles a examinaram entrecerrando os olhos contra a luz forte do sol. Só conseguiram ver o nome.

– Já ouviu falar nele? – Michael perguntou.

Leslie balançou a cabeça. Ele parou o carro junto do meio-fio. Quatro adolescentes estavam sentados sob o toldo da lanchonete.

– Senhor – disse Michael, apontando para a estátua do general Thomas Lainbridge. – Quem foi ele?

O garoto olhou para os companheiros e todos sorriram.

– Lainbridge.

– Não o nome – disse Leslie. – O que ele fez?

Um dos rapazes deixou a sombra do toldo e caminhou até a estátua. Quase encostou o rosto na placa e ficou parado, movendo os lábios silenciosamente. Depois voltou para perto do carro.

– General comandante, Segundo Batalhão de Fuzileiros da Geórgia.

– Fuzileiros eram da infantaria – disse Leslie. – O que ele está fazendo num cavalo?

– Senhora?

– Muito obrigado – disse Michael. – Sabem onde fica o número dezoito da Piedmont Road?

Ficava a três minutos de carro. Encontraram a pequena casa verde com uma varanda em péssimo estado e o jardim cheio de mato. As janelas estavam sujas.

– Parece boa – disse Leslie sem muita convicção.

Michael beijou o rosto dela.

– Bem-vinda ao lar.

Michael ficou de pé no banco da frente do conversível e olhou para a rua, procurando no lado dos números ímpares porque o templo era no número 45. Foi incapaz de adivinhar qual dos prédios da rua seria o sob sua responsabilidade.

– Espere um minuto – disse Leslie. Saiu do carro e subiu os degraus. A porta não estava trancada. – Vá ver seu templo – disse ela. – Quero que seja o primeiro a ver. Depois, volte para mim.

– Eu te amo – disse Michael.

Os números tinham sido removidos quando pintaram o Sinai e Michael passou por ele. Mas o 47 estava bem visível na casa vizinha. Ele fez a volta e parou na entrada do templo. Não havia nenhuma placa. Teria uma placa pequena e discreta.

Quando entrou, Michael tirou o *yarmulka* do bolso e pôs na cabeça.

Dentro estava fresco. As paredes internas tinham sido derrubadas, abrindo um grande espaço para o santuário. Haviam deixado a cozinha, o banheiro e dois quartos pequenos, que podiam servir de escritório e sala particular do rabino. Michael caminhou sobre as folhas de jornal que protegiam o sinteco recente.

Não havia uma *bimá*. Viu uma arca encostada na parede, abriu e encontrou a Torá. Na capa de veludo uma pequena placa de prata informava que a Torá fora doada pelo sr. e sra. Ronald G. Levitt, em memória de Samuel e Sarah Levitt. Michael acariciou o pergaminho e depois beijou as pontas dos dedos, como tinha aprendido com o avô muito tempo atrás.

– Obrigado por isto, meu primeiro templo – disse, em voz alta. – Tentarei fazer dele uma verdadeira casa de Deus.

Sua voz ecoou nas paredes nuas. Tudo cheirava a tinta.

O número 18 da Piedmont Road não fora pintado. Nem lavado, há muito tempo. Tudo estava coberto de poeira. Pequenas aranhas vermelhas caminhavam no teto e havia uma larga mancha de sujeira seca de passarinho no vidro na janela da frente.

Leslie encontrou um balde, encheu de água e pôs no fogão. Mas não conseguia acender o fogo.

– Não tem água quente – disse ela. – Precisamos de um esfregão, um pano de chão e sabão. Acho melhor fazer uma lista.

A voz dela era calma. Preparava-o para o que ia encontrar no seu exame da casa. Os móveis eram do tipo casa de verão e precisavam ser pintados. Numa cadeira faltava uma travessa e na outra uma parte do encosto. No quarto, o colchão marrom manchado estava dobrado, descobrindo as molas enferrujadas e bambas. O papel da parede parecia ser de antes da guerra civil.

Quando Leslie voltou para a cozinha, Michael não teve coragem de olhar nos olhos dela. Leslie gastou o último fósforo tentando acender o fogão.

– O que há com esta coisa? O piloto não está funcionando.

– Espere um pouco – disse ele. – Tem um alfinete?

O único que havia era do fecho do broche que ela usava e Michael desentupiu com ele os bicos de gás. Depois, acendeu um dos seus fósforos e com um leve *puff* a chama azul esbranquiçada apareceu.

– Quando você voltar com o sabão, a água estará quente – disse ela.

Mas ele apagou o gás.

– Esta noite, nós dois vamos trabalhar. Mas primeiro o jantar.

Entraram no carro, os dois aliviados por se verem livres da casa feia e suja.

Naquela noite, com o suor ardendo nos olhos e pingando do rosto, lavaram e esfregaram os móveis e as paredes. Era mais de meia-noite quando terminaram. Os dois de pé na banheira lavaram um ao outro cuidadosamente. Havia um chuveiro, mas sem cortina. Leslie abriu toda a água fria, sem se importar com o chão do banheiro que ficou alagado.

– Deixe que seque sozinho – disse ela, cansada. Saiu do banho nua e foi para o quarto. – Não temos lençóis. – Apontou para o colchão manchado e pela primeira vez seus lábios tremeram. – Não posso dormir nisso.

Michael vestiu a calça e, descalço e sem camisa, foi até o carro. Apanhou na mala dois cobertores azuis da Marinha, comprados numa loja de excedentes das Forças Armadas, em Manhattan. Estendeu os cobertores sobre o colchão, e Leslie apagou a luz. Ficaram deitados no escuro, em silêncio. Tentando reconfortá-la, a abraçou, puxando-a para ele. Mas com voz rouca de gemido e suspiro, Leslie disse:

– Está muito quente.

Michael beijou a cabeça dela e retirou o braço. Era a primeira vez que Leslie se negava a ele. Procurou pensar em outras coisas, no templo, no seu primeiro sermão, nos planos para uma escola de hebraico. Com o calor por cima e os cobertores de lã por baixo, finalmente conseguiram dormir.

De manhã, Michael acordou primeiro. Olhou para sua mulher adormecida, para o cabelo escorrido por causa do banho de chuveiro e da umidade, para o movimento quase imperceptível das narinas, como um reflexo retardado da respiração, para a marca de nascença marrom em volta de um único fio de cabelo louro sob o seio direito, para a pele, pálida e orvalhada com o calor úmido. Finalmente ela abriu os olhos. Entreolharam-se um longo tempo. Então, ela apoiou a mão no peito dele e levantou-se da cama.

– Venha, rabino, um dia cheio nos espera. Quero transformar este buraco num lar.

Repetiram o banho de chuveiro e só no fim descobriram que as toalhas limpas ainda estavam no carro. Vestiram a roupa de baixo no corpo molhado e deixaram a pele secar enquanto comiam flocos de milho com leite comprados na noite anterior.

– A primeira coisa que precisamos fazer é comprar lençóis – disse Leslie.

– Eu gostaria também de uma cama decente. E uma sala de jantar.

– Fale primeiro com o proprietário. Afinal, estamos alugando os móveis também. Talvez ele substitua alguns deles. – Franziu a testa. – Quanto temos no banco? Na carta eles disseram que vamos pagar noventa dólares por mês de aluguel.

– Temos o suficiente – disse ele. – Vou telefonar para Ronald Levitt, o presidente da congregação, para saber quais as lojas ou empresas da cidade que pertencem a membros do templo. É melhor comprar tudo que precisamos das pessoas que vão pagar meu salário.

Michael fez a barba do melhor modo possível, sem água quente, vestiu-se e despediu-se com um beijo.

– Não se preocupe comigo hoje – disse Leslie. – Compre o que precisamos e deixe no carro enquanto cuida do que tem de fazer no templo. Vou a pé até a praça do general para almoçar.

Vestiu uma calça jeans e um bustiê, prendeu o cabelo com um elástico num rabo de cavalo, aqueceu água e, descalça, ficou de quatro e começou a esfregar o chão.

Lavou primeiro o banheiro e o quarto, depois a sala de estar. Estava começando na cozinha, de costas para a porta, quando sentiu que alguém a observava. Olhou para trás.

O homem estava parado na varanda dos fundos, e sorriu para ela, no outro lado da porta de tela. Leslie jogou a escova no balde e levantou-se, enxugando as mãos na perna da calça.

– Sim? – perguntou em voz baixa.

O homem estava com calça de algodão listrado, camisa branca de mangas curtas, gravata e chapéu Panamá, sem paletó. Preciso dizer para Michael, pensou ela, provavelmente ninguém usa paletó por aqui.

– Sou David Schoenfeld – disse ele. – Seu senhorio.

Schoenfeld. Fazia parte da diretoria do templo, lembrou ela.

– Entre – disse Leslie. – Desculpe, eu estava esfregando com tanto entusiasmo que não o ouvi bater.

Ele entrou, tirou o chapéu e sorriu.

– Eu não bati. Você estava tão bonita trabalhando daquele jeito que resolvi ficar observando.

Leslie olhou desconfiada para ele, com suas antenas femininas procurando captar alguma insinuação. Mas o sorriso dele era amistoso e os olhos impessoais.

Sentaram à mesa da cozinha.

– Sinto muito, mas não posso oferecer nada – disse ela. – Ainda não estamos instalados.

Ele sacudiu a mão que segurava o chapéu.

– Eu só queria dar as boas-vindas de Cypress a você e ao rabino. Essas coisas são novas para o templo Sinai. Acho que devíamos ter organizado um comitê para preparar tudo antes da sua chegada. Precisam de alguma coisa?

Ela riu.

– Umas férias. Esta casa realmente precisava de uma reforma geral.

– Sim, acho que precisava – disse ele. – Eu não a via desde antes da guerra. Enquanto estive no Exército, um corretor tomou conta dela para mim. Eu não os esperava tão cedo. Do contrário, estaria preparada. – Olhou para o suor no pescoço dela. – Por aqui temos moças de cor para ajudar pessoas como você nesse tipo de trabalho. Vou mandar uma esta tarde.

– Não será necessário – disse Leslie.

– Faço questão. Um presente de boas-vindas do seu senhorio.

– Eu agradeço. Mas estou quase terminando – disse ela, com firmeza.

Schoenfeld foi o primeiro a desviar a vista e sorriu.

– Muito bem – balançou a cadeira em que estava sentado. – Pelo menos eu posso trocar estes palitos de fósforos. Vou ver que outros móveis podemos arranjar.

Ele levantou-se e Leslie o acompanhou até a porta.

– Há mais uma coisa, sr. Schoenfeld.

– Senhora?

– Eu agradeceria se trocasse o colchão.

Ele não sorriu. Mas Leslie sentiu alívio quando ele desviou os olhos do seu rosto.

– Será um prazer – disse ele, levando o dedo à aba do chapéu.

* * *

No dia seguinte o futuro já não parecia insuportável, nem nos seus pensamentos mais íntimos.

Michael mencionou a falta da *bimá* para Ronnie Levitt, e no dia seguinte um carpinteiro apareceu no templo para construir uma plataforma baixa numa das extremidades da sala, de acordo com as especificações do rabino. Chegaram também cadeiras de armar para o santuário e móveis para o escritório. Ele dependurou seus diplomas na parede e levou algum tempo para resolver como ia arrumar o escritório.

Um caminhão de mudanças parou na frente da casa e dois negros retiraram quase todos os móveis, substituindo-os por outros, mais atraentes. Leslie estava ainda indicando aos homens os lugares em que deviam ficar os móveis, quando Sally Levitt apareceu para uma visita. Cinco minutos mais tarde, duas outras senhoras da congregação tocaram a campainha. As três levaram presentes, um bolo de abacaxi, uma garrafa de vinho da Califórnia, um buquê de flores.

Dessa vez Leslie estava preparada. Ofereceu o vinho, serviu chá gelado e cortou o bolo.

Sally Levitt era pequena e morena, com boca miúda, corpo firme e jovem traído pelos pés de galinha em volta dos olhos.

– Sei de uma fábrica onde você pode comprar cortinas maravilhosas – disse ela, olhando em volta. – Esta casa tem grandes possibilidades.

– Começo a pensar que tem razão – disse Leslie, com um sorriso.

Naquela noite, enquanto preparava o jantar, sua mesa e os livros chegaram de Nova York.

– Michael, espero que fiquemos aqui pelo resto da vida! – exclamou Leslie quando arrumaram os livros na estante.

Naquela noite, no colchão novo, os Kind fizeram amor pela primeira vez na casa nova.

O Templo Sinai foi consagrado na manhã de domingo. O juiz Boswell fez o discurso de inauguração. Falou longa e eloquentemente sobre a herança judaico-cristã, sobre os ancestrais comuns de Moisés e Jesus e sobre o espírito democrático de Cypress, que, "como um bom vinho no ar pacífico da Geórgia, permite que os homens vivam como irmãos, independente da sua escolha de credo", enquanto algumas crianças negras apontavam rindo para os brancos, no outro lado da rua.

– Sinto-me feliz e honrado – concluiu o juiz – com o convite dos meus vizinhos hebreus para participar do batismo da sua casa de oração. – Parou um momento e percebeu que alguma coisa não estava certa. Depois sorriu quando começaram os aplausos.

Quando a cerimônia estava no meio, Michael começou a notar a fila de carros que passava lentamente na rua, na frente do templo. Mas a cortesia o obrigava a não tirar os olhos dos oradores. No fim da consagração, ele foi chamado para recitar a bênção. Quando terminou, entrecerrando os olhos na luz forte do sol, olhou por cima das cabeças da congregação que deixavam o templo.

A fila de automóveis continuava.

Eram de todas as marcas e tipos, alguns com placas do Alabama e do Tennessee. Havia picapes e carros pequenos, caminhonetes de fazendeiros e um ou outro Cadillac ou Buick.

Ronnie Levitt aproximou-se de Michael.

– Rabino – disse ele. – As senhoras estão servindo café lá dentro. O juiz vai nos acompanhar. Terá oportunidade de conversar com ele.

– Esses carros – disse Michael. – Para onde estão indo?

Ronnie sorriu.

– Para a igreja. Numa tenda. Um pregador oficia aos domingos a uns cinco quilômetros da cidade. Vem gente de toda a redondeza.

Michael ficou olhando os carros que apareciam numa extremidade da rua e desapareciam na outra.

– Deve ser um pregador e tanto – disse ele, tentando em vão disfarçar a inveja.

Ronnie deu de ombros.

– Acho que a maior parte deles só quer aparecer na televisão – disse ele.

Na noite de sexta-feira, o Templo Sinai estava lotado, o que o deixou satisfeito, mas não surpreso.

– Esta noite todos vão comparecer por causa da novidade – ele disse para Leslie. – O que conta é a frequência constante.

Todos deram as boas-vindas à Noiva do Shabbat com grande fervor. Michael escolheu para seu primeiro texto um trecho do "Cântico da Confiança", Salmo 11:4.

O senhor está no seu templo sagrado.
O senhor, seu trono é no céu;
Seus olhos estão atentos, Suas pálpebras sondam os filhos dos homens.

Quando terminou o sermão, preparado cuidadosamente, teve certeza de que havia despertado o interesse de toda a congregação. Começaram a cantar o *Ain Kailohainu* e ele distinguia perfeitamente a voz de Leslie entre as outras. Na primeira fila, cantando, ela sorriu para ele.

Depois da bênção eles o cercaram com elogios e congratulações. Na cozinha, as mulheres preparavam chá, café, sanduíches e bolos. O *oneg shabbat* teve tanto sucesso quanto o serviço religioso.

Ronnie Levitt fez um discurso curto, agradecendo ao rabino e aos vários comitês por tornarem possível a instalação do templo. Com um gesto largo indicou o vestíbulo onde a mesa estava coberta de buquês de flores.

– Nossos vizinhos cristãos demonstraram sua amizade – disse ele. – Acho que seria conveniente demonstrarmos a nossa também. Sendo assim, vou doar cem dólares por ano para a compra de duas placas, que serão entregues aos homens escolhidos para receber os prêmios da irmandade do Templo Sinai.

Aplausos.

Dave Schoenfeld ficou de pé.

– Quero louvar a magnífica ideia e o gesto magnânimo de Ron. E gostaria de indicar os primeiros candidatos ao prêmio da Irmandade. O juiz Boswell e o reverendo Billie Joe Raye.

Grandes aplausos.

– O que eles fizeram pela Irmandade? – Michael perguntou para Sally Levitt.

Ela fechou os olhos com as pestanas muito longas.

– Oh, rabino – murmurou com voz rouca –, eles são os homens mais brilhantes do mundo.

27

A congregação queria limitar as aulas da escola de hebraico às manhãs de domingo. Michael propôs aulas também às segundas e quartas. Depois de uma pequena resistência, eles cederam. Foi o único atrito, e a vitória, embora pequena, o fez sentir-se mais seguro.

A vida social dos Kind era intensa. As noites de Michael eram ocupadas e imprevisíveis, e eles tentaram limitar os compromissos. Recusaram-se a entrar como sócios de três clubes de bridge e Leslie começou a jogar bridge com Sally Levitt e seis outras mulheres, nas noites de quarta-feira, quando Michael conduzia um seminário só para homens sobre o judaísmo.

Certa noite, no coquetel oferecido pelos Larry Wolfson, em honra da irmã e cunhado de Chicago, perguntaram a Leslie o que ela fazia antes de casar e ela falou do seu trabalho na revista.

– Podíamos ter uma boa redatora no *News* – disse Dave Schoenfeld, tirando rapidamente um canapé da bandeja que passou por ele. – É claro que não posso pagar os salários de Nova York, mas gostaria que você tentasse.

– Combinado – disse ela. – Quais são seus tabus?

– Pode escrever quase sobre qualquer coisa, exceto gravidez prematura e os negros das Nações Unidas.

– É restrição demais para mim – disse ela.

– Vá ao escritório amanhã – disse Schoenfeld, afastando-se. – Vamos arranjar seu primeiro trabalho.

Naquela noite, quando estavam se preparando para a cama, ela contou para Michael.

– Parece bom – disse ele. – Você vai aceitar?

– Acho que sim. Mas não sei se vou ser capaz. São tão fanáticos com essa coisa de cor. Na quarta-feira, as mulheres passaram meia hora comentando como os *schwartzes* ficaram impossíveis depois da guerra. E não se preocuparam em abaixar a voz, mesmo sabendo que a criada de Lena Millman estava trabalhando na sala ao lado. A pobre moça continuou trabalhando, com o rosto inexpressivo, como se elas estivessem conversando em hindustani.

– Ou ídiche – Michael suspirou. – Na verdade, alguns membros da congregação têm uma boa posição sobre diferenças raciais.

– Só quase em segredo. Muito em segredo. Sentem-se tão intimidados que só falam quando todas as janelas e portas estão trancadas. Meu bem – perguntou ela –, você não vai ter de enfrentar isso do púlpito, mais cedo ou mais tarde?

– Digamos mais tarde – disse Michael, entrando no banheiro e fechando a porta.

O rabino já havia admitido sua derrota na área de relacionamentos inter-raciais.

O *shames* ou zelador do Templo Sinai, que num *shul* do Brooklyn teria sido um velho e piedoso judeu, usando o trabalho como pretexto para uma vida de oração e estudo, era um negro gordo chamado Joe Williams.

Desde o começo, Michael notou que a lata de lixo nunca era esvaziada, os metais não eram polidos, o assoalho não era lavado e a cera retirada, a não ser que mandasse insistentemente. Williams também não tinha outros cuidados, como indicava o cheiro acre das manchas de suor na sua camisa.

– Devíamos despedi-lo e arranjar outro – Michael disse para Saul Abelson, presidente do Comitê de Manutenção.

Com um sorriso tolerante, Abelson respondeu:

– São todos iguais, rabino. Outro qualquer vai ser a mesma coisa. Precisa estar sempre em cima deles.

– Quer dizer que eu não vejo negros alegres, limpos e bem-dispostos todos os dias aqui na cidade? Por que não procuramos empregar um deles?

– Você não compreende ainda – disse Abelson, com paciência. – Se Joe tem sido preguiçoso, preciso falar com ele.

Certo dia, irritado porque a prata sacramental não estava polida, Michael invadiu o domínio do *shames*.

O porão escuro cheirava a umidade e a jornais embolorados.

Joe Williams dormia bêbado num catre do Exército. Michael o sacudiu. O homem resmungou, passou a língua nos lábios, mas não acordou. No chão, ao lado da cama ele viu um bloco de notas e um lápis.

Michael apanhou o bloco e leu a única linha, rabiscada na primeira página.

O negro tem dois metros de altura. O mundo é como um quarto com um metro e vinte do chão ao teto.

Michael deixou o bloco onde o tinha encontrado e nunca mais incomodou Joe Williams.

Em lugar disso, passou a se trancar na sua sala de trabalho todas as tardes de sexta-feira. Cobria a mesa com jornais e com uma flanela e polidor de metais providenciava para que o cálice de vinho do Sabbath estivesse sempre limpo e reluzente. Às vezes, enquanto esfregava a flanela, com o pó cinzento do polido entrando sob suas unhas, ouvia alguma coisa sendo derrubada ou a voz de Joe Williams praguejando, como prova de que o *shames* ainda estava vivo.

Leslie passou a escrever uma matéria para cada edição do *News*. Eram leves, com senso de humor ou históricas, com um ângulo de interesse humano. Por cada uma recebia sete dólares e cinquenta centavos e seu nome impresso, que Michael olhava com respeitosa admiração.

A vida deles entrou na rotina, o que agradava aos dois. Os dias eram previsíveis como patos de lata numa galeria de tiro ao alvo e tinham certeza de que sempre tinham estado casados. Leslie começou a tricotar uma suéter folgada que seria sua surpresa no primeiro aniversário de casamento. Mas Michael a descobriu num closet e passou a evitá-la cuidadosamente.

Com a mudança das estações, as folhas das árvores adquiriam não as cores vivas das árvores que ladeavam o Hudson ou o Charles, mas tons de marrom encardido e amarelo anêmico. Depois chegaram as chuvas. Ao invés da neve dos invernos anteriores, o tipo de chuva ao qual não estavam acostumados.

Certa noite, começou a chover de repente quando Leslie passava pela estátua do general, a caminho da redação do *News*. Ela correu e chegou molhada e sem fôlego. Dave estava sozinho na pequena sala da redação, apagando as luzes e preparando-se para ir para casa, como já tinha feito o resto do pessoal.

– Você nunca aprendeu a nadar? – perguntou ele, com um largo sorriso.

Leslie sentou-se a uma das mesas, com a cabeça inclinada, torcendo a água do cabelo.

– O oceano Atlântico acaba de cair do céu em pedaços do tamanho de uma moeda de cinco centavos – disse ela.

– Isso é notícia, mas a edição está fechada – disse ele. – Vamos ter de contar para eles na quinta-feira.

Leslie despiu o casaco molhado e tirou do bolso a matéria que havia escrito. Algumas folhas estavam molhadas. Ela as estendeu e alisou sobre um arquivo de aço e começou a fazer a revisão. Era a história de um homem que durante trinta anos fora guarda-freios da Atlantic Coast Line. Quando se aposentou, contou ele, passou vários meses embriagado, morando num vagão de carga, num desvio perto de Macon, sob a proteção de antigos colegas leais. "Por favor, não publique isso", ele pediu, com grande dignidade, "diga só que eu fiquei o tempo todo viajando com meu passe da estrada de ferro." E Leslie tinha prometido, apesar da vaga sensação de estar violando um código do jornalismo. Quando o homem finalmente ficou sóbrio, certo dia, cansado de não fazer nada, apanhou um canivete e começou a desbastar um pedaço de pinho. Agora, as suas águias americanas cinzeladas na madeira vendiam com a mesma rapidez com que as fazia e aos setenta e oito anos ele continuava a depositar dinheiro no banco.

Era uma boa história e Leslie pensou em tentar vendê-la para a Associated Press ou para a Aliança Jornalística Norte-Americana e fazer uma surpresa para Michael com o cheque resultante da venda. Fez um cuidadoso trabalho de revisão, resmungando quando seu lápis passava por um pedaço de papel molhado.

Dave Schoenfeld aproximou-se dela e leu alguns minutos a matéria.

– Parece boa matéria – disse ele, e Leslie fez um gesto afirmativo.

– O rabino tem estado muito ocupado nas últimas noites?

Ela repetiu o gesto, continuando a leitura.

– Deve se sentir muito só.

Leslie deu de ombros.

– Tenho mais tempo para trabalhar nas matérias.

– A palavra cinzel está errada, no penúltimo parágrafo – disse ele –, *c-i-n* não *c-i-z*.

Leslie fez a correção. Estava tão absorta no trabalho que levou algum tempo para perceber que o que estava sentindo era a mão dele. No tempo que precisou para se convencer desse fato espantoso, Schoenfeld adiantou-se e cobriu os lábios dela com os seus. Leslie ficou imóvel, com os lábios cerrados, as mãos ao lado do corpo, segurando ainda o lápis e uma folha de papel, até ele afastar o rosto.

– Não tenha medo – disse ele.

Leslie apanhou as folhas da matéria e caminhou para onde estava seu casaco, sobre o balcão de anúncios do jornal. Vestiu o casaco e guardou os papéis no bolso.

– Quando posso ver você? – ele perguntou.

Leslie apenas olhou para ele.

– Vai mudar de ideia – disse Schoenfeld. – Tenho umas coisas para lhe ensinar e você vai pensar nelas.

Leslie caminhou para a porta.

– Se fosse você, eu não diria nada a ninguém – advertiu ele. – Posso destruir seu pequeno padre *yiddisher* como você nem imagina.

Leslie saiu e caminhou vagarosamente na chuva. Achava que não estava chorando, mas seu rosto ficou completamente molhado tão depressa que não podia ter certeza. Desejou ter deixado a matéria. O pobre velho com o canivete e os pedaços de madeira – pensou ela – ia ficar esperando para ver seu nome e retrato no jornal.

O primeiro aniversário de casamento caiu num domingo. Levantaram cedo porque Michael dava uma aula no templo às nove horas. Trocaram os presentes durante o café, ele vestiu a suéter e Leslie adorou os brincos de camafeu comprados há muitos meses.

Depois do almoço, Michael apanhou um ancinho e começou a trabalhar nos canteiros da frente da casa, retirando baldes e baldes de folhas mortas e emboloradas. Estava começando o segundo canteiro quando começou o desfile de carros.

Dessa vez estava numa posição melhor para ver e tinha muito tempo. Esqueceu as folhas e sentou-se, olhando para os carros.

Os doentes geralmente iam no banco traseiro.

Muitos usavam muletas. Alguns carros levavam cadeiras de rodas amarradas no teto ou aparecendo na mala entreaberta.

Uma vez ou outra passava uma ambulância alugada.

Finalmente, Michael não pôde resistir. Largou o ancinho e entrou na casa.

– Gostaria de ter uma televisão – disse para Leslie. – Queria ver o que tem aquele cara para atrair tanta gente todos os domingos.

– Fica a uns dois quilômetros daqui – disse ela. – Por que não vai até lá?

– No nosso primeiro aniversário?

– Ora, vá agora – disse ela. – Não vai levar mais de uma ou duas horas.

– Acho que vou mesmo.

Michael não tinha ideia de onde ficava a tenda, mas não era difícil encontrar. Esperou o primeiro espaço aberto na fila de carros e saiu com seu Plymouth. A fila serpenteava pela estrada sinuosa, atravessava a praça do general, para o outro lado da cidade, passava por um bairro negro com casas dilapidadas e barracões sem pintura e entrava na rodovia estadual. Ali, unia-se a outra serpente que vinha da direção oposta. Na nova fila, além de carros da Geórgia, Michael viu alguns com placas da Carolina do Sul e da Carolina do Norte.

Muito antes da grande tenda aparecer, os carros começaram a sair da estrada, entrando aos solavancos no campo. Iam na direção do estacionamento controlado por garotos negros e brancos com chapéus de palha, que recebiam o dinheiro e davam o troco, de pé ao lado de placas feitas à mão anunciando os preços, que aumentavam à medida que se aproximavam da tenda.

Estacionamento 50c

Estacione seu carro 75c

Estacione aqui $1,00

Alguns carros, incluindo o de Michael, continuaram na estrada até chegarem a um enorme estacionamento com chão aplanado, de terra vermelha, que circundava a tenda, e era protegido por uma cerca de corda. A entrada era uma estreita abertura na corda, pouco mais larga do que um carro, controlada por um homem calvo com calça negra de tecido brilhante, camisa branca e gravata negra de algodão.

– Deus o abençoe, irmão – ele disse para Michael.

– Boa-tarde.

– São dois dólares e cinquenta centavos.

– Dois e cinquenta! Para estacionar?

O homem sorriu.

– Procuramos reservar este estacionamento para os aleijados e doentes – disse ele. – Para fazer esse ato de bondade, cobramos dois dólares e cinquenta por carro. O dinheiro vai para o Fundo dos Santos Pregadores Fundamentalistas, para ajudar o trabalho de Deus. Se não quiser pagar, pode voltar e estacionar no campo.

Michael olhou para trás. A estrada estava completamente bloqueada.

– Faço questão – disse ele, tirando do bolso duas notas de um dólar e uma moeda de cinquenta centavos.

– Deus o abençoe – disse o homem, sorrindo ainda.

Michael estacionou o carro e caminhou para a tenda. Na frente dele, um garoto magro, encostado no para-lama de um carro, parecia engasgado.

– Agora, escute, Ralphie Johnson, pare com isso – disse uma mulher de meia-idade, de pé ao lado do menino. – Fizemos toda esta viagem, e agora que o pregador está a poucos passos de nós você começa com essa palhaçada. Vamos entrar, está ouvindo?

O garoto começou a chorar.

– Não posso – murmurou ele. Seus lábios eram azuis, como se tivesse ficado muito tempo dentro d'água.

Michael parou.

– Posso ajudar?

– Talvez, será que podia carregar o menino? – perguntou hesitante a mulher.

Quando Michael o ergueu do chão, o menino fechou os olhos. Entraram na tenda que já estava lotada e Michael pôs o menino numa das cadeiras de armar.

– Agradeça ao bom homem, Ralphie – disse, satisfeita, a mulher.

Os lábios azuis não se moveram. Os olhos continuaram fechados.

Com uma pequena inclinação da cabeça, Michael afastou-se. As cadeiras da frente estavam todas ocupadas. Michael sentou-se mais atrás, no centro de uma fila. Em três minutos a fileira ficou cheia. Na frente dele uma mulher gorda balançava a cabeça espasmodicamente, num movimento regular, como se fosse puxada por um barbante.

À sua esquerda estava um homem cego de meia-idade comendo um sanduíche que ele segurava com os dedos deformados pela artrite.

À direita sentou-se uma mulher bem-vestida e atraente que parecia gozar de perfeita saúde. Ela passava a mão no peito o tempo todo. De repente, seus dedos tocaram de leve o ombro de Michael.

– Joy – disse a mulher ao lado dela. – Deixe o homem em paz.

– Mas as formigas – disse ela. – Estão em cima dele.

– Deixe o homem em paz. Ele gosta delas.

A mulher fez uma careta.

– *Eu* não gosto. – Passou a mão no peito outra vez e estremeceu.

A tenda rapidamente ficou cheia. Um homem corado, com terno de linho branco, caminhou pela passagem central, na frente de dois negros que carregavam uma maca de ambulância onde estava deitada uma jovem loura de uns vinte anos, com o corpo todo paralisado.

O homem que indicava os lugares correu para eles.

– Ponham a maca na passagem, perto das cadeiras e sentem ao lado dela. Para isso reservamos as cadeiras das pontas – disse ele.

Os negros deixaram a maca no lugar indicado e foram embora. O homem tirou uma nota do bolso.

– Deus o abençoe – disse o homem.

Na parte da frente da tenda havia uma cortina e um palco grande com uma rampa que ia até a primeira fila de cadeiras. Duas câmeras de televisão apareceram entre as cortinas, conduzidas por *cameramen* montados nelas, como jóqueis. Acertaram o foco para as pessoas sentadas e os rostos começaram a nadar nas telas dos monitores como cardumes de peixes. As pessoas olhavam para seus próprios rostos. Algumas assobiavam e acenavam. O cego sorriu.

– O que está acontecendo? – perguntou.

Michael explicou.

Então, um homem moreno e belo apareceu entre as cortinas, carregando um trompete. Estava sem paletó. A camisa engomada era muito branca e a gravata de seda azul tinha um nó *windsor*. O cabelo era todo penteado para trás e os dentes cintilavam quando ele sorria.

– Sou Cal Justice – ele disse no microfone. – Alguns de vocês me conhecem mais pelo nome de Trombeta de Deus. – Aplausos. – Billie Joe estará aqui dentro de alguns minutos. Enquanto isso, gostaria de tocar para vocês uma pequena canção que todos conhecem e amam.

Tocou "O Noventa e Nove". O homem sabia tocar. A princípio as notas soaram lentas e como um lamento. Mas na segunda vez acelerou o ritmo e algumas pessoas começaram a bater palmas. Logo estavam todos batendo as mãos e cantando, seguindo o fio dourado da música do trompete que se erguia acima do seu canto. Na frente de Michael, a mulher gorda era agora um metrônomo humano, seu tique em perfeita sintonia com o das palmas.

Quando a música terminou, o aplauso foi forte e demorado. Mas ficou mais intenso quando apareceu outro homem em mangas de camisa. Ele era corpulento, com mãos enormes, ombros largos e cabeça grande. Tinha o nariz grosso e a boca larga. Suas pálpebras eram pesadas.

O trompetista saiu do palco. O homem grande ficou de pé no centro sorrindo, enquanto o povo batia palmas e gritava palavras de louvor.

Então ele ergueu as duas mãos para o céu, com os dedos separados. Foi como se tivesse apagado o barulho. Um microfone desceu do teto até ficar bem perto de seu rosto e o ruído rouco e sobre-humano da sua respiração encheu a tenda.

– Aleluia – disse Billie Joe Raye. – Deus ama vocês.

– Aleluia – repetiram todos.

– A-mam – resmungou o homem cego.

– Deus ama vocês – repetiu Billie Joe. – Digam três vezes comigo, Deus me ama.

Deus me ama.

Deus me ama.

Deus me ama.

– Muito bom – disse Billie Joe, balançando a cabeça, feliz. – Agora, eu sei por que estão aqui, irmãos e irmãs. Estão aqui porque estão doentes no corpo e na mente e na alma e precisam do amor de Deus que cura.

No silêncio, o som amplificado da respiração.

– Mas, sabem por que *eu* estou aqui? – perguntou a boca do pregador no palco e nas duas dúzias de monitores espalhados por toda a tenda.

– Para nos curar! – gritou alguém perto de Michael.

– Para fazer com que eu fique bom outra vez!

– Para ajudar meu menino a viver! – gritou uma mulher, empurrando a cadeira e caindo de joelhos no chão.

– A-mam – disse o cego.

– Não – disse Billie Joe. – Eu não posso curar vocês.

Uma mulher soluçou.

– Não diga isso – gritou outra. – Não diga isso, está ouvindo?

– Não, irmã, eu *não* posso curar – repetiu Billie Joe.

Outras pessoas começaram a chorar.

– Mas DEUS pode curar vocês. Através destas mãos. – Ergueu as mãos com os dedos bem separados, para que todos pudessem ver.

A esperança renasceu num coro de hosanas.

– Deus pode fazer *qualquer coisa*. Digam comigo – disse Billie Joe.

Deus pode fazer qualquer coisa.

Assim, Deus pode curar *vocês*.

Assim, Deus pode me curar. Porque Deus ama *você*.

Porque Deus ama a mim.

– A-mam – murmurou o cego, com as lágrimas brotando nos olhos sem visão.

Billie Joe inspirou com um ruído amplificado eletronicamente.

– Eu já fui um garoto quase morto – declarou ele.

O som da respiração, lenta e lamentosa.

– O diabo já tinha a minha alma e os vermes se preparavam para brincar de esconde-esconde na minha carne. Meus pulmões estavam devorados pela tuberculose, meu sangue enfraquecido pela anemia. Minha mãe e meu pai sabiam que eu estava morrendo. *Eu* sabia que estava morrendo e tinha medo.

Respirava como um gamo perseguido, tentando levar ar para os pulmões.

– Eu tinha chafurdado no pecado. Tinha tomado uísque barato. Tinha jogado como os soldados que disputaram as vestes do Filho de Deus. Tinha fornicado com mulheres fáceis e doentes, tão lascivas quanto as prostitutas da Babilônia.

"Mas um dia, deitado na cama, cheio de desespero, senti que algo estranho acontecia dentro de mim. Alguma coisa, bem no fundo, começava a se mover como pintinho quando começa a quebrar a casca do ovo.

"E as pontas dos meus dedos das mãos e dos pés começaram a formigar, e o lugar em que eu tinha sentido o movimento explodiu numa luminosidade quente que nenhum uísque destilado pelo homem podia criar. E eu senti a luz de Deus jorrando dos meus olhos e levantei daquela cama e gritei em minha glória e EM PERFEITA SAÚDE:

"MAMÃE, PAPAI! O Senhor me tocou E EU ESTOU SALVO!"

Um estremecimento de esperança e felicidade percorreu a tenda e todos ergueram os olhos e deram graças a Deus.

Ao lado da mulher gorda estava um jovem com o rosto molhado de lágrimas.

– Por favor, Deus – dizia ele. – Por favor. Por favor. Por favor. Por favor. Por favor. Por favor.

Michael viu o rosto dele pela primeira vez e com espanto e incredulidade reconheceu Dick Kramer, um membro da congregação do Templo Sinai.

Do palco, Billie Joe olhava com benevolência para a multidão.

– A partir daquele dia, embora eu fosse apenas uma criança, preguei a palavra de Deus. Primeiro em reuniões no lugar em que eu morava, e depois, como alguns de vocês, minha boa gente, sabem, como pastor da Santa Igreja Fundamentalista em Whalensville.

"E até dois anos atrás eu me considerava apenas um pregador da Palavra.

"Alguns dos nossos homens estavam fazendo um campo de beisebol para as crianças da Escola Dominical, num terreno atrás da igreja. Com toda a bondade do seu coração, Bert Simmons levou seu trator leve e estava retirando algumas rochas. Numa rocha não maior do que uma colmeia, o trator encalhou de repente e capotou, prendendo a mão de Simmons debaixo do peso enorme.

"Quando me chamaram na igreja eu vi o sangue saindo da luva de trabalho. Retiramos o trator e quando vi o estado da luva compreendi que a mão teria de ser amputada. Ajoelhei então na terra, ergui os olhos para o céu e disse: 'Senhor, este bom servo merece ser punido por ajudar o Teu bom trabalho?' De repente, minhas mãos começaram a tremer e senti o poder nelas, que emergia e estalava como eletricidade na ponta dos meus dedos. E segurei a mão amassada do irmão Simmons entre as minhas e disse: 'Deus, cure este homem!'

"E quando o irmão Simmons tirou a luva, a mão estava inteira e perfeita e não pude negar que acabava de acontecer um milagre.

"E tive a impressão de ouvir a voz de Deus dizendo: 'Meu filho, uma vez eu o curei. Agora você levará Meu poder de curar para toda a família do homem.'

"E desde então o Senhor tem curado milhares de pessoas através das minhas mãos. Por causa da Sua bondade, o aleijado andou, o cego viu e o aflito foi aliviado do peso da dor."

Billie Joe abaixou a cabeça.

Um órgão começou a tocar suavemente.

Então ele ergueu os olhos.

– Quero que todos ponham a mão no encosto da cadeira na sua frente e inclinem as cabeças, por favor.

"Vamos. Abaixem a cabeça. Todos.

"Agora eu quero que todos que no seu coração desejam encontrar Jesus Cristo, levantem suas mãos para o alto. Mantenham a cabeça abaixada, mas levantem a mão."

Michael olhou em volta e contou mais ou menos vinte e cinco mãos.

– Glória, glória, que belo espetáculo, irmãos e irmãs – disse Billie Joe. – Em toda esta tenda, centenas de mãos apontam para Deus. Agora, todos que estão com a mão levantada fiquem de pé. Fiquem de pé, rapidamente, agora. Todos que levantaram a mão.

"Agora, venham para a frente e vamos fazer uma oração especial."

Umas doze ou quinze pessoas, homens, mulheres e três moças adolescentes e um garoto, caminharam para a frente da tenda. Foram levados para trás da cortina por um dos assistentes do pregador.

Depois, enquanto o órgão tocava, Billie Joe caminhou pelas passagens entre as cadeiras, orando junto das macas.

Enquanto ele fazia isso, um grupo de atendentes passava as bandejas para a coleta e outro grupo passava as fichas para aqueles que queriam ver o curandeiro. Em toda a tenda as pessoas começaram assinar as fichas.

– Quer me mostrar onde devo assinar? – perguntou o cego.

Enquanto ele assinava, Michael leu a ficha. Era uma autorização para que a foto da pessoa que assinava fosse usada em jornais, revistas e na televisão.

Cal Justice e o organista invisível tocaram mais dois hinos, "O Rei do Amor é o Meu Pastor" e "Rock of Ages". Depois, Billie Joe voltou ao palco.

– Se fizerem uma fila na passagem central e esperarem pacientemente sua vez – disse ele –, rezaremos a Deus por aquilo que os aflige, vocês e eu.

Em toda a tenda as pessoas começaram a se levantar.

Na frente de Michael, Dick Kramer levantou-se também. Olhou em volta, esperando que os outros da sua fila saíssem para a passagem e seus olhos encontraram os do rabino.

Entreolharam-se por um momento. Alguma coisa no rosto de Kramer fez Michael conter a respiração. Então, o rapaz virou de costas e se lançou cegamente para a passagem, acotovelando a mulher gorda que também estava de pé.

– Espere um pouco! – disse ela, caindo sentada na cadeira.

– Dick – Michael chamou. – Espere por mim!

Começou a passar pelas cadeiras na direção da passagem, pedindo desculpas e empurrando os que estavam na frente.

Mas seu caminho estava bloqueado pela maca da jovem paralítica. Inclinado sobre ela, o homem corado dizia, com a boca flácida:

– Com todos os diabos, Evelyn, mexa esses braços e pernas. Você pode se mexer, se quiser. – Voltou-se para o atendente, balançando a cabeça. – Vá buscar o sr. Raye, menino. Diga a ele para voltar agora mesmo e rezar um pouco mais.

28

Dick Kramer teve o primeiro aviso de que não tinha escapado ileso numa manhã de outono, no meio do bosque de pinheiros, fora da cidade de Athens. Ele e o primo Sheldon tinham percorrido metodicamente com seus cães algumas colinas próximas. Como eram dois dos melhores atiradores da universidade, o comitê diretor do seu grêmio os encarregou de providenciar o suprimento de pombos e codornas para a cozinha, e isentou-os de outros deveres menos atraentes. Os dois eram competidores de longa data na caça e naquele momento Dick sentia-se extremamente bem. Contara três tiros vindos da direção de Sheldon, e mesmo que cada um significasse um pássaro na sacola de caça do primo, ele estava muito na frente. Era a primeira vez que usava a nova Browning calibre 20. Sua antiga espingarda era calibre 16 e Dick pensou que a área menor da bala na nova arma pudesse prejudicar seu desempenho. Mas já tinha duas codornas e dois pombos selvagens na sua bolsa de caça. Naquele momento, outro pombo assustado levantou voo, as asas como uma nuvem negra contra o céu azul. Dick levou a arma ao ombro e no momento exato apertou o gatilho suavemente. Sentiu o coice e viu a ave parar no ar e depois cair como uma pedra.

Redhead apanhou a caça e levou para Dick, que segurou a ave, acariciou o cão e enfiou a mão no bolso para pegar o doce com que iria recompensar o animal. Estendeu o braço, mas não conseguiu abrir os dedos da mão direita, que seguravam o doce.

Sheldon desceu a encosta da colina, aborrecido, com a velha Bessie resfolegando atrás dele.

– Que porcaria – disse ele. – Se continuar assim, os caras vão ter de abrir algumas latas de feijão. – Enxugou o suor da testa com a manga da camisa. – Só apanhei dois. Quantos você tem?

Dick mostrou o pombo que acabava de tirar da boca de Redhead. O que ele pensou que tinha dito foi: "Mais quatro além deste." Mas o primo olhou para ele com um largo sorriso.

– O quê?

Dick repetiu e o sorriso desapareceu lentamente dos lábios de Sheldon.

– Ei, Dick. Você está bem, garoto?

Dick disse mais alguma coisa e Sheldon sacudiu o braço dele.

– O que está acontecendo, Dick? Você está branco como um lençol. Sente um pouco. Aqui.

Dick sentou-se no chão. Redhead encostou o focinho frio e úmido no rosto dele e num instante os dedos se abriram e o cão recebeu a recompensa. Não disse para Sheldon que sua mão continuava dormente.

– Acho que agora estou melhor.

Sheldon falou, com alívio evidente.

– Tem certeza?

– Tenho.

– De qualquer modo – disse Sheldon – acho melhor voltarmos.

– Estou bem – protestou Dick. – Por que voltar tão cedo?

— Dick, você lembra do que disse, há poucos minutos, quando ficou branco como uma folha de papel?

— Sim, acho que sim, por quê?

— Porque não dava para entender. Completamente incoerente.

Um leve temor o assaltou e ele procurou espantar com uma risada, como se fosse um inseto insistente.

— Ora, deixe disso. Está brincando comigo, não está?

— Não. Juro por Deus.

— Bem, agora estou ótimo — disse ele. — E você entende o que estou dizendo, não entende?

— Você tem se sentido bem ultimamente?

— Je-sus, é claro que sim. Faz cinco anos que fui operado — disse Dick. — Estou forte como um touro e devia saber disso. Quando a gente deixa de ser um inválido?

— Quero que consulte um médico — disse Sheldon. Sheldon era um ano mais velho e como um irmão para ele.

— Que diabo — disse Dick —, se isto faz você se sentir bem melhor, olhe só — estendeu o braço direito, perfeitamente firme. — Nervos de plutônio — disse, com um largo sorriso.

Mas sentia ainda a dormência quando atravessou o pinheiral com Sheldon e os cães, na direção do carro.

Na manhã seguinte, foi ao médico e contou o que tinha acontecido.

— Tem sentido mais alguma coisa?

Ele hesitou e o médico disse:

— Emagreceu um pouco, não? Suba na balança. — Menos quatro quilos e meio. — Nada mais o incomoda?

— Alguns meses atrás meu tornozelo inchou. Voltou ao normal depois de uns dias. E sinto uma dor aqui. — Indicou o lado direito da virilha.

— Suponho que tenha estado com garotas mais do que devia — o médico disse e os dois sorriram.

Mesmo assim, o velho médico apanhou o telefone e combinou a internação dele no Hospital da Universidade de Emory, em Atlanta, para exames e observação.

— No dia do jogo com o Alabama? — reclamou Dick.

Mas o velho médico apenas balançou a cabeça afirmativamente. No hospital, o residente que fez o histórico de admissão escreveu que o paciente era um homem de vinte anos, normalmente desenvolvido, um pouco pálido, com fraqueza facial direita e a fala um pouco espessa. Com algum entusiasmo percebeu que era uma história interessante. Os registros informavam que, aos quinze anos, o paciente fora submetido a uma laparotomia exploratória e foi encontrado um adenocarcinoma na cabeça do pâncreas. O duodeno e uma pequena parte do jejuno tinham sido retirados.

– Eles o livraram de algumas dores de barriga quando você era garoto, certo? – disse ele.

Dick fez um gesto afirmativo e sorriu.

A mão do paciente não estava mais dormente. Havia um sinal de Babinsky no lado direito; o exame neurológico posterior não revelou nada.

– Será que dá para eu sair daqui antes do começo do jogo? – perguntou Dick.

O médico franziu a testa.

– Não sei. – O estetoscópio detectou um leve rumor sistólico no precórdio. Mandou Dick deitar-se e apalpou a barriga dele. – Acha que podemos vencer o "Bama" este ano?

– Aquele garoto Stebbins vai dar uma lavada neles – disse Dick.

Os dedos do médico encontraram uma massa firme, lobulada, palpável entre o umbigo e o apêndice xifoide, um pouco à esquerda da linha central. Aparentemente estava sobre a aorta. Cada vez que o coração pulsava a massa pulsava também, como se o rapaz tivesse dois corações.

– Eu também gostaria de ver o jogo – disse o médico.

Sheldon o visitou, bem como uns rapazes da fraternidade e Betty Ann Schwartz, com uma suéter muito justa de lã angorá. Na noite da visita de Betty Ann não apareceu mais ninguém e sem nenhuma distração Dick não tirava os olhos da suéter.

– Não importa o que dizem – observou ele –, eles não põem nada no café aqui no hospital.

Esperava que ela ignorasse essas palavras, mas Betty Ann olhou nos olhos dele e sorriu.

– Talvez você possa resolver seu problema com uma das enfermeiras – disse ela, e Dick resolveu que ia convidá-la para sair logo que tivesse alta do hospital.

Na quinta noite, seu tio Myron apareceu.

– Por que Sheldon tinha de contar? – Dick disse, aborrecido. – Eu estou me sentindo perfeitamente bem.

– Esta não é uma visita a um doente – disse Myron. – É uma visita de negócios.

Durante anos Myron Kramer e o irmão Aaron tiveram negócios iguais em cidades diferentes. Fabricavam salas de jantar com madeira de lei. Com Myron em Emmetsburgh e Aaron em Cypress. Como não eram sócios, eram independentes. Porém, como irmãos podiam usar certos recursos de economia, como partilhar os desenhos dos móveis e ter um único representante para garantir a presença dos seus produtos nas feiras nacionais de móveis. Quando Aaron morreu do coração – dois anos atrás – Myron se encarregou da direção, mas não da propriedade do negócio do irmão, com a certeza de que Dick assumiria essa responsabilidade quando terminasse os estudos.

– Alguma coisa errada com os negócios, tio Myron? – perguntou Dick.

– Os negócios vão muito bem. O que podia estar errado com os negócios?

Falaram de futebol, um esporte que o tio desconhecia quase completamente. Antes de sair de Atlanta, Myron Kramer procurou o médico do sobrinho.

– A mãe dele morreu de câncer quando ele era pequeno. Meu irmão morreu há dois anos – disse ele. – Coração. Assim, sou seu único parente. Quero que me diga como ele está.

– Encontramos uma massa no mediastino.

– Diga-me o que significa isso – pediu Myron, pacientemente.

– É um tumor na parte posterior do tórax, atrás do coração.

Myron fez uma careta e fechou os olhos.

– Podem ajudá-lo?

– Com um tumor desse tipo, não sei o quanto podemos ajudar – disse o médico, cautelosamente. – E pode haver outros. Câncer em estado avançado é uma planta que raramente lança apenas uma semente. Queremos verificar onde mais há problema.

– Vai dizer a ele?

– Não, não por enquanto. Vamos esperar e observar.

– E se houver outras... coisas? – perguntou Myron. – Como vão saber?

– Se houver metástases não é difícil saber, sr. Kramer.

No nono dia Dick teve alta do hospital. O médico deu a ele um suprimento de multivitaminas e enzimas pancreáticas.

– Isso vai lhe dar energia. – Acrescentou então outro vidro de cápsulas. – Estas cor-de-rosa são Darvon. Tome quando sentir dor. Uma de quatro em quatro horas.

– Eu não sinto dor – disse Dick.

– Eu sei – disse o velho médico. – Mas é bom ter o remédio à mão, para o caso de acontecer alguma coisa.

Depois de perder seis dias de aula, Dick precisava trabalhar muito para ficar em dia com a matéria. Estudou arduamente durante quatro dias. Então, fez uma pausa. Telefonou para Betty Ann Schwartz, mas ela disse que tinha um compromisso.

– E amanhã à noite?
– Também tenho um encontro, Dick. Sinto muito.
– Tudo bem.
– Dick, não estou dando bolo. Quero muito sair com você. Não vou fazer nada na sexta-feira à noite. Que tal? Podemos fazer o que você quiser.
– Qualquer coisa?
Ela riu.
– Quase qualquer coisa.
– Eu só ouvi a primeira vez. Combinado.

Na tarde do dia seguinte ele estava inquieto demais para estudar. Apesar de ter perdido uma semana, deixou de ir a duas aulas e foi ao clube de tiro onde havia uma competição. Usando a 20 milímetros pela primeira vez em competição, ele acertou quarenta e oito tiros num total de cinquenta. De pé no sol quente, derrubou um pato de louça depois do outro, *bam*, *bam*, *bam*, *bam*, *bam* e ganhou o primeiro prêmio. Voltando para casa, deu por falta de alguma coisa e com uma risada compreendeu que era a sensação de euforia que sempre acompanhava uma vitória. Por algum motivo, sentia-se deprimido e não eufórico. Alguma coisa latejava levemente na sua virilha direita.

Às duas horas da manhã a sensação tinha se transformado em dor. Dick foi até a cômoda e apanhou o vidro com duas cápsulas cor-de-rosa. Pôs uma na palma da mão e a examinou.

– Para o diabo com você – disse em voz alta.

Pôs a cápsula no vidro e o vidro na gaveta, debaixo das cuecas. Tomou duas aspirinas e a dor passou.

Dois dias depois a dor voltou.

Naquela tarde ele foi para o bosque com Redhead para caçar, mas voltou logo porque sua mão ficou tão dormente que não conseguia nem carregar a espingarda.

À noite ele tomou o Darvon.

Na sexta-feira de manhã foi para o hospital. Betty Ann Schwartz o visitou naquela noite, mas não pôde demorar muito.

O velho médico explicou tudo gentilmente.

– Vão operar – perguntou Dick – como da outra vez?

– É um caso diferente – disse o médico. – Existe um novo medicamento que tem dado bons resultados. É gás de mostarda, o gás asfixiante usado antigamente na guerra. Só que este mata o câncer, não soldados.
– Quando quer começar o tratamento?
– Imediatamente.
– Não pode esperar até amanhã?
O velho médico hesitou e depois sorriu.
– Tudo bem. Tire um dia de folga.

Dick saiu do hospital antes do almoço e dirigiu os noventa quilômetros até Athens. Parou numa lanchonete, mas estava sem fome. Em vez de pedir o almoço, foi até o telefone e ligou para Betty Ann Schwartz na universidade. Teve de esperar um pouco porque ela estava almoçando. Estava livre naquela noite, disse ela, e adoraria sair com ele.

Dick não queria encontrar com nenhum dos seus companheiros da fraternidade e, como tinha toda a tarde livre, foi ao cinema. Havia três cinemas em Athens, sem contar o dos negros, e dois levavam filmes de horror. No último que restava, o filme era *Farrapo humano*, que Dick já tinha visto. Assistiu de novo, comendo pipoca fria na manteiga, no escuro, quase deitado na cadeira de veludo com cheiro de bolor. Na primeira vez tinha gostado do filme, mas na segunda, os trechos dramáticos pareciam por demais deprimentes e ele desprezou Ray Milland por gastar tanto tempo à procura de garrafas de bebidas escondidas, quando podia estar transando com Jane Wyman e escrevendo artigos para a *New Yorker*.

Quando saiu do cinema faltava ainda muito tempo para seu encontro e ele comprou uma garrafa de *bourbon*, sentindo-se como Ray Milland, e saiu do carro para o campo. Encontrou o lugar ideal no bosque, de frente para o rio Oconee. Parou o carro e ficou ali sentado um longo tempo. A dor estava forte e ele sentia-se fraco. Isso era porque não tinha almoçado, pensou. Só aquela pipoca horrível. Às vezes ele agia como um completo idiota, disse para si mesmo.

Apanhou Betty Ann e a levou a um bom restaurante chamado Max's. Tomaram dois drinques cada um antes do belo lombinho. Depois do jantar beberam conhaque. Saíram do restaurante e Dick foi direto para o lugar que tinha encontrado no bosque. Tirou o *bourbon* do porta-luvas, ela tomou um longo gole e passou a garrafa para ele. Ligou o rádio com volume baixo, tomaram outro drinque e ele a beijou. Betty Ann não resistiu, ao contrário, até o encorajou, dando suaves dentadinhas no rosto e no pescoço dele. Quase não acreditando, Dick pensou que finalmente ia acontecer. Mas quando chegou o momento, ele não reagiu como devia, não aconteceu nada e eles pararam de tentar.

– Acho melhor me levar para casa – disse ela, acendendo um cigarro.

Dick ligou o carro, mas não engatou a marcha.

– Eu quero explicar – disse ele.

– Não precisa explicar nada.

– Há alguma coisa errada comigo – disse ele.

– Estou vendo.

– Não, alguma coisa muito séria. Estou com câncer.

Betty Ann ficou calada, fumando. Depois disse:

– Está brincando? É algum novo tipo de cantada?

– Isto teria sido importante para mim. Se eu morrer, você teria sido a única.

– Jesus Cristo – disse ela, em voz baixa.

Dick estendeu a mão para o câmbio, mas ela a tocou com a ponta dos dedos.

– Quer tentar outra vez?

– Acho que não vai adiantar – disse ele. Mas desligou o motor. – Eu gostaria de saber como é uma mulher. Posso olhar para você?

– Está escuro – murmurou ela, e Dick ligou as luzes do painel.

Betty Ann apoiou os calcanhares na beirada do banco e se inclinou para trás, com os olhos fechados.

– Não toque em mim – disse ela.

Dentro de pouco tempo ele ligou o motor e quando sentiu o movimento do carro, Betty Ann abaixou as pernas e ficou com os olhos fechados até a metade do caminho. Então, de costas para ele, ela vestiu a roupa que tinha tirado.

– Quer tomar café? – perguntou ele quando se aproximavam de uma lanchonete na estrada.

– Não, muito obrigada.

Quando chegaram ao dormitório da universidade ele começou a falar, mas ela interrompeu.

– Até logo – disse. – Boa sorte, Dick. – Desceu do carro e ele ficou parado, vendo-a subir os degraus, atravessar a varanda e entrar no prédio.

Ele não queria ir para a casa do grêmio e seria tolice ir para um hotel. Dick voltou para o hospital.

Ficou internado durante dez dias.

Uma enfermeira bonitinha, com cabelo castanho cortado à italiana aplicava a medicação por via endovenosa. No primeiro dia Dick brincou com ela, apreciou o corpo bem-feito, procurando se convencer de que o fracasso da noite anterior fora devido a uma reação psicológica, que nada tinha a ver com a doença. No terceiro dia ele nem sabia que ela estava no quarto. O medicamento soltou seus intestinos e provocou náuseas terríveis. O velho médico corrigiu a dose, mas melhorou muito pouco.

Seu tio Myron ia a Atlanta três noites por semana e sentava-se ao lado dele, falando muito pouco.

Sheldon apareceu só uma vez. Olhou demoradamente para Dick e foi embora, dizendo que tinha exames. Não voltou.

No décimo dia ele teve alta.

– Terá de vir ao hospital duas vezes por semana como paciente externo – disse o velho médico.

– Ele vai ficar na minha casa – informou o tio Myron.

– Não, não vou. Vou ficar na escola.

– A escola está fora de cogitação – disse o médico.

– Sua casa também – Dick disse para o tio. – Vou para Cypress. Não sou um inválido.

– O que há com você? Quem pensa que é? – perguntou Myron. – Por que tem de ser tão teimoso?

Mas o médico compreendeu.

– Deixe-o em paz. Ele vai ficar bem, sozinho, por algum tempo ainda – explicou para Myron.

Ele fez as malas no meio da manhã, quando a casa estava quase deserta. Nem se despediu de Sheldon. Pôs as malas no carro, Redhead em cima delas e a espingarda enrolada em um cobertor, no chão, atrás do seu banco. Depois deu algumas voltas pelo campus. As folhas começavam a mudar de cor. Num dos dormitórios femininos um exército de garotas pintava a frente da casa, assistidas por um grupo de rapazes que gritavam e assobiavam.

Dick chegou na estrada e logo já estava dirigindo a 130 quilômetros. O pequeno carro esporte azul cantava pneu nas curvas e voava nas retas. Redhead atrás dele gania assustado, e Dick a todo momento esperava que o carro não completasse uma curva, que batesse numa árvore, num muro ou num poste telefônico. Mas nada interferiu, nem a morte, nem mesmo um guarda rodoviário com seu bloco de multas, e como um homem pilotando um foguete Dick atravessou como um bólido o estado da Geórgia.

Dick reabriu a casa do pai e contratou, para cozinhar e arrumar, uma mulher negra, casada com um dos homens que dirigiam os caminhões de entrega da fábrica de móveis. Na tarde do segundo dia, ele foi à fábrica e dois homens disseram que ele estava horrível. Um terceiro apenas olhou demoradamente para ele. Depois disso, ele não voltou à fábrica. Às vezes caminhava nos bosques com Redhead e o cão gania e dançava excitado quando via uma codorna ou um pombo bravo, mas Dick nem uma vez tentou caçar. Em certos dias, quando a dormência e a dor não apareciam na hora de sempre, ele podia ter empunhado a arma, mas não tinha mais vontade de matar coisa alguma. Pela primeira vez pensou nas vidas dos pássaros que ele havia destruído e nunca mais atirou, nem em pratos ou patos de cerâmica.

Duas vezes por semana fazia a longa viagem ao hospital de Atlanta, mas dirigia devagar, quase preguiçosamente, sem nenhum desejo de apressar as coisas.

Começava a esfriar. Os grilos cavadores desapareceram do campo por trás da casa. Teriam mesmo ido embora, pensou ele, ou estavam enterrados em algum lugar, para reviver na primavera?

Dick começou a pensar em Deus.

Começou a ler. Lia a noite toda, quando não podia dormir e grande parte do dia, muitas vezes adormecendo sobre o livro no fim tarde. Leu no *Cypress News* que ia haver um serviço religioso para judeus e compareceu. Quando passaram a realizar o serviço todas as sextas-feiras, ele nunca faltava. Conhecia quase todos e todos sabiam que ele estava em casa por motivo de doença e o tratavam com muito tato; as mulheres flertavam com ele bravamente e o tratavam com carinho maternal, insistindo para que se servisse de refrescos nos *oneg shabbatim*.

Mas não encontrou nenhuma resposta na sua religião. Talvez se tivesse um líder religioso, pensou, um rabino capaz de ajudá-lo a encontrar algumas respostas. Pelo menos o rabino podia dizer a ele o que um judeu deve esperar da morte.

No entanto, quando o rabino chegou a Cypress, Dick o achou jovem demais e aparentemente inseguro. Embora não faltasse ao templo nenhuma sexta-feira, sabia que não podia esperar de um homem tão comum a espécie de milagre de que precisava.

Num domingo, esperando o começo do *Esporte Espetacular* na televisão, Dick assistiu aos últimos dez minutos do videoteipe do show de Billy Joe Raye. Viu os pescadores no lago Michigan apanhando peixe nas aberturas feitas no gelo e depois homens bronzeados e moças douradas fazendo surf na Catalina, e não pensou no pedaço do programa religioso que acabava de ver. Mas no domingo seguinte, quase sem pensar, fez a barba, vestiu-se caprichosamente e em vez de assistir à televisão, entrou com o carro na fila que serpenteava até a tenda do curandeiro.

Dick ficou imóvel quando Billy Joe pediu a todos que queriam se encontrar com Jesus para levantar a mão, mas aceitou e assinou a ficha pedindo uma entrevista particular com o pregador. Quando estava na fila, ergueu os olhos e viu as pessoas que desciam da plataforma. Um homem e depois uma mulher jogaram para longe as muletas no meio da cacofonia de gritos de triunfo. A mulher passou dançando pela passagem. Outros subiam os degraus, aleijados, abatidos ou incoerentes e não pareciam mudados quando desciam os sete degraus da plataforma. Uma mulher deu dois passos hesitantes e então, com os olhos brilhantes, atirou para longe as muletas. Dois minutos depois, com o rosto contorcido de dor ela se arrastou para elas do lugar onde tinha caído. Mas não foi ela e nenhum dos outros fracassos que permaneceram na mente de Dick. Ele havia visto o milagre das mãos de Billy Joe e agora tinha mais provas.

Na sua frente, na fila, estava uma menina surda de mais ou menos dez anos. Depois que Billy Joe rezou com ela, a menina virou-se para a multidão, de costas para o pregador.

– Diga, "eu te amo, meu Deus" – disse Billy Joe, atrás dela.

– Eu te amo, meu Deus – repetiu a menina.

Billy Joe segurou a cabeça dela com as mãos.

– Vejam o que Deus fez – disse ele, solenemente, para o povo que o aplaudia.

Chegou a vez de Dick.

– Qual é o seu caso, meu filho? – perguntou o pregador, e Dick viu as lentes voltadas para ele e a pequena manivela ao lado de uma das câmeras girando, girando.

– Câncer.

– Ajoelhe, meu filho.

Ele viu os sapatos do homem de couro de porco marrom, as meias marrons de seda esticadas, evidentemente por ligas, e a bainha da calça de linho bege que parecia feita sob medida. Então a mão enorme cobriu seu rosto e olhos. Os dedos enfiaram-se no couro cabeludo e nas duas faces, com o cheiro nauseante do suor de outros rostos, fizeram pressão sobre seu nariz e sua boca, empurrando a cabeça para trás.

– Senhor – disse Billy Joe, fechando os olhos com força –, este homem está sendo devorado pelos demônios da putrefação. Célula por célula, eles o estão devorando.

"Senhor, mostra a este homem que Tu o amas. Salva sua vida para que ele possa ajudar no Teu trabalho. Impede o avanço da corrosão no interior do seu corpo. Apaga a doença com o Teu amor e não permite que o câncer danifique mais seu corpo, nem tumor ou outra podridão demoníaca.

"Senhor." – Os dedos grossos como salsichas e cheios de força, como garras, apertaram dolorosamente o rosto de Dick.

– FIQUE CURADO! – comandou Billy Joe.

Estranhamente, Dick não sentiu dor naquela noite nem no dia seguinte. Isso acontecia às vezes e ele não ousou ter esperança antes de outro dia e outra noite, e depois mais dois dias e duas noites, umas férias do sofrimento.

Naquela semana ele foi a Atlanta duas vezes e no hospital permitiu que um residente aplicasse o medicamento, gota a gota, na sua veia. No domingo seguinte voltou à tenda e viu Billy Joe Raye novamente. Não foi ao hospital na terça nem na quinta. Não recebeu o gás de mostarda e não sentiu dor e começou a se sentir forte outra vez. Dick rezou bastante. Deitado na frente do fogo, coçando a cabeça de Redhead, prometeu a Deus que, se fosse poupado, seria um discípulo de Billy Joe Raye. Passava horas vendo-se mentalmente conduzindo uma reunião, ajudado pelo Trombeta de Deus e por uma moça. O rosto da moça variava de sonho para sonho, bem como a cor do seu cabelo. Mas sempre era bonita e tinha o corpo perfeito, uma moça que Billy Joe também tinha salvado e com quem Dick experimentaria a felicidade de viver para Deus.

Naquele domingo, depois da reunião, ele procurou um dos assistentes do pregador.

– Quero fazer alguma coisa para ajudar – disse. – Uma doação, talvez.

O homem o levou a um pequeno escritório atrás de uma divisória, onde ele era o terceiro da fila. Quando chegou sua vez, um homem gorducho com expressão bondosa mostrou onde devia assinar para se tornar um Amigo da Cura pela Fé e se comprometer a contribuir com seiscentos dólares durante doze meses.

Na terça feira seguinte, o médico já havia telefonado várias vezes para Myron, avisando que Dick havia interrompido o tratamento. Myron foi até a casa dele e houve uma cena desagradável entre os dois. Dick não se abalou, pensando que afinal era *ele* que estava sendo salvo.

No sábado à tarde ele desmaiou. Quando voltou a si, a dor estava mais forte do que nunca.

No domingo ele piorou. Alguma coisa parecia fazer pressão para fora dentro do seu peito, talvez os pulmões, dificultando a respiração, e ele sentia tonturas.

Foi à tenda do curandeiro, sentou-se na cadeira dura de madeira e rezou.

Quando se levantou para entrar na fila, viu o rabino.

Para o inferno com ele, pensou. Mas antes mesmo de acabar de pensar estava correndo para fora da tenda e atravessando o estacionamento com os cotovelos apertando os lados do corpo para aliviar a dor sob as costelas, os braços e as pernas pesadas. Compreendeu que não podia fugir para lugar nenhum.

Quando Michael chegou na casa de Dick Kramer não encontrou ninguém. Era uma bela casa, antiga, feita para durar. Não estava malcuidada, mas parecia que faltava alguma coisa, o tipo de casa que devia ser ocupada por uma grande família.

Sentou-se nos degraus da frente e depois de algum tempo um *setter* irlandês que andava como um leão mal-humorado apareceu no canto da casa, parando a poucos metros dele.

– Olá – disse Michael.

O cachorro olhou para ele sem fazer um movimento. Então, aparentemente satisfeito, chegou mais perto e deitou-se num degrau, descansando o focinho no joelho de Michael. Estavam assim os dois, o rabino coçando a cabeça do cão quando o carro esporte azul chegou.

Dick Kramer ficou alguns minutos sentado no carro, observando os dois. Então saiu e caminhou para a varanda.

– O velho filho da mãe adora isso – disse ele. Tirou um molho de chaves do bolso e abriu a porta. Sem esperar o convite, o rabino e o cão entraram.

A sala era grande e confortavelmente mobiliada. Mas parecia mais um pavilhão de caça, com chifres na parede acima da lareira enorme e um armário de armas com portas de vidro.

– Bebe alguma coisa? – perguntou Dick.

– Se você me acompanhar – disse Michael.

– Oh, eu acompanho. Dizem que um drinque uma vez ou outra é bom para meus nervos. Tenho *bourbon*. Com água?

– Está ótimo.

Terminaram de beber e ficaram segurando os copos vazios. Depois de algum tempo Dick serviu mais dois drinques.

– Você quer falar do seu problema?

– Ora, dane-se, se eu quisesse conversar sobre o assunto já o teria procurado. Não pensou nisso?

– Sim, a ideia me ocorreu. – Michael se levantou. – Nesse caso, vou indo. Obrigado pela bebida.

Quando ele já estava na porta, Dick disse:

– Rabino, desculpe-me. Não me abandone.

Ele voltou e sentou-se. O cachorro deitou-se ao pé do dono e gemeu baixinho. Michael tomou um longo gole da bebida que estava no copo. Então, Dick Kramer começou a falar.

Quando ele terminou, os dois ficaram um momento em silêncio.

– Por que não me procurou? – perguntou Michael, com humildade.

– Você não tinha nada para me oferecer – disse Dick. – Nada do que eu estava procurando. Billy Joe tinha. Por um pequeno espaço de tempo pensei que ele ia conseguir. Se conseguisse, eu faria qualquer coisa por ele.

– Acho que deve voltar ao médico – disse Michael. – Essa é a primeira coisa a fazer.

– Mas acha que não devo voltar para Billy Joe Raye?

– Isso só você pode decidir – disse Michael.

Dick Kramer sorriu.

– Acho que se eu pudesse acreditar realmente, podia acontecer. Mas meu ceticismo judeu insistia em me afastar dele.

– Não culpe o fato de ser judeu. A medicina religiosa é um antigo conceito judaico. Cristo era membro dos Essênios, um grupo de homens santos judeus que se devotavam à cura de doentes. Até poucos anos atrás, os judeus doentes da Europa e Ásia viajavam grandes distâncias e enfrentavam muitas dificuldades para serem tocados pelas mãos dos rabinos que supostamente tinham poderes curativos.

Kramer segurou a mão direita de Michael. Ele a ergueu e olhou para os dedos curvados em volta do copo.

– Quero que me toque – disse ele.

Mas Michael balançou a cabeça.

– Desculpe, mas eu não posso ajudá-lo desse modo. Não tenho uma linha direta com Deus.

Dick riu e empurrou a mão dele. Algumas gotas de bebida saltaram para fora do copo.

– De que modo pode me ajudar?

– Tente não ter medo – disse Michael.

– É mais do que medo. Eu *estou* com medo, tenho de admitir. Mas o caso é saber de todas as coisas que jamais farei. Nunca possuí uma mulher. Nunca viajei para lugares distantes. Jamais fiz qualquer coisa para deixar minha marca no mundo, para fazer com que fosse um lugar melhor do que é agora.

Michael se arrependeu de ter tomado o *bourbon*.

– Alguma vez amou alguém?

– É claro – murmurou ele.

– Então já aumentou o valor do mundo. Imensuravelmente. Quanto à aventura, se o que você teme for verdade, logo terá a maior aventura que um homem pode ter.

Dick fechou os olhos.

Michael pensou no seu aniversário de casamento e em Leslie esperando por ele, mas alguma coisa o impediu de sair da cadeira. Observou os rifles no armário de vidro e depois a espingarda encostada num canto da lareira, com um pedaço de pano cheio de graxa saindo do cano. Lembrou-se da noite em Miami Beach e do homenzinho triste com a pistola alemã. Quando olhou para Dick, ele estava com os olhos abertos e sorrindo para ele.

– Não vou fazer isso – disse ele.

– Tenho certeza que não.

– Vou lhe contar uma história – disse Dick. – Há dois anos eu tinha combinado com um grupo de amigos ir às terras pantanosas, onde eles têm um acampamento, para a abertura da temporada de caça ao gamo. No dia da viagem eu estava com um resfriado terrível e disse a eles para não se preocuparem comigo. Mas no dia da abertura não resisti. Levantei cedo, apanhei meu rifle e fui para o bosque, a não mais de quatrocentos metros de onde estamos sentados agora. Estava a uns três passos da estrada quando vi um gamo grande e jovem, atirei e o derrubei.

"Quando cheguei perto o gamo ainda estava vivo e eu cortei sua garganta com minha faca de caça. Mas ele não morreu. Olhava para mim com aqueles enormes olhos castanhos, como um velho carneiro. Finalmente, encostei o rifle na cabeça dele e atirei. Mas o gamo não morreu e eu não sabia mais o que fazer. Tinha acertado um tiro perto do coração e outro na cabeça e tinha cortado o pescoço. Não podia abrir a barriga do animal e fazer a limpeza enquanto ele estivesse vivo. E enquanto eu estava ali parado, tentando resolver, ele se levantou com dificuldade e desapareceu no bosque. Começou a chover e eu levei duas horas para encontrar o gamo, finalmente morto, no meio de uma moita. Quase apanhei uma pneumonia.

"Pensei muito naquele gamo", disse ele.

Michael esperou que a empregada negra chegasse para fazer o jantar de Dick e o deixou sentado com o cão, na frente da lareira, tomando *bourbon*.

Lá fora o ar estava mais frio e com um cheiro adocicado. Michael voltou para casa dirigindo devagar, rezando e ao mesmo tempo notando as sombras e as variações de cor e de formas. Quando chegou, Leslie estava na frente do fogão e ele a abraçou por trás, segurando um seio em cada mão e encostando o rosto no cabelo dela. Depois de um tempo, ela se voltou para beijá-lo. Michael apagou o gás do fogão e a puxou para o quarto.

– Seu maluco – disse ela, rindo. – O jantar.

Mas ele continuou a empurrá-la para a cama.

– Pelo menos me deixa... – disse ela olhando para a gaveta onde guardava o diafragma.

– Não esta noite.

Excitada com a ideia, Leslie não resistiu mais.

– Nós vamos fazer um filho – disse ela, com a luz da cozinha refletida nos olhos.

– Um rei dos judeus – disse ele, tocando-a. – Um Salomão. Um Saul. Um Davi.

Leslie ergueu o corpo para ele e quando Michael a beijou teve a impressão de ouvi-la dizer:

– Não um Davi.

29

Os prêmios anuais da confraternização do Templo Sinai, duas belas placas de nogueira cobertas de prata, chegaram de Atlanta pelo correio e na reunião da diretoria instaram com Michael para escrever sem demora o discurso do Dia da Confraternização.

– Estou um pouco preocupado com a epidemia nacional de judeus entregando prêmios de confraternização para *goyim* – disse Michael, pensativo. – Por que os *goyim* nunca concedem prêmios de confraternização aos judeus? Ou, melhor ainda, por que os judeus não dão os prêmios aos judeus?

Os membros da diretoria pensaram por um momento, depois riram.

– Trate de escrever o discurso, rabino – disse Dave Schoenfeld. – Primeiro nós damos bebida e um bom jantar para eles, depois você os faz feliz com seu discurso e então entregamos os prêmios.

Marcaram a entrega dos prêmios para uma noite de domingo, dentro de seis semanas.

Dois dias depois, quando estava na sua sala de trabalho dando os últimos retoques no sermão da semana seguinte, Michael teve uma visita.

Billy Joe Raye sentou-se na ponta da cadeira, com os pés bem assentados no chão e o chapéu no colo. Disse com um largo sorriso:

– Achei que já era tempo de fazer uma visita de boa vizinhança, rabino. Trouxe um pequeno presente.

Era uma cópia do Novo Testamento em hebraico.

– Mandei imprimir especialmente para os nossos amigos judeus – disse Billy Joe.

– Ora, muito obrigado – disse Michael.

– Encontrei um jovem amigo seu na rua, outro dia. O jovem Richard, como é mesmo o sobrenome dele?

– Kramer?

– Esse mesmo. Ele disse que não vai mais me ver. Disse que você e ele tiveram uma longa conversa.

– Sim, tivemos.

– Um bom rapaz. Um rapaz bom e correto. É uma pena! – Olhou para o chão e balançou a cabeça. – É claro que quero que compreenda que não tentei convencê-lo a ir às minhas reuniões. Nunca o tinha visto antes dele ir à minha tenda.

– Eu sei disso – disse Michael.

– Sim. Deus sabe que pessoas como você e como eu não precisam roubar ovelhas do rebanho alheio, como negros ladrões de galinhas.

Billy Joe riu e Michael sorriu pensativamente, acompanhando-o até a porta.

Só três semanas depois ele pensou outra vez nos prêmios. Nos dez dias seguintes trabalhou lenta e arduamente no discurso para a cerimônia da entrega. Fez três rascunhos que rasgou e jogou na cesta de papéis.

Dois dias antes do jantar de apresentação, Michael sentou-se à sua mesa e escreveu o discurso, rapidamente e com poucas revisões. Era curto e incisivo, concluiu, relendo pela última vez. E, infelizmente – pensou, com um aperto no coração –, era verdade.

Quando foram retirados os pratos de sobremesa e as xícaras de café, Michael levantou-se e cumprimentou a todos – os membros da sua sinagoga, os premiados, os não judeus eminentes sentados à mesa principal.

– Quando um clérigo chega a uma cidade estranha, ele se preocupa com a atmosfera religiosa – disse ele.

"Devo admitir que eu estava preocupado quando vim para Cypress.

"Vou dizer o que encontrei.

"Encontrei uma comunidade onde o relacionamento entre as várias igrejas é extremamente civilizado – disse ele, e o juiz Boswell sorriu para Nance Grant.

"Encontrei uma comunidade onde os batistas permitem aos judeus o uso da sua igreja e os metodistas compram ingressos para as funções sociais dos batistas.

"Encontrei uma comunidade onde os episcopais respeitam os congregacionalistas e onde luteranos trabalham em harmonia com os presbiterianos.

"Encontrei uma comunidade que reconhece o *shabbat* e dá grande valor a ele. Uma comunidade onde cada homem é encorajado a adorar a Deus a seu modo."

O juiz Boswell olhou para Dave Schoenfeld com as sobrancelhas erguidas e inclinou a cabeça com aprovação, estendendo um pouco o lábio inferior como fazia no tribunal quando ouvia um veredito do júri.

– Percebi que as confraternizações em Cypress fluem de uma religião para a outra como fontes de água doce, mandadas por Deus, interligadas por túneis feitos pelos homens – disse Michael.

"Mas encontrei também uma coisa que me intrigou.

"Esses túneis passam acima e abaixo e em volta de quase 60% da população desta comunidade."

Sorrindo, o juiz Boswell acabava de levar o copo aos lábios. Ouvindo a última frase, pôs o copo na mesa e o sorriso permaneceu como se fosse pintado no seu rosto. Então, desapareceu lentamente, como uma flor fechando as pétalas.

– Em Cypress, a confraternização é como um produto químico seletivo que desaparece, *puff*, quando entra em contato com a pele negra – disse Michael.

"Esta é a minha impressão do macrocosmo.

"Quanto ao microcosmo, conheço bem a minha congregação.

"Sendo assim, consideremos as cinquenta e três famílias que constituem o Templo de Sinai de Cypress, Geórgia.

"Três membros desta congregação são donos de firmas que recusam vender comida e bebida a homens, mulheres ou crianças que não tenham a pele mais branca do que a mulher de Moisés.

"Dois membros desta congregação são donos de negócios que não dão abrigo e pousada a uma pessoa de cor.

"Vários membros da congregação vendem mercadoria inferior para os negros, a crédito, por preços que os impedem de jamais saldar sua dívida.

"Um dos membros da minha congregação é dono de um jornal que identifica cada pessoa com os tratamentos de senhorita, senhora ou senhor, desde que não se trate de um negro ou negra.

"Toda a congregação usa uma linha de ônibus que obriga os negros a sentar nos últimos bancos ou ficar de pé, mesmo quando há lugares vazios na frente.

"Esta congregação vive numa cidade com um bairro negro onde a maior parte das moradias alugadas, por motivos de higiene e saúde, devia ser condenada e reconstruída.

"Esta congregação ajuda a manter um sistema educacional que todas as manhãs envia as crianças negras para escolas miseráveis, nas quais é impossível a sobrevivência das mentes ansiosas para aprender."

Fez uma pausa.

– Que diabo é isto? – Sunshine Jones perguntou para o xerife.

– Hoje estamos reunidos para entregar prêmios de confraternização a dois líderes da comunidade – continuou Michael. – Mas será que temos o direito de conferir esses prêmios?

"O ato de conceder esses prêmios implica dizer que nós, que os concedemos, estamos em perfeito estado de confraternização.

"Eu digo a vocês, com grande pena, que não estamos. E até que cheguemos a esse estado de verdadeira confraternização, não acredito que sejamos capazes de reconhecê-lo nos outros.

"Louvo a intenção do que nos dispusemos a fazer hoje aqui. Contudo, uma vez que esse ato pode significar um dos maiores perigos para a alma humana nos dias e anos futuros, vejo-me obrigado a fazer uma advertência solene.

"Até o dia em que pudermos olhar para o Negro e ver o Homem, levamos em nós a marca de Caim.

"Dostoiévski disse: 'Enquanto você não se tornar, na realidade e de fato, um irmão para todos, a fraternidade jamais existirá.'"

Michael percebeu duas coisas quando deixou a *bimá*. Uma foi a expressão nos olhos do juiz Boswell. A outra foi o aplauso solitário da sua mulher, como um farol de som para guiá-lo até em casa. Duas noites depois, Ronnie e Sally Levitt quebraram o muro de silêncio erguido pelo resto da comunidade em volta dos Kind.

– Tenho de admitir – disse Ronnie Levitt – que concordei com eles até poucas horas atrás. Afinal, foi o meu dinheiro que pagou aqueles malditos prêmios. Precisamos lembrar que Cypress não é Nova York – ele disse para Michael. – Não, também não é Atlanta ou Nova Orleans. Nessas cidades grandes você pode alienar o povo e ainda ter uma chance. Aqui, se alienamos o povo, o melhor é fechar nosso negócio. E não estamos dispostos a permitir que você jogue fora seu meio de vida.

– Não espero que façam isso, Ronnie – disse Michael.

– Muito bem, penso que tudo vai ser esquecido se você fizer o jogo certo. Não acho que deva pedir desculpas, como querem alguns. Só ia piorar as coisas. Explicaremos em reunião privada que você é jovem e do Norte e que daqui em diante vai ter cuidado com o que diz. Desse modo, talvez com o tempo, tudo se resolva.

– Não, Ronnie – disse Michael em voz baixa.

Sally Levitt começou a chorar.

Deixaram quase tudo e arrumaram apenas duas pequenas malas.

– Está muito quente para viajar de carro – disse Michael.

Tinham guardado algum dinheiro e Leslie concordou. Foram de carro até Augusta e tomaram o avião para Nova York.

O rabino Sher suspirou depois de ouvir a história.

– Você está tornando a vida muito difícil para todos nós – disse ele. – Se ao menos estivesse errado. – Proibiu Michael de lecionar outra vez. – Se não tiver cuidado vai passar a vida inteira ensinando hebraico para as crianças – acrescentou ele. – E então todos fora da sua classe vão viver numa paz assustadora.

Ao fim de três semanas de entrevistas, Michael voou para a Califórnia. Fora convidado para fazer um sermão e depois foi contratado como rabino do Templo Isaiah, em San Francisco.

– São todos não conformistas e fica a cinco mil quilômetros deste escritório – disse o rabino Sher. – Acho que vai poder ficar lá até morrer velho e feliz.

Michael e Leslie voaram de volta a Augusta e entraram com o Plymouth azul em Cypress exatamente onze meses e dezesseis dias depois de terem chegado à cidade pela primeira vez.

A casa em Piedmont Road estava como tinham deixado três semanas antes.

Encaixotaram os livros e Michael combinou com a Railway Express o transporte da mesa de Leslie e os caixotes com livros para a Califórnia. Tinham comprado um tapete e uma lâmpada de mesa e depois de muita discussão despacharam o tapete e deixaram a lâmpada.

– Vou tirar as coisas da minha sala de trabalho no templo – disse Michael.

A primeira coisa que notou quando estacionou o carro na frente do Templo Sinai foram os restos da cruz queimada no jardim. Michael olhou para ela por um longo tempo. Depois, abriu a porta. Não viu nem sinal de Joe Williams, o *shames*, e imaginou que Williams não ia querer limpar a sujeira deixada pelo Klan ou seu equivalente. Apanhou um ancinho e uma pá no barracão das ferramentas, juntou as cinzas e os pedaços de madeira calcinada, pôs tudo dentro de um carrinho de mão e jogou no depósito de lixo cheio até a borda, no pátio atrás do templo. Voltou para o jardim e examinou o que tinha sobrado. A parte superior da cruz evidentemente fora consumida antes que ela caísse em chamas no chão. O resultado era uma cicatriz em forma de T na terra escura, cada barra horizontal com três metros e meio de comprimento. Com a pá, Michael começou a soltar a terra em volta da marca. Era um gramado antigo, com uma camada profunda de raízes entrelaçadas que dificultavam seu trabalho. Em pouco tempo ele estava coberto de suor.

Um Chevrolet verde, de antes da guerra, mas limpo e reluzente, passou devagar na rua. Três casas adiante do templo, o carro parou e deu marcha a ré. Um homem muito negro desceu e sentou-se no para-lama do carro, arregaçando as mangas da camisa azul de trabalho. Era alto, magro e quase calvo. O pouco cabelo que restava era grisalho. Ele observou Michael em silêncio por alguns minutos e então pigarreou alto.

– O problema aí – disse – é que a terra que está sendo deslocada tem de ser replantada. A grama vai nascer com um verde mais claro do que o resto. Essa cruz vai continuar aí.

Michael parou de trabalhar e apoiou-se na enxada.

– Tem razão – disse, franzindo a testa. Olhou para a metade do T já revolvida. – Por que não ligar os cantos? – perguntou. – Assim vai ficar só um triângulo verde.

O homem concordou com um gesto. Inclinou-se para dentro do carro, retirou as chaves da ignição e apanhou na mala uma pequena escavadeira. Caminhou até a marca da cruz e começou a enfiar a lâmina em forma de meia-lua na terra, deslocando torrões de grama. Trabalharam em silêncio até completar o triângulo. O suor cobria o rosto do negro como orvalho brilhante. Ele tirou um lenço grande do bolso traseiro e enxugou o rosto e o pescoço, a parte calva e a coroa de cabelos, depois as palmas das mãos.

– Meu nome é Lester McNeil – disse.

Michael estendeu a mão que ele apertou com firmeza.

– O meu é Michael Kind.

– Eu sei quem você é.

– Obrigado pela ajuda. Fez um belo trabalho.

O homem sacudiu a mão.

– Tinha de fazer. Sou jardineiro. – Olhou para o triângulo. – Vamos fazer uma coisa. É só acrescentar três pequenos cantos para transformar isto numa daquelas suas estrelas.

– A estrela de Davi, sim – disse Michael, e eles voltaram ao trabalho.

McNeil foi até a mala do carro e voltou com uma caixa cheia de pacotes com sementes. Uma grande parte não ia pegar. Mas algumas cresceriam.

– Que tipo de flores vamos plantar?

Fizeram o centro da estrela com verbena e as seis pontas com alisso azul.

– É um pouco tarde para plantar sementes – disse McNeil –, mas acho que vão crescer se você regar bastante.

– Não vou estar aqui – disse Michael.

– Ouvimos falar alguma coisa a respeito – disse McNeil. – Bem, talvez chova bastante. – Guardou as ferramentas na mala do carro. – Vou fazer uma coisa. Passo aqui uma vez ou outra e dou de beber a elas para você.

– Isso seria ótimo – disse Michael. De repente sentiu-se maravilhosamente bem. – Talvez isso lance uma nova moda. Onde uma cruz for queimada, vai nascer um jardim.

– Seria bom para mim – disse McNeil. – Por falar em beber, será que pode me oferecer um drinque? O trabalho deixa a minha garganta áspera como terra seca.

– É claro – disse Michael.

Na cozinha ele abriu a geladeira, mas só encontrou uma garrafa de refrigerante de laranja completamente choco, sobra de um *bar mitzvá* de seis semanas atrás.

– Sinto muito, mas acho que tem de ser água – disse ele, esvaziando a garrafa de refrigerante na pia.

– Não bebo nada que tenha bolhas, a não ser uma garrafa de cerveja, toda noite depois do trabalho para tirar a poeira – disse McNeil.

Michael deixou a torneira aberta até a água ficar fria e tomou dois copos. McNeil tomou quatro.

– Espere um pouco – disse Michael. Foi até a *bimá*, abriu a cortina negra e tirou uma garrafa de vinho do porto.

Serviu o vinho, e, sorrindo, os dois bateram os copos num brinde.

– *L'chayem* – disse Michael.

– Seja o que for, desejo duplamente o mesmo – disse McNeil.

Tocaram os copos outra vez e tomaram de um gole os três dedos de Manischewitz puro.

Quando estavam prontos para partir, Leslie telefonou para Sally Levitt, que foi de carro até a casa do rabino. As duas se abraçaram chorando e prometeram se escrever. Ronnie não apareceu. Nem mais ninguém. Michael só queria ver uma pessoa antes de partir: Dick Kramer. Na saída da cidade, pararam na casa dele. Estava trancada, com as persianas fechadas. Um papel pregado na porta da frente indicava que a correspondência devia ser enviada aos cuidados de Myron Kramer, Laurel Street, 29, Emmetsburgh, Geórgia.

Com Leslie na direção passaram pela estátua manchada por pombos do general Thomas Mott Lainbridge, pelo bairro negro, entraram na rodovia estadual, passaram pela tenda de Billy Joe Raye e saíram da cidade.

Michael recostou a cabeça no banco e dormiu. Quando acordou tinham saído da Geórgia. Ele ficou um longo tempo calado olhando para a paisagem do Alabama que passava lentamente.

– Escolhi um modo errado para abordar o assunto – disse ele, finalmente.

– Esqueça. Já acabou.

– Eu não devia ter atacado de frente daquele jeito. Se tivesse usado um pouco de tato podia continuar em Cypress e trabalhar lentamente nisso durante anos.

– Nao adianta pensar no que podia ter feito – disse Leslie. – Acabou. É um bom rabino e eu me orgulho de você.

Depois de mais alguns quilômetros em silêncio, Leslie começou a rir.

– Estou feliz por sair de lá – e contou o que Schoenfeld tinha tentado naquela noite de chuva.

Michael bateu com a mão aberta no painel do carro.

– Aquele *momser* miserável. Não teria tentado isso com a mulher do rabino se você fosse judia.

– Mas eu sou judia.

– Sabe o que quero dizer – disse ele, depois de um momento.

– Sim, eu sei muito bem.

Algo se instalou entre eles, como um passageiro odiado e indesejável, e durante quase duas horas falaram muito pouco. Depois da parada no posto de gasolina, adiante de Anniston, para Leslie ir ao banheiro, Michael passou para a direção. Quando entraram na estrada outra vez, estendeu o braço e a puxou para perto dele.

Logo depois Leslie disse que estava grávida e seguiram outra vez em silêncio por quarenta quilômetros. Mas dessa vez era um silêncio diferente. Michael abraçava-a ainda, embora seu braço já estivesse dormente desde muito antes, e a mão esquerda de Leslie pousada de leve na perna direita do marido, como uma dádiva de amor.

livro três

A MIGRAÇÃO

Woodborough, Massachusetts
Dezembro, 1964

30

A atendente, Miss Beverly, era uma jovem pequena e magra, cheia de vida, que trabalhava no hospital para pagar os estudos no Colégio de Educação Física da Universidade de Boston. Ela acreditava no valor do exercício. Com a permissão do dr. Bernstein levou Leslie e outra paciente, Diane Miller, para uma longa caminhada no terreno do hospital. As três tinham até corrido um pouco de mãos dadas e quando voltaram para a enfermaria estavam alegres e com frio, prontas para o chocolate quente que Beverly tinha prometido fazer.

Leslie ia tirar o casaco quando a paciente chamada Serapin atacou a sra. Birnbaum, arranhando como um gato. Viram o braço dela levantar e descer duas vezes, a lâmina fina cintilou na luz fraca e amarela e o sangue espalhou pelo chão. Ouviram o gemido da sra. Birnbaum, um som áspero e feio.

Miss Beverly segurou o braço da sra. Serapin atrás das costas e puxou para cima, como um lutador de cem quilos que aparece na televisão. Mas a sra. Serapin era muito mais alta e não soltou a faca. Finalmente, Beverly começou a gritar e os funcionários do hospital apareceram correndo de todos os lados. Rogan, a enfermeira da noite, correu do escritório da enfermeira-chefe com outra atendente e Peterson chegou do corredor, com os olhos saltados e branca como creme de leite.

A sra. Birnbaum gritava, chamando por um Morty, e a sra. Serapin continuava a gritar. Na luta com ela alguém pisou no sangue de modo que uma área enorme estava marcada com pegadas vermelho-vivas, como um diagrama maluco de Arthur Murray.

Leslie teve a impressão de que ia desmaiar. Deu meia-volta e andou para a porta que Peterson deixara entreaberta. Parou e olhou em volta. Só Diane Miller estava olhando para ela. Leslie sorriu, tranquilizando-a, e saiu da enfermaria, fechando a porta.

Caminhou pelo corredor, passou pela mesa vazia onde Peterson devia estar vendo televisão ou lendo uma revista, entrou na pequena alcova entre a porta do corredor e a porta da frente do hospital. Ficou parada no escuro, aspirando o ar fresco que entrava por baixo da porta fechada, esperando que aparecesse alguém dizendo que não devia estar ali.

Não apareceu ninguém.

Leslie abriu a porta e saiu.

Daria outro passeio – pensou –, desta vez sozinha.

Seguiu pela entrada de veículos, longa e sinuosa, passou pelo portão e pelos dois pequenos leões de pedra com argolas no nariz. Respirou fundo, pelo nariz e pela boca, como Miss Beverly dizia que se deve respirar.

A sensação de desmaio passou, mas ela estava cansada por causa do exercício e da tensão. Quando chegou no ponto do ônibus, sentou-se no banco, no pequeno compartimento de espera.

Um carro parou na frente do banco e uma mulher muito amável abaixou o vidro e perguntou se podiam ajudá-la a se proteger do frio.

Leslie entrou no carro e a mulher disse que ela e o marido eram de Palmer e que o serviço de ônibus onde moravam também não era dos melhores. Teriam prazer em deixá-la na cidade, disse a mulher.

Faltavam quinze minutos para as onze quando Leslie desceu do carro. Àquela hora a Main Street de Woodborough não era a grande via branca de todos os dias. O Maney's Bar & Grille estava aberto, bem como o Soda Shop, a luz estava acesa na janela da ACF e a estação de ônibus estava iluminada. Mas as vitrines nos dois lados da rua estavam todas escuras e sem vida.

Leslie entrou no Soda Shop e pediu café. O toca-discos automático estava a todo volume e no outro lado da divisória baixa de madeira três rapazes batiam com as mãos abertas na mesa, acompanhando a música.

– Telefone para ela, Peckerhead – disse um deles.

– Eu não.

– Aposto que ela está esperando o seu telefonema.

Vá em frente, Peckerhead, telefone para ela, alegre a noite da garota, pensou Leslie. Eles eram só um pouco mais velhos do que Max.

A xícara com o café era igual à do hospital. Até a cor era a mesma.

Leslie pensou em tomar um táxi e voltar imediatamente, mas teve medo do resultado da sua fuga. Imaginou o que o dr. Bernstein ia dizer.

– Telefone para ela, Peckerhead. É um medroso se não telefonar.

– Não sou medroso.

– Pois então, telefone.

— Você tem uma moeda?

Evidentemente o outro tinha a moeda porque Leslie ouviu o garoto saindo da mesa. Havia só um telefone no Soda Shop e ele estava falando ainda quando Leslie terminou de tomar o café. Mas ela viu um telefone público na calçada, na frente da Associação Cristã Feminina, e depois de se certificar de que tinha uma moeda na bolsa, dirigiu-se para ele, pensando em telefonar para Michael.

Porém, no último momento, passou pelo telefone e entrou na ACF.

Uma moça com cabelo que parecia uma peruca Beatle castanha estava sentada na frente da mesa. Ela coçava a cabeça com a ponta de borracha de um lápis amarelo e estava inclinada sobre um livro grosso, que só podia ser de estudo.

— Boa-noite — disse Leslie.

— Oi.

— Quero um quarto. Só para esta noite.

A moça empurrou para ela uma ficha de registro, que Leslie preencheu.

— Quatro dólares — disse a moça.

Leslie abriu a bolsa. Todas as despesas no hospital eram pagas diretamente na tesouraria. As pacientes usavam fichas. Uma vez ou outra Michael dava a ela um ou dois dólares para a máquina de café e os jornais. Leslie tinha apenas três dólares e sessenta e dois centavos.

— Posso pagar com cheque amanhã?

— Claro. Ou pode me dar o cheque agora.

— Não posso. Não trouxe meu talão de cheques.

— Oh. — A moça olhou para o lado. — Puxa... eu não sei. Isso nunca me aconteceu antes.

— Eu sou sócia da ACF. No ano passado frequentei as aulas de ginástica para emagrecer, da sra. Bosworth — disse Leslie com um sorriso. — Na verdade, sou perfeitamente respeitável. — Tirou da bolsa o cartão de sócia.

— Tenho *certeza* de que é. — Ela examinou o cartão. — Só que esqueceu que eles podem me despedir ou me obrigar a pagar pelo quarto, e eu não tenho condições de fazer isso.

Mas enquanto falava estendeu o braço para trás e apanhou uma chave no quadro.

— Muito obrigada — disse Leslie.

O quarto era pequeno, mas muito limpo. Leslie dependurou a roupa no closet e deitou-se só de combinação. Estava muito agradecida à recepcionista. Precisava telefonar para Michael logo cedo na manhã seguinte, pensou, sonolenta.

De manhã, sem os ruídos que a acordavam diariamente no hospital, Leslie dormiu até quase nove horas.

Abriu os olhos e ficou imóvel na cama quente, pensando como era agradável não estar indo naquele momento para o tratamento de eletrochoque. O que – sabia ela – teria acontecido se estivesse no hospital.

Uma mulher com olhos suaves e cabelo branco-azulado estava na recepção quando ela devolveu a chave.

Leslie tomou um táxi, mas deu o endereço da sua casa, não o do hospital.

Sou uma fugitiva – pensou quando entrou no táxi. A ideia era tão absurda que, em vez de ficar assustada, Leslie sorriu.

A casa estava quieta e vazia. Leslie achou a chave extra onde sempre a deixavam, acima do batente externo da porta dos fundos. Entrou, escovou os dentes, tomou um longo banho de espuma e depois, com roupa limpa, preparou um enorme desjejum de ovos, rosquinhas e café e comeu tudo.

Sabia que tinha de voltar para o hospital, que o tratamento estava quase no fim, mas a ideia não a agradava.

Deviam acrescentar ao programa de tratamento uma semana de férias para pacientes de longo tempo – pensou.

Quanto mais pensava nisso, mais gostava da ideia. Apanhou na terceira gaveta da cômoda, debaixo das combinações, o talão de cheques da conta onde estava depositado o dinheiro deixado por tia Sally. Arrumou uma pequena maleta, escreveu *Eu te amo* num pedaço de papel, que deixou na cômoda de Michael, em cima das camisas brancas.

Chamou outro táxi, foi até a cidade. Depois de pagar o táxi, ficou com onze centavos, mas retirou quase seiscentos dólares do banco.

Na ACF ficou sabendo que a jovem da noite anterior chamava-se Martha Berg e deixou um envelope para ela com uma nota de dez dólares.

Então, achou que o bilhete deixado para Michael não era muito tranquilizador e passou um telegrama na Western Union.

O primeiro ônibus que saiu da estação ia para Boston. Leslie entrou e pagou a passagem. Não tinha nenhuma vontade de ir a Boston, mas na verdade não sabia ainda para onde queria ir. Era um ônibus velho e vermelho e ela sentou-se no lado esquerdo, no segundo banco atrás do motorista. Tentou se decidir entre Grossinger e um avião para Miami.

Porém, quando chegaram a Wellesley, ela levantou-se e tocou a campainha. O motorista olhou aborrecido para a passagem.

– Pagou até Boston – disse ele. – Se quiser a devolução do dinheiro tem de escrever para a companhia.

– Está tudo bem.

Leslie caminhou pela Main Street, olhando as vitrines. Na estação de trens ela pagou vinte e cinco centavos para guardar num armário a maleta que começava a cansar seu braço. Assim livre do peso foi para o campus da universidade.

Havia muita coisa nova que ela não conhecia, mas o resto estava exatamente como antes. Foi até o dormitório Severance e, sentindo-se um pouco tola, entrou. Poucas estudantes estavam na casa. Naquele horário quase todas estavam em aula. No segundo andar, foi até a porta da direita, sem nenhuma hesitação, como se tivesse acabado de sair para estudar na biblioteca.

Não esperava que alguém atendesse quando bateu à porta, e, quando foi aberta, Leslie ficou um momento parada, sem saber o que dizer.

– Olá – disse, finalmente.

– Olá.

– Desculpe o incômodo. Há muito tempo ocupei este quarto. Achei que seria interessante vê-lo outra vez.

A moça era chinesa. Vestia uma camisola muito curta e suas pernas eram como duas colunas de marfim.

– Entre, por favor – disse ela.

Quando Leslie entrou, ela apanhou um roupão da cadeira e o vestiu.

Os móveis e as cores do quarto eram diferentes. Não parecia o mesmo. Leslie foi até a janela e a paisagem afinal a *levou* para o passado. O Lago Waban não tinha mudado. Estava gelado e coberto de neve. Perto da margem a neve fora retirada e algumas estudantes patinavam no gelo.

– Durante quanto tempo morou aqui? – perguntou a moça.

– Dois anos. – Sorriu. – Os vasos do banheiro ainda entopem e transbordam?

A moça olhou para ela intrigada.

– Não. O encanamento parece muito eficiente.

De repente, sentindo-se uma tola, Leslie apertou a mão da moça e começou a se aproximar da porta.

– Não quer ficar e tomar um café? – perguntou a chinesa.

Mas Leslie percebeu o alívio da jovem por se ver livre dela. Agradeceu e saiu do quarto e depois do prédio.

A velha ex-aluna, pensou. Horrível.

Havia um prédio novo, o Centro de Artes Jewett. Leslie entrou e percorreu a galeria que era muito boa. Tinham um pequeno Rodin e um pequeno Renoir e uma cabeça de Baudelaire esculpida em pedra, com olhos grandes e cegos, que ela gostou. Passou muito tempo na frente de um *São Jerônimo* de Hendrik van Somer. O quadro mostrava um velho com peito enrugado, calvo, nariz adunco, barba longa e olhos ferozes, os olhos mais ferozes que ela já vira. Imediatamente Leslie pensou na descrição que Michael tinha feito do avô.

Saiu pelo outro lado do prédio e logo reconheceu o lugar. Lá estava a Torre Galen de Pedra, o pátio, as árvores e os bancos de pedra, cobertos de neve, menos um, recentemente limpo. Leslie sentou-se de frente para Severance Hill, onde um esquiador solitário tropeçou e caiu. Lembrou-se da montanha em maio, no Dia da Árvore, com Debbie Marcus enrolada numa espécie de lençol fazendo o papel de uma vestal.

Um homem com sobretudo negro e uma mulher com casaco cinzento de lã, com gola de pele de raposa, saíram do prédio da administração. Ele tinha o tipo de rosto que a fez pensar em problema com bebida.

– Este parece o único banco sem neve – a mulher disse para o marido.

– Tem muito lugar – disse Leslie, afastando-se para a ponta do banco.

O homem sentou-se na outra extremidade e a mulher no meio.

– Viemos visitar nossa filha – disse ela. – Uma visita de surpresa. – Olhou para Leslie. – Veio também visitar alguém?

– Não – disse Leslie –, estive no museu.

– Onde fica o museu? – perguntou o homem.

Leslie mostrou.

– É todo cheio daquelas coisas modernas? – quis saber ele. – Sucata e trapos pintados e emoldurados?

Antes que Leslie tivesse tempo para responder, uma jovem correu para eles. Era morena, usava calça jeans e jaqueta de couro.

– Como *vão* vocês – disse ela, beijando o rosto da mulher.

O homem e a mulher se levantaram do banco.

– Quisemos fazer uma surpresa – disse a mulher.

– Pois fizeram. – Os três começaram a andar. – O caso é que tenho um convidado no hotel, até amanhã. Jack Voorsanger, aquele de quem falei na minha carta.

– Nunca ouvi falar em Jack Voorsanger – disse o pai. – Muito bem, por que não podemos visitá-lo todos juntos?

– Oh, é claro que podemos – disse a moça, com entusiasmo.

Eles se afastaram. Ela falando rapidamente, o pai e a mãe inclinados para a filha, escutando.

Leslie olhou para a torre e lembrou-se do carrilhão que tocava antes do serviço religioso na capela, de manhã, e antes e depois do jantar. Sempre terminava com a mesma música, qual era mesmo? Não conseguiu lembrar. Ficou ali sentada mais algum tempo, desejando ouvir o carrilhão. Depois lembrou-se do que tinha dito o primeiro garoto que a beijou. Ele era alto, estudioso, o aluno preferido do seu pai na Escola Dominical. Leslie disse a ele que não gostou nem desgostou do beijo e ele respondeu zangado: "O que você queria, sinos?"

Voltou a pé para a estação, apanhou a maleta, comprou uma passagem. Em vinte minutos chegou o trem New England States. Era quase como no tempo em que ela o tomava quando ia para casa nas férias, apenas um pouco malconservado, como todos os trens atualmente. Logo depois que o condutor recolheu as passagens, ela dormiu. Cochilou intermitentemente e quando acordou pela última vez estavam a oito minutos de Hartford. Com uma sensação de triunfo, Leslie lembrou o nome da música: "The Queen's Change".

Ela e o pai trocaram olhares atônitos quando ele abriu a porta. O pai surpreso com sua presença, Leslie surpresa com a aparência dele. O pastor estava com uma camisa de malha azul-marinho e calça preta amarrotada com listras cinzentas e pedaços de alguma coisa que podia ser cera. O belo cabelo branco estava despenteado.

– Ora, ora – disse ele. – Entre. Está sozinha?

– Estou.

Leslie passou por ele e entrou na sala de estar.

– Móveis novos – disse ela.

– Eu mesmo comprei – disse o pai, apanhando o casaco dela e dependurando-o no closet.

Entreolharam-se por um momento.

– Em que está trabalhando? – perguntou ela, olhando novamente para a roupa do pai.

– Oh, quase me esqueci. – Ele correu para a cozinha.

Leslie o ouviu abrir a porta do porão e descer a escada. Ela foi atrás.

O porão era quente e seco, muito claro, com todas as luzes acesas. Dentro de um caldeirão de ferro batido cheio de carvão em brasa havia outro caldeirão com uma coisa que fervia, fazendo bolhas.

– Preciso ficar tomando conta disto – disse ele. – Se me descuidar posso provocar um incêndio.

Ele tirou um punhado de tocos de velas de um saco de papel pardo e jogou no pote menor. Observou ansiosamente até toda a cera derreter, depois tirou os pavios soltos com um garfo comprido de churrasco.

Senilidade? Foi o que Leslie pensou, observando atentamente o pai. Sem dúvida uma espécie de mudança de personalidade.

– O que você faz com isso? – ela perguntou.

– Faço coisas. Minhas velas. Outras coisas, em moldes. Quer que eu faça suas mãos?

– Quero.

Satisfeito, ele tirou o pote com cera derretida do fogo, usando dois suportes de ferro. Depois, abriu uma gaveta de um pequeno armário e apanhou um pote com vaselina. Sob o olhar atento do pai, Leslie seguiu as instruções, passando a vaselina nas mãos e nos antebraços. Ele olhava constantemente para o pote. Finalmente fez um gesto afirmativo.

– Ponha as mãos aqui dentro. Se esfriar muito não dá certo.

Leslie olhou desconfiada para a cera quente.

– Não vai me queimar?

Ele balançou a cabeça.

– Para isso é que serve a vaselina. Não vou deixar que fique o tempo suficiente para queimar.

Leslie respirou fundo e enfiou as mãos na cera. Logo depois o pai a fez tirar e ela ergueu as mãos envoltas em grossas luvas brancas. A cera ainda estava quente, mas ela a sentia esfriar e endurecer, bem como o calor pegajoso da vaselina que derretia, a mais estranha mistura de sensações. Imaginou como o pai ia tirar a cera das suas mãos sem quebrar e começou a rir.

– Nem parece você – disse, e ele sorriu.

– Não, acho que não. Quando se começa a ficar velho precisamos fazer alguma coisa estranha. – Encheu um balde, alternando água fria e quente e experimentando a temperatura com a ponta dos dedos.

– Devíamos ter feito isso juntos quando eu tinha oito anos – disse ela, procurando os olhos dele. – Eu teria adorado.

– Bem... – Ele pôs as mãos de Leslie na água e esperou, ansioso. – A temperatura é a coisa mais importante. Se a água estiver muito fria, a cera quebra. Se estiver quente, vai derreter.

A água estava morna. A cera adquiriu elasticidade suficiente para que ele a esticasse na altura dos pulsos e então Leslie pudesse retirar as mãos. Ela puxou a mão esquerda muito depressa e a cera se partiu.

– Cuidado – reclamou ele.

Leslie retirou a mão direita lentamente e a luva de cera saiu perfeita.

– Quer fazer a esquerda outra vez? – ele perguntou.

Mas ela balançou a cabeça.

– Amanhã – disse ela, e seu pai inclinou a cabeça concordando.

Deixaram o molde perfeito num balde com água fria para endurecer.

– Quanto tempo vai ficar aqui? – perguntou ele, quando subiam a escada.

– Não sei. – Leslie lembrou que não tinha jantado. – Papai, posso tomar uma xícara de café?

– É claro – disse ele. – Nós mesmos temos de fazer. A mulher que mora no outro lado da rua vem para fazer o jantar e limpar a casa. Eu faço o café da manhã. Almoço fora. – Sentou-se na cadeira da cozinha, observando Leslie enquanto ela fazia café e torradas. – Brigou com seu marido?

– Não, nada disso.

– Mas está com algum problema.

Leslie ficou profundamente comovida vendo que ele a conhecia o bastante para perceber que alguma coisa não estava certa. Nunca pensou que fosse possível. Ia dizer isso a ele quando o pai falou outra vez.

– Vejo pessoas com problemas todos os dias.

E ela ficou satisfeita por não ter dito nada.

Ele pôs sacarina no seu café e tomou um gole.

– Gostaria de falar sobre o assunto comigo?

– Acho que não.

– É um direito que lhe assiste.

Leslie sentiu que ia ficar zangada.

– Podia perguntar como vão meu marido e meus filhos. Seus netos.

– Como vai sua família?

– Muito bem.

Ficaram alguns minutos calados, até terminarem as torradas e o café, quando não tinham mais nada para fazer com as mãos e com a boca.

Leslie tentou outra vez.

– Tenho de mostrar a Max e Rachel como se faz mãos de cera – disse. – Ou melhor, vou trazê-los aqui para aprender com você.

– Tudo bem – disse ele, sem muito entusiasmo. – Há quanto tempo eu não os vejo? Dois anos?

– Dezoito meses. Dois verões atrás. A última visita não foi uma experiência agradável para eles, papai. Eles gostam muito do outro avô. Podiam gostar de você, se você deixasse. Ficaram abalados quando ouviram uma discussão entre vocês dois.

– Aquele homem – disse o pastor. – Eu ainda não compreendo como você pensou que eu teria prazer em recebê-lo na minha casa. Nada em comum. Nada.

Leslie ficou calada, lembrando aquela tarde terrível, o encontro violento e hostil de personalidades.

– Posso dormir no meu antigo quarto? – ela perguntou.

– Não, não – disse ele –, está cheio de caixas e outras coisas. Fique no quarto de hóspedes. Está sempre arrumado e com lençóis limpos.

– O quarto de hóspedes?

– Subindo a escada, o segundo à esquerda.

O quarto da tia Sally.

– Tem toalhas limpas no armário – disse o pai.

– Obrigada.

– Você precisa... bem... de ajuda espiritual?

Toalhas e ajuda espiritual fornecidas alegremente, pensou ela.

– Não, obrigada, papai.

– Nunca é tarde. Para qualquer coisa. Com ajuda de Jesus. Não importa o quanto nos afundamos, nem por quanto tempo.

Leslie não disse nada, fazendo um leve movimento de súplica com as mãos, tão breve que ele provavelmente não notou.

– Mesmo agora, depois de todo esse tempo. Não me importa o tempo que esteve casada com ele. Não acredito que a menina que cresceu nesta casa possa renunciar a Cristo.

– Boa-noite, papai – disse ela, em voz baixa.

Leslie levantou-se da cadeira, levou a maleta para cima. Entrou no quarto, acendeu a luz, fechou a porta e ficou encostada nela por um longo tempo, olhando para o quarto onde muitas vezes ela se deitava ao lado da tia, aconchegada ao seu corpo ressequido e virgem. Lembrou-se exatamente da sensação, do cheiro muito leve de corpo e de rosas murchas, provavelmente o perfume do sabonete que tia Sally usava secretamente.

Vestiu a camisola, imaginando se precisava ainda acender o gás para ter bastante água quente. Mas estava cansada demais para verificar. Ouviu o pai subir a escada e depois a batida hesitante na porta.

– Você sempre foge quando tento falar com você – disse ele.

– Desculpe, papai.

– Por que tem tanto medo?

– Estou cansada – disse ela, do outro lado da porta fechada.

– Pode me dizer que se sente como se fosse um deles? – perguntou o pai.

Leslie não respondeu.

– Você é judia, Leslie?

Nenhuma resposta.

– Pode *me* dizer se é judia?

Vá embora, pensou ela, sentando-se na cama em que sua tia tinha morrido.

Depois de algum tempo ouviu quando ele foi para o quarto na outra extremidade do corredor e ela apagou a luz. Mas não se deitou. Foi até a janela e sentou-se no chão, com os seios encostados no parapeito e o rosto no vidro frio, como fazia quando era pequena, olhando através do vidro para a rua que fora antes parte da sua prisão.

De manhã tomaram café como se nada tivesse acontecido. Leslie preparou ovos com bacon e ele comeu com apetite, até com um pouco de avidez. Quando ela serviu o café, o pai pigarreou.

– Infelizmente – disse ele – tenho uma agenda cheia esta manhã na igreja.

– Então, é melhor eu me despedir agora, papai. Resolvi tomar o trem agora de manhã.

– Oh? Tudo bem então – disse ele.

Antes de sair ele foi ao quarto dela com duas velas amarelas na mão.

– Um pequeno presente – disse.

Quando ele saiu, Leslie telefonou pedindo um táxi e foi para a estação. Comprou um livro da coleção de Robert Frost e leu durante vinte minutos. Quando faltavam cinco minutos para a chegada do trem, pôs a maleta no banco da sala de espera, abriu e empurrou as velas amarelas para abrir espaço para o livro. Uma das velas se desfez na sua mão. A cera amarela esfarelou revelando o defeito: um pedaço de cera branca não diluída no seu interior. Enojada, Leslie apanhou as migalhas de cera o melhor que pôde e jogou, com os pedaços quebrados, no cesto de lixo.

No trem, começou a pensar o que faria com a outra vela. Quando passavam por Stanford ela a tirou da maleta e a enfiou entre o braço da poltrona e a parede, debaixo da janela. Sem saber por quê, sentiu-se melhor.

Quando estavam chegando a Nova York ela olhou para o cenário que passava como se fosse uma longa súplica na tela da televisão, implorando a reforma urbana. Era um dia quente para o inverno. Ao lado dos trilhos, a neblina subia dos montes cinzentos de neve e ela pensou nas manhãs em San Francisco, onde olhar pela janela significava saber que o mundo era vasto e vazio e a escuridão estava na face das profundezas e o espírito de Deus se movia sobre a face da terra e a face das águas, disfarçado numa bela neblina cor de madrepérola.

San Francisco, Califórnia
Janeiro, 1948

31

A casa, estreita, com três andares, telhado de madeira e uma cerca branca, agarrava-se com as juntas dos seus alicerces numa colina muito íngreme com vista para a Baía de San Francisco. O homem de meia-idade, baixo e forte, estava com um pé na prancha de descarga de um caminhão preto desbotado, cheio de cordas, escadas e baldes manchados de tinta. Tinha um ar de atrevida competência, vestia um macacão branco, limpo, mas com manchas de tinta e um boné de pintor em cuja aba estava escrito DUTCH BOY.

– Então – disse ele, num baixo profundo, satisfeito, mas sem sorrir –, bem na hora. Teve sorte de me pegar em casa. Eu estava saindo para o trabalho.

– Pode me dizer onde fica a nossa nova casa, sr. Golden? – perguntou Michael.

– Nunca vai encontrar sozinho. Fica muito longe daqui. Eu vou no meu caminhão e vocês me seguem.

– Não queremos interromper seu trabalho.

– Eu interrompo o meu trabalho todos os dias para ir ao templo. Só assim se faz alguma coisa por lá. Não sou um funcionário, como os *machers*, os mandachuvas que falam, falam, falam o tempo todo. Só um trabalhador. – Abriu a porta e subiu no caminhão. Pisou com força no acelerador e o carro pegou com um rugido. – Venham atrás de mim – disse ele.

Eles obedeceram, dando graças por terem o caminhão na frente, porque Michael tinha dificuldade em ver os sinais de trânsito, instalados em lugares que um homem do Leste jamais imaginaria que estivessem. Viajaram por um longo, longo tempo.

– Onde fica isso, no Oregon? – disse Leslie em voz baixa, como se o sr. Golden estivesse no banco de trás e não no seu caminhão, na frente deles.

Finalmente entraram numa rua com casas térreas limpas e pequenas, e gramados bem aparados.

– Michael – disse Leslie –, são todas iguais.

Ruas e ruas de casas idênticas, construídas do mesmo modo em terrenos iguais.

– As cores são diferentes – observou Michael.

O sr. Golden parou na frente de uma casa verde, entre uma branca, à direita, e uma azul, à esquerda.

Tinha três quartos, uma sala de bom tamanho, sala de jantar, cozinha e um banheiro. Estava semimobiliada.

– É muito bonita – disse Leslie. – Mas aquelas centenas de casas iguais...

– Uma área enorme – disse o sr. Golden –, produção em massa. É mais lucrativo. – Passou a mão numa parede. – Eu mesmo pintei esta casa. Um bom trabalho. Não vão encontrar paredes mais bonitas, mesmo que procurem.

Olhou para Leslie com expressão astuta.

– Se não ficarem com ela, alugamos para outra pessoa. Só que para vocês é um bom negócio. O templo comprou esta casa do antigo rabino. O nome dele é Kaplan. Foi para o Templo B'nai Israel, em Chicago. Não precisamos pagar impostos por ela. Instituição religiosa não lucrativa. Por isso não vai lhes custar muito. – Ele saiu da sala.

– Talvez a gente possa morar numa casa grande e velha, com enfeites rebuscados. Ou num apartamento no alto de uma colina – disse Leslie, em voz baixa.

– Me disseram que é difícil encontrar boas moradias em San Francisco agora – disse Michael. – E são muito caras. Além disso, se ficarmos com esta é uma dor de cabeça a menos para a congregação.

– Mas todas as cópias carbono.

Michael compreendia.

– Apesar disso, é uma bela casinha. E se descobrirmos que não gostamos de morar aqui podemos procurar com calma e depois mudar.

– Tudo bem – disse ela e o beijou no momento em que Golden voltou à sala. – Vamos morar aqui – anunciou Leslie.

Golden fez um gesto afirmativo.

– Querem ver o templo?

A segunda viagem terminou na frente de um prédio de tijolos amarelos. Michael o tinha visto à noite, quando fez seu teste. A luz do dia, parecia mais velho e cansado.

– Era uma igreja. Católica, São Jerry Myer. Santo judeu – disse Phil.

O templo era espaçoso, mas muito escuro, e Michael achou que cheirava vagamente a velhice e a confessionário. Tinha esquecido o quanto era feio. Tentou dominar o desapontamento. Um templo era gente, não um prédio. Mesmo assim, pensou, algum dia teria um templo cheio de luz e de ar, com uma sensação de beleza e de maravilha.

* * *

Passaram a tarde comprando móveis. Gastaram mais do que pretendiam e fizeram um rombo na conta do banco.

– Deixe que eu use os mil dólares que tia Sally me deixou – disse ela.

Michael lembrou a expressão do pai dela e disse:

– Não.

Leslie ficou imóvel.

– Por que não?

– O motivo é importante?

– Acho que o motivo pode ser importante. Sim – disse ela.

– Guarde o dinheiro e algum dia use para alguma coisa que nossos filhos realmente desejem – disse ele. Era a resposta certa.

A casa estava imaculadamente limpa e dessa vez tinham se prevenido com lençóis e toalhas. Mas quando chegou a noite, ficaram deitados no quarto estranho, sem poder dormir. Leslie estava inquieta.

– Qual é o problema? – perguntou ele.

– Detesto a ideia de conhecer aquelas mulheres – disse ela.

– Do que está falando? – perguntou Michael, achando graça.

– Eu sei do que estou falando. Lembre-se, já passei por isto antes. Aquelas... *yentehs*... que vão ao templo não para rezar, nem mesmo para ouvir o novo rabino, mas para ver a *shikse*.

– Oh, meu Deus – disse ele, pesadamente.

– Isso mesmo. Elas me olham de cima a baixo. "Há quanto tempo estão casados?", perguntam. E depois: "Já têm filhos?" E eu posso ver suas mentes trabalhando como computadores para verificar se o seu rabino foi obrigado a casar comigo.

– Nunca pensei que fosse tão desagradável para você – disse ele.

– Pois agora já sabe.

Ficaram deitados em silêncio.

Mas um pouco depois ela cobriu o rosto dele de beijos.

– Ah, Michael. Desculpe. Não sei o que deu em mim.

Ele estendeu o braço para ela, mas Leslie virou-se para o lado, saiu da cama e correu para o banheiro. Michael ouviu por um momento, depois levantou-se também.

– Você está bem? – perguntou, batendo de leve à porta.

– Deixe-me em paz – disse ela, com voz rouca. – Por favor.

Michael voltou para a cama e cobriu os ouvidos com o travesseiro para não ouvir o ruído doloroso da náusea. Quantas vezes tinha acontecido, enquanto ele dormia tranquilamente?

Era só o que nos faltava, pensou.

Enjoo matinal.

Horrível.

Sua bela barriga vai inchar como um balão.

Leslie está enganada a respeito das mulheres. Isto vai resolver tudo. Nas noites de sexta-feira as mulheres vão olhar para ela, sentada na primeira fila no templo, notarão a barriga, depois vão olhar para mim com um sorriso carinhoso. Mas seus olhos estarão dizendo: seu animal, vocês fazem isso com todas nós.

Muito grande. Dentro de pouco tempo.

Oh, eu a amo.

Será que temos de parar de fazer amor?

Quando ela voltou, fraca, com a boca cheirando a Listerine, Michael a abraçou e tocou a barriga dela com a ponta dos dedos. Estava lisa e firme como sempre.

Michael olhou para ela na primeira claridade do dia e de repente a náusea desapareceu, substituída por um sorriso muito feminino, satisfeito, orgulhosa por ter aquele enjoo matinal. Quando ele a abraçou e encostou o rosto no dela, Leslie arrotou no ouvido dele, e ao invés de pedir desculpas, começou a chorar. A lua de mel acabou, pensou ele, acariciando a cabeça dela e beijando as pálpebras macias e orvalhadas como pequenas flores.

Michael passou dois dias conhecendo os diretores e os *machers* do templo. A secretária do outro rabino estava casada e morando em São José, e ele perdeu muito tempo só para localizar tudo no escritório. Encontrou uma lista dos membros da congregação e começou a organizar um plano de visitas pessoais para ter oportunidade de conhecer também os menos ativos.

No segundo dia, Phil Golden chegou ao templo ao meio-dia.

– Gosta de comida chinesa? Tem um restaurante nesta mesma rua onde fazem maravilhas com o *moo goo gai pan*. O dono é membro da congregação.

Golden estava com um terno azul com riscas finas que parecia feito sob medida.

– Não trabalha hoje? – perguntou Michael.

Golden fez uma careta.

– Vou contar uma coisa – disse, enquanto caminhavam para o restaurante. – Anos atrás, quando eu era moço, eu trabalhava como um cavalo. Pintando, pintando, pintando. Para conseguir uma vida dura e difícil. Tivemos quatro filhos homens, graças a Deus, todos grandes e saudáveis. Eu ensinei a todos a minha profissão. Sonhava em ser empreiteiro algum dia com os filhos trabalhando comigo. Só que agora todos *eles* são empreiteiros. Sou presidente da matriz, que não passa disso, uma matriz. A única vez que pego num pincel é quando faço alguma coisa para o templo.

Golden riu satisfeito.

– Não, não é bem verdade. Mais ou menos de seis em seis meses não resisto, saio de fininho e arranjo um trabalho às escondidas. Contrato um ajudante, um garoto mexicano, e dou a ele tudo que me pagam. Não conte para os meus filhos.

– Não vou contar.

O nome do restaurante era Moy Sheh.

– Morris está? – perguntou Golden quando o garçom chinês entregou o menu.

– Foi ao mercado.

Estavam com fome e a comida bem temperada era boa. Falaram pouco, mas finalmente Golden recostou-se na cadeira e acendeu um charuto.

– Então, como vão as coisas? – perguntou.

– Acho que vou gostar daqui.

Golden apenas balançou a cabeça afirmativamente.

– Uma coisa estranha – disse Michael. – Falei com uma porção de gente. E quatro homens me fizeram a mesma advertência.

Golden tirou uma baforada no charuto.

– E qual foi a advertência?

– Cuidado com Phil Golden – eles disseram –, é um cara durão.

Golden examinou a cinza do charuto.

– Posso dizer os nomes dos quatro. E o que você disse?

– Eu disse que ia ter cuidado.

O rosto de Golden ficou inexpressivo, apenas a pele em volta dos olhos se enrugou um pouco.

– Vou facilitar o trabalho para você, rabino. Você e sua mulher vão à minha casa amanhã para o jantar da sexta-feira – disse ele.

Eram onze à mesa. Além de Phil e Rhoda Golden, estavam presentes dois dos seus filhos, Jack e Irving, com as respectivas mulheres, Ruthie e Florence, e três netos de Phil, com idades de três a onze anos.

– Henry, nosso outro filho casado, mora em Sausalito – explicou Phil. – Tem dois filhos e uma bela casa. A mulher dele é armênia. Eles têm dois pequenos William Saroyans com olhos castanhos grandes e expressivos e narizes maiores do que um judeu comum é capaz de ter. Não os vemos muito. Eles ficam em Sausalito, fazendo não sei o quê, talvez colhendo uvas.

– Phil – disse Rhoda Golden.

Phil olhou para Leslie e achou que devia uma explicação.

– Ele não se converteu, ela não se converteu e os filhos não são nada. Agora me diga, isso é bom?

– Acho que não – disse ela.

– Como se chama seu filho mais moço? – perguntou Michael.

– Ai, Babe – disse Ruthie e os outros sorriram.

– Rabino, quero que faça uma ideia dele – disse Florence, que era loura, com um corpo magro, mas bem-feito. – Imagine um homem com trinta e sete anos. Com cabelo ainda farto. Ganha muito dinheiro. É uma pessoa muito carinhosa, um verdadeiro amor. Adora crianças, as crianças o adoram. É todo homem, anda pelas ruas de San Francisco pisando em corações apaixonados e partidos. Com tudo isso, não quer casar.

– Babe, Babe, Babe – disse Rhoda, balançando a cabeça. – Meu Babe. Como eu queria dançar no seu casamento, nem que fosse com música armênia. O peixe está muito apimentado?

O peixe estava excelente, bem como a sopa, a galinha assada, a dobradinha recheada e os dois tipos de *kugel* e a compota de frutas. Na outra sala, as velas do *shabbos* estavam acesas nos candelabros de prata sobre o piano. O apartamento era do tipo que Michael conhecia, mas que não via há muito tempo.

Depois do jantar tomaram conhaque enquanto as mulheres lavavam a louça. Os dois casais jovens despediram-se e saíram com os filhos. Antes de sair, Florence combinou com Leslie um almoço e uma visita ao De Young Memorial Museum no dia seguinte. Isso levou a conversa para quadros, depois fotografias e Rhoda apanhou um álbum enorme que ela e Leslie começaram a folhear na cozinha. Michael e Phil, tomando o conhaque na sala, ouviam as risadas das duas.

– Então, agora você é um californiano – disse Phil.

– Um velho californiano.

Golden sorriu.

– *Zehr* velho – disse ele. – *Eu* sou o que se pode chamar de um velho californiano. Vim para cá, de New London, Connecticut, com minha mãe e meu pai, quando era garoto. Meu pai era baterista. Material da Marinha. Carregava sempre uma arca que pesava cinquenta e dois quilos. Quando chegamos aqui, tentamos uma série de *shuls* no antigo bairro judeu, perto de Fillmore Street. Naqueles dias, os *yiddlech* moravam todos num mesmo bairro, como os chineses. É claro que isso não durou muito – acrescentou ele. – Não se pode mais ver a diferença entre judeus, católicos e protestantes. Três boas fungadas do ar da Califórnia e todo mundo fica homogeneizado. Ah, rabino, hoje em dia ser judeu é muito diferente.

– Diferente como?

Golden bufou com desprezo.

– Veja o *bar mitzvá*. Antigamente era uma coisa importante para qualquer menino. Era chamado à *bimá* pela primeira vez, cantava um trecho da Torá em hebraico, como num passe de mágica, tornava-se homem aos olhos de Deus e de seus companheiros judeus. Todos ficavam olhando para ele, certo? Hoje, o garoto senta no fundo do templo. O importante é o show. Tem mais bar do que *mitzvá*. A congregação do seu templo é em sua maior parte gente de coquetel. Jovens americanos modernos. O que eles sabem sobre Fillmore Street? – Golden balançou a cabeça.

Michael olhou pensativamente para ele.

– Por que me preveniram contra você? – perguntou.

– Eu sou o rabugento do templo – disse Phil. – Insisto em dizer que temos um templo para serviços religiosos. Que para ser judeu você tem de seguir o judaísmo. Por isso não sou popular no Templo Isaiah.

– Então, por que pertence a esta congregação?

– Vou ser franco. Meus filhos entraram para a congregação. Eles são tão ruins quanto o resto. Mas eu acho que uma família deve ir ao templo unida. Achei que não ia fazer mal a eles sentar no mesmo templo com um *yiddel* antiquado quando eles comparecem para o serviço religioso anual.

Michael sorriu.

– Não pode ser tão ruim assim – disse ele. – Não pode.

– Não pode? – Golden riu. – O Templo Isaiah começou há oito anos. Sabe por quê? Os outros templos reformistas tomavam muito tempo deles. Exigiam muito compromisso pessoal. Sua congregação quer ser judia, mas não a ponto de sacrificar o tempo que reserva para aproveitar a Califórnia. Yom Kippur e Rosh Hashaná. Isso é tudo, irmão. Agora – disse ele, erguendo a mão enorme como um guarda de trânsito –, não vá pensar que não estão dispostos a pagar por esse privilégio. Nossas mensalidades são bem altas, mas esta é uma congregação jovem e rica. Os tempos são bons. Ganham um bom dinheiro e pagam suas cotas para que *você* seja judeu por *eles*. Se quiser gastar algum dinheiro num projeto do templo, por um bom motivo, pode estar certo de que eles dão. Só não espere muita *gente* nos serviços religiosos. Apenas... compreenda que você tem inimigos, rabino. Fileiras de lugares vazios.

Michael pensou por um momento.

– A Ku Klux Klan não os incomoda?

Golden deu de ombros e fez uma careta. Seus olhos perguntavam: *Bist mishugah?*

– Então, não se preocupe com os lugares vazios. Tentaremos enchê-los.

Phil sorriu.

– Seria preciso um milagreiro – disse, em voz baixa, estendendo a mão para a garrafa e servindo de conhaque o copo de Michael. – Nunca tive problemas com o rabino. Com a diretoria, sim. Com indivíduos, sim. Mas não com o rabino. Estarei lá se precisar de mim. Mas não vou fazer reclamações. O filho é seu.

– Não antes de seis meses – disse Michael, quando Leslie e Rhoda entraram na sala.

E com isso mudaram de assunto.

No dia seguinte chegou uma parte dos móveis. Michael sentou-se na cadeira nova na frente da televisão que tinha pertencido ao rabino Kaplan. O noticiário da CBS mostrava exércitos formados por quarenta milhões de árabes de seis países, dirigindo seu ódio militar conjunto contra 650 mil judeus. Os filmes mostravam *kibbutzim* destruídos e cadáveres, e mulheres israelenses amontoadas em pomares de oliveiras, respondendo ao fogo jordaniano com longas rajadas de projéteis luminosos. Michael observou as cenas atentamente. Seus pais agora tinham poucas notícias de Ruthie. Ela respondia com evasivas quando eles perguntavam nas cartas o que faziam durante as batalhas. Dizia apenas que Saul e os filhos estavam bem e que ela estava bem. Aquela mulher deitada atrás de uma oliveira caída, tentando metralhar o invasor, seria sua irmã Ruthie? Michael passou o dia na frente da televisão.

Leslie passou a tarde com Florence Golden. Voltou para casa com o nome de um excelente obstetra e com um quadro emoldurado de Thomas Sully, *The Torn Hat*. Levaram muito tempo para pendurar o quadro. Depois, abraçados, apreciavam o rosto suave e sério do menino no quadro.

– Você faz questão de um menino? – ela perguntou.

– Não – mentiu Michael.

– Para mim tanto faz. Só penso na maravilha do nosso amor ter gerado um ser humano. É só o que importa. Não faz nenhuma diferença se tiver um pênis ou não.

– Se for um menino, eu prefiro que tenha – disse Michael.

Naquela noite ele sonhou com árabes e judeus se matando uns aos outros e viu Ruthie morta. De manhã, levantou-se cedo e foi descalço para os fundos da casa. Respirou profundamente a neblina espessa com gosto de maresia, que vinha do oceano Pacífico a seis quilômetros de distância.

– O que está fazendo? – perguntou Leslie com voz sonolenta atrás dele.
– Vivendo – disse Michael.
Viram o sol cortar a neblina como um limpador de para-brisa.
– Acho que vou fazer uma pequena horta e plantar tomates – disse ele. – Talvez uma laranjeira. Estamos muito ao norte para laranjas?
– Acho que sim – disse ela.
– Acho que não.
– Pois então, plante. Oh, Michael, vai ser bom aqui. Eu adoro isto. Vamos ficar aqui para sempre.
– O que você mandar, meu bem – disse ele.
Entraram. Ele foi fazer os ovos mexidos e o café, ela foi cuidar de seu enjoo de gravidez.

32

No primeiro *shabbos* em seu novo templo, com um estremecimento de triunfo, Michael teve certeza de que Golden estava errado. O sermão foi bastante curto, brilhante e inteligente, enfatizando a importância de identificação e participação dos membros no templo. Quatro quintos dos lugares estavam ocupados, a congregação atenta. Depois da cerimônia, mãos amistosas apertaram as suas e vozes cheias de calor o acariciaram com palavras de apoio, até mesmo com discreta afeição. Michael ficou certo de que a sua congregação ia voltar.

A maior parte voltou na semana seguinte.

Um número menor apareceu na terceira sexta-feira.

Na sua sexta semana como rabino do Templo Isaiah, os lugares vazios eram perfeitamente visíveis da *bimá*. Os encostos das cadeiras eram de madeira envernizada e polida e refletiam a luz como olhos amarelos e zombeteiros.

Michael os ignorou, concentrando-se nos fiéis que ocupavam os outros lugares. Mas o número de fiéis diminuía a cada semana e o número de lugares vazios aumentava, tantos olhos de luz amarela que ele não podia mais ignorá-los. Finalmente, reconheceu que Phil Golden estava certo.

Seus inimigos.

Michael e Leslie logo descobriram que era fácil ser californiano.

Aprenderam a não dirigir atrás dos bondes nas ladeiras íngremes.

Visitavam o parque do Golden Gate nas tardes de domingo quando o ar tinha a cor de pólen. Sentavam-se na grama que manchava de verde sua roupa, viam os casais de namorados caminhando e se beijando, e por toda parte crianças brincando e rindo.

A barriga de sua mulher cresceu, mas não feia e disforme como ele temia. Desabrochou como um botão quente e redondo, empurrado para fora pela vida que crescia dentro. Às vezes, quando ela dormia, Michael acendia a lâmpada de cabeceira, puxava as cobertas e estremecia cada vez que percebia o movimento da criança. Atormentava-se com pensamentos de coisas terríveis, abortos fatais e hemorragias, parto de nádegas e vegetais retardados com mãos em garra e sem pernas. Nas noites longas e insones rezava a Deus pedindo que os poupasse de todas essas coisas.

O obstetra chamava-se Lubowitz. Era um avô gorducho e com grande experiência, que sabia quando devia ser carinhoso e quando devia ser severo. Pôs Leslie num regime de caminhadas e exercícios que abriam o apetite e depois determinou uma dieta que a deixava constantemente faminta.

À medida que os meses passavam, Michael falava cada vez menos sobre os problemas do templo para não perturbá-la. Mas estava cada vez mais perturbado.

Ele não conseguia entender sua congregação.

Podia contar com o comparecimento regular da família de Phil Golden e de poucas outras. Mas seu contato com o resto da congregação era quase nulo.

Visitava diariamente os hospitais à procura de judeus doentes que podia confortar e conhecer. Encontrava alguns, mas raramente de sua congregação.

Nas visitas que fez às casas dos membros do templo, todos o tratavam amigável e delicadamente, mas distantes. Num apartamento em Russian Hill, por exemplo, o casal Sternbane pareceu constrangido quando ele se apresentou. Oscar Sternbane era importador de antiguidades orientais e sócio de um café em Geary Street. Sua esposa, Celia, dava aula de canto. Tinha cabelos negros, pele rosada, arrogantemente consciente da própria aparência, com um busto de coloratura cuidadosamente exibido numa suéter folgada de decote ousado e flancos que mereciam ser apertados por calças Pucci azuis e narinas que custavam seiscentos dólares cada uma.

– Estou tentando reorganizar a congregação – Michael disse para Oscar Sternbane. – Pensei que podíamos começar com cafés da manhã, aos domingos, no templo.

– Rabino, vou ser franco – disse Sternbane. – Estamos felizes por pertencermos ao templo. Nosso filho pode aprender hebraico todos os sábados de manhã, e tudo sobre a Bíblia. Isso é bom, é cultura. Mas *bagels* e *lox*! Ficamos felizes por deixar para trás os *bagels* e *lox*, quando saímos de Teaneck, Nova Jersey.

– Esqueça a *comida* – disse Michael. – Temos *pessoas* no templo. Conhece os Barron?

Oscar deu de ombros. Celia balançou a cabeça.

– Acho que iam gostar deles. E há outros. Os Pollock. Os Abelson.

– Freddy e Jan Abelson?

– Ora – disse ele, feliz –, vocês conhecem os Abelson?

– Conhecemos – disse Celia.

– Estivemos na casa deles uma vez e eles vieram um dia aqui – disse Fred. – São muito simpáticos, mas... para dizer a verdade, rabino, são *quadrados*. Eles não – ergueu a mão e a girou lentamente, como se estivesse desatarraxando uma lâmpada invisível – dançam com a nossa música. Sabe do que estou falando? Escute – acrescentou ele, bondosamente –, temos nosso grupo de amigos, nossos interesses e eles não giram em volta do templo. Mas, a que horas vai ser o café da manhã? Vou tentar comparecer.

Não compareceu. No fim, oito homens apareceram no primeiro domingo, quatro deles chamados Golden. Só Phil e os filhos compareceram no domingo seguinte.

– Talvez uma dança – sugeriu Leslie, quando ele finalmente falou dos seus problemas, depois de tomar três martínis antes do jantar.

Passaram cinco semanas fazendo os planos. Prepararam uma circular, enviaram por duas remessas pelo correio, anunciaram na primeira página do boletim do templo, contrataram uma banda, encomendaram um bufê. Na noite da dança, observaram com um sorriso gelado os onze casais que dançavam no grande salão do templo.

Michael continuou com suas visitas aos hospitais. Passava grande parte do tempo escrevendo os sermões, como se cada cadeira do templo estivesse sendo disputada a peso de ouro.

Mas isso o deixava com muito tempo livre. Havia uma biblioteca pública a duas quadras do templo. Michael entrou para sócio e começou a retirar livros. No começo voltou aos filósofos, mas logo se viu atraído pelos romances. Cumprimentava com um sorriso as senhoras que trabalhavam na biblioteca. Voltou ao Talmude e à Torá, estudando cada manhã um trecho diferente e repassando-o com Leslie à noite. Nas tardes silenciosas, quando o templo estava quieto com o peso morto do ar parado, começou a tentar ler a teosofia mística da Cabala, como um garoto que põe a ponta do dedo do pé em águas profundas e perigosas.

Santa Margarida, a paróquia católica do bairro em que eles moravam, estava construindo uma nova igreja. Certa manhã Michael passou de carro e parou alguns minutos em fila dupla. Ficou observando a escavadeira a vapor retirar enormes torrões de terra e pedaços de rocha para fazer os alicerces.

Voltou no dia seguinte. E no outro. Passou a ser um hábito para ele observar os trabalhadores com os capacetes de aço, sempre que tinha algum tempo livre. Era repousante encostar na cerca provisória de madeira e observar os monolitos mecânicos e a turma de trabalhadores de pele queimada de sol. Como era previsível, conheceu o pároco de Santa Margarida, reverendo Dominic Angelo Campanelli, um padre idoso com olhos sonolentos e uma marca enorme cor de morango, como um sinal de divindade, na face direita.

– Templo Isaiah – ele disse, quando Michael se apresentou. – Paróquia de São Jeremias. Eu cresci naquela paróquia.

– É mesmo? – disse Michael, acrescentando dez anos ao seu cálculo da idade do templo.

– Fui coroinha do padre Gerald X. Minehan, que depois foi bispo auxiliar em São Diego – disse o padre Campanelli. Balançou a cabeça. – São Jeremias. Gravei minhas iniciais no campanário daquela igreja. – Olhou para longe. – Bem debaixo de um dos lampiões de gás dependurados na parede. – Corou e pareceu voltar ao presente. – Sim – acrescentou ele –, é um prazer conhecê-lo. – E se afastou com sua batina negra, dedilhando as cento e cinquenta contas do rosário que cingia sua cintura.

Naquela tarde, Michael virou sobre sua mesa uma caixa de sapatos e começou a examinar as chaves etiquetadas que estavam dentro dela, até chegar à que tinha escrito *campanário*.

A porta estreita abriu com um rangido satisfatório. No interior escuro, viu uma escada de madeira. Um dos degraus estalou perigosamente ao seu peso. Como seria embaraçoso – pensou Michael despencar dali e quebrar uma perna – ou coisa pior. Como ia explicar para a congregação?

A escada levava a um patamar. A luz cinzenta difusa que vinha das janelas altas e sujas revelou pequenas ratoeiras no chão, encostadas nas quatro paredes.

Uma escada circular de ferro ia até o alçapão, que se abriu ruidosamente, mas sem dificuldade. Quando ele chegou ao topo da escada, pássaros explodiram no ar. O cheiro fétido o fez conter a respiração. As paredes estavam cobertas de guano. Três ninhos pegajosos, envoltos na sujeira ressecada dos pássaros, abrigavam filhotes incrivelmente feios, sem penas, com bicos bulbosos.

O sino grande estava ainda dependurado. Michael bateu nele rapidamente com o dedo médio e o resultado foi uma unha machucada e um estalido surdo. Quando ele se inclinou sobre a grade, com cuidado para não sujar a roupa, viu São Francisco lá embaixo, parecendo mais velho e mais sábio do que jamais o tinha visto. Dois pombos adultos voltaram, tatalando as asas ansiosos, logo acima do campanário, emitindo preocupados arrulhos maternais.

– Tudo bem – disse Michael, andando com cuidado no meio da sujeira. Fechou o alçapão e desceu a escada, bufando para tirar o cheiro das narinas.

Parou no patamar e olhou em volta. O lampião a gás estava ainda na parede. Girou a torneira minúscula e sobressaltou-se com o silvo e o cheiro de gás.

– Preciso fazer alguma coisa com *isto* – murmurou, fechando a torneira.

Estava escuro demais para verificar se as iniciais do padre estavam de fato gravadas na parede. Michael abanou vigorosamente o ar para dispersar qualquer resto de gás, e acendeu um fósforo.

Aproximou a chama da parede e viu um coração. Era bem grande e no centro estavam gravadas as iniciais D.A.C.

– Dominic Angelo Campanelli – disse em voz alta, satisfeito.

Debaixo das letras D.A.C. devia haver outras, mas estavam riscadas com um lápis preto e pesado e ficaram negras e pesadas pelo resto dos tempos. No lugar delas, dentro do coração, junto com as iniciais de Dominic Campanelli havia outra palavra: JESUS.

O fósforo queimou seus dedos e Michael o deixou cair com um resmungo. Levou a ponta dos dedos à boca até aliviar a dor, depois os passou sobre as iniciais apagadas. A primeira letra apagada era, sem dúvida, um M. A segunda podia ser um C ou um O.

Qual seria o nome?

Maria? Myra? Margarida?

Michael ficou ali parado, imaginando se o jovem Dominic Campanelli teria chorado quando apagou as iniciais.

Depois, ele desceu a torre da igreja, saiu do seu templo e foi para casa, para sua mulher.

Na paz do começo do dia Michael e o padre começaram a conversar, encostados na cerca de madeira, misturando a fumaça dos cachimbos ao *fog* e vendo a escavadeira tirar pedaços enormes da colina. Evitavam falar de religião. Esporte era um assunto mais seguro; dependiam muito da classificação dos Seals e dos times que disputavam o campeonato com os de Los Angeles. Enquanto falavam dos pontos e dos pegadores, da graça animal de Williams e do cavalheirismo de DiMaggio, viam a escavação no solo tomar forma e depois o início da construção.

– Interessante – disse Michael, observando uma forma oblonga se transformar num círculo muito maior.

O padre Campanelli não dava nenhuma pista.

– Um afastamento do estereótipo – disse ele, olhando para a antiga Sta. Margarida, velha e muito pequena, mas com os tijolos vermelhos formando linhas simples e belas, com a dignidade da cobertura de hera. Ergueu a mão e passou os dedos na marca em forma de morango no rosto aquilino. Michael já havia notado o gesto sempre que falavam de coisas desagradáveis, como as derrotas sucessivas dos Seals, Williams maculando sua magnificência com um gesto pornográfico para a torcida, a lentidão de DiMaggio, sua chama apagando-se no amor desesperançado por Marilyn Monroe.

Num domingo, passeando de carro com Leslie, na tarde dourada, ele viu um templo construído numa colina rochosa de frente para o Pacífico.

O cenário era magnífico. A construção, um erro completo. A combinação de sequoia vermelha e vidro parecia o produto do acasalamento de uma casa de praia com um castelo de gelo.

– Não acha horrível? – perguntou para Leslie.
– Ummm.
– Eu gostaria de saber como vai ser aquela igreja na cidade.
Ela deu de ombros, sonolenta.
Um pouco depois, Leslie espreguiçou-se e olhou para ele.
– Se você contratasse um arquiteto para desenhar um templo, como seria?
Dessa vez quem deu de ombros foi ele. Mas pensou no assunto por um longo tempo.

Na manhã seguinte, na sala de trabalho, depois de estudar o Talmude, Michael tomou café e começou a planejar o templo ideal.

Era mais divertido do que ler, mas também frustrante como jogar xadrez sozinho. Trabalhou com lápis e papel. Desenhou, amassou e jogou fora vários esboços. Fez listas que relia e modificava. Retirou da biblioteca livros sobre arquitetura. Várias vezes modificou sua ideia de como o templo devia ser. Tantas foram as revisões que ele reservou uma gaveta do arquivo só para as notas, os volumes e os desenhos várias vezes modificados, enchendo seu tempo agora com uma espécie de jogo de salão, uma versão rabínica de jogo de paciência.

Ocasionalmente era interrompido. Certa manhã um marinheiro de um navio mercante, bêbado, barbado e com um corte sob o olho entrou no templo.

– Quero me confessar, padre – disse ele, sentando-se pesadamente numa cadeira e fechando os olhos.
– Desculpe, mas não é possível.
O marinheiro abriu um olho.
– Não sou padre.
– Onde ele está?
– Isto não é uma igreja.

– Você não me engana, companheiro. Eu me confessei aqui muitas vezes durante a guerra. Lembro perfeitamente.

– Era uma igreja – Michael começou a explicar, mas o marinheiro o interrompeu.

– Jesus – disse ele. – Jesus Cristo. – Levantou-se cambaleando e caminhou para a porta. – Se isto não é uma igreja, que diabo você está fazendo aqui?

Michael olhou para a porta por onde o homem acabava de sair para o sol.

– Não vou enganar você, companheiro – murmurou. – Na verdade, acho que não sei.

33

Quando chegou em casa naquela noite, Leslie estava com os olhos vermelhos.

– O que aconteceu? – perguntou Michael, pensando imediatamente na família de Ruthie, nos seus pais.

Mas ela entregou a ele um pequeno embrulho.

– Eu abri para você.

Enviado pela União das Congregações Hebraicas Americanas, o embrulho continha um livro de orações em hebraico, com a capa de entretela amolecida pelo tempo. Junto havia uma carta escrita com letra spenceriana, muito fina.

Meu caro rabino Kind,

É com grande pesar que comunico a morte do rabino Max Gross. Meu adorado marido morreu de um ataque do coração, na sinagoga, no dia 17 de julho, quando recitava o Mincha.

O rabino Gross era um homem de poucas palavras, mas me falou a seu respeito. Certa vez disse que se nosso filho estivesse vivo, queria que fosse igual ao senhor, só que ortodoxo.

Tomo a liberdade de enviar o siddur *anexo. Era o que ele usava para suas devoções diárias. Sei que ele queria que ficasse com o senhor, e para mim será um consolo saber que vai continuar a ser usado.*

Espero que o senhor e a sra. Kind estejam bem e prosperando nesse belo lugar com esse clima maravilhoso, que é a Califórnia.

Sinceramente,

Sra. Leah M. Gross.

* * *

Leslie pôs a mão no braço dele.

– Michael – disse ela.

Michael balançou a cabeça. Não queria falar no assunto. Não podia chorar como Leslie, nunca conseguiu chorar a morte de ninguém. Mas ficou sozinho durante grande parte da noite, lendo o *siddur*, página por página, e pensando em Max.

Finalmente foi para a cama e ficou acordado, ao lado da mulher, rezando por Max Gross e por todos que ainda estavam vivos. Depois de um longo tempo, Leslie tocou timidamente no ombro dele.

– Querido – disse ela.

Eram 2:25 da madrugada.

– Volte a dormir – disse ele ternamente. – Não podemos ajudá-lo.

– Querido – repetiu ela, agora com um gemido. Michael sentou-se na cama.

– Oh, meu Deus – disse ele, mudando o tom da sua oração.

– Fique calmo – pediu Leslie. – Não precisa ficar nervoso.

– Está sentindo dores?

– Acho que está na hora de ir para o hospital.

– São muito fortes? – perguntou Michael, vestindo a calça.

– Não são dores. Apenas... contrações.

– Com que frequência?

– No começo, de quarenta em quarenta minutos. Agora de vinte em vinte.

Michael telefonou para o dr. Lubowitz, levou a maleta dela para fora e depois a ajudou a entrar no carro. A neblina estava muito fechada e Michael muito nervoso. Não conseguia respirar profundamente e dirigiu devagar, inclinado para a frente com a cabeça junto ao para-brisa.

– Como são? – ele perguntou. – As contrações?

– Eu não sei – respondeu ela. – Como um elevador subindo muito devagar. Ficam algum tempo lá em cima, depois começam a deslizar para baixo.

– Como um orgasmo?

– Não – disse ela. – Jesus.

– Não diga isso – repreendeu ele, involuntariamente.

– Oh, Moisés? – perguntou ela. – Assim é melhor? – Balançou a cabeça e fechou os olhos. – Para um cara inteligente, você até que sabe ser bem bobo.

Michael ficou calado e continuou a dirigir no meio da névoa, esperando não estar perdido.

Leslie tocou de leve no rosto dele.

– Meu querido, desculpe. Ah – disse ela –, lá vem outra. Tirou a mão dele da direção e pôs sobre sua barriga. Michael sentiu a rigidez que foi diminuindo gradualmente sob seus dedos. – É isso que eu sinto lá dentro – murmurou ela. – Uma bola dura.

Michael percebeu que estava tremendo. Parou atrás de um táxi que estava estacionado no meio-fio.

– Diabo, estou perdido – disse ele. – Acha que pode sair e entrar no táxi?

– É claro.

O motorista era careca e estava com calça de brim e camisa havaiana e tinha um rosto irlandês, muito vermelho e amassado de sono.

– Lane Hospital – disse Michael.

O homem fez um gesto afirmativo e bocejou, ligando o motor.

– Fica na Webster, entre Clay e Sacramento – explicou Michael.

– Eu sei onde fica, companheiro.

Michael viu Leslie arregalar os olhos.

– Não vai dizer que foi só uma contração – disse ele.

– Não. Agora são dores.

O motorista virou a cabeça e olhou para ela, finalmente acordado.

– Nossa – exclamou ele –, por que não me disse? – Pisou fundo no acelerador e seguiu velozmente, mas com cuidado.

Daí a alguns minutos, Leslie gemeu. Ela era do tipo que normalmente se recusa a admitir a dor. O som que saiu dos seus lábios era estranho e animalesco e assustou Michael.

– Você está marcando o tempo entre as dores?

Leslie pareceu não ouvir. Seus olhos estavam quase vidrados.

– Ah, Jesus Cristo – disse ela, em voz baixa. Michael beijou o rosto dela.

Leslie gemeu outra vez e Michael pensou em celeiros e feno e em animais sofrendo. Olhou para o relógio e quando ouviu outro gemido bovino, olhou outra vez.

– Meu Deus, não pode ser – disse ele. – *Quatro minutos?*

– Fique com as pernas bem fechadas, senhora – disse o motorista, como se Leslie estivesse a meia quadra de distância.

– E se ela tiver o filho no carro? – perguntou Michael. Olhou para o chão do táxi e estremeceu. Viu um charuto grosso amassado num canto, como um pedaço de excremento.

– Espero que não – disse o homem, chocado. – Se ela perder as águas aqui, eles prendem o carro por trinta e seis horas para ser esterilizado. O Departamento da Saúde. – Virou uma esquina. – Só mais um pouco, senhora.

Leslie estava com os pés no encosto do banco da frente. A cada dor, ela deslizava para baixo e empurrava, com os ombros apoiados no banco traseiro, erguendo a pélvis e gemendo. Cada vez que fazia isso, espremia o motorista contra a direção.

– Leslie – disse Michael. – Assim, o homem não pode dirigir.

– Tudo bem – disse o motorista. – Chegamos.

Desligou o motor e, deixando-os no carro, correu para o prédio de tijolos vermelhos. Logo voltou com uma enfermeira e um atendente, que puseram Leslie na cadeira de rodas, apanharam sua maleta e a levaram para dentro. Michael e o motorista ficaram parados na calçada. Ele correu e beijou o rosto dela.

– Quase todas as mulheres são como frutas maduras – disse o motorista, voltando para o carro. – O médico vai dar um apertãozinho e o bebê pula para fora como uma semente.

O taxímetro marcava dois dólares e noventa centavos. O homem tinha se apressado, pensou Michael e não fez nenhuma piada de mau gosto sobre futuros papais. Deu a ele seis dólares.

– Está sentindo dores também? – perguntou o motorista, guardando o dinheiro na carteira.

– Não.

– Até agora eu nunca perdi um pai – disse ele com um largo sorriso, enquanto voltava para seu táxi.

O saguão do hospital estava deserto. O ascensorista, um mexicano de meia-idade, o levou para o andar da maternidade.

– Aquela que acabou de entrar é sua mulher? – perguntou.

– É – disse Michael.

– Não vai demorar. Está quase na hora – disse o ascensorista.

Um residente apareceu na porta de vaivém.

– Sr. Kind? – Michael fez que sim com a cabeça. – Ela parece estar muito bem. Está na sala de parto. – Passou a mão no cabelo curto. – O senhor pode ir para casa e dormir um pouco, se quiser. Telefonamos assim que acontecer alguma coisa.

– Prefiro esperar aqui – disse Michael.

O residente franziu a testa.

– Pode demorar um pouco, mas claro que o senhor é bem-vindo.

A sala de espera era pequena e o linóleo marrom encerado o fez lembrar a clínica onde seu avô tinha morrido. Havia duas revistas no sofá de fibra, uma *Time* de três anos atrás e um *Yachting* do ano anterior. A única iluminação vinha de uma lâmpada fraca.

Michael foi até o elevador e apertou o botão. O mexicano estava sorrindo ainda.

– Por aqui tem algum lugar onde eu posso lhe oferecer um drinque? – Michael perguntou.

– Não, senhor. Não posso beber em serviço. Mas se quiser cigarros, revistas ou coisa assim, tem uma loja de conveniência dois quarteirões ao norte.

Quando Michael ia sair do elevador, ele disse:

– Diga que eu o mandei que ele me dá um cigarro de graça depois.

Michael sorriu.

– Qual é seu nome?

– Johnny.

Michael caminhou lentamente para a loja, na noite enevoada, rezando. Comprou três maços de Philip Morris, duas barras de chocolate, um jornal, a revista *Life*, *The Reporter*, e um livro policial de bolso.

– O Johnny me mandou aqui – disse, enquanto esperava o troco. – Do hospital.

O homem fez um gesto afirmativo.

– Que cigarro ele fuma? – Michael perguntou.

– Johnny? Acho que não fuma cigarro. Cigarrilha.

Comprou três maços de cigarrilhas para Johnny. A primeira luz do dia começava a aparecer entre a névoa espessa. Oh, Deus, pediu ele, silenciosamente, faça com que ela esteja bem. O bebê também, mas se tiver de ser um dos dois, faça com que ela fique bem. Por favor, Deus, amém.

Johnny ficou encantado com as cigarrilhas.

– Seu médico já chegou. A bolsa d'água já rompeu. – Olhou para o que Michael tinha comprado. – Não vai ficar aqui tanto tempo – garantiu.

– O residente disse que ia demorar.

– Médico jovem – disse Johnny. – Está aqui há oito meses. Eu estou há vinte e dois anos. – Chamaram o elevador e ele fechou a porta.

Michael abriu o jornal e tentou ler a coluna de Herb Caen. Dentro de poucos minutos o elevador voltou. Johnny entrou na sala de espera e sentou-se perto da porta, de onde podia ouvir a campainha e acendeu uma cigarrilha.

– O que o senhor faz? Sua profissão?

– Sou rabino.

– Verdade? – Fumou em silêncio por alguns momentos. – Quem sabe se pode me dizer uma coisa. É verdade que quando o menino judeu chega a uma certa idade, fazem uma festa e ele se torna homem?

– O *bar mitzvá*. Sim, aos treze anos.

– E é verdade que todos os outros judeus vão à festa e dão dinheiro para o menino abrir um negócio?

Antes que Michael acabasse de rir, uma enfermeira apareceu na porta.

– Sr. Kind?

– Ele é um rabino – disse Johnny.

– Muito bem, então rabino Kind – disse ela, com voz cansada –, meus parabéns, sua mulher acaba de dar à luz um menino.

Quando ele se inclinou para beijá-la, o cheiro de éter quase o fez parar de respirar. Leslie estava muito corada, com os olhos fechados e parecia morta. Mas abriu os olhos e sorriu. Quando sentiu a mão dele na sua ela a apertou com força.

– Você o viu? – ela perguntou.

– Ainda não.

– Oh, ele é lindo – murmurou. – E tem um pênis. Pedi ao médico para verificar.

– Como você está? – Michael perguntou, mas Leslie estava dormindo.

O dr. Lubowitz entrou no quarto com a roupa verde da sala de parto.

– Como ela está? – perguntou Michael.

– Muito bem. Os dois estão ótimos. O bebê pesa quatro quilos. Essas mulheres nunca aprendem que é mais fácil engordar o bebê quando ele está fora da barriga. Elas nos fazem trabalhar como cavalos. – Apertou a mão de Michael e saiu.

– O senhor quer ver o menino? – perguntou a enfermeira.

Ele esperou no lado de fora do berçário, e quando ela levou o bebê para perto do vidro, ficou chocado com a feiura dele: olhos que eram como dois cortes finos e vermelhos e o nariz largo e chato. Como vou poder amá-lo?, pensou ele. O bebê bocejou, mostrando as gengivas cor-de-rosa, começou a chorar e ele o amou.

Quando saiu do hospital o sol já estava alto. Ficou parado na calçada e depois de algum tempo fez sinal para um táxi. A motorista era gorda e grisalha e o táxi muito limpo, com um buquê de flores perfumadas preso no encosto do banco da frente. Zínias, pensou.

– Para onde vamos? – perguntou a mulher

Michael olhou para ela e então, inclinando a cabeça para trás, começou a rir. Só parou quando viu que ela estava assustada.

– Eu não sei onde deixei meu carro – explicou.

34

Leslie estava acordada quando ele voltou ao hospital naquela tarde. Estava maquilada com uma camisola enfeitada com renda e uma fita azul no cabelo escovado.

– Que nome vamos dar a ele? – perguntou Michael, beijando-a.

– Que tal Max?

– É o mais feio, menos digerível, o mais tipo *shtetl* que já ouvi – objetou ele, extremamente satisfeito.

– Eu gosto.

Ele a beijou outra vez.

A enfermeira chegou com o bebê. Leslie o segurou cuidadosamente.

– Ele é tão bonito – murmurou.

Michael olhou para ela com pena.

Mas em poucos dias o bebê mudou. Os olhos não estavam mais inchados e eram grandes e azuis. O nariz ficou mais fino, mais com jeito de nariz. O vermelho do corpo e do rosto foi substituído por um rosado suave.

– Mas ele não é nada feio – Michael disse, atônito, certa noite, provocando uma dor de cabeça em Leslie.

O Plymouth foi encontrado com a ajuda do Departamento de Polícia de San Francisco, no lugar em que Michael o tinha deixado. Só faltavam as calotas. O que pagou pelas calotas novas e a multa por estacionar em local proibido (ponto de táxi), ele anotou alegremente como despesas de parto.

Abe e Dorothy Kind não puderam chegar a tempo de ver a circuncisão do neto. Mas, se perderam o *bris*, não perderam o *pidion haben*. Dorothy não viajava de avião. Compraram passagem no City of San Francisco, e durante três noites e dois dias Dorothy atravessou o país fazendo tricô. Três pares de sapatinhos e uma touca. Abe lia revistas, tomava scotch, falava sobre a vida e sobre política com um condutor sardento do carro *pullman*, chamado Oscar Browning, e como estudioso do comportamento humano observava com interesse e admiração o progresso de um cabo da Força Aérea que, a duas horas de Nova York, tomou o trem, sentou-se ao lado de uma loura no vagão-restaurante e quando chegaram a San Francisco estava dividindo a cabine com ela.

Dorothy ficou extasiada quando viu o neto.

– Parece um artista de cinema – disse ela.

– Tem as orelhas de Clark Gable – concordou Abe.

O avô se encarregou da tarefa de fazer Max arrotar depois de cada mamada. Cobria cuidadosamente o ombro com uma fralda limpa e invariavelmente acabava com uma mancha de leite na manga do paletó, na altura do cotovelo.

– *Písherke* – ele chamava o bebê, com um misto de amor e zanga.

Os Kind passaram dez dias na Califórnia. Compareceram duas vezes ao serviço religioso das sextas-feiras no templo, sentados muito rígidos, com a nora no meio, os três fingindo que os lugares vazios não existiam.

– Ele devia ser um *speaker* de rádio – Abe disse para Leslie, depois do primeiro sermão.

Na véspera da partida dos Kind para Nova York, à noite, Michael saiu para andar com o pai.

– Você vem, Dorothy? – Abe perguntou.

– Não, vão vocês. Eu fico com Leslie e Max – disse ela, levando a mão ao peito.

– O que há? – perguntou ele, preocupado. – A mesma coisa? Quer que eu chame um médico?

– Não preciso de médico – disse ela. – Vão, vão.

– Que mesma coisa? – quis saber Michael quando chegaram à rua. – Ela tem estado doente?

– Ah – Abe suspirou. – Ela sente um *kvetch*. Eu sinto um *kvetch*. Nossos amigos sentem um *kvetch*. Sabe o que é isso? Estamos ficando velhos.

– Nós todos estamos ficando mais velhos – disse Michael, preocupado. – Mas você e mamãe não são velhos. Aposto que ainda levanta peso no quarto, não levanta?

– Sim – admitiu Abe, batendo com a mão aberta na barriga lisa e musculosa.

– É bom vê-lo, papai – disse Michael. – Uma pena que tenha de voltar. Não nos vemos muito, ultimamente.

– Vamos nos ver mais daqui em diante – disse Abe. – Estou vendendo a confecção.

Michael ficou surpreso.

– Ora, isso é ótimo. O que vai fazer depois?

– Viajar. Gozar a vida. Dar algum prazer à sua mãe. – Depois de um silêncio, ele continuou. – Sabe, nosso casamento demorou para começar de verdade. Levamos muito tempo para nos apreciar mutuamente. – Deu de ombros. – Agora quero que ela se divirta. Flórida no inverno. No verão viremos visitar vocês. De dois em dois anos uma viagem a Israel para ver Ruthie, se aqueles malditos árabes deixarem.

– Quem vai comprar a Empresa Kind?

– Duas grandes firmas vêm me fazendo ofertas nos últimos anos. Vou vender para quem pagar melhor.

– Fico contente por você – disse Michael. – Parece ótimo.

– Planejei tudo, portanto vai dar certo – disse Abe. – Mas não conte para sua mãe. Quero fazer uma surpresa.

De manhã discutiram para resolver se Michael devia ou não levá-los à estação.

– Não gosto de despedidas na estação – disse Dorothy. – Me dê um beijo agora, como um bom filho, e tomamos um táxi como duas pessoas sensatas.

Mas Michael venceu. Ele os levou à estação e comprou revistas e cigarros para o pai e uma caixa de bombons para a mãe.

– Oh, eu não posso comer isso – disse ela. – Estou de dieta. – Empurrou de leve o braço dele. – Agora, vá para casa. Ou para o seu templo. Saia daqui.

Michael olhou para ela e resolveu que era melhor obedecer.

– Até logo, mamãe, papai – disse ele, beijando os dois e afastando-se rapidamente.

– Por que fez isso? – perguntou Abe, aborrecido. – Ele podia ter ficado mais quinze minutos conosco.

– Porque eu não quero chorar numa estação de trem, só por isso – disse ela, começando a chorar.

Quando embarcaram, ela estava mais calma. Até a hora do almoço Dorothy fez tricô, falando muito pouco. A caminho do vagão-restaurante, Abe viu que Oscar Browning, o condutor sardento, estava naquele trem.

– Como vai, sr. Kind? – perguntou o condutor. – É um prazer ter a sua companhia novamente.

– Quanto você deu de gorjeta para aquele homem quando desembarcamos? – perguntou Dorothy, quando chegaram no vagão-restaurante.

– O de sempre.

– Então, como é que ele lembrou de você?

– Tivemos uma longa conversa durante a viagem para San Francisco. É um homem inteligente.

– Sem dúvida que é – disse Dorothy.

Abe pediu um bife e uma garrafa de cerveja. Dorothy pediu chá com torradas.

– O que você tem? – perguntou ele.

Dorothy fechou os olhos. Abe notou uma linha branca em volta dos lábios dela.

– Eu me sinto *nisht gut*. Estou nauseada. É este trem. Não para de balançar de um lado para o outro.

– Eu disse que devíamos tomar o avião. – Abe olhou para ela, preocupado. A linha branca em volta dos lábios desapareceu e a cor voltou ao rosto. – Você está bem?

– Estou bem. – Sorriu e bateu de leve na mão dele. O garçom trouxe os pedidos e ela olhou para o prato de Abe. – Agora estou ficando com fome.

– Quer um bife? – ele perguntou, aliviado. – Ou um pedaço do meu?

– Não. Peça morangos, está bem?

Ele pediu e os morangos chegaram quando ele estava terminando o bife.

– Sempre que vejo você comendo morangos me lembro daquela cesta de mercado na ponta do barbante – disse ele.

– Lembra, Abe? Você estava me namorando e saíamos sempre com minha vizinha, Helen Cohen e o namorado dela, como era o nome dele?

– Pulda. Herman Pulda.

– Isso mesmo, Pulda. Todos o chamavam de Herky. Mais tarde eles acabaram o namoro e ele abriu um açougue na Avenida 16 com a Rua 54. Não *kosher*. Mas todas as noites vocês dois apareciam com um saco de frutas. Não só morangos, cerejas, pêssegos, peras, abacaxis, cada noite uma fruta diferente. E você assobiava e nós abaixávamos o cesto da janela do terceiro andar. *Oy*, o meu coração disparava.

– A janela do seu quarto.

– Às vezes do quarto de Helen. Era uma moça muito bonita. Muito mesmo.

– Nem se comparava com você. Nem mesmo hoje.

– Ora. Olhe para mim – ela suspirou. – Parece que foi ontem, mas olhe para mim, cabelo grisalho, quatro vezes avó.

– Linda. – Debaixo da mesa, Abe apertou a *polke* da mulher. – Você é uma mulher muito bonita.

– Pare com isso – disse Dorothy.

Mas não estava zangada, e Abe deu outro apertão antes de tirar a mão.

Depois do almoço jogaram buraco até ela começar a bocejar.

– Sabe o que eu gostaria de fazer? – disse Dorothy. – Gostaria de dormir um pouco.

– Pois então, durma – disse ele.

Dorothy tirou os sapatos e deitou-se no banco.

– Espere um pouco – disse ele. – Vou mandar o Oscar arrumar sua cama.

– Não precisa. Vai ter de dar uma gorjeta.

– Vou dar de qualquer jeito – disse Abe, aborrecido.

Dorothy tomou dois comprimidos de Bufferin e depois que Oscar arrumou a cama, tirou o vestido e a cinta e se deitou. Dormiu até a última chamada para o jantar, quando Abe a acordou com o maior cuidado possível. O sono repousante abriu o apetite. Ela pediu galinha frita, torta de maçã e café. Mas naquela noite, ela se virou na cama sem poder dormir, impedindo que Abe dormisse.

– O que há? – perguntou ele.

– Eu não devia ter comido frituras. Estou com azia.

Abe levantou-se e apanhou um Alka-Seltzer. De manhã ela estava melhor. Foram para o vagão-restaurante muito cedo, tomaram suco de laranja e café puro e voltaram para a cabine. Dorothy apanhou o tricô outra vez, com um enorme novelo de lã.

– O que está fazendo agora? – perguntou ele.

– Um cobertor para o Max.

Abe tentou ler enquanto ela tricotava, mas ler não era seu forte e estava cansado das revistas. Depois de algum tempo, caminhou pelos carros do trem, chegando ao banheiro dos homens, onde Oscar Browning empilhava toalhas e contava os sabonetes.

– Estamos quase em Chicago, não estamos? – perguntou Abe, sentando-se ao lado do condutor.

– Mais ou menos umas duas horas, sr. Kind.

– Eu vendi muito nessa cidade alguns anos atrás – disse ele. – Marshall Field. Carson. Pirie e Scott, Goldblatt's. É uma grande cidade.

– Sim, senhor. Eu moro lá.

– É mesmo? – Abe pensou por algum tempo. – Tem filhos?

– Quatro.

– Deve ser duro, viajando o tempo todo.

– Não é fácil. Mas quando volto para casa, é para Chicago.

– Por que não arranja um emprego em Chicago?

– A companhia me paga melhor do que qualquer emprego em Chicago. Prefiro voltar para casa, para os meus filhos de vez em quando, mas com dinheiro para comprar sapatos do que estar com eles todos os dias sem dinheiro para sapatos. Faz sentido?

– Faz sentido – disse Abe. Os dois riram. – Deve ver muita coisa neste emprego. Coisas entre homens e mulheres.

– Para algumas pessoas, viajar dá comichão em certas partes. E o trem é pior do que um navio. Não tem outra coisa para fazer.

Conversaram algum tempo, contando histórias de fabricação de cintas e histórias de estrada de ferro. Então Oscar precisou de mais toalhas e sabonetes e Abe voltou para a cabine.

O novelo de lã tinha rolado do colo dela e estava perto da porta.

– Dorothy? – disse ele, apanhando o novelo. – Dorothy? – repetiu, sacudindo-a. Mas imediatamente compreendeu e apertou o botão da campainha para chamar o condutor.

Parecia adormecida se não estivesse com os olhos abertos, olhando sem ver para a parede verde da cabine.

Oscar chegou na porta que estava aberta.

– Sim, senhor, sr. Kind? – Olhou para dentro. – Oh, Senhor Jesus misericordioso – disse, em voz baixa.

Abe pôs o novelo de lã no colo dela.

– Sr. Kind – disse Oscar. – Acho melhor o senhor sentar. – Segurou o braço de Abe, mas ele o empurrou.

– Vou chamar um médico – disse Oscar, hesitante.

Abe ouviu quando ele se afastou e caiu de joelhos. Através do carpete sentia as vibrações das rodas nos trilhos e o movimento do trem. Segurou a mão dela e a levou ao rosto.

– Eu vou me aposentar, Dorothy – disse ele.

35

Ruthie chegou dez horas depois do enterro. Estavam sentados na sala de estar dos Kind quando a campainha tocou. Ela entrou e abraçou Abe, que começou a chorar soluçando alto.

– Não sei por que eu toquei a campainha – disse ela, e começou a chorar, silenciosamente, balançando a cabeça de um lado para o outro no ombro do pai.

Quando os dois se acalmaram ela beijou o irmão, e Michael apresentou Leslie.

– Como está a sua família? – perguntou Michael.

– Muito bem. – Ruthie assoou o nariz e olhou em volta. A pedido de Abe tinham coberto todos os espelhos, apesar de Michael dizer que não era necessário. – Já foi o enterro, não foi? – ela perguntou.

Michael inclinou a cabeça afirmativamente.

– Esta manhã. Levo você ao cemitério amanhã.

– Tudo bem. – Seus olhos estavam vermelhos e inchados de tanto chorar. Estava muito bronzeada de sol e com alguns fios brancos no cabelo negro. A combinação da pele queimada e o cabelo meio grisalho era muito atraente, mas ela estava gorda demais, com um queixo duplo. E as pernas muito grossas. Não era mais a sua esbelta irmã americana, observou Michael consternado.

As pessoas começaram a chegar.

Às oito horas, o apartamento estava cheio e a mesa repleta de pratos trazidos pelas mulheres. Michael ia entrar no seu antigo quarto para apanhar cigarros quando viu dois fregueses do seu pai sentados na cama, de costas para a porta, tomando *scotch*.

– Um rabino casado com uma *shikse*. Pode entender uma coisa dessas?

– Meu Deus, que combinação.

Michael fechou a porta silenciosamente, voltou para o lado de Leslie e segurou a mão dela.

* * *

À uma hora da manhã, quando todos já tinham partido, sentaram-se na cozinha para tomar café.

– Por que você não vai para a cama, Ruthie? – disse Abe. – Fez uma longa viagem de avião. Deve estar exausta.

– O que você vai fazer, papai? – perguntou ela.

– Fazer? – Esfarelou entre os dedos um biscoito feito pela mulher de um dos seus cortadores. – Não tem problema. Minha filha, o marido e os filhos vão se mudar de Israel para cá e seremos todos muito felizes. Vou vender a confecção. Teremos dinheiro suficiente para Saul montar o negócio que ele quiser. Sócios iguais. Ou se ele quiser lecionar, pode voltar à universidade para ter mais alguns diplomas. Temos aqui muitas crianças que precisam de professores.

– Papai – disse Ruthie. Fechou os olhos e balançou a cabeça.

– Por que não? – ele perguntou.

– Você não precisa ser um pioneiro para morar em Israel. Vai ser um verdadeiro Rockefeller. Se for comigo agora, tenho uma casa para você com um pátio sombreado por oliveiras. Pode ter um jardim. Pode fazer seus exercícios ao sol. Seus netos o visitarão todos os dias para lhe ensinar hebraico.

Abe riu sem mover os lábios.

– É isso que dá deixar a filha casar com um estrangeiro. – Olhou para ela. – Eu escreveria uma porção de cartas. Cartas demais. Levaria dez dias para saber se os Ianques ganharam dos Red Sox ou se os Red Sox ganharam dos Ianques. E às vezes eles jogam duas partidas no mesmo dia. Não se pode nem comprar a *Women's Wear Daily* em Israel. Eu sei, porque tentei, na última vez que sua mãe e eu... – Levantou-se rapidamente e foi para o banheiro. Ouviram a descarga assim que ele fechou a porta.

Ficaram algum tempo em silêncio, e por fim Michael perguntou:

– Como estão os encanamentos por lá agora?

Ruthie não sorriu. Ele percebeu que ela não estava lembrando. De repente ela lembrou.

– Agora eu não me importo mais – disse Ruthie. – Não sei se isso significa que está melhor ou que eu cresci. – Olhou para a porta por onde o pai tinha saído e balançou a cabeça. – O que é que vocês sabem? – disse, em voz baixa. – O que é que vocês sabem realmente? Se soubessem, estariam lá e não aqui.

– Como papai disse – observou Michael –, somos americanos.

– Muito bem. Meus filhos são judeus como vocês são americanos. Eles sabiam o que fazer quando os aviões chegavam. Corriam para os abrigos e cantavam canções hebraicas.

— Graças a Deus nenhum de vocês foi ferido – disse Michael.
— Eu disse isso? Não. Sei que não disse. Eu disse que nós todos estamos *bem*, e estamos, agora. Saul perdeu um braço. O braço direito.

Leslie não conseguiu conter uma exclamação abafada, e Michael sentiu-se cansado e doente.

— Onde? – ele perguntou.
— No cotovelo.

Ele queria dizer onde tinha acontecido e então ela entendeu.

— Num lugar chamado Petah Tikvah. Ele estava com o Irgun Zvai Leumi.

Leslie pigarreou.

— Os terroristas? Quero dizer, não eram uma espécie de movimento clandestino?
— Eram, no começo, com os britânicos. Mais tarde, durante a guerra, tornaram-se parte do exército regular. Foi quando Saul estava com eles. Por pouco tempo.
— Ele está lecionando outra vez? – perguntou Leslie.
— Oh, sim. A maior parte do tempo. É mais fácil controlar as crianças com a falta de um braço. Para elas ele é um grande herói. – Ruthie apagou o cigarro no cinzeiro e sorriu sem nenhuma ternura.

Quando terminou o período de *shiva*, Abe e Michael levaram Ruthie ao aeroporto de Idlewild.

— Vai pelo menos nos visitar? – ela perguntou, beijando Abe.
— Veremos. Lembre-se da data. Não esqueça de orar no *yahrzeit*. – Ruthie o abraçou com força. – Eu vou – prometeu ele.
— É uma pena – ela disse para Michael, um pouco antes de embarcar. – Eu não conheço você nem sua família e você não me conhece e nem minha família. Tenho a impressão de que nos daríamos muito bem. – Ela o beijou na boca.

Abe e Michael viram o avião da El Al desaparecer ao longe e voltaram para o carro.

— E agora? – perguntou Michael, quando entraram na estrada. – Que tal a Califórnia? Sabe que será bem-vindo na nossa casa.

Abe sorriu.

— Lembra do seu *zeide*? Não. Mas... obrigado.

Michael perguntou, prestando atenção ao tráfego.

— Então o quê? Flórida?

Abe suspirou.

– Não sem ela. Eu não poderia. Vou para Atlantic City. Michael resmungou.

– O que tem lá?

– Conheço pessoas que se aposentaram e moram lá. Conheço outros que não se aposentaram ainda, mas que passam o verão em Atlantic City. Fabricantes de roupas. Meu tipo de gente. Vamos até lá amanhã – continuou ele. – Você me ajuda a escolher um lugar para morar.

– Tudo bem – disse Michael.

– Gosto das ondas. E de toda aquela maldita areia.

Encontraram uma suíte mobiliada com quarto, quitinete, sala de estar e banheiro, num hotel residencial em Ventnor. Pequeno, mas muito bom, a duas quadras da praia.

– É caro, mas que diabo – disse Abe. Sorriu. – Nos últimos quatro ou cinco anos sua mãe tinha ficado um pouco pão-dura, sabia?

– Não.

– Você quer os móveis do apartamento? – perguntou Abe.

– Escute... – começou Michael.

– Eu não quero nada. Se você quiser, pode ficar com tudo. Um corretor vai vender o apartamento.

– Tudo bem – disse Michael. – Talvez a cama de cobre do *zeide*. – Não sabia por que estava zangado.

– O resto também. O que não puder usar, dê de presente.

Depois do almoço eles caminharam por um longo tempo e pararam num falso leilão onde itens *shlahk* eram vendidos pelo triplo do que valiam. Depois sentaram-se nas cadeiras de praia sob o sol do meio-dia e ficaram vendo as pessoas que passeavam na calçada de madeira na borda da praia.

A poucos metros dois vendedores ambulantes separados por uma barraca de cerveja entregavam-se a uma luta de sexo simbólico. Um homem em mangas de camisa e chapéu de palha anunciava cachorro-quente. O MAIOR CACHORRO-QUENTE DO MUNDO COMPRE AQUI, COMPRE QUENTE, QUARENTA E CINCO DELICIOSOS CENTÍMETROS DE COMPRIMENTO, gritava ele.

BALÕES DE TODAS AS CORES GRANDES E REDONDOS, ENCANTADORES E SALTITANTES E BELOS, respondia um homem baixo que parecia italiano, com calça jeans desbotada e uma camiseta rasgada.

Um negro coberto de suor empurrava numa cadeira de rodas uma mulher muito gorda com uma criança nua no colo.

Um grupo de meninas adolescentes com roupa de banho passou por eles, rebolando os quadris magros, imitando os meneios voluptuosos das suas artistas de cinema favoritas.

Trazidos pela brisa salgada de algum lugar distante do passeio da praia, chegaram até eles o murmúrio da multidão e remotos gritos de terror.

– A mulher saltou no *yahm* montada no seu cavalo – disse Abe, com satisfação. Respirou fundo. – Um *michayeh*. Um verdadeiro prazer.

– Fique aqui – disse Michael –, mas quando se fartar disto tudo, lembre-se de que também temos praias na Califórnia.

– Eu vou visitá-los – garantiu Abe, e acendeu um charuto. – Não esqueça. Aqui, sempre que eu tiver vontade, entro no carro e vou visitar o túmulo dela. Não posso fazer isso na Califórnia.

Ficaram algum tempo em silêncio.

– Quando vocês vão voltar? – Abe perguntou.

– Acho que amanhã – respondeu Michael. – Tenho uma congregação. Não posso ficar aqui para sempre. – Fez uma pausa. – Se você estiver bem.

– Eu estou bem.

– Papai, não fique visitando o túmulo dela o tempo todo.

Abe não respondeu.

– Não vai fazer bem a ninguém. Eu sei o que estou dizendo.

Abe olhou para ele e sorriu.

– Com que idade o pai começa a obedecer ao filho?

– Nenhuma idade – respondeu Michael. – Mas eu vejo a morte, às vezes dez vezes por semana. Sei que não adianta os vivos se sacrificarem. Não se pode voltar no tempo.

– Isso não o deixa deprimido? O seu trabalho?

Michael observou um Shriner, com um fez que parecia pequeno demais para a cabeça calva e grande, abraçando a cintura de uma ruiva pequena que não parecia ter mais de dezesseis anos. A menina olhava para ele enquanto andavam. Talvez o pai dela, pensou Michael, esperançoso.

– Às vezes – ele disse.

– As pessoas o procuram com morte, doença. Um garoto encrencado com a lei. Uma menina engravidada atrás do celeiro.

Michael sorriu.

– Não é mais assim, papai. Hoje elas engravidam, mas não atrás do celeiro. Nos carros.

Abe ignorou a diferença.

– Então, como é que você ajuda essa gente?

– Faço o melhor possível. Às vezes consigo ajudar. Muitas vezes não consigo. Às vezes ninguém pode ajudar, só o tempo e Deus.

Abe balançou a cabeça, concordando.

– Ainda bem que você sabe disso.

– Mas eu sempre escuto. Isso é alguma coisa. Posso ser um ouvido atento.

– Um ouvido. – Abe olhou para uma traineira que parecia imóvel no mar, um ponto negro no horizonte azul. – Suponha que um homem o procure e diga que está vivendo com cinzas até os joelhos, o que você diz para ele?

– Preciso saber mais – disse Michael.

– Suponha que um homem viveu como um animal a maior parte da sua vida – falou lentamente. – Lutou como um cão por um dólar. Transou como um gato ao primeiro cheiro de mulher. Correu como um cavalo de corrida, dando voltas na pista sem um jóquei montado nele. E suponha – disse em voz baixa – que ele acorda uma manhã e descobre que está velho, sem ninguém que o ame realmente?

– Papai!

– Quero dizer, amar *de verdade*, de modo que ele seja a coisa mais importante na vida de alguém.

Michael não sabia o que dizer.

– Certa vez você me viu num momento terrível para você – disse Abe.

– Não comece com isso outra vez.

– Não. Não – ele falou rapidamente –, mas eu só quero dizer que não foi a primeira vez. Eu tive outras mulheres enquanto estive casado com sua mãe. Nem a última. Nem a última.

Michael segurou com força os lados da cadeira.

– Muito bem e agora, *por que* acha que tem de me infligir isso? – perguntou.

– Quero que você compreenda – disse Abe. – Chegou um momento em que tudo isso acabou. – Deu de ombros. – Talvez minhas glândulas, talvez a mudança de vida. Posso pensar em uma dúzia de possibilidades engraçadas. Mas eu parei, e me apaixonei por sua mãe.

Ele continuou:

– Você e Ruthie nunca tiveram oportunidade de conhecê-la, conhecer *realmente*. Mas agora é pior para mim. Pode compreender isso, rabino? Pode compreender isso, *m'lumad*, meu homem sábio? Eu não a tive durante muito tempo. Depois, eu a tive por pouco tempo. Agora ela se foi.

– Papai! – repetiu Michael.

– Segure a minha mão. – Michael hesitou e Abe segurou a mão dele. – Qual é o problema? Tem medo de que pensem que você é bicha?

– Eu te amo, papai – disse Michael.

Abe apertou a mão dele.

– *Shah* – disse ele.

As gaivotas giravam no ar. As pessoas passavam. Havia muitos com fez na cabeça, toda uma convenção de Shriners. Aos poucos a pequena traineira negra chegou quase na praia.

MUITOS SÃO OS CANDIDATOS AO TÍTULO MAS ESTE É O ÚNICO O MAIOR CACHORRO-QUENTE DO MUNDO.

A mulher no cavalo devia ter saltado no mar outra vez. Ouviram os gritos distantes. Suas sombras se alongavam e ficavam menos distintas.

Quando se levantaram para voltar, Abe o levou à barraca de cerveja e levantou dois dedos. Uma garota de cabelos castanhos atrás do balcão parecia entediada, uma *zaftig* comum de mais ou menos dezoito anos, engraçadinha, mas com dentes tortos e pele feia.

Abe a observou quando ela tirou as canecas da bandeja e as estendeu para a torneira do barril.

– Meu nome é Abe.

– É mesmo?

– Como é o seu nome?

– Sheila. – Uma covinha no rosto.

Abe beliscou o rosto dela, depois foi até o vendedor de balões e comprou um, vermelho-vivo. Voltou, amarrou o barbante no pulso dela e o balão pairou no ar como um olho vermelho.

– Este cara é meu filho. Fique longe dele. Ele é casado.

Ela apanhou o dinheiro com o rosto inexpressivo e deu o troco. Mas quando se afastou da caixa registradora, riu. E caminhou com um passo mais atrevido do que antes, com o balão subindo e descendo acima da sua cabeça.

Abe passou uma caneca de cerveja para o filho.

– Para a viagem de volta – disse ele.

36

Ele começava a compreender que a vida era uma série de compromissos. O rabinato no Templo Isaiah não tinha funcionado como ele esperava, com multidões sentadas aos seus pés, ouvindo suas brilhantes interpretações do século XX da sabedoria talmúdica. Sua mulher era agora mãe e disfarçadamente ele procurava nos olhos dela a jovem com quem tinha casado, a que estremecia quando ele a olhava de um certo modo. Agora, às vezes, à noite, no meio do ato de amor, um choro fraco soava no outro quarto e Leslie o empurrava e corria para o filho. E ele ficava deitado no escuro, odiando a criança que ele amava.

Os grandes dias santos chegaram e o templo transbordou de fiéis que, de repente, se lembravam de que eram judeus e de que estava na hora de se encher de arrependimento para mais um ano. O santuário repleto o encheu de entusiasmo e esperança, além da decisão firme de conquistar a todos no fim.

Resolveu fazer outra tentativa quando o sermão do Yom Kippur estava ainda fresco em suas mentes. Um dos seus antigos professores, o dr. Hugo Nachmann, estava passando um tempo na seção de Los Angeles do instituto rabínico. Ele era um especialista no período dos pergaminhos do Mar Morto. Michael o convidou para fazer uma palestra no seu templo, em San Francisco.

Dezoito pessoas compareceram. Menos da metade pertencia à sua congregação. Dois eram repórteres de assuntos científicos que estavam ali para entrevistar o dr. Nachmann sobre os aspectos arqueológicos da descoberta dos pergaminhos.

O dr. Nachmann facilitou as coisas para os Kind.

– Como deve saber, isto não é nada raro – disse ele. – As pessoas simplesmente não se interessam por palestras em certas noites. Agora, se vocês tivessem oferecido um jantar dançante...!

Na manhã seguinte, encostado na cerca, olhando para a metade da igreja já construída, Michael comentou o fato com o padre Campanelli.

– Eu continuo falhando – disse ele. – Nada do que tento os faz frequentar o templo.

O padre levou a mão à marca no rosto.

– Em muitas manhãs eu dou graças pelos Dias Obrigatórios – disse ele em voz baixa.

Algumas semanas depois, Michael estava ainda na cama, desanimado com a ideia de enfrentar outro dia. Conhecia bem a psicologia da perda pessoal para saber que era uma reação retardada à morte da sua mãe. Mas isso não ajudava a melhorar sua disposição: permanecia ali deitado, procurando conforto na proximidade do corpo da mulher e olhando para uma rachadura no teto.

Não havia nada no Templo Isaiah que lhe desse vontade de sair da cama. Nem mesmo o assoalho limpo, pensou ele.

Um pouco antes dos dias santos, o zelador do templo, um mórmon desdentado que há três anos fazia a limpeza do tabernáculo, informou que ia se aposentar e morar com a filha em Utah, para aliviar a ciática e reacender o espírito. O comitê encarregado da manutenção, que se reunia poucas vezes, não tinha pressa de arranjar outro zelador. Enquanto Phil Golden esbravejava e reclamava, a prata e o cobre perdiam o brilho e a cera amarelava no chão. Michael poderia ter contratado um zelador, na certeza de que os cheques do salário dele seriam emitidos por ordem do rabino. Mas era o comitê que tinha de contratar outro zelador. Pelo menos isso eles deviam fazer pelo templo – pensou ele, com amargura.

– Levante – disse Leslie, virando na cama.

– Por quê?

Mas setenta minutos depois ele estava estacionando o carro na frente do templo. Surpreso, viu que a porta não estava trancada. Do carro ouviu a escova raspando o chão e, quando desceu, viu o homem, com o macacão branco manchado de tinta, de quatro, esfregando o chão do vestíbulo.

– Phil – Michael disse.

Golden enxugou o suor da testa com as costas da mão.

– Eu esqueci de trazer jornais – disse ele. – Quando você era pequeno, sua mãe não lavava o assoalho nas tardes de quinta-feira e espalhava folhas de jornal?

– Às sextas-feiras – disse Michael. – Sexta de manhã.

– Nada disso, na sexta-feira de manhã ela fazia *chale*.

– O que você está *fazendo*? Um velho *momser* decrépito esfregando o chão. Quer ter um ataque cardíaco?

– Meu coração é forte como o de um touro – disse Golden. – Um templo tem de ser limpo. Não pode ter um templo sujo.

– Pois então deixe que eles contratem um zelador. Contrate um você mesmo.

– Eles vão *kratzen* por algum tempo. Comece a fazer as coisas para eles, que nunca mais vão pensar no templo. Enquanto isso, o assoalho estará limpo.

Michael balançou a cabeça.

– Phil, Phil. – Deu meia-volta e subiu para o escritório, tirou o paletó e arregaçou as mangas da camisa. Então procurou nos vários armários até encontrar um balde e uma escova.

– Você não – protestou Golden. – Quem precisa de ajuda? Você é o rabino!

Mas Michael já estava de quatro, girando a escova na água com sabão. Com um suspiro, Golden voltou ao trabalho. Juntos, eles esfregaram. O som das duas escovas era amistoso. Golden começou a cantar trechos de ópera com voz ofegante e áspera.

– Eu o desafio para uma corrida até o fim do corredor – disse Michael. – Quem perder vai buscar café.

– Nada de corridas – disse Phil. – Nada de brincadeiras de criança. Apenas trabalho, um bom trabalho.

Golden chegou primeiro no fim do corredor, mas foi apanhar o café. Um pouco depois, sentados na sala vazia de aula de hebraico, tomaram café e olharam um para o outro.

– Essa calça – disse Phil. – Não deixe que a *rebbitzen* a veja.

– Ela vai saber que finalmente estou trabalhando pelo dinheiro que me pagam.

– Você trabalha por esse dinheiro todos os dias.

– Não. Vamos falar sério, Phil. – Michael sacudiu a caneca com o café. – Sou um estudioso do Talmude quase em tempo integral. Passo o dia inteiro com os livros, procurando Deus.

– E quem pode querer mais do que isso?

– Se eu O encontrar, minha congregação só vai saber no próximo Yom Kippur.

Golden riu e depois suspirou.

– Ah, eu bem que avisei. É esse tipo de congregação. – Pôs a mão no braço de Michael. – Eles gostam de você. Talvez não acredite, mas gostam muito. Vão lhe oferecer um contrato de longo prazo. Com um bom aumento anual.

– Por quê?

– Por estar aqui. Por ser seu rabino. Nos termos deles, é claro, mas assim mesmo o rabino. Será errado um rabino ter segurança financeira e dedicar a maior parte do seu tempo ao estudo?

Tirou o copo de café da mão de Michael e o jogou, com o seu, na cesta de lixo.

– Deixe que eu fale como se você fosse um dos meus filhos. Este é um bom lugar. Relaxe. Sinta-se à vontade. Prospere. Deixe que seu filho cresça ao lado dos outros comedores de lótus, que vá para Stanford e espere que ele se saia bem na vida.

Michael ficou calado.

– Mais uns dois anos e nós lhe compraremos um carro. Depois, uma casa.

– Meu Deus.

– Você quer trabalhar? – perguntou Golden. – Venha, vamos lavar o chão mais um pouco. – Sua risada era como batidas num tambor. – Pode ficar certo, quando eu contar para aquele comitê nojento quem fez a limpeza no templo, eles vão contratar um zelador amanhã mesmo!

Na manhã seguinte seus músculos reclamavam do exercício. Michael parou na frente da Sta. Margarida e se debruçou na cerca. Observou os operários com seus capacetes de aço, olhou os músculos retesados nas suas pernas e sentiu uma nova afinidade com todos os trabalhadores do mundo. O padre Campanelli não apareceu. Agora ele raramente ia ver o trabalho. Ficava dentro das paredes de tijolos da velha igreja condenada à demolição.

Michael não o culpava. O telhado da nova igreja parecia um chapéu de cimento. As paredes eram de vidro *rayban* inclinadas para dentro, lembrando uma enorme casquinha de sorvete com a ponta inferior cortada. Um corredor de alumínio e vidro levava a um prédio circular com toda a aparência espiritual de uma usina de força. No telhado da estrutura redonda os homens estavam erguendo uma cruz brilhante de alumínio.

– Que tal? – gritou um dos homens no telhado.

O homem ao lado de Michael empurrou para trás o capacete e olhou para cima.

– Está ótimo – respondeu.

Ótimo, pensou Michael.

Agora ninguém mais ia confundir com uma barraca de cachorro-quente.

Deu as costas para a igreja, consciente de que não voltaria mais pelo mesmo motivo que o padre Campanelli não acompanhava mais a construção. Era uma casa de oração de extremo mau gosto.

De qualquer modo, não tinha mais nada para ver. Estava terminada.

Terminada estava também sua pesquisa sobre arquitetura de templos. Tinha feito a descrição de uma planta razoavelmente aceitável para uma moderna casa de oração. Uma vez que a antiga igreja de São Jeremias podia ser facilmente adaptada às modestas exigências do Templo Isaiah, não havia nada mais a fazer com os dados acumulados a não ser publicá-los. Escreveu um artigo e o submeteu à apreciação da revista da Conferência Central dos Rabinos Americanos. O artigo foi publicado. Michael enviou exemplares do jornal para seu pai, em Atlantic City, e para Ruthie e Saul, em Israel. Depois, guardou todas as anotações numa caixa de papelão, que guardou no sótão da sua casa, dentro da pequena cômoda do apartamento dos pais, que ele e Leslie não tiveram coragem de vender.

Terminado o projeto, Michael ficou com mais tempo livre do que nunca. Certa tarde voltou para casa mais cedo e encontrou Leslie fazendo a lista para o supermercado.

– Tem correspondência – disse ela.

O novo contrato tinha chegado, como Golden havia prometido.

Michael o examinou e viu que era muito generoso, com validade de cinco anos e um aumento substancial no começo de cada ano. No fim de cinco anos – ele sabia – fariam um contrato vitalício.

Ele o deixou sobre a mesa e Leslie leu sem comentar.

– É um bom ordenado – disse ele. – Estive pensando em escrever um livro. Tenho tempo de sobra para isso.

Ela fez um gesto afirmativo e continuou com sua lista.

Michael não assinou o contrato, mas o guardou na primeira gaveta da cômoda no seu quarto, debaixo da caixa com as abotoaduras.

Voltou para a cozinha e sentou-se à mesa, fumando e olhando para Leslie.

– Eu faço as compras para você – disse ele.

– Eu posso ir. Preciso fazer alguma coisa.

– Não tenho nada para fazer.

Leslie olhou rapidamente para ele e abriu a boca para dizer alguma coisa, mas mudou de ideia.

– Tudo bem – disse apenas.

A carta chegou alguns dias depois.

23 Park Lane
Wyndham, Pensilvânia
Outubro 3, 1953

Rabino Michael Kind
Templo Isaiah
2103 Hathaway Street
San Francisco, Califórnia

Caro rabino Kind,

A Diretoria Executiva do Templo Emeth de Wyndham leu com grande interesse seu estimulante artigo na nova e excelente revista da CCRA.

O Templo Emeth, fundado há sessenta e um anos, é uma congregação reformista, de tamanho médio, na comunidade universitária de Wyndham, trinta e sete quilômetros ao sul da Filadélfia. Nos últimos anos nossa congregação superou em número a capacidade do nosso velho prédio de vinte e cinco anos. Interessados em determinar a arquitetura do novo templo, achamos seu artigo fascinante e desde sua publicação tem sido objeto de nossas considerações.

Em 15 de abril de 1954, o rabino Philip Kirschner, nosso líder religioso durante dezesseis anos, dá início ao que esperamos que seja uma aposentadoria feliz e proveitosa na sua cidade natal de São Luís, Missouri. Estamos procurando para substituí-lo alguém que seja ao mesmo tempo um líder religioso e um homem interessado na forma ideal para um templo na América moderna.

Apreciaríamos uma oportunidade de conversar sobre o assunto com o senhor. Estarei em Los Angeles de 15 a 19 de outubro para a reunião da Associação de Língua Moderna na UCLA. Se o senhor puder ir de avião a Los Angeles, com as despesas pagas pelo Templo Emeth, ficaríamos muito agradecidos. Caso não seja possível, talvez eu possa ir a San Francisco.

Notifiquei o Comitê de Designações da União das Congregações Hebraicas da América da nossa intenção de discutir com o senhor esse assunto. Espero ansiosamente sua resposta.

Sinceramente,

(ass.) Felix Sommers, Ph.D.
Presidente
Templo Emeth

– Você vai? – perguntou Leslie.

– Acho que não faria mal voar até lá para encontrá-lo – disse Michael.

Na noite em que voltou de Los Angeles, ele entrou em casa silenciosamente para não acordá-la e a encontrou deitada no sofá, assistindo a um filme na televisão. Leslie deu lugar para ele no sofá e Michael deitou-se ao lado dela e a beijou.

– Então? – perguntou ela.

– Seriam menos mil dólares do que estou ganhando agora. E um contrato de um ano.

– Mas você pode ter, se quiser.

– Haverá o costumeiro sermão de teste. Mas se eu quiser, é meu.

– O que vai fazer?

– O que você quer que eu faça?

– Você mesmo tem de resolver – disse ela.

– Sabe o que acontece com rabinos que seguem uma trilha de contratos de curto prazo? Eles se transformam em bolas de futebol. Só as congregações com problemas pensam em contratá-los, com salário mínimo. Como a de Cypress, na Geórgia.

Leslie ficou calada.

– Eu já disse a ele que nós vamos.

Leslie virou o rosto rapidamente. Michael tocou o cabelo dela.

– O que foi? – perguntou ele. – Está pensando em enfrentar um novo bando de mulheres? As *yentehs*?

– Para o diabo com as *yentehs*. Sempre haverá pessoas para as quais eu e você somos uma aberração. Elas não são importantes. – Virou outra vez para ele e o abraçou. – O importante é que você vai fazer mais do que receber um bom dinheiro para ser rabino só no nome, porque você é muito melhor do que isso, não compreende?

Michael sentiu o rosto molhado de lágrimas no seu pescoço, com uma sensação de encantamento.

– Você é a minha melhor parte – disse ele. – A coisa melhor que há em mim.

Seus braços já estavam em volta dela, para evitar que Leslie caísse do sofá. Michael apertou o abraço.

Leslie encostou o dedo nos lábios dele.

– O importante é que isto é uma coisa que você realmente quer fazer.

– Sim, é – disse ele, acariciando-a.

– Estou falando da Pensilvânia – disse Leslie, erguendo avidamente o rosto para ele.

Mais tarde, na cama, quando ele estava quase dormindo, sentiu a mão de Leslie no seu ombro.

– Você contou a ele a meu respeito?

– O que quer dizer?

– Você sabe o que quero dizer.

– Oh. – Michael olhou para o teto no escuro. – Sim, falei.

– Isso é bom. Boa-noite, Michael.

– Boa-noite – disse ele.

37

Michael foi sozinho para o sermão de teste e gostou do que viu quando um comitê de boas-vindas o levou da estação de trem até a casa do dr. Sommers para jantar, antes do serviço religioso do Shabbat. Era uma cidade pequena e enganosamente pacata, quando vista de dentro de um automóvel, como a maioria das cidades universitárias. Havia quatro livrarias, um quadro verde de avisos na praça principal, com a lista dos concertos e exposições de arte e gente jovem por toda parte. O ar estalava com o frio do outono e a energia dos estudantes. O pequeno lago no centro do campo estava coberto por uma fina camada de gelo. As majestosas árvores eram belas com seus galhos fortes e nus.

Durante o jantar, os líderes do templo o cumularam de perguntas sobre sua ideia para o novo prédio. As longas semanas de pesquisa solitária haviam proporcionado munição mais do que suficiente, e a admiração franca de todos o fez sair da mesa sentindo-se extremamente confiante. Assim, quando subiu à *bimá*, mais tarde naquela noite, estava pronto para fazer um magnífico sermão. Ele explicou por que uma religião antiga era capaz de sobreviver a todas as coisas do mundo que se esforçavam para destruí-la.

Na tarde seguinte, quando saiu de Wyndham, sabia que o púlpito era seu, e menos de uma semana depois a confirmação não foi uma surpresa.

Em fevereiro, ele, Leslie e o pequeno Max tomaram um avião para passar cinco dias em Wyndham. Ajudados por um corretor, no quarto dia encontraram uma casa estilo colonial de tijolos vermelhos e negros com telhado novo de telha cinzenta. Estava dentro do orçamento deles, disse o corretor, porque a maioria das pessoas procurava casas com mais de dois quartos. Havia outras desvantagens. O pé-direito era alto, o que dificultava a limpeza. Não tinha lixeira e nem lavadora de pratos, como a casa de San Francisco. O encanamento era muito antigo e os canos roncavam e gorgolejavam. Mas o assoalho era de tábuas largas de carvalho, cuidadosamente preservado. Havia uma velha lareira de tijolos no quarto de casal e outra, de mármore, na sala de estar. As janelas da frente, altas com dezoito painéis de vidro, davam para o campus.

– Oh, Michael – disse Leslie. – Que ótima localização. Este pode ser o nosso lar até a nossa família ficar grande demais. Max pode ir para a universidade aqui mesmo.

Dessa vez Michael prudentemente não disse nada, mas sorriu quando preencheu o cheque para o corretor.

Desde o começo, seus dias em Wyndham foram muito ocupados e sempre no meio de muita gente. A Hillel e a Federação Sionista Intercolegial da América tinham filiais na universidade, e Michael tornou-se o capelão de ambos. Uma vez ou outra viajava com membros do comitê executivo para inspecionar templos novos em outras comunidades. Leslie matriculou-se no curso de graduação como aluna especial de línguas semíticas e eles estudavam duas vezes por semana com vários outros alunos. O Templo Emeth era uma congregação intelectual numa comunidade intelectual e Michael passava grande parte do tempo com grupos de estudo e seminários. Os coquetéis pareciam sessões de acalorado debate entre estudiosos do Talmude. Com uma diferença: a maioria daqueles discípulos dos últimos dias discutiam sobre profetas como Teller ou Oppenheimer ou Herman Kahn. As reuniões sociais dos grêmios de moças e rapazes atraíam um grande número de estudantes. Os Kind entraram numa roda-viva. Numa noite de inverno serviram de acompanhantes para um passeio de trenó. De mãos dadas sob a manta, deslizaram na neve e procuraram acreditar que os risos abafados e movimentos no escuro que os rodeavam eram a expressão de um prazer inocente.

As semanas e os meses voaram, e Michael ficou surpreso quando, transcorridos já doze meses, a diretoria do templo apresentou o novo contrato. Esse era para dois anos e ele assinou sem hesitar. O Templo Emeth era seu. Todas as sextas-feiras era grande o comparecimento no templo e seu sermão era objeto de conversas animadas durante o *oneg shabbat*. No Rosh Hashaná e no Yom Kippur teve de programar duas sessões para as cerimônias. No meio da segunda sessão do último dia do Yom Kippur, Michael de repente lembrou-se da solidão e da inutilidade de sua presença em San Francisco.

Ele fazia o mínimo possível de aconselhamento matrimonial. Estava tendo problemas com seu casamento. Logo que mudaram para a Pensilvânia, Leslie e Michael resolveram que Max já tinha idade para ter um irmão ou irmã e deixaram de evitar filhos, certos de que a concepção, uma vez conseguida, é facilmente repetida. Leslie cobriu o diafragma com talco e o guardou numa caixinha na arca de cedro, junto com os cobertores. Faziam amor duas ou três vezes por semana com grande expectativa e transcorreu um ano sem nenhuma novidade. Quando terminavam ele não conseguia dormir, e Leslie, desdenhando as carícias finais, dava as costas para ele e dormia imediatamente. Michael olhava para o teto e via rostos de crianças não nascidas, imaginando por que era tão difícil trazer uma delas para o mundo. Rezava pedindo ajuda de Deus e muitas vezes ia descalço ao quarto do filho, ajeitava nervosamente as cobertas e olhava para a criança que dormindo parecia tão indefesa, sem seus revólveres de brinquedo, quando acreditava piamente que podia afastar qualquer tipo de mal com um soco no estômago. E Michael rezava outra vez, pedindo pela segurança e pela felicidade do filho.

Assim se passaram muitas das suas noites.

Pessoas morriam e ele as encomendava para a terra. Pregava, rezava, as pessoas se apaixonavam e ele legalizava a união. O filho do professor de matemática, Sidney Landau, fugiu para casar com a filha loura de Swede Jensen, o treinador de esportes. A sra. Landau foi para a cama sedada e Michael e o professor foram se encontrar com o sr. e a sra. Jensen e seu pastor luterano, Ralph Jurgen. No fim de uma noite desagradável Michael e o professor atravessaram juntos o campus silencioso.

– Pais perturbados – disse Landau, com um suspiro. – Exatamente como nós. Assustados como nós.

– Sim.

– Vai falar com aqueles dois, quando voltarem?

– Sabe que vou.

– Ahh... Não vai adiantar. Os pais dela são religiosos praticantes. Você viu o pastor.

– Não se precipite, Sidney. Espere até eles voltarem. Dê aos dois uma oportunidade para encontrar seu caminho – continuou, depois de uma pausa. – Eu conheço bem esse problema.

– Sim, é verdade, você conhece – disse o professor Landau. Balançou a cabeça. – Eu não devia estar falando com você. Devia falar com seu pai.

Michael não disse nada.

O professor Landau olhou para ele.

– Já ouviu a história do pai judeu que procurou o rabino e contou que o filho tinha fugido com uma *shikse* e se convertido à religião dela?

– Não – disse Michael.

– "'Rabino', disse o homem, 'eu tinha um filho e ele casou com uma *shikse* e agora é um *goy*. O que devo fazer?'

"O rabino balançou a cabeça e disse: 'Eu também tinha um filho, e ele casou com uma *shikse* e agora é um *goy*.'

"'E o que você fez?', o judeu perguntou.

"'Fui ao templo e orei a Deus', disse o rabino, 'e de repente uma voz forte soou no templo'.

"'O que disse a voz, rabino?', perguntou o pai judeu.

"'A voz disse: EU TAMBÉM TINHA UM FILHO...'"

Os dois riram, sem alegria. Quando o professor Landau chegou na rua da sua casa parecia aliviado por poder descansar.

– Boa-noite, rabino.

– Boa-noite, Sidney. Procure-me se precisar.

Michael ouviu o professor chorando baixinho.

E assim se passaram muitos dos seus dias.

38

Na plataforma da estação de trens, segurando a mão de Max, Michael esperava a chegada do 4:02 de Filadélfia. Quando a locomotiva apareceu, barulhenta, Max apertou a mão do pai.

– Assustador? – perguntou Michael.

– Como espirros de um gigante.

– Não vai sentir medo quando for grande – disse Michael, não acreditando no que dizia.

– Não, não vou – disse Max sem largar a mão do pai.

Leslie parecia cansada quando desceu do trem. Beijou os dois e entraram no Ford Tudor verde que tinha substituído o Plymouth azul há quase dois anos.

– Como foi? – perguntou Michael.

Ela deu de ombros.

– O dr. Reisman é um homem muito agradável. Ele me examinou, viu os resultados dos seus testes e disse que quando nós dois nos juntarmos deve haver uma explosão de vida. Então, bateu nas minhas costas e disse para continuar tentando e deu nosso endereço para a secretária para mandar a conta.

– Ótimo.

– Na verdade, ele me deu algumas instruções. Coisas para fazer.

– O quê?

– Vamos fazer um ensaio mais tarde – disse ela, puxando Max para perto e abraçando-o com força. – Pelo menos temos este novato, graças a Deus. Michael – encostou o rosto na cabeça do filho –, vamos tirar dois dias de folga.

De repente, era exatamente o que ele queria fazer.

– Podemos ir a Atlantic City visitar meu pai.

– Nós o vimos há pouco tempo. Tenho uma ideia melhor. Vamos arranjar uma babá e viajar, só nós dois. Pegar o carro e subir para Poconos por dois ou três dias.

– Quando?

– Que tal amanhã?

Mas naquela noite, quando ela dava banho em Max, o telefone tocou e Michael falou durante alguns minutos com Felix Sommers, o presidente do Comitê de Construção. O grupo acabava de chegar de uma viagem de inspeção.

– Viram o novo templo em Pittsburgh? – perguntou Michael.

– É um belo templo – disse o professor Sommers. – Não exatamente o que estamos procurando, mas muito, muito bom. O rabino o conhece e mandou lembranças, rabino Levy.

— Joe Levy. Um bom homem. – Depois de uma pausa, perguntou: – Felix, com esse quantos templos já vimos?

— Vinte e oito. Parece incrível.

— Sim. Quando vão parar de ver e começar a aplicar o que temos observado?

— Bem, é por isso que estou telefonando, Michael – disse Sommers. – Falamos com o arquiteto que construiu o templo de Pittsburgh, Paolo Di Napoli. Achamos que ele é ótimo. No sentido exato da palavra. Gostaríamos que você se encontrasse com ele e visse o que ele tem.

— Muito bem – disse Michael. – É só dizer quando.

— Há um problema. Ele só pode se encontrar conosco em duas datas. Amanhã e no próximo domingo.

— Nenhuma das duas é boa para mim – disse Michael. – Precisamos marcar outro dia.

— Esse é o problema. Ele está de partida para a Europa. Só volta daqui a três meses.

— No domingo tenho um casamento – disse Michael. – E amanhã... – Suspirou. – Marque para amanhã.

Despediram-se e ele foi dizer a Leslie que sua viagem estava cancelada.

De manhã, ele e Felix foram de carro a Filadélfia. Saíram cedo e pararam para almoçar.

— Estou preocupado com o fato de Di Napoli não ser judeu – disse Michael, no restaurante.

Sommers parou no ato de partir o pão.

— Que coisa estranha, dita por você.

Michael insistiu.

— Não acho que um cristão possa pôr o sentimento adequado no desenho de um templo. A identificação, a grande emoção. A criação pode não ter o que meu avô chamava de *yiddisheh kvetch*.

— E o que é esse tal de *yiddisheh kvetch*?

— Já ouviu Perry Como cantando *Eli, Eli*?

Sommers fez um gesto afirmativo.

— Lembra de como Al Jonson cantava?

— E daí?

— A diferença é o *yiddisheh kvetch*.

— Se Paolo Di Napoli aceitar o trabalho – disse o professor Sommers – teremos uma coisa muito melhor do que um arquiteto judeu. Teremos um grande arquiteto.

— Veremos – disse Michael.

Mas quando chegaram ao escritório do arquiteto, Michael gostou imediatamente de Di Napoli. Sem arrogância, ele não tentava se desculpar por sua arte. Tranquilo, fumando um cachimbo curto, ele os observou enquanto os dois examinavam seu trabalho. Tinha pulsos fortes e olhos castanhos tristonhos, cabelo grisalho e farto, e um grande bigode que parecia uma escova cobrindo o lábio superior. Um bigode, pensou Michael, que o incluía em qualquer jogo do qual o mundo estivesse participando. Entre suas realizações havia quatro templos impressionantes e meia dúzia de igrejas, bem como uma original e bela biblioteca infantil numa cidade do Meio-Oeste. Os dois examinaram seus desenhos e plantas, e demoraram nos desenhos dos templos.

Em todas as plantas de templos estava desenhado um pequeno sol no leste, na frente da fachada.

– Por que o sol? – perguntou Michael.

– Uma mania pessoal. Meu modo particular de criar um tênue elo com o passado morto.

– Pode explicar? – disse Sommers.

– Quando foi construído o Templo de Salomão, há uns três mil anos, no Monte Moriah, Yahweh era um deus solar. O templo foi construído de modo que o portão de entrada ficasse diretamente de frente para o Monte das Oliveiras, a leste e mais ou menos 60 metros mais alto. Duas vezes por ano, nos dias de equinócio, os primeiros raios do sol nascente que surgem acima do Monte das Oliveiras entravam no templo através do portão aberto de leste. O sol atravessava o coração do templo e chegava ao nicho na parede oposta, a oeste, o lugar mais sagrado do templo. – Seus lábios se curvaram para cima sob o bigode. – Acontece que a face leste foi ótima para esses quatro templos. Se não convier a vocês, não faço nenhuma restrição a templos com outra face.

– Eu gosto da ideia – disse Michael. – "Levantai vossas cabeças, ó portões... Sim, levantai, ó portas eternas, para que o Rei da glória possa entrar." – Trocou um olhar com Sommers e os dois sorriram.

Yiddisheh kvetch.

– Trouxe a lista de especificações gerais que pedi? – Di Napoli perguntou para Sommers.

Sommers tirou a lista da pasta. O arquiteto a estudou por um longo tempo.

– Algumas dessas coisas podem ser combinadas, por economia, sem sacrificar o desenho – disse ele.

– Deve ser um lugar de oração. Isso acima de tudo – disse Michael.

Di Napoli apanhou num arquivo a reprodução de uma planta arquitetônica em papel brilhante. A base do prédio desenhado era uma estrutura de um só piso, baixa e larga, nua como a base de uma pirâmide. O segundo andar cobria uma área menor. Erguia-se num grupo de arcos parabólicos e culminava num telhado abobadado, sensual e etéreo ao mesmo tempo, que parecia pulsar para cima e apontar para o céu com a mesma certeza da ponta da torre de uma igreja da Nova Inglaterra.

– O que é isso? – perguntou Sommers.

– Uma catedral que vai ser construída em New Norcia, Austrália, desenhada por Pier Luigi Nervi – disse Di Napoli.

– Pode nos dar alguma coisa que evoque o mesmo espírito de Deus? – perguntou Michael.

– Vou tentar – disse Di Napoli. – Preciso conhecer o local. Já escolheram?

– Não.

– Muita coisa vai depender do local. Mas... sou favorável ao uso de material texturizado. Superfícies de tijolos não acabadas. Concreto aparente, com cores quentes para dar vida.

– Quando pode nos mostrar o anteprojeto? – perguntou Michael.

– Dentro de três meses. Vou prepará-lo enquanto estiver na Europa.

Felix Sommers pigarreou.

– Quanto vai custar essa construção, aproximadamente?

– Temos de trabalhar dentro do orçamento disponível – disse o arquiteto, dando de ombros.

– A maior parte do dinheiro será levantada entre os membros da congregação – disse Michael. – Já conhece as nossas especificações. Visualize o tipo de templo que *você* quer criar. Com economia. Mas alguma coisa que seja arte, um belo santuário para adorar a Deus, como a catedral de Nervi. Quanto é preciso para fazer isso?

Paolo Di Napoli sorriu.

– Rabino Kind, está falando em meio milhão de dólares – disse ele.

39

Algumas semanas mais tarde, foi instalado no gramado do Templo Emeth um belo cartaz branco com letras azuis que dizia, VAMOS NOS LEVANTAR E CONSTRUIR – Neemias, 2:20.

Ao lado pintaram um termômetro negro com quatro metros de altura, calibrado em milhares de dólares em vez de graus. Acima do termômetro, ao lado das palavras o que precisamos, a cifra US$ 450.000. A linha vermelha estava pouco acima da base do termômetro, entre quarenta e cinco e cinquenta mil dólares.

Infelizmente, o cartaz deprimiu Michael. Cada vez que olhava para ele, lembrava do termômetro basal que o dr. Reisman tinha dado para Leslie. Ela o punha na boca todas as noites, deitada na cama com a lâmpada acesa e um livro aberto no colo, e o termômetro ficava dependurado nos lábios como um picolé, enquanto ele, deitado de lado, esperava o veredito de como ela ia passar o próximo quarto de hora.

Trinta e seis ponto sete ou acima, ele podia dormir. Trinta e seis ponto dois a trinta e seis ponto três significava que, durante doze horas, as traves do gol estavam à vista e ele, erguendo-se à altura da ocasião, se transformava num desentupidor de pia.

Não, pensou ele naquela noite, de pijama, sentado na cozinha, esperando que Leslie tomasse banho para desempenhar seu dever. Um interno entediado inserindo uma cânula, um leiteiro entregando laticínios regularmente, um carteiro deixando uma carta na caixa de correspondência, uma abelha operária lutando para descarregar o pólen numa posição inconveniente que o dr. Reisman chamava de Posição de Coxas Flexionadas; as pernas macias e bronzeadas da sua mulher sobre os ombros e sua pélvis e vagina virados para o céu como a boca de um lírio, num ângulo adequado para reduzir o transbordamento e permitir maior receptividade. Garantido. Pelo dr. Reisman e pela revista *Good Housekeeping*.

Mal-humorado, ele foi até a bancada da cozinha e examinou a correspondência. Contas. E o primeiro esforço de Felix Sommers para levantar fundos. Com um copo de leite na mão, Michael sentou-se e leu.

Caro Membro da Congregação,
 Existem cerca de setecentas razões para que o Templo Emeth precise de uma nova casa. E você e sua família são algumas delas.
 Essas razões crescem constantemente em número, ken yirbu, *que possam continuar aumentando.*
 Em pouco mais de três anos, o número de membros da nossa congregação triplicou. Em doze comunidades vizinhas que não têm templos, construtores estão erguendo centenas de casas. Com a reserva de famílias não filiadas ao templo apenas recém-aberta, sem dúvida teremos um aumento correspondente nos próximos anos...

No banheiro, o chuveiro foi fechado. Ele ouviu o murmúrio áspero da cortina sendo afastada, deslizando no trilho, depois o som de Leslie saindo da banheira.

... Contudo, é um fato que atualmente não estamos equipados para atender nem mesmo aos nossos membros filiados.

Nossa escola de hebraico não tem as instalações necessárias para uma instituição educacional. Nosso santuário é apenas uma sala grande com bancos, usada como sala de banquetes, auditório, área de quermesse e sala de aula. Por ocasião dos Grandes Dias Santificados, temos de dividir o serviço religioso em dois turnos, separando parentes na ocasião mais sagrada. Muitas simchas *familiares, como casamentos e* bar mitzvás *são realizados fora do templo. Os motivos são simples. Nossas facilidades para servir refeições são pequenas demais e pouco atraentes. A cozinha é pequena e inadequadamente equipada. Os serviços de bufê têm dificuldade para trabalhar aqui.*

Evidentemente, precisamos de um novo lar. Um arquiteto foi contratado para desenhá-lo para nós. Contudo, para que nosso sonho se torne realidade, todos devemos cooperar. Comece a pensar em qual seria sua justa contribuição. Um membro do comitê do fundo para construção irá procurá-lo brevemente.

*Dando, devemos compreender que não estamos **dando** para estranhos, mas para nós e para nossos filhos.*

Sinceramente,

*(**ass.**) Felix Sommers*
Presidente
Comitê de Construção

Anexa à carta havia uma escala de papelão com uma pequena janela móvel onde estava escrito *Sua renda anual*. Michael levou a janela para onze mil e viu que a doação sugerida era de três mil e quinhentos dólares. Resmungando, ele pôs a carta na mesa.

Ouviu Leslie correr para o quarto e o som de quando se deitou.

– Michael – chamou ela, suavemente.

Como podiam pedir a um homem um terço da sua renda anual? Quantos membros do templo podiam cumprir esse compromisso? Certamente o comitê estava pedindo muito mais do que esperava obter, na esperança de que isso aumentasse a doação "prometida".

Isso o preocupava. Não era o modo certo de abordar o problema, pensou ele.
– Michael? – ela chamou outra vez.
– Estou indo – disse ele.

– É assim que funciona – Sommers disse na manhã seguinte, quando ele expôs sua objeção à carta para levantamento de fundos. – Outras congregações concluíram que tem de ser feito desse modo.
– Não, não é honesto, Felix – disse Michael. – Você sabe e eu sei.
– Seja como for – disse Sommers –, contratamos um angariador de fundos profissional. Sua especialidade é levantar fundos do modo certo. Vamos deixar por conta dele.
Aliviado, Michael concordou.
Dois dias depois, o homem chegou ao Templo Emeth. Seu cartão dizia Archibald S. Kahners, de Hogan, Kahners e Cantwell. Levantamento de fundos para Igrejas, Sinagogas e Hospitais. 1611 Industrial Bankers Building, Filadélfia 33, Pensilvânia.
Ele pôs o zelador para trabalhar e descarregou o conteúdo de três grandes engradados da traseira de uma perua Buick negra. Os dois fizeram três viagens. As caixas eram pesadas e no fim da segunda viagem estavam suando. Quando todas as caixas estavam no chão do escritório de Michael, Kahners desabou numa cadeira, inclinou a cabeça para trás e fechou os olhos. Parecia um Lewis Stone dissipado, pensou Michael, grisalho, muito corado e com algum excesso de peso, o suficiente para fazer com que a carne na altura do pescoço se adiantasse um pouco sobre o colarinho da camisa de corte perfeito. Tanto os sapatos quanto o terno cinzento de *tweed* pesado pareciam muito ingleses.
– Não queremos uma campanha agressiva, sr. Kahners – disse Michael. – Não queremos ofender nossa congregação.
– Rabino... umm... – disse Kahners, e Michael compreendeu que o homem tinha esquecido seu nome.
– Kind.
– Sim, rabino Kind. Hogan, Kahners e Cantwell já levantaram fundos para duzentas e setenta e três igrejas católicas e protestantes. Para setenta e três hospitais. Para cento e noventa e três sinagogas e templos. Nosso negócio é levantar enormes somas de dinheiro. Criamos técnicas de êxito comprovado que conseguem isso. Rabino, por favor, sente e deixe por minha conta.
– O que posso fazer para ajudá-lo, sr. Kahners?
– Faça uma lista com meia dúzia de nomes. Quero conhecer seis pessoas que possam me informar sobre todos os membros da congregação. Aproxi-

madamente quanto cada um ganha por ano, o que faz, idade, que tipo de casa tem, quantos carros e quais as marcas, se o filho está em escola particular ou pública e onde ele passa as férias. E quero uma lista dos doadores do United Jewish Appeal.

Michael olhou outra vez para o cartão.

– O sr. Hogan e o sr. Cantwell virão trabalhar com o senhor nesta campanha?

– John Hogan já morreu. Há dois anos. Agora temos um empregado para tratar com os católicos. – Kahners olhou para baixo e viu uma pequena mancha no terno cinzento, além de um pedacinho de papelão de uma das caixas, na gravata. Jogou o papelão para longe e passou o lenço na mancha, que se espalhou mais na fazenda. – Não preciso de meu sócio protestante para levantar só quatrocentos mil dólares de um grupo de judeus.

O mimeógrafo e duas máquinas de escrever chegaram cedo na manhã seguinte, e no meio da tarde duas secretárias estavam na frente de suas mesas de armar datilografando listas. Para se livrar do barulho seco das teclas, Michael saiu para suas visitas pastorais. Quando voltou às cinco horas o templo estava vazio, tilintando de silêncio. O chão estava cheio de papéis, os cinzeiros de cigarros, e ele viu dois círculos de xícaras de café como dois terços da etiqueta do Ballantine's na superfície polida da sua mesa de mogno.

Naquela noite ele foi com Kahners à primeira reunião do Comitê para Levantamento de Fundos. Foi mais uma doutrinação do que uma reunião. Kahners ficou encarregado da palestra. Ele usou como livros de texto as listas dos contribuintes do United Jewish Appeal nos últimos cinco anos.

– Vejam isto – disse ele, jogando os folhetos verdes do UJA sobre a mesa. – Vejam quem foi seu maior contribuinte cada ano.

Nenhum dos presentes precisava verificar nos folhetos.

– Harold Elkins, dos Elkhide Knitting Mills – disse Michael. – Ele dá quinze mil dólares todos os anos.

– E logo depois dele? – perguntou Kahners.

Michael fechou os olhos, mas não precisou consultar a lista.

– Phil Cohen e Ralph Plotkin. Eles dão sete mil e quinhentos por ano, cada um.

– Exatamente a metade da contribuição de Elkins – disse Kahners. – E quais são os outros nomes?

Michael não tinha certeza.

– Pois vou dizer. Um homem chamado Joseph Schwartz. Cinco mil dólares. Um terço do que Elkins dá. Agora... – Fez uma pausa e olhou para eles. Mr.

Chips ensinando sua última turma. – Há uma lição muito importante aqui. Olhem para isto. – Jogou outro folheto do UJA na mesa. – Esta é a lista de seis anos atrás. Mostra que naquele ano, Harold Elkins doou dez mil dólares, em vez de quinze mil. Phil Cohen e Ralph Plotkin deram cinco mil, em vez de sete e quinhentos. Joseph Schwartz deu três mil e quinhentos, em vez de cinco mil. – Olhou outra vez para a turma. – Captaram a mensagem?

– Está dizendo que há sempre um padrão de proporcionalidade partir do maior contribuinte? – perguntou Michael.

– Nem sempre, é claro – disse Kahners, com paciência. Existem exceções. E o padrão vai só até esse ponto da lista. É muito difícil fazer previsões para o contribuinte de pequenas quantias. Porém, via de regra, é assim que funciona com os principais doadores, os que são realmente importantes para o sucesso da campanha. Em todas as comunidades que trabalhamos, durante muitos anos, verificamos isso. Vejam – continuou ele –, Sam X doa menos do que costuma dar para caridade. Então Fred Y pensa: se Sam, que tem o dobro do que eu tenho, pode dar menos este ano, então quem sou eu para negar que os negócios foram *ahf tsorris*? Geralmente dou dois terços do que Sam dá, portanto este ano vou dar a metade também...

– E se Sam aumenta a doação? – perguntou Sommers, evidentemente fascinado.

Kahners abriu um largo sorriso.

– Ah, o mesmo princípio se aplica. Porém, com muito maior felicidade. Fred pensa, quem diabo ele pensa que é? Eu não posso competir com ele, ele pode me comprar ou me vender, mas posso ficar no mesmo plano que aquele farsante. Eu sempre dei dois terços do que ele dá, e é exatamente o que vou dar agora.

– Então, você acredita que a doação de Harold Elkins é a chave para toda a nossa campanha? – disse Michael.

Kahners fez que sim com a cabeça.

– Quanto acha que devemos pedir a ele?

– Cem mil dólares.

Alguém no extremo oposto da mesa assobiou.

– Ele nem é de ir muito ao *shul* – disse Sommers.

– É membro da congregação?

– Sim.

Kahners acenou com a cabeça, satisfeito.

– Como se pode interessar um homem como esse? – perguntou Michael. – Quero dizer, o suficiente para convencê-lo a contribuir com essa quantia?

– Façam dele seu diretor-geral – disse Kahners.

40

Michael e Kahners foram visitar Harold Elkins. A porta da casa de fazenda reformada onde o empresário morava foi atendida pela sra. Elkins, uma mulher loura platinada com um roupão cor-de-rosa.

– O rabino – disse ela, cumprimentando Michael com um firme aperto de mão.

Ele apresentou Kahners.

– Hal os espera. Está lá atrás, dando comida para os patos. Por que não vão até lá?

Ela os conduziu para os fundos da casa. Michael notou o andar dela, simples e livre, completamente natural. Estava descalça. Tinha pés longos e magros, muito brancos na luz do começo da noite, as unhas bem tratadas brilhando com o orvalho como conchas vermelhas.

Ela os deixou com o marido e voltou para dentro.

Elkins era um homem velho, grisalho, os ombros caídos cobertos com uma suéter, apesar do calor. Jogava milho para uns cinquenta patos que grasnavam na beirada de um pequeno lago.

Continuou a jogar o milho enquanto os dois se apresentaram. Os patos eram bonitos, grandes, com penas iridescentes e bicos e pés vermelhos.

– De que raça são? – perguntou Michael.

– Patos do mato – disse Elkins, jogando mais milho.

– São lindos – disse Kahners.

– Umm-umm.

Um dos patos ergueu-se a meio na água, tatalando as asas, mas avançou muito pouco na superfície lisa do lago.

– São selvagens? – perguntou Michael.

– Completamente.

 Por que não voam?

Um brilho diferente apareceu nos olhos de Elkins.

– Não podem. Cortei as pontas das asas deles.

– Isso não é doloroso? – perguntou Michael.

– O que você sentiu da primeira vez que cortaram suas asas? – Sorriu do silêncio dos dois. – Eles também se refizeram.

Pôs um grão de milho entre os lábios pálidos e inclinou-se para o lago. Um pato grande, com um arco-íris nas penas das asas, como joias preciosas, nadou para a margem, ergueu a cabeça majestosa e apanhou o milho.

– Eles são os meus queridinhos – disse ele. – Eu os adoro. Eu os adoro com molho de laranja. – Atirou o resto do milho, amassou o saco de papel e o jogou no chão. Limpou as mãos na suéter. – Vocês não vieram aqui para admirar meus patos.

Eles explicaram sua missão.

– Por que querem que eu seja seu presidente? – perguntou e olhou para os dois sob as sobrancelhas brancas, espessas e despenteadas.

– Queremos o seu dinheiro – disse Kahners, sem rodeios. – E sua influência.

Elkins sorriu.

– Vamos entrar – disse ele.

A sra. Elkins estava deitada no sofá lendo um livro de bolso com um cadáver nu na capa. Sorriu para eles. Depois seus olhos encontraram os de Michael demoradamente. Embora muito consciente da presença de Kahners e do marido dela, um de cada lado, ele não desviou os olhos. Depois de um momento que pareceu horas, ela sorriu outra vez, abaixou os olhos e continuou a ler. Tinha um corpo bem-feito, mas pequenas rugas em volta dos olhos, e o cabelo parecia palha branca na luz amarelada da sala.

Elkins sentou-se atrás de uma mesa Luís XIV e abriu um talão de cheques.

– Quanto vocês querem? – perguntou.

– Cem mil – disse Kahners.

Elkins sorriu e tirou debaixo do talão de cheques a lista dos membros do Templo Emeth.

– Examinei isto antes de vocês chegarem. Trezentos e sessenta e três membros. Conheço alguns deles. Ralph Plotkin, Joe Schwartz, Phil Cohen e Hyman Pollock. Homens que podem doar uma boa quantia para uma boa causa. – Fez o cheque e o tirou do talão. – E de cinquenta mil dólares – disse e estendeu-o para Michael. – Se estivessem tentando levantar um milhão, eu daria cem mil. Mas para quatrocentos mil, vou deixar que todos colaborem com sua parte.

Eles agradeceram e Michael guardou o cheque na carteira.

– Quero uma placa no hall de entrada – disse Elkins. – "Em memória de Martha Elkins, nascida em 6 de agosto, 1888, falecida em 2 de julho, 1943", minha primeira mulher – acrescentou ele.

No sofá, a sra. Elkins virou uma página do livro.

Os três se despediram com apertos de mão.

Quando iam entrar no carro, ouviram a batida de uma porta.

– Rabino Kind! Rabino Kind! – chamou a sra. Elkins.

Esperaram que ela corresse até eles, segurando o roupão para não tropeçar.

– Ele disse – falou, ofegante – que quer ver o desenho da placa antes de ser feita.

Michael prometeu que mostrariam e ela voltou para a casa.

Ele ligou o motor e Kahners riu, como um homem que acaba de fazer um ponto no jogo de dados.

– É assim que se faz, rabino.

– Você só conseguiu a metade do que queria – disse Michael.

– Isso não vai cortar pela metade as principais contribuições?

– Eu disse que íamos *pedir* cem mil – disse Kahners. – Esperava conseguir quarenta mil.

Michael ficou calado. Sentia-se estranhamente deprimido com a presença dos cinquenta mil dólares na carteira.

– Sou rabino deste templo há dois anos e meio – disse, finalmente. – Hoje foi a terceira vez que vi Harold Elkins. Ele esteve no templo duas vezes durante todo esse tempo. Se não me engano, em dois *bar mitzvás*. Ou talvez casamentos. – Dirigiu em silêncio por algum tempo. – Aqueles que frequentam o templo – falou então –, os que comparecem aos serviços religiosos e mandam os filhos para a escola de hebraico. Eu me sentiria muito melhor se o dinheiro fosse deles.

Kahners sorriu, mas não disse nada.

Na manhã seguinte, o telefone do templo tocou e uma voz de mulher, hesitante, fraca e um pouco rouca pediu para falar com o rabino.

– É Jean Elkins – acrescentou ela, reconhecendo a voz de Michael.

– Oh, sra. Elkins. – Viu Kahners erguer os olhos e sorrir quando ouviu o nome. – O que posso fazer pela senhora?

– A questão é o que eu posso fazer pelo senhor – disse ela. Eu gostaria de ajudar na campanha de levantamento de fundos.

– Oh – disse ele.

– Sei escrever à máquina, organizar arquivos e usar uma calculadora. Harold acha que é uma boa ideia – disse, depois de uma pequena pausa. – Ele vai viajar e acha que isso vai evitar que eu faça alguma coisa que não devo.

– Por que a senhora não vem nos ajudar quando tiver vontade? – disse ele.

Desligou e viu que Kahners ainda estava sorrindo, o que o perturbou, sem que soubesse por quê.

41

Um concessionário da Buick, David Bloomberg, ofereceu quatro acres de terra para a construção do templo, em memória dos pais. Michael e o comitê visitaram o local e aprovaram. Era uma área ideal, completamente arborizada, no topo de uma alta colina na periferia da cidade, a menos de oitocentos metros do campus. A leste avistava-se uma campina extensa cortada por um regato ladeado de árvores novas.

– Di Napoli pode construir seu templo numa colina e de frente para o sol, como Salomão – disse Sommers, e Michael apenas inclinou a cabeça concordando. O silêncio era mais eloquente do que qualquer palavra, e revelava sua satisfação.

Kahners organizou uma série de festas para levantamento de fundos. A primeira foi um café da manhã, no domingo, só para homens, ao qual Michael não pôde comparecer por causa de um enterro.

A segunda foi uma festa com champanhe na casa de Felix Sommers. Quando os Kind chegaram, a sala estava repleta de pessoas de pé, tomando champanhe. Michael apanhou dois copos de uma bandeja. Ele e Leslie começaram a conversar com um jovem Ph.D. em biologia e um médico obeso, especialista em alergia.

– Um cientista em Cambridge – disse o biólogo – está trabalhando em criogenia, procurando um meio de congelar seres humanos. Vocês sabem, manter no frio, em estado de animação suspensa.

– Para quê? – perguntou Michael, provando o champanhe. Estava quente e choco.

– Pense nas doenças incuráveis – disse o biólogo. – Você não pode curar alguma coisa? Zum, congela o pobre-diabo e o mantém assim até alguém descobrir um remédio. Então, você o acorda e cura.

– É só o que nos faltava. Isso e a explosão populacional – disse o alergista. – Onde vão guardar todos os congelados?

O biólogo deu de ombros.

– Frigoríficos. Armazéns. Pensões refrigeradas, a resposta natural à falta de clínicas.

Leslie fez uma careta e tomou um gole de champanhe quente.

– Imagine se falta energia. Os hóspedes todos acordando a torto e a direito, socando os refrigeradores para diminuir a temperatura.

Como um efeito sonoro, alguém começou a bater com a colher numa jarra de vidro, pedindo silêncio. Leslie sobressaltou-se e os três homens riram.

– Aí vem o assunto principal – disse o biólogo.

– O comercial – observou o médico. – Eu já o ouvi, rabino. Fiz a minha doação no café da manhã, no domingo. Hoje estou aqui só como isca num leilão.

Michael não entendeu. Todos se dirigiram para a sala ao lado, onde estavam postas várias mesas. Os lugares estavam marcados com cartões, e Michael e Leslie sentaram-se ao lado de um casal amigo, Sandy Berman, professor assistente de inglês na universidade, e sua mulher, June. Depois de dar as boas-vindas a todos, Sommers apresentou Kahners ("um perito em finanças que graciosamente está nos ajudando com a campanha"). Kahners falou da importância das contribuições e pediu para fazerem suas ofertas. O primeiro a se levantar foi o alergista. Ofereceu três mil dólares. Depois dele levantaram-se três homens. Nenhum ofereceu menos de mil e duzentos dólares.

As quatro primeiras ofertas foram feitas rápida e alegremente. Muito rápidas, evidentemente o desempenho de atores amadores. Baixou um silêncio constrangedor como os seios de uma mulher gorda. Michael percebeu que Leslie estava olhando para ele. Agora os dois sabiam o que o médico queria dizer com "isca de leilão". As quatro ofertas haviam sido feitas antes. Eles as estavam repetindo para ativar a generosidade dos presentes.

– Muito bem – disse Kahners. – Não se acanhem, meus bons amigos. Esta é a sua oportunidade. Chegou a hora do sacrifício necessário.

Um homem sentado no canto, Abramowitz, levantou-se e ofereceu mil dólares. O rosto de Kahners se iluminou, mas só até ele consultar uma lista que tinha na mão. Evidentemente esperava mais do sr. Abramowitz. Quando Abramowitz se sentou, o homem ao seu lado inclinou-se para ele e os dois começaram a conversar animadamente. Em cada mesa havia um vendedor e todos começaram então a vender. Na mesa de Michael ninguém dizia nada. Todos se entreolhavam em silêncio. Será que o comitê espera que eu faça o papel de vendedor?, pensou ele. Mas Kahners aproximou-se dele com um largo sorriso.

– "Mal vai a terra, a pressa prejudica a presa, onde a riqueza se acumula e os homens apodrecem" – disse ele.

– Goldsmith – disse Sandy Berman, soturnamente.

– Ah, um estudante – disse Kahners, pondo uma ficha de oferta sobre a mesa na frente dele.

– Pior do que isso, professor. – Berman não fez menção de apanhar a ficha. Kahners sorriu e pôs uma ficha na frente de cada homem na mesa.

– Do que os cavalheiros têm medo? – disse. – São apenas ofertas. Apanhem suas canetas e assinem. Assinem!

– Melhor é não prometer, do que prometer e não cumprir – disse Berman.

– Eclesiastes – disse Kahners, agora sem sorrir. Olhou para todos na mesa. – Escutem. Estamos trabalhando como escravos nesta campanha. Como escravos. Para vocês. Para vocês e para seus filhos. Para a sua comunidade.

– Temos doações já feitas que fariam seus olhos saltar das órbitas. Só de um homem, Harold Elkins, recebemos cinquenta mil. Cinquenta mil. Pois então, sejamos justos. Sejam justos *consigo próprios*. Estamos tentando construir um templo democrático. Tem de ser ajudado tanto pelo muito rico quanto pelo menos rico.

– O problema é que não tem nada de democrático – disse um jovem com ar inteligente. – Quanto menor você for financeiramente, maior é o peso pessoal da sua contribuição.

– Tudo é proporcional – disse Kahners.

– Não, não é. Escute, eu sou contador. Empregado. Digamos que ganho dez mil dólares por ano. Isso me posiciona na categoria tributária de 20%. Se eu doar quinhentos dólares para o templo, posso deduzir cem dólares do imposto, portanto minha doação será, na realidade, de quatrocentos dólares. Mas, tomemos outra pessoa, um comerciante que ganha quarenta mil dólares por ano – disse ele nervoso, ajeitando os óculos. – Ele deduz 44,5%. Se doar dois mil dólares, ou seja, quatro vezes mais do que eu dei, pode recuperar quase a metade da sua doação.

Todos na mesa começaram a comentar o fenômeno.

– Isso é conversa. Com matemática, você pode dizer o que quiser. Cavalheiros – disse Kahners. – Alguém está pronto para assinar a ficha de doação, agora?

Ninguém se mexeu.

– Então, com licença. Foi um prazer conhecê-los.

Kahners foi para outra mesa e logo depois os convidados começaram a se retirar.

– Que tal um café? – Leslie perguntou aos Berman. – No Howard's Johnson?

June olhou para o marido e fez um gesto afirmativo.

Quando iam saindo, Michael ouviu Kahners dizer para Abramowitz, o homem que tinha oferecido mil dólares:

– Pode ir amanhã às oito e meia da noite à casa de David Binder? É muito importante. Ficaremos muito agradecidos.

No restaurante, os dois casais fizeram seus pedidos sem muito entusiasmo.

– Rabino – disse Sandy. – Não quero embaraçá-lo, mas acho que foi horrível.

Michael assentiu com um gesto.

– Tijolos e cimento custam dinheiro. Ter de pedir é uma tarefa ingrata e miserável. Mas eles precisam do dinheiro.

– Não deixe que eles o perturbem – disse Leslie. – Só *você* sabe quanto pode dar. Dê o que pode e esqueça.

– O que podemos dar? – disse June. Quando a garçonete se afastou, depois de servir o café e os sanduíches, continuou. – O salário de um professor assistente não é segredo para ninguém em Wyndham. Sandy recebe cinco mil e quinhentos na universidade...

– Junie – disse Sandy.

– Cinco mil e cem, mais mil e duzentos do curso de verão. Porque precisamos de um carro, este outono ele vai dar duas aulas noturnas de inglês comercial, mais oitocentos. Isso significa uma renda anual de oito mil e cem dólares, e aqueles... *tolos*... nos sugerem uma doação de mil setecentos e cinquenta para o templo.

– Foram sugestões iniciais – disse Michael. – Eu sei que o comitê ficará satisfeito com menos. Muito menos.

– Duzentos e cinquenta dólares – disse Sandy.

– Se é assim, dê um cheque a eles, e quando agradecerem, diga não tem de quê – disse Leslie.

Michael balançou a cabeça.

– Eles vão determinar a oferta mínima em setecentos e cinquenta dólares.

Depois de um breve silêncio:

– Eu não vou contribuir, rabino.

– E a escola de hebraico para seus filhos?

– Vou pagar como sempre paguei. Cento e quarenta dólares por ano pelos três, mais trinta dólares por mês para o transporte.

– Não pode. De acordo com o que foi votado pela diretoria executiva, só os filhos dos membros contribuintes têm direito à escola de hebraico.

– Nossa! – disse June Berman.

– O que aconteceu com a grande ideia antiga de que o *shul* deve ser um lugar onde qualquer homem, por mais pobre que seja, pode procurar Deus? – perguntou Sandy.

– Estamos falando de ser membro da congregação, Sandy. Nunca vai ser expulso do templo.

– Mas pode não haver um lugar para mim?

– Pode.

– Suponha que alguém não possa pagar setecentos e cinquenta dólares agora? – perguntou June.

– Eles criaram um comitê dos necessitados – disse Michael, com voz cansada. – Não vai ser tão difícil. Eu faço parte. Seu amigo Murray Engel, Felix Sommers, o chefe do seu marido, Joe Schwartz. Todos homens razoáveis.

Leslie estava olhando para o rosto de Berman.

– Isso é horrível – disse ela, em voz baixa.

Sandy começou a rir.

– Comitê para os necessitados. Sabe o que a diretoria executiva pode fazer com ele? Eu não sou um necessitado. Sou professor. Professor universitário.

Quando terminaram, os dois queriam pagar. Mas então Michael compreendeu que nessa noite Sandy não ia ceder e desistiu.

Uma hora depois, ele e Leslie discutiram quando se preparavam para dormir.

– Não critique a campanha na frente dos membros da congregação – disse ele.

– Precisa ser esse tipo de campanha? Os cristãos levantam dinheiro para construir igrejas sem essa... perda de dignidade. Não podem estabelecer um dízimo, ou coisa parecida?

– Eles não são cristãos. Eu sou um rabino, não um pastor protestante.

– Mas está errado – disse ela. – Acho que estão usando métodos desagradáveis. São um insulto à inteligência dos membros da congregação.

– Não faça a coisa pior do que está.

– Por que não fala com eles, Michael?

– Eles sabem o que eu penso. Levantar o dinheiro é responsabilidade deles. Estão convencidos de que este é o único meio. Se eu ficar de fora, no fim o templo será construído e então talvez eu possa fazer alguma coisa realmente boa.

Ela não respondeu. Largou a escova de cabelos e apanhou o termômetro. Michael disse rapidamente:

– Não precisa esperar por mim. Tenho um trabalho para fazer.

– Tudo bem.

Ele leu até as duas horas da manhã. Deitou-se então, certo de que Leslie estava dormindo, e adormeceu imediatamente. Mas quando acordou eram três e vinte e Leslie não estava ao seu lado. Estava sentada na frente da janela, fumando e olhando para a noite. Michael ouviu o cricrilar agudo dos grilos e compreendeu que isso o tinha acordado.

– Estão barulhentos, não estão? – disse ele. Levantou-se da cama e sentou-se perto da janela, de frente para ela. – O que está fazendo?

– Eu não podia dormir.

Ele apanhou um dos cigarros dela e Leslie acendeu o isqueiro para ele. Michael viu os olhos enormes no rosto tristonho, os planos lisos e claros, as sombras escuras à luz breve da chama.

– O que há, Leslie? – perguntou ele, docemente.

– Eu não sei. Insônia, acho. Ultimamente não consigo dormir. Ah, Michael – disse depois de um silêncio –, estamos amargurados, não estamos? Amargos demais para fazer uma coisa doce como um bebê.

– Do que está falando? – perguntou asperamente, mas no mesmo momento conscientizou-se da mentira e da hipocrisia. Sabia que ela o conhecia bem demais para fingir. – Uma grande teoria. Muito científica.

– Pobre Michael.

– Vai dar certo – disse ele. – Em último caso, podemos adotar.

– Não acho que seria justo para o bebê. – Olhou para ele, no escuro. – Quer saber qual é o nosso verdadeiro problema?

– Vamos para a cama.

– Você não é mais o jovem Lochinvar judeu das montanhas. Eu não sou mais a jovem para quem você apanhou o peixe grande.

– Pelo amor de Deus – disse ele, zangado.

Michael voltou para a cama sozinho, mas não conseguiu dormir, e ficou olhando o brilho vermelho do cigarro de Leslie. Lembrou-se daquela jovem e daquele amor com tanta intensidade que a lembrança não podia ser apagada nem pelo travesseiro com que ele cobriu os olhos, como se fosse uma máscara de dormir.

Kahners chegara à fase da campanha em que estava pronto para vender o templo aos pedaços. Mandou fazer um folheto mimeografado, com o título *Memoriais Vivos e Tributos* para os membros da congregação, lembrando que era preferível escolher um bom nome do que a riqueza, e amor em vez de ouro e prata. Certamente a mais alta virtude – dizia o folheto – é um nome ligado ao progresso da comunidade, à educação dos jovens e ao cultivo do bom caráter. Oferecia a oportunidade única de gravar o nome do contribuinte, ou de uma pessoa querida falecida, num prédio que serviria, através dos anos, de inspiração para as gerações futuras.

Por vinte e cinco mil dólares, a própria sinagoga receberia o nome da pessoa especificada pelo doador.

O nome da capela valia dez mil dólares. O mesmo para o auditório, enquanto que para a escola religiosa, sete mil e quinhentos bastavam, junto com a sala de recreação e o sistema de ar-condicionado.

O nome na *bimá* valia seis mil dólares. A Torá (Completa Capa, Yad, Peitoral, Coroa) a dois mil e quinhentos dólares era uma pechincha, comparada ao nome inscrito na placa de bronze na porta do alojamento do zelador, que valia três mil e quinhentos dólares.

Eram quatro páginas mimeografadas e grampeadas. Kahners usava a mesma lista para todas as campanhas de instituições judaicas. Levara uma pilha delas numa das caixas, de modo que era só acrescentar o nome do Templo Emeth na primeira página e passar todos os folhetos na máquina de endereços.

Kahners queixou-se para Michael.

— As duas secretárias vão trabalhar até tarde esta noite, fazendo os endereços. Mas a lista de preços... Vai depender de voluntários ricos. Aquela Elkins levou todas para casa para fazer o estêncil e agora avisou que não pode vir hoje. Está resfriada.

— Vou ver se mando alguém apanhá-las esta tarde — disse Michael.

— Precisamos delas às sete horas. O mais tardar, sete e meia — disse Kahners, afastando-se para responder ao chamado de uma das secretárias.

Os telefones tocando constantemente, a batida surda e ritmada do mimeógrafo e o som mais metálico das máquinas de escrever o envolviam como uma garra sonora. No meio da manhã Michael estava com dor de cabeça e pensou em alguma coisa para fazer fora do escritório. Fugiu às onze e meia, parou numa lanchonete para um sanduíche e depois começou suas visitas pastorais, numa das quais lhe ofereceram chá e *strudel* como sobremesa. Às duas e meia chegou no hospital e fez companhia a uma mulher que acabava de entregar três pedras do seu fígado a um cirurgião, até as duas e quarenta e oito, quatro minutos depois dela ter mostrado as pedras pousadas sobre veludo negro, como preciosas joias de família.

Estava entrando no carro, no estacionamento do hospital, quando se lembrou das listas de Kahners. Tirou o paletó, arregaçou as mangas da camisa, abriu os vidros do carro e saiu da cidade, entrecerrando os olhos contra a luminosidade do sol da tarde.

Na fazenda, tocou a campainha e esperou, mas não apareceu ninguém. Com o paletó no braço, deu a volta na casa e foi até o quintal, nos fundos. A sra. Elkins estava deitada numa espreguiçadeira na sombra de um enorme carvalho, com os pés longos e finos na cadeira e os joelhos separados, de modo que entre o V formado pelas pernas ele podia ver sobre a barriga dela a bacia com milho. Os patos estavam todos em volta da cadeira, grasnando, e ela atirava grãos de milho com um piparote dos dedos longos. O short muito curto revelava o que os figurinistas escondem com facilidade: o sinal da idade na parte posterior das coxas. O short era branco e o bustiê azul, e os ombros redondos eram sardentos. Porém, o que o surpreendeu foi o cabelo, não mais louro quase branco, mas de um castanho suave.

— Rabino — disse ela. Tirou a bacia de cima da barriga e ficou de pé, calçando os tênis.

— Oi, sra. Elkins. O sr. Kahners precisa das listas — disse ele.

— Estou quase terminando. Pode esperar um minuto, enquanto alimento estes monstros?

– Fique à vontade. Tenho muito tempo.

Caminharam juntos em volta do lago, até chegarem a um galinheiro grande protegido do sol pela sombra da casa. A porta se abriu com um rangido de dobradiças enferrujadas e ela pôs no chão a bacia com o resto do milho. Fechou a porta rapidamente para evitar a fuga de um pato enorme que avançou para eles com ágeis pés vermelhos e um estremecimento das asas.

– Por que ele está preso? – perguntou Michael.

– Acabamos de comprar e as asas não estão aparadas. Harold vai fazer isso quando chegar em casa. Por favor, sente-se. Não demoro. – Ela caminhou para a casa.

Evitando cuidadosamente olhar para o andar dela, Michael caminhou para a cadeira. Nuvens de chuva acumulavam-se no céu, e quando ele sentou-se ouviu o primeiro trovão distante, respondido pelos patos. Ela voltou, não com as listas, mas com uma bandeja com gelo, copos e garrafas de bebidas.

– Segure. Está pesada – disse. – Ponha na grama.

Michael obedeceu.

– Isto não é necessário – disse ele. – Estou incomodando e a senhora não está se sentindo bem hoje.

– Não estou me sentindo bem?

– Seu resfriado.

– Oh. – Ela riu. – Rabino, não estou resfriada. Menti para o sr. Kahners para ir ao cabeleireiro. – Olhou para ele. – Você nunca mentiu?

– Acho que sim.

– Eu minto muito. – Levou a mão ao cabelo castanho. – Gosta?

– Muito – disse ele, com sinceridade.

– Vi que tinha notado. Antes, quero dizer, naquela noite que esteve aqui e depois, quando comecei a ir ao templo, percebi que não tinha gostado daquela cor.

– Oh, era bonita – disse ele.

– Está mentindo, não está?

– Estou. – Ele sorriu.

– Mas esta é melhor? Gosta mesmo? – Tocou a mão dele outra vez.

– Sim, é melhor. Quando o sr. Elkins vai voltar? – perguntou, e percebeu tarde demais que, por mais que quisesse mudar de assunto, a pergunta não era muito adequada.

– Ainda vai demorar alguns dias. De Nova York, ele talvez vá até Chicago. – Segurou duas garrafas. – O que posso lhe servir? Gim e tônica?

– Não, obrigado – respondeu ele, rapidamente. – Alguma coisa gelada. Ginger ale, se tiver.

Sim, tinha, e ela estendeu o copo para ele. Não havia outra cadeira no gramado e ela sentou-se ao lado dele na espreguiçadeira, servindo-se de uísque com gelo.

Beberam devagar e então ela pôs o copo no chão e sorriu para ele.

– Estive pensando em marcar uma hora com você.

– Para quê?

– Tem uma coisa... que quero contar. Conversar. Um problema.

– Não quer falar agora?

Ela terminou a bebida e foi até a bandeja para preparar outra.

Dessa vez voltou com a garrafa que pôs na cadeira ao lado deles. Tirou os tênis e sentou-se sobre as pernas dobradas. As unhas dos pés, com uma fina camada de pó sobre o esmalte vermelho, estavam a poucos centímetros do joelho dele.

– Vai contar para o sr. Kahners que eu menti? – perguntou ela. – Não conte.

– A senhora não precisa dar satisfações a ninguém.

– Gostei de trabalhar perto de você. – A ponta dos dedos dos pés tocaram o joelho dele, contato apenas, sem pressão.

– O sr. Kahners diz que a senhora é uma das melhores datilógrafas que ele já viu.

– Não foi porque ele conhecia meu trabalho – disse ela, mordendo um pedaço de gelo e aproximando o copo outra vez da garrafa.

Michael notou com alarme que o copo estava outra vez vazio. Ele serviu uma dose pequena, adicionando os dois maiores cubos de gelo que encontrou, para parecer uma dose generosa. Preciso sair daqui, pensou, e começou a se levantar, mas outra vez ela pousou a mão no braço dele.

– Antes era desta cor – disse ela.

O cabelo, compreendeu Michael. Pôs a mão sobre a dela para tirá-la do seu braço. Ela virou a palma para cima e encostou na palma dele e seus dedos se encontraram.

– Meu marido é muito mais velho do que eu – disse ela. – Quando uma mulher jovem casa com um homem velho, não sabe como vão ser os anos seguintes. Não sabe como é.

– Sra. Elkins – disse Michael, mas ela soltou sua mão de repente e correu para o galinheiro do pato. A porta rangeu e o pato avançou, mas parou confuso quando viu que não fora fechada.

– Vá em frente, sua coisa idiota – disse a mulher.

O pato saltou para a frente, dando impulso com os pés largos, e levantou voo com um tatalar de asas. Pairou por um momento sobre os dois, a barriga branca e a cauda longa e negra, depois bateu outra vez as asas e subiu fazendo um arco que o levou triunfante e grasnando para o bosque, muito além da fazenda.

– Por que fez isso? – perguntou Michael.

– Eu quero que tudo no *mundo* seja livre. – Voltou-se para ele.

– Ele. Você. Eu.

Ergueu os braços e os passou em volta do pescoço dele, e Michael sentiu o corpo contra o seu e os lábios quentes, mas com gosto de gelo de geladeira e uísque. Michael a empurrou e ela continuou agarrada a ele, como se estivesse se afogando.

– Sra. Elkins – disse ele.

– Jean.

– Jean, isso não é liberdade.

Ela esfregou o rosto no peito dele.

– O que vou fazer com você?

– Para começar, vá mais devagar com a bebida.

Por um momento ela olhou para ele e então ouviram o trovão outra vez.

– Não está interessado, está?

– Não desse modo.

– Não está interessado *de nenhum modo*. Você não é um homem?

– Sou um homem – disse ele, suavemente, dois passos na frente dela, de modo que a provocação não surtiu efeito.

Quando ela caminhou para a casa, ele não desviou os olhos, virtuosamente convencido de que acabava de fazer jus ao privilégio. Então, apanhou o paletó e foi para o carro, e passou pelo lado da casa. Quando abriu a porta, alguma coisa passou assobiando perto da sua cabeça e bateu com uma pancada surda na capota do carro, amassando-a antes de cair no chão. A caixa se abriu e alguns papéis se espalharam. Mas felizmente o resto estava em pequenos maços presos com elástico. Ele ergueu os olhos, entrecerrando-os contra o brilho do sol e a viu numa das janelas do segundo andar.

– Você está bem? Quer que mande alguém para ficar com você?

– Quero que você vá para o inferno – disse ela, com voz muito clara.

Quando ela saiu da janela, ele se ajoelhou, apanhou as listas e as pôs de novo na caixa de madeira rachada de um lado. Então entrou no carro, ligou o motor e foi embora.

Depois de dirigir por algum tempo, sem saber por quê, parou ao lado da estrada, acendeu um cigarro e ficou ali sentado, tentando não pensar em como seria fácil virar o carro e voltar para a casa dela. Apagou o cigarro no cinzeiro, desceu do carro e começou a caminhar entre as árvores. O cheiro das frutas silvestres o fez sentir-se melhor. Andou com passo apressado até sentir o suor no corpo todo e parar de pensar em Jean Elkins, em Leslie ou no templo. Chegou a um regato de água cristalina com cerca de dois metros de largura. O fundo era de areia e folhas afogadas. Com os sapatos nas mãos, Michael entrou na água fria. No centro do regato, a água chegava aos seus joelhos. Não viu peixes, mas insetos com pernas compridas deslizavam sobre a superfície e sob uma pedra encontrou um lagostim, que ele acompanhou por uns cinco metros rio abaixo, até ele se esconder debaixo de outra pedra. Numa miniatura de corredeira, uma aranha grande com manchas amarelas descansava no meio da teia, e ele lembrou-se da aranha no alojamento de verão, em Cape Cod, com a qual costumava falar. Por um momento pensou na possibilidade de falar com aquela também, mas na verdade sentia-se agora velho demais para isso. Ou talvez ele e a aranha não tivessem nada a dizer um ao outro.

– Ei! – alguém chamou.

Michael não podia dizer há quanto tempo o homem o observava da margem alta.

– Olá! – disse.

O homem estava vestido como um fazendeiro, macacão azul desbotado, sapatos pesados com manchas de leite e camisa azul de trabalho manchada de suor. A barba um pouco crescida era da mesma cor cinzenta do chapéu grande demais, apoiado nas orelhas.

– Isto é propriedade particular – disse o homem.

– Desculpe-me – disse Michael. – Não vi nenhum aviso.

– Azar o seu. Os avisos estão lá. Não é permitido caçar nem pescar nestas terras.

– Eu não estava pescando nem caçando – disse Michael.

– Tire seus pés imundos do meu regato antes que eu solte os cachorros em cima de você – disse o fazendeiro. – Conheço sua laia. Não respeitam a propriedade alheia. Que diabo está fazendo aí, afinal, com as malditas calças enroladas, como um garoto de quatro anos?

– Entrei no bosque – disse Michael – porque queria viver deliberadamente, enfrentar apenas os fatos essenciais da vida e ver se podia aprender o que ela tem para ensinar e não descobrir, quando morrer, que não vivi.

Michael saiu do regato e aproximou-se do fazendeiro. Enxugou os pés calmamente com o lenço que felizmente estava limpo. Calçou as meias e desenrolou as pernas da calça bastante amarrotadas. Caminhou pelo bosque, e pensou em Thoreau e no que ele teria dito ao fazendeiro. Quando estava chegando na estrada, começou a chover. Andou mais um pouco, então o bosque ficou menos fechado, a chuva apertou e ele começou a correr. Há muito tempo não corria e logo sua respiração ficou ofegante e áspera. Mas ele continuou até sair do bosque e desviou rapidamente para não bater numa enorme tabuleta avisando o mundo de que aquela terra era propriedade de Joseph A. Wentworth e que os invasores seriam punidos pela lei. Quando chegou ao carro, mal podia respirar. Estava completamente molhado, com uma pontada no lado do corpo, um ligeiro tremor na boca do estômago e a sensação de ter sobrevivido por pouco.

Três noites depois, ele e Leslie foram a um seminário na Universidade da Pensilvânia. O tema era "A Religião na Era Nuclear". Estavam presentes teólogos, cientistas e filósofos, numa atmosfera de cauteloso colega acadêmico, e o resultado foram poucas respostas à questão moral criada pela fissão nuclear. Deixaram Max aos cuidados de uma estudante de Wyndham, que concordou em dormir na casa deles, de modo que não tinham pressa de voltar. Depois do seminário, aceitaram o convite de um rabino da Filadélfia para tomar café na sua casa.

Eram duas horas da manhã quando se aproximaram de Wyndham. Michael pensou que Leslie estava cochilando, com a cabeça apoiada no encosto do carro e os olhos fechados. Mas de repente ela disse:

— É como se todos no mundo tivessem se transformado em judeus. Só que agora, em vez de fornos, somos ameaçados pela bomba.

Michael pensou no que ela disse, mas não respondeu. Dirigiu devagar e logo depois deixou de pensar, tentando esquecer o problema mais importante: se Deus estaria presente quando o mundo se dissolvesse em poeira atômica. A noite estava agradável e a lua de agosto, como uma rodela de cenoura, baixa no céu. Ficaram em silêncio, e então ela começou a cantarolar. Michael não tinha vontade de voltar para casa.

— Quer ver o terreno do templo?
— Quero — disse Leslie, e endireitou o corpo, com entusiasmo.

A estrada de asfalto serpenteava subindo a montanha, estreitando-se no meio do caminho onde acabava o asfalto e começava a terra e as pedras e desaparecia por completo um pouco antes de chegar ao terreno do templo. Michael levou o carro até onde foi possível e passou por uma casa onde uma luz foi acesa quando se aproximavam e apagada imediatamente depois.

Leslie riu com uma sugestão de amargura.

— Vão pensar que somos namorados — disse ela.

Michael estacionou no fim da estrada e seguiram a pé. Atravessaram uma cerca, depois passaram por uma pilha de tábuas e entraram no terreno do templo. O luar estava claro e o chão escorregadio com as folhas de muitas estações e muito desigual. Leslie parou e tirou os sapatos. Michael guardou cada um num dos bolsos do paletó e segurou a mão dela. Viram uma trilha e seguiram por ela, vagarosamente. Logo chegaram no topo da colina. Ele a ergueu para o alto de uma pedra e Leslie ficou de pé, com a mão no ombro do marido, e olhou para a paisagem escura com manchas grandes de luar, como o cenário de um sonho bom. Não disse nada, mas seus dedos apertaram o ombro dele até machucar e, pela primeira vez em muitos meses, Michael a desejou como mulher.

Ele a tirou de cima da pedra e a beijou, sentindo-se jovem, e ela o beijou até perceber o que ele estava fazendo. Então Leslie o empurrou, quase com violência.

– Seu bobo – disse ela. – Não somos crianças que precisam fugir para o bosque no meio da noite. Sou sua mulher, temos uma enorme cama de bronze com muito espaço para lutar sem roupa, se é isso que você quer. Vamos para casa.

Mas não era o que ele queria. Rindo, lutou contra as mãos dela, que procuravam afastá-lo. Finalmente, Leslie parou de lutar e o beijou como uma noiva, parando só para murmurar alguma coisa sobre as pessoas da casa. Michael não estava dando a mínima importância para isso.

A princípio, ela começou a fazer o que o dr. Reisman tinha mandado. Mas Michael disse, asperamente:

– Isto não é para um bebê. Para variar, é para nós dois.

E fizeram amor na sombra da rocha com o farfalhar das folhas secas, docemente, mas como dois animais selvagens, como dois patos, como leões. Depois Leslie era outra vez sua querida, sua *bubeleh,* sua menina, sua noiva, a jovem dourada para quem ele havia apanhado o peixe grande.

Voltaram para o carro sentindo-se culpados. Michael olhou para as janelas da casa, para detectar curiosos. A caminho de casa ela sentou-se muito perto dele no carro. Antes de entrar, Michael achou que deviam limpar a roupa e começou a tirar pedaços de folhas e gravetos do traseiro da sua amada, com os sapatos dela ainda nos bolsos do paletó. Quando a porta da frente se abriu, a babá disse com voz trêmula que pensou que fossem ladrões.

Dez dias depois Leslie aproximou-se dele e passou os braços em volta do seu pescoço.

– Minha menstruação não veio – disse ela.

– Muito bem, então está com um pequeno atraso. Isso acontece.

– Tenho uma pontualidade ianque. E eu me sinto como a moça do Antes, no anúncio de vitaminas.

– Está ficando resfriada – disse ele, ternamente, rezando.

Dois dias depois Leslie começou a correr para o banheiro, ao nascer do dia, para vomitar.

Quando o hormônio da sua urina transformou uma rã de laboratório de cinco centímetros num sapo viril como um touro na primavera, o dr. Reisman cheio de júbilo assumiu todos os créditos pela gravidez. Eles não se importaram.

42

Sete semanas depois de ter entrado na cidade como um paladino no seu Buick negro, em vez de um garanhão branco, Kahners, o levantador de fundos, arrumou suas caixas, conseguiu ajuda de três estranhos para levá-las até o carro, aceitou um cheque de novecentos e trinta e dois dólares e desapareceu da vida deles.

A linha vermelha tinha chegado ao topo do termômetro no lado de fora do templo.

Vinte famílias deixaram de ser membros do templo.

Trezentos e cinquenta e um membros assinaram compromissos para contribuir com quantias que iam desde quinhentos dólares até os cinquenta mil de Harold Elkins.

Paolo Di Napoli voltou de Roma com belos desenhos em tons pastéis, que mostravam a influência de Nervi e de Prank Lloyd Wright. O comitê os aprovou imediatamente.

Em outubro, máquinas possantes subiram a colina onde o templo ia ser construído. Abriram a terra vermelha, tirando enormes pedaços, derrubaram árvores seculares, arrancaram pedaços de raízes antigas e removeram rochas que não eram movidas desde o último período glacial.

No Dia de Ação de Graças o solo estava congelado e a neve começou a cair. As máquinas desceram a colina. A enorme abertura para os alicerces foi coberta por uma fina película de neve.

Certo dia, o rabino subiu a colina com uma bonita tabuleta em branco e preto feita por ele mesmo, informando que aquele era o local do novo Templo Emeth. Mas o solo estava tão congelado que não conseguiu firmar o aviso na terra. Levou de volta e resolveu esperar a primavera.

Mas ele voltou ao local várias vezes.

As botas de borracha estavam na mala do carro. Às vezes, quando precisava ficar completamente a sós com Deus, ia até o sopé da colina, calçava as botas e subia, até chegar ao lugar em que ele e Leslie tinham feito amor. Sentava-se na sombra da rocha, olhando as escavações cobertas de gelo, e balançava o corpo com a força do vento. Havia várias pegadas de coelhos na neve e outras que ele não conhecia. Michael esperava que a construção do templo não afastasse os animais. Sempre pensava em levar alimento para eles, na sua próxima visita, mas nunca lembrava. Imaginava uma congregação secreta de animais peludos e penados, todos sentados, olhando para ele com olhos que brilhavam no escuro, enquanto ele pregava, como uma espécie de Francisco de Assis judeu, na Pensilvânia.

Na grande rocha uma giba de neve cresceu durante todo o inverno. Com a aproximação da primavera, começou a diminuir na proporção inversa do crescimento da barriga de Leslie, até a neve desaparecer quase por completo e a barriga ficar cheia e redonda, o milagre particular dos dois.

Sete dias depois da neve desaparecer completamente da rocha, as máquinas e os homens voltaram para trabalhar no templo. No começo, foi uma espera angustiante para Michael a demorada e laboriosa instalação dos alicerces, e ele lembrava o desapontamento do padre Campanelli quando terminou a construção da sua nova igreja, em San Francisco. Porém, desde o começo era evidente que o templo seria um prédio muito belo e que ele não ia ficar desapontado.

Di Napoli usou a força bruta do concreto para evocar o esplendor dos templos antigos. As paredes do santuário eram de tijolos vermelhos abertos e curvadas na *bimá* para ajudar a acústica.

– Faça com que eles esfreguem as mãos nas paredes, para ver o que vão sentir – o arquiteto disse para Michael. – Este tipo de tijolo precisa ser tocado para criar vida.

Di Napoli desenhou réplicas folheadas a ouro das tábuas dos Dez Mandamentos para serem colocadas acima da arca e iluminadas contra o tijolo escuro pela chama eterna.

No segundo piso, as salas de aula da escola de hebraico foram feitas em tom pastel israelense, com pinceladas de cores suaves. As paredes externas de cada sala de aula eram de vidro corrediço para permitir a entrada da luz e do ar, com um parapeito externo feito com finos blocos de concreto para manter as crianças no lado de dentro e o reflexo excessivo do sol no lado de fora.

Um pequeno bosque de pinheiros, próximo ao templo, passou a ser um jardim para meditação, e Di Napoli desenhou uma *sukkah* permanente atrás do templo, não muito longe da grande rocha.

Harold Elkins, de partida para uma segunda lua de mel no Mediterrâneo com sua mulher de cabelos castanhos, anunciou que havia comprado um Chagall que ia dar para o templo.

As mulheres da congregação começaram a fazer planos para uma coleta de fundos por conta própria para comprar um bronze de Lipchitz para o novo gramado.

Após uma negociação breve e cortês, o velho templo foi vendido aos Cavaleiros de Colombo por setenta e cinco mil dólares, para grande satisfação de ambos os lados. A venda deveria acrescentar um saldo excedente ao Fundo para Construção. Mas o comitê foi obrigado a admitir que, embora Archibald Kahners tivesse conseguido as promessas de doação, o cumprimento dessas promessas não estava se realizando. Repetidos avisos pelo correio receberam poucas respostas dos que não haviam pago no ato.

Finalmente, Sommers recorreu ao rabino. Deu a Michael uma lista das famílias que não haviam honrado seus compromissos, ou que não haviam assinado a ficha de doação.

– Talvez se você os visitasse... – sugeriu ele, delicadamente. Michael olhou perplexo para a longa lista.

– Sou um rabino, não um cobrador – disse ele.

– É claro. É claro. Mas podia incluir esses nomes nas suas visitas pastorais, só para lembrar a eles que o templo sabe que eles existem. Uma insinuação discreta...

Sommers fez também a sua insinuação. Afinal, Michael fora contratado para o Templo Emeth principalmente por ser um "rabino construtor". Agora precisava que os ajudassem a tornar realidade a construção.

Michael ficou com a lista.

O primeiro nome era Samuel A. Abelson. No apartamento quase sem móveis dos Abelson, ele encontrou quatro crianças pequenas, duas com fortes resfriados e a mãe de vinte e dois anos, com olhos sofredores, abandonada pelo marido há três semanas. Havia pouca comida na casa malcheirosa.

Michael comunicou o nome e o endereço à Agência das Famílias Judias, que prometeu enviar uma assistente social naquela mesma tarde.

O segundo nome era Melvin Burack, um vendedor atacadista de roupas, que estava viajando a negócios num dos três carros da família quando Michael os visitou. Tomando chá com o rabino, na sua sala de estar estilo espanhol, Moira Burack prometeu que não ia esquecer outra vez de enviar o cheque para o templo.

De um modo geral, não foi tão desagradável quanto ele temia.

Nem mesmo quando chegou ao sétimo nome da lista, Berman, Sanford. June serviu café e bolo e Sandy Berman, depois de ouvir cortesmente o rabino, pediu uma entrevista com o comitê para os necessitados, a fim de chegarem a um acordo para que seus filhos continuassem a frequentar a escola de hebraico.

Mas o que influenciou definitivamente a decisão de Michael foi o fato de, alguns dias depois, June e Sandy Berman atravessarem a rua para não falar com ele.

Não foi um caso isolado. Se alguns dos outros não atravessavam a rua para evitá-lo, também não enchiam o ar com exclamações de alegria quando o encontravam.

Michael notou que diminuía gradualmente o número de chamados para ajuda espiritual.

Agora, no fim da tarde, ele se sentava no santuário ainda não terminado e perguntava a Deus o que devia fazer. Orava com o cheiro de cal e cimento frescos nas narinas e nos ouvidos os sons dos trabalhadores derrubando tijolos, quebrando garrafas de vinho, praguejando, contando anedotas sujas, certos de que não havia ninguém no templo.

Dois dias depois da consagração do Templo Emeth, em dezoito de maio, Felix Sommers sugeriu que Michael preparasse um discurso para a festa com champanhe, antes do começo das férias de verão. O objetivo seria garantir com antecedência as promessas para as doações anuais do Kol Nidre, que seriam recolhidas no outono. O templo precisava de todo o dinheiro do Kol Nidre que pudesse arrecadar para pagar os juros da hipoteca no banco, explicou Felix.

Michael pensava no assunto, quando o telefone tocou.

– Michael? – disse Leslie. – As dores começaram.

Despedindo-se rapidamente de Felix, Michael entrou no carro e a apanhou em casa para levá-la ao hospital. Encontraram algum movimento de automóveis na saída do campus, àquela hora da tarde, mas nas ruas que levavam ao hospital o tráfego era moderado. Leslie estava pálida, mas sorridente, quando chegaram.

A menina nasceu quase tão depressa quanto o irmão, oito anos antes, menos de três horas após a primeira dor violenta. A sala de espera ficava perto da sala de parto e sempre que uma enfermeira passava pela porta de vaivém, no fim do corredor, Michael ouvia os gemidos e gritos das mulheres, certo sempre de reconhecer os de Leslie no meio deles.

Às cinco e vinte e oito, o obstetra entrou na sala de espera e disse que Leslie tinha dado à luz uma menina com três quilos e duzentos gramas. O médico o convidou para acompanhá-lo à lanchonete do hospital e explicou que a cabeça da criança tinha atravessado a parede cervical, exatamente quando esta estava mais fina e distendida pela dinâmica do trabalho de parto. Houve ruptura de algumas artérias e foram obrigados a fazer uma histerectomia, assim que a criança foi retirada e a hemorragia controlada.

Michael sentou-se nos pés da cama de Leslie. Ela estava com os olhos fechados, com as pálpebras azuladas. Leslie abriu os olhos e perguntou, com voz fraca:

– Ela é bonitinha?

– Sim, é. – Na verdade, preocupado com Leslie, ele nem tinha visto a filha. Acreditou na palavra do médico de que o bebê estava bem.

– Não vamos ter mais filhos.

– Não precisamos. Temos um filho e uma filha e temos um ao outro.

Michael beijou os dedos dela e, quando Leslie dormiu outra vez, foi ao berçário ver o bebê. Com bastante cabelo, a menina era muito mais bonita do que Max.

Michael voltou para casa levando uma caixa de doces para a babá, beijou Max, entrou no carro e sob a chuva de primavera foi para o templo, onde ficou até de manhã, sentado na terceira fila numa das novas cadeiras confortáveis forradas com espuma de borracha. Pensou nas coisas que desejara fazer e no que tinha feito com sua vida e pensou muito nele mesmo, em Leslie, Max e agora na menina. No meio das suas conversas com Deus descobriu que, embora o templo tivesse apenas algumas semanas de existência, um rato brincava na *bimá*, à noite, quando tudo estava quieto.

Às cinco e meia da manhã ele saiu do templo, foi para casa, tomou um banho de chuveiro, fez a barba e se vestiu. Chegou na casa de Felix Sommers na hora do café da manhã e aceitou o *mazel tov* e uma xícara de café. Depois, descobriu que estava faminto e aceitou o desjejum completo. Enquanto comia os ovos mexidos, disse a Sommers que ia pedir demissão.

– Já pensou bem nisso? Tem absoluta certeza? – perguntou Felix, servindo o café. Embora estivesse decidido, seu ego sangrou quando viu que Sommers não ia nem tentar dissuadi-lo.

Michael disse que ia ficar até contratarem outro rabino.

– Vocês devem contratar duas pessoas – aconselhou ele. – Um rabino e talvez um leigo, um voluntário. Com conhecimento de administração de empresa. Deixem que o rabino seja um rabino.

Disse isso com sinceridade, e foi assim que Sommers aceitou e agradeceu.

Depois de vários dias, certa tarde, quando Leslie estava alimentando o bebê, ele contou o que tinha resolvido. Ela não demonstrou surpresa.

– Venha cá – disse ela.

Michael sentou-se na cama, Leslie o beijou e levou a mão dele ao rosto do bebê, uma suavidade tão singular que ele quase havia esquecido.

No dia seguinte ele as levou para casa. Leslie, a filha, meia dúzia de mamadeiras – porque ela não tinha mais leite – e um vidro grande com cápsulas verdes receitadas pelo médico para ajudar Leslie a dormir. O remédio a ajudou durante algumas noites. Depois perdeu a partida contra a insônia, que voltou a atormentar a mãe, embora o bebê dormisse a noite toda.

Na manhã do dia em que Rachel completou três semanas, Michael tomou o trem para Nova York.

O rabino Sher tinha morrido há dois anos e fora substituído por Milt Greenfield, colega de Michael no Instituto.

– Sei de um lugar que é um verdadeiro desafio – disse o rabino Greenfield. Michael sorriu.

– O rabino Sher, *alev hasholom*, certa vez me disse a mesma coisa, Milt, mas com outras palavras: "Tenho um emprego horrível para você..." – Os dois riram.

– É uma congregação que acaba de se decidir pela reforma – disse o rabino Greenfield – depois de uma espécie de guerra civil.

– Sobrou alguma coisa da congregação?

– Quase um terço é de ortodoxos. Além dos deveres habituais, você terá que oficiar em *Shaharit*, *Mincha* e *Maariv* todos os dias. Terá que ser rabino tanto para os devotos quanto para os liberais.

– Acho que vou gostar – disse Michael.

Na semana seguinte tomou um avião para Massachusetts e duas semanas depois ele e Leslie foram para Woodborough, com Rachel no moisés e Max no banco traseiro. A casa grande, vitoriana, parecia assombrada pelo fantasma de Hawthorne, com janelas que pareciam olhos e uma macieira nos fundos. A árvore precisava ser podada e havia um balanço para Max, feito com um pneu careca, suspenso de um galho alto da macieira por uma corda forte.

O melhor de tudo foi que Michael gostou do templo. Beth Sholom era antigo e pequeno. Não tinha Chagalls nem Lipchitzes, mas cheirava a cera de assoalho e livros de oração muito usados e madeira seca e vinte e cinco anos de pessoas à procura de Deus.

livro quatro
A TERRA PROMETIDA

Woodborough, Massachusetts

Dezembro, 1964

43

Associação dos Ex-alunos do Columbia College
Rua 16 e Broadway
Nova York, Nova York, 10027

Senhores,

Esta é a minha contribuição autobiográfica para o Livro do Quarto de Século da classe de '41:
Parece incrível que já se tenham passado vinte e cinco anos desde que deixamos Morningside Heights.
Sou rabino. Ocupei púlpitos reformistas na Flórida, em Arkansas, Geórgia, Califórnia, Pensilvânia e Massachusetts, onde moro agora, em Woodborough, com minha mulher, Leslie (nome de solteira, Rawlins) (Wellesley, '46) de Hartford, Connecticut, nosso filho Max, 16, e nossa filha Rachel, 8.
Espero com surpreendente e ansiosa antecipação a vigésima quinta reunião da nossa classe. O presente é sempre tão ocupado que raramente temos oportunidade de olhar para o passado. Contudo, é o passado que nos guia para o futuro. Como clérigo de uma religião com quase seis mil anos de existência, sou extremamente consciente desse fato.
A experiência me ensinou que a fé, longe de ser um anacronismo, é mais importante do que nunca para que o homem moderno encontre seu caminho para o amanhã.
Quanto a mim, agradeço a Deus por me ter dado essa oportunidade. Como todos os outros, mantenho os olhos temerosos e abertos para a luz ofuscante do céu; deixei de fumar e adquiri uma pequena barriga. Recente-

mente notei que um grande número de homens adultos começa a me chamar de senhor.

Porém, no meu íntimo, tenho certeza de que a bomba nunca será usada. Não tenho a impressão de que serei atacado pelo câncer, pelo menos até ficar muito velho. Hoje, quem tem quarenta e cinco anos é uma criança. E quem quer um corpo sem barriga nenhuma? Somos por acaso uma sociedade de surfistas?

Chega de sermão; passemos para a soda; prometo não abrir a boca na Reunião, exceto, é claro, para pedir outro drinque e cantar com os outros "Who Owns New York?".

Seu colega de classe,

Rabino Michael Kind
Templo Beth Sholom
Woodborough, Massachusetts.

Michael finalmente adormeceu, sentado e completamente vestido, com a cabeça sobre os braços apoiados na mesa.

O telefone não tocou durante toda a noite. Tocou às 6:36.

– Não a vimos ainda – disse o dr. Bernstein.

– Nem eu.

A manhã estava fria, os aquecedores rosnavam e roncavam a toda força e ocorreu a Michael perguntar a Dan como Leslie estava vestida, se estava bem agasalhada.

Dan disse que ela havia levado o casaco azul, as luvas, as botas e a echarpe. Essa informação, de certo modo, o fez sentir-se melhor. Qualquer pessoa tão sensatamente agasalhada não era de maneira alguma uma Desdêmona na neve.

– Eu o mantenho informado – disse o dr. Bernstein.

– Por favor.

Depois de dormir sentado na cadeira, todos os seus músculos doíam. Tomou um demorado banho de chuveiro quente, vestiu-se, acordou as crianças e as preparou para a escola.

– Você vai à festa da Associação de Pais e Professores, hoje à noite? – perguntou Rachel. – Cada classe ganha dois pontos pelos pais. Eu vou tomar parte. Meu nome está no programa.

– O que você vai fazer?

– Se quiser saber tem de ir à festa.

– Tudo bem – prometeu ele.

Michael chegou ao templo a tempo de conduzir o *mínian* até o *kaddish*. Depois, foi para sua sala de trabalho e escreveu o sermão. Procurou se manter ocupado.

Um pouco antes das onze horas, Dan telefonou outra vez.

– Segundo a polícia estadual, ela passou a noite na ACF. Assinou o nome verdadeiro no registro.

– Onde ela está agora?

– Não sei. O detetive disse que saiu da ACF esta manhã, bem cedo.

Ela pode ter ido para casa, pensou Michael. Pode estar lá agora. As crianças estão na escola, e Anna só vai chegar mais tarde, para fazer o jantar.

Agradeceu a Dan e desligou. Disse à secretária que ia trabalhar em casa o resto do dia.

Mas assim que ele saiu, o telefone tocou e a secretária correu para fora e o chamou.

– É da Western Union, rabino.

Querido Michael, vou viajar sozinha por alguns dias. por favor, não fique preocupado. eu o amo. Leslie.

Michael foi para casa e sentou-se na cozinha, tomou café e pensou: onde ela ia arranjar dinheiro para viajar? O talão de cheques da conta conjunta estava no bolso dele. Pelo que sabia, Leslie tinha apenas alguns dólares na bolsa.

Tentava resolver esse problema quando o telefone tocou. A telefonista disse que era interurbano e Michael começou a rezar. Mas no meio dos ruídos de uma péssima ligação, ouviu a voz do pai.

– Michael? – disse Abe.

– Alô, papai. Não estou ouvindo.

– Eu estou ouvindo muito bem – acusou Abe. – Quer que eu fale com a telefonista?

– Não, agora melhorou. Como vão as coisas em Atlantic City?

– Vou falar mais alto – gritou Abe. – Não estou em Atlantic City, estou em... – Uma explosão de estática.

– Alô?

– *Miami*. Resolvi na última hora. Estou telefonando para você não ficar preocupado. Estou em Lucerne Drive, 12. – Soletrou Lucerne. – Aos cuidados de Aisner – soletrou também.

Michael tomou nota do endereço.

– O que é, papai? Uma pensão? Um motel?

– Uma casa particular. Estou visitando uma pessoa amiga. – Abe hesitou por um momento. – Como vão as crianças? E Leslie?

– Muito bem.

– E você? Como você está?

– Muito bem, papai. Estamos todos bem. E *você*?

– Michael, eu vou casar.

– O que você disse? – perguntou, embora tivesse ouvido perfeitamente. – Disse casar?

– Está zangado? – perguntou Abe. – Acha que é uma coisa *mishúguine*, um velho como eu?

– Acho que é uma beleza, uma maravilha. Quem é ela?

Michael sentiu alegria e alívio e a sensação de culpa, e pensou que talvez não fosse tão maravilhoso, que Abe podia estar envolvido com a mulher errada.

– Como é o nome dela?

– Como eu disse, Aisner. O primeiro nome é Lillian. É viúva, como eu. Foi ela quem me alugou o apartamento em Atlantic City. O que acha disso?

– Astuto, muito astuto. – Michael sorriu. Ah, papai.

– O marido dela era Ted Aisner. Talvez já tenha ouvido o nome? Era dono de uma dúzia de padarias judaicas em Jersey. Uma dúzia.

– Não, não ouvi – disse Michael.

– Nem eu. Ele morreu em 59. Ela é uma doçura, Michael. Acho que você vai gostar.

– Se *você* gosta é o bastante para mim. Quando vai ser o casamento?

– Estamos pensando em março. Não temos pressa. Nós dois já passamos da idade da impetuosidade. – Do modo como falou, Michael imaginou que devia ter ouvido Lillian dizer isso, talvez para seus próprios filhos.

– Ela tem filhos?

– Ei, você nunca poderia adivinhar. Tem um filho que é rabino. Ortodoxo. Ele tem um *shul* em Albany, Nova York. Melvin, rabino Melvin Aisner.

– Não conheço.

– Bem, ele é ortodoxo, provavelmente seus caminhos não se cruzam. Lillian diz que é muito conceituado. Uma boa pessoa. Ela tem outro filho, Phil. Faço tudo para evitá-lo. Até Lillian diz que ele é um bobalhão. Ele mandou me investigar. O maldito idiota. Espero que gaste uma nota.

De repente, Michael ficou triste. Lembrou as duas pedras de granito polido que o pai mandara pôr no túmulo da sua mãe, com o nome dele e a data da sua morte em branco.

— Não pode culpá-lo por proteger a mãe — disse ele. — Escute, ela está aí? Eu gostaria de informá-la sobre o namorador que ela arranjou.

— Não, foi fazer compras para o jantar — disse Abe. — Acho que faremos uma rápida lua de mel em Israel. Para ver Ruthie e a família dela.

— Gostaria de casar aqui? — perguntou Michael, esquecendo por um momento seus problemas.

— Ela é estritamente *kosher*. Nunca comeria na sua casa.

— Ei, diga que eu vou mandar investigá-la.

Abe riu. Michael achou que ele parecia mais jovem, mais entusiasmado do que nunca.

— Sabe muito bem o que eu desejo para você — disse Michael.

— Eu sei — pigarreou. — Acho melhor desligar agora, Michael, aquele bobalhão do Phil vai pensar que estou abusando do telefone da mãe de propósito.

— Cuide-se bem, papai.

— Você também. Leslie não está aí, para me desejar *mazel tov*?

— Não. Ela também saiu.

— Diga que mando todo meu amor. E um beijo do *zeide* para as crianças. Vou mandar um cheque para cada um. Dinheiro de *Hanucá*.

— Não deve fazer isso — disse Michael. Mas Abe já tinha desligado.

Michael ficou sentado, imóvel, pensando. Abe Kind, o sobrevivente. Essa era a lição do dia, a herança, passada de pai para filho: como se atirar de hoje no amanhã. Era uma lição de orgulho. Ele conhecia homens na mesma idade e mesma circunstância de Abe Kind que se transformavam em sonâmbulos e mergulhavam num torpor tão seguro quanto a morte. Seu pai tinha escolhido as dores da vida, a cama de casal ao invés do túmulo duplo. Serviu outra xícara de café e tentou imaginar como seria Lillian. Pensou se no túmulo de Fred Aisner havia duas pedras.

Às sete e meia ele foi para a Escola Woodrow Wilson com Rachel, que o abandonou no corredor. Accitou o programa mimeografado oferecido por um garoto muito sério, de calça comprida, e entrou no auditório. Sentada sozinha no centro da fileira do meio estava Jean Mendelsohn.

— Olá — disse ele, sentando ao lado dela.

— Ora, rabino! O que está fazendo aqui?

— O mesmo que você, imagino. Como vai Jerry?

— Não tão mal quanto eu temia. Ele sente falta da perna. Mas não é como as histórias que ouvi, da pessoa sentir a parte que falta, e das cãibras nos dedos que não existem mais. Sabe o que quero dizer?

– Sim, eu sei.

– Não é nada disso. Pelo menos não com Jerry.

– Que bom! E seu estado de espírito?

– Podia ser pior, podia ser melhor. Passo muito tempo com ele. Minha irmã mais nova, Lois, veio de Nova York. Tem dezesseis anos e é ótima com as crianças.

– Um dos seus filhos está no programa?

– Minha Toby, a diabinha.

Ela ficou um pouco embaraçada, e quando Michael olhou para o programa compreendeu por quê. A representação era um quadro de Natal, uma festa que ele tinha pensado em evitar quando viu o programa pela primeira vez. O nome de Rachel estava na última linha, como auxiliar.

– Minha Toby vai ser um dos Reis Magos – disse Jean, apressadamente. – Essas crianças. Deixam a gente louca. Ela perguntou se podia. Dissemos que ela *sabia* o que pensamos a respeito e que devia resolver.

– Então ela é um dos Reis Magos – disse, sorrindo, Michael. Jane fez um gesto afirmativo.

– Em Roma eles nos dizem que não devemos nos sentir culpados e em Woodborough minha filha é um dos Reis Magos.

O auditório ficou lotado. A srta. McTiernan, diretora da escola, toda ela busto e cabelo tingido de cinza, ficou de pé na frente das cadeiras.

– Em nome dos alunos e professores da Escola Woodrow Wilson tenho o prazer de lhes dar as boas-vindas à nossa representação de Natal. Nossas crianças passaram semanas preparando os trajes e ensaiando. O quadro de Natal é uma tradição muito antiga nesta escola e todos os alunos orgulham-se muito dele. Tenho certeza de que, quando virem o programa, também vão ficar orgulhosos.

Sentou-se no meio de um grande aplauso e as crianças marcharam pelas passagens com as fantasias, pastores nervosos com grandes cajados, Reis Magos compenetrados com barbas ralas, anjos com risadinhas nervosas e belas asas de *papier mâché*. Atrás deles vieram os alunos da quinta e sexta séries. Os meninos com calças compridas negras, camisas brancas e gravata, e as meninas de saia e blusa. Rachel levava as partituras que distribuiu para os alunos. Depois, ficou de pé ao lado do piano.

Um garotinho com o cabelo ainda molhado e bem escovado levantou-se e começou a falar com uma voz incrivelmente suave.

– Acontece que, naquele tempo, César Augusto decretou que o mundo todo devia pagar impostos...

O Natal foi representado pelas crianças, Jean Mendelsohn se encolhendo quando os Reis Magos apareceram com seus presentes. Quando terminou a pequena peça, dissolvendo-se na "Noite Feliz", as crianças cantaram outras canções de Natal. Ele notou que Rachel não cantou. De pé, ao lado do piano, ela olhava para os espectadores enquanto à sua volta todas as crianças cantavam.

Quando terminou, Michael se despediu de Jean e foi procurar a filha.

– Estavam muito bem, não estavam? – disse ela.

– Sim, estavam.

Saíram do prédio superaquecido da escola, entraram no carro e foram para casa. Mas quando chegaram, Michael não quis se privar imediatamente da companhia dela.

– Tem dever de casa?

– A srta. Emmons não passou nenhum, por causa da representação.

– Tenho uma ideia. Vamos dar um passeio para ficarmos bem cansados. Depois, tomamos um chocolate quente e vamos dormir. Que tal?

– Hum-hum...

Desceram do carro, e Rachel pôs a mão enluvada na dele. O céu estava nublado, sem estrelas. O vento frio soprava, mas sem muita força.

– Se sentir frio me avise – disse ele.

– Vamos ter um programa no Ano-Novo. Não para os pais, só para os alunos – disse ela. – Nesse eu posso cantar, não posso?

– É claro que pode, meu bem. – Michael a puxou mais para perto dele. – Você não gostou de não cantar esta noite, certo?

– Certo – disse ela, depois de uma pequena hesitação.

– Por ser a única que não estava cantando na frente de tanta gente?

– Não só por isso. As canções e a história... São tão bonitas.

– Sim, são – concordou ele.

– As histórias do Antigo Testamento também são bonitas – disse Rachel, e Michael a puxou para ele outra vez. – Se Max comprar patins de hóquei posso comprar patins de gelo com o cheque de *Hanucá* do vovô Abe? – perguntou, sentindo uma vantagem.

– Como sabe que vão receber um cheque de *Hanucá* do seu avô Abe?

– Sempre recebemos.

– Muito bem, se receberem este ano, devem abrir uma conta no banco em seus nomes.

– Por quê?

– É bom ter seu próprio dinheiro. Para a universidade. O dinheiro no banco fica seguro, só para você, no caso de precisar algum dia...

Michael parou de repente, ela riu e o puxou pela mão, pensando que era uma brincadeira. Mas Michael tinha lembrado dos mil dólares que tia Sally deixara para Leslie antes do seu casamento. O dinheiro que ele jamais permitiu que fosse depositado na conta conjunta, para que em algum dia nebuloso do futuro ela pudesse usar como quisesse.

– Papai! – exclamou Rachel, puxando-o pela mão, adorando o brinquedo.

E Michael se transformou numa árvore que criava novas raízes a cada três passos, até chegarem em casa.

De manhã, depois do serviço religioso, ele saiu do templo e foi a pé até o Woodborough Poupança e Empréstimos, o banco do qual ele e Leslie eram clientes. A placa dizia que o nome do caixa era Peter Hamilton. Era um jovem magro e alto, de queixo quadrado e nariz pequeno. O cabelo era negro com fios brancos, raspado até um pouco acima das orelhas, como um segundo-tenente da Marinha com um terno de flanela marrom Ivy League. Michael lembrou-se de Leslie perguntando se ele já tinha visto um caixa de banco gordo.

Uma mulher de meia-idade e um homem mais velho estavam atrás dele na fila, de modo que quando chegou sua vez de ser atendido, Michael ficou um pouco intimidado. Explicou a Peter Hamilton que queria informação sobre uma possível retirada feita por sua mulher naquela manhã. Enquanto falava percebeu que o homem e a mulher se inclinavam para a frente.

Peter Hamilton olhou para ele com um pequeno sorriso, sem mostrar os dentes.

– É uma conta conjunta, senhor?

– Não – disse ele. – Não, não é. É a conta *dela*.

– Então, trata-se de... bem... direitos de usufruto, senhor?

– Como disse?

– O dinheiro da conta é legalmente todo *dela*?

– Oh, é claro. Sim.

– Não é possível ao senhor simplesmente... bem... perguntar a ela? Infelizmente, temos a obrigação moral de não...

Vey!

– Onde posso encontrar o presidente? – perguntou ele.

O presidente, Arthur J. Simpson, o recebeu num enorme escritório com lambris de nogueira e tapete espesso cor de ferrugem, uma cor bastante ousada para um banqueiro. Ouviu com cortesia e quando Michael terminou a explicação, apertou um botão no interfone e pediu os registros da conta da sra. Kind.

– O depósito inicial foi de mil dólares – disse Michael. – Com os juros, deve ser mais agora.

– Oh, sim – disse o banqueiro. – É claro. – Apanhou uma ficha e disse: – A sra. Kind tem mil e quinhentos dólares na sua conta.

– Então ela não fez nenhuma retirada hoje?

– Ah, é claro que fez, rabino. Esta manhã a conta tinha US$ 2.099,44. – O sr. Simpson sorriu. – Os juros se acumulam. Calculados anualmente, o senhor sabe, com índices que aumentam constantemente.

– Os ricos ficam mais ricos – disse Michael.

– Exatamente, senhor.

Até onde ela podia ir com seiscentos dólares? Mas ao mesmo tempo que fazia a pergunta, Michael a respondeu.

Bem longe.

Quando naquela noite o telefone tocou e ele ouviu o nome dela, Michael ficou com as pernas trêmulas. Mas era outro alarme falso, um telefonema para *ela* e não dela.

– Ela não está – informou à telefonista. – Quem quer falar, por favor?

– É interurbano – repetiu a telefonista. – Quando a sra. Kind deve voltar?

– Não sei.

– É o sr. Kind? – perguntou uma voz estranha de mulher.

– Sim, rabino Kind.

– Telefonista, eu falo com ele.

– Sim, senhora, obrigada por esperar. Pode falar, por favor.

– Alô! – disse Michael.

– Meu nome é Potter. Sra. Marilyn Potter.

– Sim, senhora – disse Michael.

– Eu moro duas casas adiante da igreja Hastings. Em Hartford.

Bom Deus, é claro, pensou, ela foi passar uns dias com o pai. Mas lembrou-se então de que estavam telefonando para ela e portanto não podia ser isso. Mas que diabo a mulher estava dizendo?, pensou, prestando atenção.

– Assim, fui eu que o encontrei. Ataque cardíaco.

– Ah...

– Visitas de uma às três e de sete às nove amanhã e na quinta-feira. Com os funerais na igreja, na sexta-feira, às duas horas. Enterro no cemitério Grace, segundo instruções escritas do falecido.

Michael agradeceu. Ouviu as palavras de pêsames e agradeceu outra vez. Prometeu transmitir os pêsames para sua mulher, agradeceu e se despediu. Depois, sem saber por quê, estendeu o braço, apagou a lâmpada do abajur e ficou sentado no escuro até a gaita de Max o levar para o segundo andar, como uma linha sonora de vida.

44

Na quinta-feira, Leslie ainda não tinha voltado. Michael não teve mais nenhuma notícia dela e viu-se às voltas com um dilema. Seus filhos deviam comparecer ao enterro do avô, pensou.

Mas iam perguntar por que a mãe não estava presente.

Talvez ela *estivesse*, talvez tivesse lido o obituário, ou sabido de alguma forma da morte do pai.

Michael resolveu não dizer nada para Max e Rachel. Depois do *Shaharit* entrou no carro e foi sozinho para Hartford.

Dois policiais dirigiam o estacionamento. Dentro da igreja o órgão tocava hinos suaves e quase todos os lugares estavam tomados.

Michael andou devagar pelas passagens entre os bancos, mas se Leslie estava ali, ele não a viu. Finalmente, sentou-se num dos poucos lugares vazios – no fundo da igreja, de onde poderia ver, se ela chegasse atrasada.

Com alívio viu que o caixão coberto de flores estava fechado. Ao seu lado uma mulher de meia-idade falava sobre o falecido sogro de Michael com uma mulher mais jovem, extremamente parecida com ela. Mãe e filha.

– Deus sabe que ele não era perfeito. Mas serviu esta igreja por mais de quarenta anos. Você devia ter ido à casa funerária. Pode deixar aquele Frank se arranjar sozinho, pelo menos por *uma* noite, pelo amor de Deus.

– Não gosto de ver gente morta – disse a filha.

– Morto, você nem diria que ele estava morto. Parecia tão distinto. Bonito. Não parecia maquiado ou coisa assim. Nunca ia dizer que estava morto.

– Mas eu sabia que estava.

Os oficiantes apareceram. Um era jovem, outro velho, o terceiro nem jovem, nem velho.

– Três – murmurou a filha com voz rouca, quando se levantaram para o começo da cerimônia. – O sr. Wilson, o aposentado. E o sr. Lovejoy, da Primeira Igreja. Mas quem é o mais moço?

– Disseram que é da igreja Pilgrim de New Haven. Não me lembro o nome dele.

O pastor de meia-idade recitou a invocação. Sua voz era suave e experiente, uma voz acostumada a flutuar sobre as cabeças abaixadas.

Um hino: "Oh Deus, Nossa Ajuda nos Tempos Passados." As vozes se ergueram em volta dele. A mãe cantou apenas alguns versos, com voz cansada e áspera. A da filha era um soprano doce e melodioso, levemente desafinado.

Uma coisa pedi ao Senhor e eu a buscarei: que possa morar na casa do Senhor todos os dias da minha vida...

Salmo Vinte e Sete. Nosso, pensou Michael, reconhecendo que seu orgulho era absurdo.

Quanto ao homem, os seus dias são como a relva; como a flor do campo, assim ele floresce; pois passando por ela o vento, desaparece, e seu lugar não será mais conhecido...

Elevo meus olhos para os montes. De onde me virá socorro? O meu socorro vem do Senhor que fez o céu e a terra...

Salmos 103 e 121. Michael havia oferecido esses salmos em muitos funerais.

Mas alguns dirão, como ressuscitam os mortos e em que corpo vêm? Insensatos! O que semeias não nasce sem primeiro morrer. E quando semeias, não semeias o corpo que há de ser, mas o simples grão, como o do trigo ou outro qualquer. Mas Deus lhe dá corpo de acordo com sua vontade e a cada tipo de semente o corpo apropriado...

Agora o Novo Testamento. Se tivesse de adivinhar, ele diria Coríntios I. Ao lado dele a mulher mais velha passou o peso do corpo de um pé para o outro.

Na casa do meu pai há muitos quartos; se não fosse assim, eu diria que ia preparar um quarto para ti? E quando eu for preparar o quarto, volto e te levarei eu mesmo até ele, para que onde eu estiver, tu possas estar também. E tu sabes para onde estou indo...

O pastor de meia-idade fez o elogio do morto e agradeceu a Deus a promessa da vida eterna e o fato do reverendo Rawlins ter trabalhado em nome Dele e para o bem de toda a comunidade de almas.

Então, todos ficaram de pé e cantaram outro hino, "Por Todos os Santos Que Descansam dos Seus Trabalhos". Vozes subiam e desciam em volta dele e Michael compreendeu o que Rachel tinha sentido na escola.

O pastor mais velho deu a bênção, o órgão começou a tocar e todos saíram para as passagens e caminharam para as saídas da igreja. Michael ficou parado, procurando por ela, sem encontrá-la, até todos terem saído, exceto os que iam carregar o caixão. Então ele saiu para o sol brilhante de inverno. Não sabia onde ficava o cemitério Grace, mas entrou no carro e na fila atrás do carro fúnebre, um Packard negro novo, muito brilhante, mas com respingos de neve derretida.

A neve suja amontoava-se nas sarjetas, nos dois lados da rua. O cortejo atravessou lentamente a cidade, engarrafando o tráfego por onde passava.

O segundo carro atrás de Michael desistiu e saiu da fila. Era um Chevrolet azul e branco. Quando passou por ele, Michael olhou de relance e a viu no banco da frente, quase de costas para ele, falando com o jovem que dirigia o carro. Ele não reconheceu o chapéu pequeno, mas o cabelo louro-avermelhado, o casaco azul e o modo como ela virava a cabeça eram de Leslie.

– Leslie! – gritou.

O carro entrou numa rua à esquerda. Quando Michael conseguiu sair da fila e entrou na rua, o Chevrolet tinha desaparecido. Foi ultrapassado por um caminhão enorme que passou a poucos milímetros do seu carro e do meio-fio, depois por um ônibus. Parou no sinal fechado, numa avenida larga.

Mas o carro azul e branco tinha entrado à direita, e ele o viu a duas quadras adiante, começando a se mover quando o sinal ficou verde.

Michael não teve coragem de avançar o sinal, o tráfego era intenso.

Quando o sinal abriu ele virou para a direita cantando pneus, como um adolescente num carro envenenado. Havia uma pequena subida e ele só viu o outro carro quando chegou no alto. O Chevrolet estava virando para a esquerda, e quando chegou no mesmo lugar, ele virou para a esquerda e correu, como nunca havia corrido no trânsito. Saiu costurando desabridamente.

Cinco ou seis quadras adiante viu o Chevrolet parado em outro sinal e parou três carros atrás dele.

– Leslie! – gritou, descendo do carro. Correu para o Chevrolet e bateu no vidro.

Mas quando ela virou para ele, não era o rosto que Michael procurava. Nem o casaco era igual, de estilo diferente, outro tom de azul, com grandes botões dourados, quando os de Leslie eram pequenos e pretos. A mulher olhou para ele, sem dizer nada.

– Desculpe – disse Michael. – Pensei que fosse outra pessoa.

Voltou para o carro no momento em que o sinal abriu. O Chevrolet azul e branco seguiu em frente e Michael fez uma volta completa na rua. Voltou para o lugar de onde tinha vindo, tentando lembrar o caminho percorrido, mas quando pensou que tinha chegado, não viu nem sinal do cortejo fúnebre.

Logo, porém, chegou a um cemitério e entrou.

Era um cemitério grande, com os blocos formados pelas passagens que se entrecruzavam. Ele seguiu com o carro numa direção, depois na outra. A neve fora retirada das passagens.

Mas só viu túmulos.

Então notou um *Moguen Doved*. E outro. Diminuiu a marcha para ler as inscrições.

Israel Salitsky, Fev. 2, 1985-Jun. 23, 1947.

Jacob Epstein, Set. 3, 1901-Set. 6, 1962.

Bessie Kahn, Ago. 17, 1987-Fev. 12, 1960. Uma Boa Mãe.

Oy, estou no cemitério errado!

Michael queria voltar para casa. Mas e se ela estivesse no cemitério, junto do túmulo do pai?

Passou por mais um bloco de sepulturas e viu um velho com um casaco comprido e um boné preto sentado numa cadeira de armar de metal, ao lado de um túmulo. Michael parou o carro perto dele.

– *A guten tag*.

O homem inclinou a cabeça de leve e olhou para ele por cima dos óculos que estavam quase na ponta do nariz.

– Cemitério Grace. Como eu chego lá?

– O cemitério para *shkotzim* fica bem aqui ao lado. Este é o B'nai B'rith.

– Tem algum portão entre os dois?

Ele deu de ombros e apontou.

– Talvez lá no fim. – Assoprou as mãos sem luvas.

Michael hesitou. Por que o velho estava sentado ali, ao lado do túmulo? Não teve coragem de perguntar. Suas luvas estavam no banco do carro. Sem saber por quê, e sem querer, ele as apanhou e as estendeu para o velho.

O homem olhou para as luvas desconfiado, depois as calçou.

– Amanhã vai estar mais quente – Michael disse, furioso com o que acabava de fazer.

– *Gott tsedahnken*.

Michael seguiu seu caminho. Havia túmulos nos dois lados, até onde a vista alcançava. Era um mundo infinito de sepulturas e ele se sentiu como uma espécie de *molach ah mohviss* da era do automóvel, o anjo da morte.

Finalmente estava chegando no fim do cemitério. Viu uma estrada, uma cerca reforçada e a quinze metros, no outro lado da cerca, os acompanhantes de pé, de cabeça baixa, preparando-se para enterrar seu sogro.

Michael parou o carro. Não via nenhum portão. Será que precisavam de uma cerca intransponível para evitar que a poeira e as almas se misturassem?, pensou furioso.

Tinha certeza de que se voltasse para o portão de entrada do B'nai B'rith e entrasse no cemitério Grace o enterro estaria acabado quando chegasse lá.

Seguiu paralelo à cerca. No outro lado havia sepulturas e um ou outro mausoléu. Parou o mais próximo da cerca, ao lado de uma impressionante cripta de granito e desceu do carro. Não podia ver o enterro por causa dos monumentos e de uma pequena elevação do terreno. Subiu no capô do carro, depois na capota, de onde conseguiu passar por cima da cerca, sentindo as pontas do arame grosso através da roupa.

Felizmente não tinha rasgado nada. A parte de cima da cripta estava coberta de neve. Michael chegou até a borda e olhou pensativo para baixo. O chão inclinado estava a uns dois metros. Mas não parecia haver outro modo de descer.

Jerônimo!

Ele caiu desajeitadamente como um tronco cortado. Os calcanhares deslizaram na neve e o rabino estatelou-se de costas no chão. Quando abriu os olhos, viu atrás e acima dele a inscrição gravada na pedra do túmulo grande. Leu de cabeça para baixo.

FAMÍLIA BUFFINGTON

Charles
Regina
Lawrence
Curtis
Virgínia

DESCANSEM EM PAZ

Aparentemente nada estava quebrado. Ele levantou-se e tentou tirar a neve da roupa. Pequenos blocos gelados desciam pelo seu pescoço.

Peço que me desculpem, disse para os Buffington. Não havia nenhum caminho até a passagem sem neve no cemitério e Michael juntou mais neve nos sapatos e na bainha da calça. Então, chegou à passagem que levava ao lugar onde estavam enterrando o pastor.

Michael ficou bem atrás de todos. Havia muita gente. Ela devia estar ao lado do túmulo, pensou – e começou a abrir caminho naquela direção.

– Desculpe... com licença...

Uma mulher olhou para ele furiosa.

– Membro da família – murmurou ele.

Mas não conseguiu passar. As pessoas estavam muito juntas. Ouviu o pastor rezando a bênção. *Que a paz de Deus, que ultrapassa qualquer compreensão, guarde vossos corações e vossas mentes no conhecimento e no amor de Deus e do Seu Filho, Jesus Cristo Nosso Senhor. E a bênção de Deus Todo-Poderoso, o Pai, o Filho e o Espírito Santo, esteja convosco e convosco perma-*

neça para sempre. Amém. Mas ele não podia ver qual dos três pastores estava falando, nem as pessoas ao lado da sepultura, e compreendeu que podia ter ficado no cemitério

B'nai B'rith.

Michael imaginou sua figura de pé, com o nariz grudado na cerca, assistindo ao enterro, um acompanhante igual, mas separado. Com horror, sentiu subindo como uma bolha de ar uma vontade de rir, um desejo incontrolável, uma necesssidade de dar uma gargalhada, enquanto a poucos passos seu sogro estava sendo devolvido a terra. Enfiou a ponta dos dedos nas palmas das mãos, mas as cabeças na sua frente começaram a se mover e ele viu que era o pastor mais jovem. Não viu nenhum rosto conhecido ao lado dele.

– Oh, Deus – exclamou, silenciosamente.

Leslie, onde você está?

45

Leslie desceu do trem na Estação Grand Central e foi direto para o hotel. O quarto era menor que o da ACF de Woodborough e muito menos limpo, com garrafas semivazias, copos por todo o canto e toalhas sujas no chão do banheiro. O rapaz da portaria disse que ia mandar alguém arrumar o quarto imediatamente. Mas ao fim de uma hora ninguém tinha aparecido e ela ficou cansada da desordem. Ligou para o gerente e disse que por catorze dólares e setenta centavos por dia, achava que tinha direito a um quarto limpo. A camareira apareceu imediatamente.

Leslie jantou sozinha na Hector's Cafeteria, na frente do Radio City. Ainda era um lugar decente para uma refeição solitária. Quando estava na sobremesa, um homem tentou uma cantada. Era um homem educado, nem um pouco repulsivo, talvez um pouco mais novo do que ela. Mas Leslie o ignorou, terminou o pudim de chocolate e caminhou para a porta. Ele foi atrás e Leslie perdeu a paciência. Um policial estava sentado a uma mesa perto da porta e molhava uma rosquinha no café. Leslie parou e perguntou as horas, olhando para o homem. Ele fez meia-volta e subiu a escada para o segundo andar do restaurante.

Ela voltou para o hotel, furiosa ainda, mas conscientemente lisonjeada. Dormiu cedo. Através das paredes finas, Leslie ouviu o casal do quarto ao lado fazendo amor, demoradamente, a mulher barulhenta, com gritos curtos e estridentes. Não se ouvia nenhum ruído da parte do homem, mas era difícil dormir com os gritos da mulher e o barulho da cama dos dois. Finalmente Leslie dormiu, mas por pouco tempo. Acordou às cinco horas com os mesmos ruídos e não dormiu mais.

Quando o dia chegou e o sol ergueu-se sobre a cidade, ela sentiu-se melhor. Abriu a janela e olhou para o movimento que começava nas calçadas de Nova York. Tinha esquecido do quanto Manhattan era excitante. Vestiu-se, desceu, tomou café num Child's e leu o *New York Times*, fingindo que fazia hora para ir trabalhar. Depois do café caminhou pela Rua 42 até o velho prédio, mas a revista não estava mais lá. Na Torre do Times consultou a lista telefônica e encontrou o endereço da Avenida Madison e lembrou de ter lido a notícia da mudança há algum tempo. De qualquer modo, as pessoas que haviam trabalhado com ela não estariam mais na revista.

Leslie caminhou, respirando pelo nariz e pela boca e olhando as coisas. Era exatamente como no campus. Prédios dos quais se lembrava não existiam mais. Foram substituídos por outros, novos.

Quando chegou à Rua 60, instintivamente virou-se para o oeste. Não tinha certeza de reconhecer a pensão que estava procurando, mas a identificou logo que viu. As paredes de tijolo tinham sido pintadas recentemente, mas no mesmo tom de vermelho. A tabuleta na porta dizia *Quartos para alugar*. Ela subiu a escada, bateu à porta do zelador e ele a mandou ao apartamento 1-B, onde morava o senhorio. O homem muito magro, de meia-idade, com uma calva sardenta, abriu a porta. Mordia as pontas do bigode grisalho e estava despenteado e sujo.

– Posso ver um dos apartamentos? – perguntou ela.

Subiram a escada e quando chegaram ao segundo andar, Leslie perguntou se o 2-C estava vazio. O homem disse que não.

– Por que está interessada no 2-C? – perguntou o senhorio e olhou para ela pela primeira vez.

– Morei nele há muito tempo.

– Oh. – Ele continuou a subir a escada e Leslie o seguiu. – Posso lhe dar um quarto no terceiro. Igual ao 2-C.

– O que aconteceu com a mulher que foi minha senhoria? – perguntou ela.

– Como era o nome dela?

Mas Leslie não conseguiu lembrar.

– Não sei – disse o homem, com indiferença. – Comprei este prédio há quatro anos de um cara chamado Prentiss. Ele tem uma gráfica em algum lugar do Village.

Seguiram pelo corredor com as paredes ainda pintadas naquele incrível marrom-escuro.

Leslie tinha pensado em passar o resto da semana naquele apartamento, pensando nas coisas que tinham acontecido quando morava ali. Mas quando o homem abriu a porta e ela viu a vulgaridade e o desconforto, desistiu. Fingiu que estava examinando o quarto, procurando compreender como podia ter vivido num lugar tão feio.

– Vou pensar e falo com o senhor – disse, finalmente. Mas foi um erro. Devia ter perguntado antes o aluguel.

– A senhora é uma mulher exigente – comentou o homem, mordendo o bigode.

Leslie despediu-se e sem esperar por ele desceu a escada e saiu do prédio.

Almoçou camarão e cerveja preta, depois passou a tarde no Museu de Arte Moderna, lembrando-se do comentário do homem no campus de Wellesley. Jantou num pequeno restaurante francês e depois foi ver um musical colorido e alegre. Naquela noite, o casal que ela havia apelidado de Lua de mel funcionou bravamente outra vez. O homem dizia palavras rápidas em voz baixa enquanto a mulher fazia soar seus gritos, mas Leslie não conseguiu distinguir as palavras.

O dia seguinte, Leslie passou no Museu Metropolitano de Arte e no Guggenheim. No outro dia, visitou várias galerias. Pagou sessenta dólares pelo quadro de um pintor chamado Leonard Gorletz. Nunca ouvira o nome antes, mas comprou o quadro para Michael. Era o retrato de uma menina com um gato. A menina tinha cabelos negros e não se parecia com Rachel, mas o modo como olhava para o gato tinha o mesmo tipo de felicidade vulnerável que Leslie via às vezes na filha. Estava certa de que Michael ia gostar.

Na manhã seguinte ela viu os Lua de mel. Estava acabando de se pentear, antes de descer para o café, quando ouviu a porta abrir e fechar e o som de vozes. Leslie largou o pente, apanhou a bolsa e saiu do quarto. E ficou desapontada. Tinha imaginado dois belos animais. O homem era gorducho e flácido, com caspa na gola do terno azul, e a mulher era magra e nervosa, com um nariz agudo como um bico de passarinho. Mesmo assim, no elevador Leslie olhou para ela discretamente, com admiração, e lembrou a versatilidade e o alcance notável da sua voz de soprano.

Durante os dois dias seguintes fez compras. Comprou várias coisas de que precisava e olhou nas vitrines várias coisas de que não precisava, mas que eram boas de olhar. Comprou uma saia de *tweed* inglês para Rachel no Lord & Taylor e uma suéter de caxemira grossa para Max, no Weber & Heilbroner.

Mas naquela noite as coisas começaram a mudar. Não conseguiu dormir e sentiu que estava farta das quatro paredes do hotel. Estava em Nova York há seis dias, e começava a se entediar. Para piorar as coisas, não ouviu nenhum ruído no quarto vizinho. Os Lua de mel a tinham abandonado. Foram substituídos por alguém que gargarejava e dava a descarga na privada o tempo todo, usava barbeador elétrico e ligava a televisão a todo volume.

De manhã muito cedo começou a chover e Leslie ficou na cama até mais tarde, e cochilou até a fome a obrigar a se levantar. Passou toda a tarde chuvosa num lugar chamado Ronald's, uma espécie de Playboy Club para matronas, ao lado de Columbus Circle, onde as freguesas iam da massagista para o cabeleireiro enroladas em sarongues coloridos, com grandes caudas peludas de coelho rebolando no traseiro. Depois do banho a vapor a 80 graus, uma marquesa de Sade com dedos musculosos a amassou, beliscou e estapeou. Uma moça chamada Teresa lavou sua cabeça. Enquanto seus poros absorviam um creme facial cor-de-rosa, uma moça chamada Hélene fez suas unhas e uma moça chamada Doris fez seus pés, as duas ao mesmo tempo.

Quando saiu do salão de beleza a chuva tinha diminuído e era agora quase uma névoa. As luzes da Broadway desenhavam faixas luminosas e trêmulas nos carros que passavam e no asfalto da rua. Leslie abriu o guarda-chuva e foi a pé para o centro da cidade. Sentiu-se repousada e muito atraente. A questão importante agora era resolver onde ia jantar. Seu estado de espírito pedia um restaurante muito fino, mas de repente mudou. Parecia tolice se dar ao trabalho de esperar para conseguir uma mesa, depois fazer o pedido e comer uma lauta refeição sozinha. Parou sob um luminoso pulsante e espiou para dentro, pelo vidro molhado. Viu um *pseudochef*, com o chapéu branco e alto, fazendo uma montanha de ovos numa frigideira. Pensou em entrar, mas depois andou meia quadra e entrou num Horn & Hardart's. Trocou uma nota de um dólar por moedas e serviu-se de suco de tomate, um prato vegetariano, rosquinhas Parker House e geleia. A cafeteria estava cheia, e depois de andar um pouco sentou-se a uma mesa com duas cadeiras, uma delas ocupada por um homem jovem e gordo, com uma pasta no colo, que lia o *Daily News* enquanto tomava café. Leslie pôs os pratos na mesa, a bandeja no carrinho empurrado pelo ajudante de garçom e viu que tinha esquecido o café. Foi até a máquina de café próxima e levou cuidadosamente para a mesa a xícara cheia até a borda.

Alguém tinha encostado um folheto no seu copo de suco de tomate.

Leslie apanhou o folheto e leu o título mimeografado, O VERDADEIRO INIMIGO.

Começou a ler enquanto tomava o suco.

O verdadeiro inimigo com que a América se defronta agora é a conspiração judeu-comunista cujo objetivo é nos conquistar por meio da diluição da nossa raça cristã com o sangue de uma raça negra inferior e canibal.

Os judeus há muito tempo controlam nossos bancos e nossa mídia através das maquinações dos seus cartéis internacionais. Agora, astuciosamente, voltam-se para a educação, com o fim de fazer a lavagem cerebral das nossas crianças enquanto suas mentes são maleáveis.

O que você quer para os seus filhos?

Sabe quantos judeus comunistas lecionam nas escolas públicas de Manhattan?

Leslie jogou o folheto na mesa.

– Isto é seu? – perguntou para o jovem gordo.

Ele olhou para ela pela primeira vez.

Leslie apanhou o folheto e o estendeu para o homem.

– Viu quem deixou isto aqui?

– Moça, eu estava só lendo o jornal. Jesus. – Apanhou a pasta do colo e foi embora. Uma das tiras de couro da pasta estava desafivelada. Estava assim antes? Leslie não lembrava. Tentou lembrar, mas não conseguiu. Olhou para as pessoas nas mesas próximas. Todos comiam sem notar sua presença. Um deles? Qualquer pessoa podia ter posto o folheto na mesa.

Por quê? Olhou para os rostos inexpressivos.

O que você quer? O que ganha com isso? Desapareça e nos deixe em paz. Vá para a floresta, para suas missas negras à meia-noite. Envenene cachorros. Estrangule pequenos animais. Entre no mar. Ou melhor, caia num buraco e deixe a terra se fechar sobre você.

O que você quer para seus filhos?

Para começar, quero que tenham espaço para respirar, pensou ela. Apenas respirar.

Mas você não vai conseguir isso para eles escondendo-se num quarto de hotel. Pode começar a conseguir indo para casa.

Mas tinha ainda de fazer uma coisa importante. Não havia nenhuma semelhança entre seu pai e a pessoa que escrevia aquele tipo de veneno. Leslie tinha de olhar o pai nos olhos e responder à pergunta dele, de modo que ele pudesse entender.

No trem, na manhã seguinte, tentou se lembrar da última vez que tinha dado um presente ao pai e desejou dar alguma coisa agora. Quando chegou a Hartford, foi ao Fox's e comprou um livro de Reinhold Niebuhr. No táxi, a caminho de Elm Street, viu nos créditos que o livro fora publicado há alguns anos. Provavelmente o pai já o tinha lido.

Ninguém atendeu, mas a porta não estava trancada.

– Alô? – disse ela.

Um homem velho saiu da biblioteca do seu pai com uma prancheta e uma caneta na mão. Tinha uma farta cabeleira branca e sobrancelhas grossas e grisalhas.

– O sr. Rawlins está? – perguntou Leslie.

– Aqui? Não. Ah... Você não sabe? – Pôs a mão no braço dela. – Minha filha, o sr. Rawlins está morto. Calma, calma – disse ele, preocupado.

Leslie ouviu o livro caindo no chão e sentiu que o homem a levava para uma cadeira.

Surpreendentemente, dentro de poucos instantes ele a deixou. Leslie o ouviu nos fundos da casa. Levantou-se e foi até a lareira. Lá estava a sua mão direita em gesso. Provavelmente feita do molde de cera. O homem voltou com duas xícaras de chá bem quente, que eles tomaram devagar. O chá estava muito bom.

O velho Wilson, um pastor aposentado, estava catalogando os registros da igreja do seu pai.

– O tipo de trabalho que dão para um homem velho – disse ele. – Devo dizer que neste caso não é uma tarefa difícil.

– Ele era muito organizado – disse Leslie.

Ela recostou a cabeça no espaldar da poltrona e fechou os olhos. Wilson a deixou sozinha outra vez. Mas voltou e perguntou se Leslie queria que a levasse ao cemitério.

– Por favor – disse ela.

Quando chegaram, ele apontou para a sepultura, mas não desceu do carro, e Leslie ficou agradecida por isso.

Leslie olhou para a terra recentemente revolvida, pensando no que poderia dizer para que o pai soubesse que, apesar de tudo, ela o amava. Quase podia ouvir a voz dele cantando o hino que começou a cantar silenciosamente.

Ficai comigo, a noite cai rapidamente;
A escuridão é mais profunda; Senhor, ficai comigo.
Quando outros consolos falham e se afastam,
Ajuda do indefeso. Ó, ficai comigo.

Na quarta estrofe quase parou.

Segurai vossa cruz na frente dos meus olhos que se fecham
Ó brilho nas trevas, e me apontai para o céu.

No céu o dia desponta e as sombras vãs da terra desaparecem
Na vida, na morte. Ó, Senhor, ficai comigo.

Mas cantou até o fim. Essa foi sua dádiva. Agora, embora fosse tarde demais para fazê-lo compreender, ela respondeu à pergunta com as preces que há dezoito anos rezava por sua mãe. *Yisgadal v'yiskadash shmay rabo, b'ol'mo deevro hir'usay, v'yamleeh mal'usay...*

46

Quando Michael se deitou a temperatura estava baixa, a zero grau. Mas na manhã seguinte tinha começado o degelo da Nova Inglaterra. Na rua, as sarjetas eram pequenos regatos e o chão aparecia como remendos marrons, como buracos num cobertor.

No templo chegaram apenas nove homens, um a um, como acontecia às vezes e finalmente Michael teve de telefonar para Benny Jacobs, o presidente da congregação, e pedir para ele completar o *mínian*, como um favor especial para o rabino. Como sempre, Jacobs veio. Ele era o tipo de homem que facilitava seu trabalho, pensou Michael. Quando tentou agradecer, depois do serviço religioso, Jacobs disse que não tinha nada para agradecer.

– Vou apanhar a bebida para a festa de Ano-Novo do templo – disse ele. – Quer alguma coisa especial, rabino?

Michael sorriu.

– Já conheço seu gosto. O que escolher está bom.

No escritório, viu que não tinha nenhum compromisso marcado na agenda. Saiu do templo e foi para casa verificar a correspondência. Contas e um catálogo de sementes do Burpee. Como uma fuga mental, passou uma hora olhando para as novas plantas e lendo as promessas de dar água na boca, antes de preencher a ficha de pedido, como tinha feito no ano anterior. Deitou-se por algum tempo no sofá da sala ouvindo música na rádio FM. Depois o boletim de meteorologia informou que a temperatura ia se elevar mais um pouco antes de abaixar rapidamente outra vez com uma nevada no fim da tarde. Michael não tinha fertilizado a horta no outono e compreendeu que essa seria talvez a única oportunidade de fazer isso até o fim do inverno. Vestiu uma calça muito usada, uma jaqueta velha, calçou as luvas de trabalho e as botas de frio. Foi ao supermercado e comprou meia dúzia de caixas de papelão vazias. Tinha um acordo antigo com o dono de uma criação de perus e foi até o local, no campo, onde o homem, depois dos feriados de Ação de Graças e do Natal, empilhava os excrementos das aves. O esterco estava bom e no ponto, com a consistência de serragem, cheio de penas longas e brancas que – ele sabia – iam desaparecer na terra da sua horta. Àquela temperatura, o fertilizante não tinha cheiro e todos os insetos que faziam daquele trabalho uma tarefa desagradável na primavera e no outono tinham morrido de frio. Com a pá encheu as caixas de papelão até um pouco mais da metade para não derramar na parte de trás da perua, que já estava forrada com jornais. O sol estava quente e no começo o trabalho foi agradável. Mas sabia, por experiência, que ia precisar de cinco viagens para carregar fertilizante suficiente. Quando pela terceira vez tirou as caixas do carro e as levou para a horta, as nuvens corriam no céu e começava a esfriar. Quando chegou com a última remessa, a neve começou a cair em flocos pequenos como semente de cevada.

– Ei. – Max chegou perto do carro e olhou para a roupa de trabalho do pai. – O que está fazendo?

– Jardinagem – disse Michael, com neve nas sobrancelhas e nas pestanas. – Quer ajudar?

Carregaram as últimas caixas e as esvaziaram na terra. Max foi apanhar as pás e começaram a espalhar o esterco enquanto os flocos de neve cresciam e flutuavam no ar cinzento.

– Tomates grandes como abóboras – disse Michael, com um movimento rápido da pá, zum!, cobrindo um metro quadrado de neve com uma camada escura de fertilizante.

– Abóboras do tamanho de tangerinas – disse Max. Zum!

– Milho doce como beijos. – Zum!

– Rabanetes cheios de vermes. Abobrinha cheia de feridas negras. – Zum!

– Ora, seu mau elemento – disse Michael. – Você sabe que tenho boa mão para plantar.

– Esse negócio mancha a mão da gente através das luvas? – perguntou Max.

Trabalharam até espalhar todo o fertilizante. Então Michael apoiou os braços na pá, como o personagem da antiga história de quadrinhos da WPA, e ficou vendo o filho terminar o serviço. Max precisava urgentemente de um corte de cabelo e as mãos dele estavam vermelhas e rachadas de frio. Onde estavam as luvas? Max parecia mais um filho de fazendeiro que de um rabino e Michael pensou que na primavera os dois iam revolver a terra juntos e esperar, como *kibbutzniks*, que os primeiros brotos verde-claros aparecessem.

– Por falar em beijos, vai querer o carro no Ano-Novo? – Michael perguntou.

– Acho que não. Obrigado. – Max jogou a última pá de fertilizante sobre a neve e endireitou o corpo com um suspiro.

– Por que não?

– Não vou sair com ninguém. Dess e eu não estamos mais namorando.

Michael observou o filho à procura de marcas de cicatrizes.

– Ela está saindo com um cara mais velho. Ele já estuda na Tufts. – Deu de ombros. – Foi isso. – Sacudiu a pá para retirar o resto de fertilizante. – O mais engraçado é que não estou nem um pouco aborrecido. Sempre pensei que estava apaixonado por ela. Que se alguma coisa nos separasse ia ficar muito chocado.

– Não está?

– Acho que não. Acontece que não tenho nem dezessete anos ainda. Esse caso com Dess foi como... bem, um ensaio. Mas mais tarde, quando a gente fica mais velho, como é que se sabe?

– Qual foi a sua pergunta, Max?

– O que é o *amor*, papai? Como você sabe que está amando de verdade uma mulher?

Michael percebeu que era uma pergunta séria, uma coisa que estava perturbando o filho.

– Não tenho uma resposta prática – disse ele. – Quando chegar a hora, quando for mais velho e encontrar a mulher com quem quer passar o resto da sua vida, não vai precisar perguntar.

Empilharam as caixas de papelão umas dentro das outras para facilitar o transporte.

– É muito tarde para você convidar outra garota para o Ano-Novo? – perguntou Michael.

– É. Telefonei para uma porção delas. Roz Coblentz. Betty Lipson. Alice Striar. Todas estavam comprometidas. Semanas atrás. – Olhou para o pai. – Telefonei para Lisa Patruno ontem à noite, mas ela também já tem compromisso.

Oy, calma, *zeide*.

– Acho que não a conheço – disse Michael.

– O pai dela é Pat Patruno, o farmacêutico. Farmácia Patruno's.

– Eta!

– Ficou zangado? – perguntou Max.

– Não, não zangado.

– Mas... *alguma coisa*?

– Max, você é grande agora, mas não ainda um homem. Daqui em diante vai ter de tomar muitas decisões por conta própria. Decisões importantes, em maior número à medida que fica mais velho. Sempre que quiser o meu conselho, estarei aqui. Nem sempre vai tomar a decisão mais acertada, ninguém consegue acertar sempre. Mas precisa muito mais do que isso para me deixar zangado com você.

– De qualquer modo, ela estava comprometida – disse Max.

– Sei de uma moça de Nova York chamada Lois. Dezesseis anos. Está visitando o senhor e a senhora Gerald Mendelsohn. Se quiser tentar, tem de pedir informações. Eles ainda não estão na lista telefônica.

– Como ela é? Dá para a gente olhar?

– Eu não a vi. A irmã mais velha é o que eu quando era jovem chamaria de Uma Cara Bonita.

Caminharam para a casa e Max deu um soco "amistoso" no pai, que deixou o ombro de Michael dormente talvez para o resto da vida.

– Você não é um cara tão mau para se ter como pai...

– Obrigado.

– Para um rabino que espalha titica de passarinho no meio de tempestades de neve.

Michael tomou um banho de chuveiro, vestiu roupa limpa e almoçaram sopa enlatada. Max pediu o carro para ir à biblioteca. Depois que o filho saiu, ele ficou na janela vendo a neve. Teve uma ideia para o próximo sermão e sentou-se na frente da máquina de escrever. Quando terminou, apanhou uma lata de polidor de metais no closet e subiu para o segundo andar. A cama de bronze do *zeide* estava um pouco opaca. Michael trabalhou lenta e cuidadosamente. Depois de aplicar o polidor, lavou as mãos e começou a polir com flanela. Viu com satisfação o embaçado desaparecer e a luz interior do metal brilhar outra vez.

Faltava ainda a cabeceira quando ele ouviu a porta da frente se abrir e o som de passos na escada.

– Olá! – gritou ele.

– Olá! – disse ela, atrás dele.

Leslie o beijou no canto da boca e depois encostou o rosto no ombro dele.

– Acho melhor telefonar para o dr. Bernstein – disse ela.

– Temos muito tempo para isso – disse Michael. – Todo o tempo do mundo.

Ficaram abraçados durante longos minutos.

– Eu estive no outro lado do espelho – disse ela.

– Foi bom?

Leslie olhou nos olhos dele.

– Aluguei um quarto e experimentei uísque e drogas. Cada dia um amante diferente.

– Não. Não, não fez isso. Não você.

– Não, não fiz. Voltei aos lugares onde vivi sem você, tentando descobrir o que eu sou. Quem sou.

– O que descobriu?

– Que para mim não existe nada importante fora desta casa. Todo o resto é como fumaça, que some no ar.

Leslie viu no rosto dele a dor de precisar dizer a ela.

– Eu já sei. Fui a Hartford esta manhã.

Michael fez um gesto afirmativo e tocou o rosto dela.

– Amor – murmurou ele. Amor é isto, disse para o filho, mentalmente. É o que sinto por sua mãe. Por esta mulher.

– Eu sei – disse Leslie, e ele segurou a mão dela vendo suas imagens refletidas estranhamente no bronze da cama. A porta lá embaixo se abriu e ouviram a voz de Rachel.

– Papai?

– Estamos aqui em cima, meu bem – disse Leslie.

Michael segurou a mão dela com tanta força, como se as mãos estivessem fundidas uma na outra, de um modo que até Deus teria dificuldade para separar.

47

Na última manhã do ano Michael estendeu o braço e desligou o despertador quando Rachel subiu na sua cama e se aninhou ao lado dele para se esquentar. Em vez de levantar-se, ele segurou a cabeça dela contra seu ombro, acariciando-a de leve sob o cabelo e os dois adormeceram.

Quando ele acordou pela segunda vez viu com espanto que passava das dez. Pela primeira vez em muitos meses, tinha faltado ao primeiro serviço religioso. Mas não houve nenhum telefonema desesperado do templo, e Michael relaxou. Compreendeu que tinham conseguido um *mínian* sem ele.

Levantou-se, foi para o chuveiro, fez a barba e vestiu uma calça de brim e camisa de lenhador. Tomou só o suco e sentou-se descalço à mesa de trabalho para escrever antes do almoço uma longa carta para o pai. *Leslie ficou felicíssima com a notícia. Quando vamos conhecer a noiva? Podem nos visitar em breve? Avise com antecedência para prepararmos uma recepção adequada.*

Depois do almoço foi ao hospital. Agasalhados como esquimós, ele e Leslie caminharam na neve na tarde clara. Subiram ao ponto mais alto do terreno do hospital, uma colina arborizada sem nenhuma trilha. As botas pesadas lutavam contra a neve endurecida e quando chegaram ao topo Michael estava ofegante e viu que havia realmente uma mancha Katzenjammer Kids, redonda e vermelha, em cada lado do rosto dela. A luz do sol ofuscava refletida na neve e lá embaixo o lago, coberto de neve, mas limpo em alguns lugares para os patinadores, estava pontilhado com as figuras dos jogadores de hóquei. Sentaram-se na neve de mãos dadas e ele teve vontade de guardar aquele momento, para que durasse para sempre. Esconder sob a língua uma bala dura como pedra para ser saboreada lenta e secretamente. Mas o vento soprava demônios de neve nos seus rostos e seus traseiros ficaram gelados e insensíveis. Depois de pouco tempo desceram a colina e voltaram para o hospital.

Elizabeth Sullivan estava fazendo café no seu cubículo e os convidou para tomar uma xícara. Antes que tivessem tempo de tomar todo o café, o dr. Bernstein passou na sua ronda matinal e apontou o dedo acusador para Leslie.

– Tenho um presente para você. Acabamos de discutir seu caso na reunião da equipe médica. Dentro de pouco tempo vamos expulsá-la daqui.

– Pode nos dizer quando? – quis saber Michael.

– Bem, temos mais uma semana de tratamento, e um ou dois dias para descansar. Depois, adeus, Charlie. – Bateu de leve no ombro de Michael e entrou na enfermaria. A senhorita Sullivan o acompanhou com as papeletas.

Leslie abriu a boca como se fosse falar, mas não disse nada. Apenas sorriu e encostou o caneco de café no dele, num brinde. Michael tentou pensar num discurso engraçado que dissesse tudo, mas logo compreendeu que não era preciso. Olhando nos olhos dela, tomou o café e queimou a língua. Naquela noite, Max parou o carro na frente do templo para esperar a saída do pai.

– Boa-noite, papai. Feliz Ano-Novo.

Num gesto instintivo, Michael inclinou-se para o carro e beijou o filho nas duas faces, sentindo o cheiro da própria loção de barba.

– Ei, para que isso?

– Isso é porque você é velho demais para eu fazer de novo. Dirija com cuidado.

O salão de festas no subsolo estava repleto de gente com ridículos chapeuzinhos de papel. Atrás do bar improvisado os membros da congregação vendiam os drinques. O dinheiro arrecadado era para a escola de hebraico. Cinco músicos tocavam uma alegre bossa-nova e uma fila dupla de mulheres movia os corpos ao ritmo da música como sacerdotes tribais, com os olhos semicerrados.

– Ah, o rabino! – exclamou Ben Jacobs.

Michael atravessou a sala devagar.

Jake Lazarus segurou a mão do rabino.

– *Nu*, mais doze meses, outro ano. Cinquenta e dois serviços religiosos de *shabbos* – disse o cantor, com olhos sonhadores cheios de visões e de uísque. – Mais alguns anos e acaba o século. Dois mil. Imagine.

– Imagine com mais força e pense em cinco mil setecentos e sessenta – disse Michael. – Nós começamos a contar mais cedo.

– Dois mil ou cinco mil setecentos e sessenta, que diferença faz? De qualquer modo vou estar com cento e três anos. Diga, rabino, como vai estar o mundo?

– Jake, sou por acaso Eric Sevareid? – Ele deu um *patch* no rosto do cantor, uma pancada de amor.

Michael foi até o bar e voltou com uma generosa dose de *bourbon*. Numa das mesas estava a comida levada pelas senhoras da congregação e entre os pratos de *teiglech* e biscoitos ele descobriu um milagre, um prato com gengibre caramelado. Michael apanhou dois pedaços, saiu do salão e subiu a escada.

Quando fechou a porta do santuário, os ruídos da festa pareciam envolvidos em veludo. Não acendeu a luz. Era seu templo e ele não precisava de claridade para saber onde estava. Foi pela passagem central até a terceira fila de cadeiras, segurando o copo com firmeza para não derramar a bebida.

Sentou-se, tomou um gole de *bourbon* e deu uma mordida no gengibre. Depois, um pequeno gole e três ou quatro mordidas, talvez a proporção errada porque o gengibre acabou rapidamente e ainda tinha bebida no copo. Ele bebeu, e deixou a mente vagar no escuro, mordiscando pensamentos. A sua volta a escuridão ficou menos densa, e quando seus olhos se ajustaram começou a distinguir formas sólidas. Via o atril, onde dentro de vinte e quatro horas ele estaria de pé, conduzindo o serviço do *shabbos*.

Quantos sermões, desde o primeiro, em Miami? Tantos serviços religiosos, tantas palavras. Michael fez uma careta. Não tantos quantos teria de fazer ainda. Sentia nos ossos, podia quase tocar estendendo a mão, uma escada de Shabbats a ser escalada no futuro.

Assim deves dizer aos filhos de Israel, o Senhor Deus dos teus pais, Deus de Abraão, Deus de Isaac e Deus de Jacó, me mandou para todos vós; este é o meu nome para sempre, e este é o meu memorial em todas as gerações.

Eu vos agradeço, Senhor.

Lá embaixo a orquestra começou a tocar uma música animada. Se Leslie estivesse ali ele dançaria – sentiu vontade de dançar. No próximo ano dançariam.

O gosto do gengibre estava fraco agora. O último sabor fraco e agridoce do gengibre. Não tenha medo, *zeide* – pensou ele, no escuro. Seis mil anos não é um piscar de olhos, nem o tatalar da asa de um pássaro. Não há nada de novo na face da velha Terra e o que não pode ser apagado com banhos de sangue e fornos não será apagado por nomes trocados ou narizes reformados ou a mistura do nosso sangue com torrentes de sangue misteriosas.

Devia ter dito para Jake Lazarus que pelo menos isso ele sabia do futuro, pensou Michael. Mas recostou-se confortavelmente na cadeira. Acabou seu *bourbon*, saboreou o calor da bebida e arquivou o pensamento para outra ocasião.

De manhã, ele o aproveitaria para o sermão.

GLOSSÁRIO

Palavras e expressões, predominantemente ídiches, que aparecem no texto (excluídas as explicadas pelo autor no próprio decorrer da narrativa).

ACF – Associação Cristã Feminina
A guten tag – Bom-dia
Alef-bez – cartilha para aprendizado do hebraico
Alev hasholom – Que descanse em paz
Bagels (beiguels) – roscas
Bar mitzvá – cerimônia de maioridade religiosa dos meninos judeus ao completarem 13 anos
Benchen licht – abençoar as velas (ao anoitecer de sexta-feira)
Berakoth (em hebraico, bênção) – o primeiro tratado do Talmude
Bimá – plataforma onde se realiza o culto na sinagoga, uma espécie de púlpito
Bist mishugah? – Você está louco?
Boychik – rapazinho (junção da palavra inglesa *boy* com o diminutivo ídiche)
Bris – circuncisão
Brocha – bênção recitada
Bubbeh-meise – história da carochinha (literalmente: história da vovó)
Chale – pão trançado (para o sábado)
Cheder – escola primária judaica, predominantemente religiosa
Chupe – dossel nupcial
Dos is gut – isso é bom
Eretz Isroel – Terra de Israel (denominação pela qual os judeus designavam a Palestina antes da criação do Estado de Israel)

Ess gezunte hait – Coma com saúde
Fêiguile – passarinho
Fleishig – de carne (em relação a alimentos)
Golem – espécie de robô da lenda judaica
Gonif – ladrão
Gott tsedahnken – Graças a Deus
Goy (plural goyim) – não judeu
Guemará – a segunda parte do Talmude
Haftorá – trecho do Livro dos Profetas frequentemente lido por um celebrante de bar mitzvá.
Hanucá – festa comemorativa de rededicação do Templo (em Jerusalém) pelos Macabeus
Ich shtarb – Eu morro (ou Estou morrendo)
Yom Kippur – Dia do Perdão
Jewish Forward – jornal ídiche de Nova York
Kaddish – oração pelos mortos
Kibbutz – (plural kibbutzim) – fazenda coletiva voluntária, em Israel
Kichels – docinhos secos
Kosher – alimento que está de acordo com as leis dietéticas judaicas; por extensão, tudo que preencha os requisitos rituais
Kratzen – coçar
Kugel – pudim
Kvetch – aperto
L'chayem – À vida, expressão usada para brindes
Lochshen kugel – pudim de macarrão

Lox – salmão defumado
Maariv – serviço religioso do entardecer
Mazel tov – parabéns, boa sorte
Meidlach – mocinhas, garotas
Mein kind – meu filho (ou minha filha)
Meise – história, narrativa
Mezuzá – pequeno estojo metálico, contendo pergaminho bíblico, pregado às portas de entrada das casas de judeus religiosos
Mikva – local de banho ritual
Mincha – serviço religioso do anoitecer
Mínian – quórum de dez judeus adultos (mínimo necessário para serviços religiosos públicos)
Mishugahss – maluquice, loucura
Mishúguine – maluco, doido
M'lumad – professor
Moguen Doved – Estrela de Davi (a estrela de seis pontas)
Mohel – profissional judeu religioso que faz a circuncisão
Momser – bastardo
Naches – alegria orgulhosa, principalmente por realizações dos filhos
Nahit – grão-de-bico
Nisht gut – mal (ou, literalmente, "nada bem")
Nu – então
Ohmein – Amém
Oneg shabbat – reunião de fim de tarde de sábado para palestras ou atividades culturais
Peiehs – cachos de cabelos, laterais, usados por judeus ultraortodoxos
Pessach (Passover em inglês) – a Páscoa judaica
Pidion haben – cerimônia de redenção do primogênito, comumente realizada quando o primeiro filho completa um mês de vida
Písherke – mijão (ou mijona)
Pítziles – pequenininhos
Polke – coxa
Patch – bofetada

Potz (termo chulo) – pênis
Pushke – caixa de esmolas
Rebbitzen – esposa de rabino
Rosh Hashaná – ano-novo
Schnapps – bebida alcoólica
Schwartzes – pretos
Seder – jantar da primeira noite da Páscoa judaica
Shah – onomatopeia para fazer calar. Psiu.
Shabbos (Shabbat em hebraico) – sábado
Shaharit – serviço religioso matutino
Shames – zelador ou bedel de sinagoga
Sheitel – coifa
Shemá – Ouve, em hebraico; prece recitada como declaração de lealdade ao judaísmo
Sheine meidlach – bonitas garotas
Sheine yid – bonito (no caso, bom) judeu
Shikse – palavra em geral pejorativa, significando uma não judia
Shiva – fase intensa do luto (durante sete dias após o enterro)
Shkotz, shkotzim – vagabundo(s)
Shtetl – cidadezinha, aldeia
Shul – sinagoga
Siddur – livro de orações para uso diário e no Shabbat
Simchas – festas
Sukkah (cabana em hebraico) – moradia provisória para a semana de Sukkos
Sukkos – Festa dos Tabernáculos
Tallis – xale de orações
Teiglech – massa, em pedacinhos
Torá – o Pentateuco (Gênese, Êxodo, Levítico, Números e Deuteronômio)
Tov – parabéns
Treif – impuro (antônimo de kosher)
Tsimmis – um cozido
Tsorris – preocupações, sofrimentos
Tuchis – traseiro
Vey! – ai!
Vos ment – O que quer dizer
Yahm – mar
Yahrzeit – aniversário de morte de um genitor

Yarmulka – solidéu
Yedst – agora
Yenteh – bisbilhoteiro(a)
Yiddel, yiddlech – judeuzinho(s)
Yiddisheh – judias em ídiche
Yiddisher – judeu, judaico
Zaftig – gostosa (literalmente: suculenta)
Zeide – vovô, avô
Zehr – muito

Este livro foi impresso na Intergraf Ind. Gráfica Eireli.
Rua André Rosa Coppini, 90 – São Bernardo do Campo – SP
para a Editora Rocco Ltda.